웃음소리

최인훈 전집 8
웃음소리

초판   1쇄 발행 1976년 8월 20일
초판 10쇄 발행 1989년 11월 25일
재판   1쇄 발행 1993년 8월 30일
재판   4쇄 발행 2005년 6월 8일
 3판   1쇄 발행 2009년 4월 30일
 3판   4쇄 발행 2021년 11월 26일

지은이 최인훈
펴낸이 이광호
펴낸곳 ㈜문학과지성사
등록번호 제1993-000098호
주소 04034 서울 마포구 잔다리로7길 18(서교동 377-20)
전화 02) 338-7224
팩스 02) 323-4180(편집) / 02) 338-7221(영업)
전자우편 moonji@moonji.com
홈페이지 www.moonji.com

ⓒ 최인훈, 2009, Printed in Seoul, Korea

ISBN 978-89-320-1922-2 04810
ISBN 978-89-320-1914-7(세트)

이 책의 판권은 지은이와 ㈜문학과지성사에 있습니다.
양측의 서면 동의 없는 무단 전재 및 복제를 금합니다.

최인훈 전집
8

웃음소리

문학과지성사
2009

일러두기

1. 『최인훈 전집』의 권수 차례는 초판 발행 연도를 기준으로 했다.
2. 이 책의 초판 발행시 표제는 '우상의 집'이었으나, 저자의 뜻에 따라 3판 1쇄에서 '웃음소리'로 바뀌었음을 밝혀둔다.
3. 이 책의 맞춤법 및 외래어 표기는 국립국어연구원의 『표준국어대사전』을 따랐다. 다만, 일부 인명(러시아말)과 지명, 개념어, 단체명 등의 표기와 맞춤법, 띄어쓰기는 작가와 협의하에 조정하였다.
4. 인용문은 원본 그대로 표기하는 것을 원칙으로 하였으나, 경우에 따라 현행 맞춤법에 맞게 옮겼다.
5. 속어, 방언, 구어체, 북한어 표기 등은 작가가 의도한 바를 그대로 따랐다.
   예) 낮아분해 보이다/더치다/좀체로/어느 만한/클싸하다 등.
6. 단편과 작품명, 논문명, 예술작품명 등은 「 」, 장편과 출간된 단행본 및 잡지명, 외국 신문명 등은 『 』 부호 안에 표기했다. 국내 신문은 부호 표기를 생략했다.
7. 말줄임표는 ……로 통일하였고, 대화문이나 직접 인용은 " "로, 강조나 간접(발췌) 인용은 ' '로 표기하였다.

차례

그레이Grey 구락부 전말기 • 7
라울전 • 50
우상의 집 • 83
9월의 달리아 • 104
수囚 • 111
7월의 아이들 • 141
열하일기 • 163
금오신화 • 228
웃음소리 • 256
국도의 끝 • 275
놀부뎐 • 286
정오 • 305
춘향뎐 • 314
귀성 • 329
만가挽歌 • 353

해설 믿음의 세계와 창의 문학/오생근 • 368
해설 창형窓型 인간과 욕망의 삼각형/김형중 • 379

그레이Grey 구락부 전말기

함빡 어둠이 깃든 휑한 고갯길은, 늦은 봄날의 밤답지 않게, 허전하면서 썰렁한 데가 있다. 어디선가 컹컹 개 짖는 소리. 현은 걸어가면서 호주머니를 들추어 담배를 꺼내 물었다. 손끝으로 탁 튀긴 성냥개비가 연한 불꼬리를 이끌며 휘— 어둠 속으로 사라져갔다. 현은 무어랄까 드높아진, 그런 술렁거림이, 속에서 오감을 느끼는 것이었다. 알지 못하는 것에 보내는 바람. 어느 무엇에 칵 실린다든가 넋 없이 빠져본다든가 그런 일을 가져본 지 오랜 현으로서는, 이것은 분명히 놀라운 일이 아닐 수 없다.

혼자 셈으로, 설렘의 철은 지난 줄로 알고 있었다. 눈에 벌겋게 핏발을 세우며 밤샘을 하여 책을 읽던 무렵. 참 숱해 읽기도 했거니 그는 생각한다. 그때는, 잠잘 때 말고는 활자를 눈알에 비치고 있지 않으면 금방 무슨 몸서리칠 재앙이 다가오기나 할 것처럼, 이야기에 있는, 무슨 그러기로 된 몸놀림을 멈추자마자 마귀에게 잡아먹힌다는 그런 식으로, 책을 한때라도 놓으면 금방 자기의 있음은 온데간데없어질 것 같은, 가위눌림 비스름한 것에 등을 밀려서 책에서 책으로 허덕이듯 옮겨갔던 것이다. 책에 음(陰)한 무렵. 그때는 되레 살 만한 때였다.

아무것에나 매달릴 수 있으면 괜찮은 편이라는 뜻에서. 그다음에 온 것, 그리고 지금까지 이어지고 있는 마음밭의 모습이 말썽이었다. 현은 끝내 책을 버리고 말았다. 책을 아무리 봐도 책에서 얻고 싶었던 것은 얻어지지 않았다. 책이 쓸모없음을 안 것이 아마 책의 쓸모의 모두였다. 우스개 같지만 정말이었다. 그의 눈은 말하자면 뚫어보는 힘이 붙어서 맹랑한 일이 일어났다. 모든 일이 유리그릇이 되었다. 역사·철학·문학, 그런 것들이 그 알몸뚱이를 보고 나니 더는 끄는 힘이 없어졌다. 누리가 유리 실로 만든 실공이기나 하듯, 처음과 끝이 돌고 돌아 비끄러매진 마지막 매듭까지 보아버렸노라고 현은 생각했다. 한마디로 아무것도 모른다는 것, 그 모른다는 것을 똑똑히 알고 있다는 것, 두 겹으로 싸인 덫에 치여 발버둥 치는 꼴, 그것이 자기였다.

며칠 전 일이다. 그날 현은 늘 드나드는 찻집에서 하릴없는 때를 죽이고 앉았다가 뒤적뒤적하던 신문지 한 모서리에 문득 눈길을 멈췄다. 첫 장 아래쪽 정부 인사란이었다. 거기에는,

"김만술. 명 마르세유 주재 총영사."

외무부 인사 발령이 늘 그런대로 자그마한 칸 속에 박혀 있었다.

마르세유. 그 다른 고장의 이름을 속으로 불러본다. 그것은 결코 낯선 도시가 아니었다. 이 도시의 이름이 불러일으키는 푸짐한

떠올림의 부피로 보아, 어쩌면 현이 아직 살아본 적이 없는 숱한 한국의 도시보다 더 가까운 곳인지도 몰랐다.

 마르세유 주재 영사, 흠, 괜찮은 자리야. 대사보다도 영사가 나아. 요새 대사 공사래야 무어 옛날 모양으로 대사 그 사람의 인간적 매력이나 솜씨로 일을 꾸린다느니보다 본국의 훈령을 앵무새처럼 그쪽 외무부에 옮기는 것뿐이니까. 영사라면 오히려 홀가분하고 알아서 움직여볼 수 있단 말이야. 마르세유 주재 한국 영사. 번잡지도 않고 초라하지도 않고…… 김만술이라 흠, 내가 이 친구 대신 영사가 된다면…… 웬걸 한 열 곱은 잘할 거야. 먼저 요코하마·홍콩·캘커타로 인도양을 지나 지중해를 가로지른 다음. 비행기보다 그래도 뱃길이 재미있어. 지중해의 코발트색 물결. 그리스·로마의 옛 뱃사람과 무사들의 뼈다귀가 그대로 묻혔을 바다 속의 노예선. 그 바다를 건너 마르세유 부두에 닿는다? 옳지, 여부가 있을까. 멀리 파리서 온 명사 귀부인을 합쳐 마르세유의 알짜한 귀하신 분들이 서성거리면서 내 배가 닻을 내리는 것을 바라보고 섰을 테지. 코스모스의 한 무더기 같은 양산 받친 여자들의 모습. 부두에서의 전통적인 짤막한 환영 절차와 인터뷰. 그것이 끝나면 시장 내외와 함께 차를 타고 마르세유 상공회의소가 베푸는 환영 파티로 간다. 거기서 나는, 오로지 의젓한 미소를 지으며 그들의 말에 귀를 기울일 것이다. 그들은 내가 얼마나 훌륭한 사교가인지를 이윽고 알게 된다. 영사의 일이라야 프랑스라면 기껏 여행자의 여권에 도장이나 찍는 것밖에 더 있을라구. 나머지는 인제 차츰 예술가·학자 들의 패거리에 발을 들여놓거든. 스탕달,

발자크, 모파상, 졸라, 카뮈에 이르기까지 푸짐한 문학사적 조예와 철학적 논평으로 그들의 존경을 차지하고 우정을 얻는단 말이야. 이윽고, 파리의 이렇다 할 예술가 지식인과 너나 하는 처지가 되고 보면, 나더러 어디 가서 강연을 해달라느니, 한 주일에 한 시간쯤이라도 좋으니 대학에서 비교철학 자리를 맡아달라느니 할 것이 아닌가. 아니 그것보다도, 소설가 친구들이 나더러 꼭 소설을 쓰라고 조를 거야. 어디 한국 사람이 재주가 모자라서 세계적이 못 되나. 못난 나라에 태어난 탓으로 늘 밑지는 거지. 현대인의 불안을 상징풍으로 다룬 아름다운 장편시를 써내지. 아, 단박 베스트셀러가 되고 영역·독역이 되는 통에 한국에 역수입되거든. 흥, 서양 문학이 무에 대단한 게 있어. 가락이 높고 은은한 우리네 마음을 나타내는 주인공을 그려내는 날이면, 모든 명작 소설이 무색하게 될 테거든. 온통 파리의 예술계가 뒤끓는 가운데 출판 축하회가 열리고…… 샴페인을 터뜨리는 소리. 여기저기 모여서 환담하는 웅성임. 신사들의 새까만 턱시도. 아낙네들의 눈부신 가슴, 그리고……

현의 행복한 공상은 줄줄 펼쳐져나가 어쩌면 드디어 프랑스 한림원 회원이 되는 데까지 이르렀을 텐데, 불시에 손끝에 찌르는 듯한 아픔을 느끼며 퍼뜩 제정신이 들었다. 담배가 꽁지까지 타들어와 손을 지진 까닭이다. 부옇게 자리가 팬 그 자리의 아픔은 잠시 후에는 쿡쿡 쑤시는 아픔으로 바뀌었다. 현은, 염치 불고하고 요란한 소리를 내어 의자를 박차며 찻집을 뛰쳐나왔다.

한 손으로 담뱃불에 덴 자리를 감싸쥐고, 어두운 거리를 실성한 사람처럼 무작정 걸었다. 육체의 아픔에 곁들여 폭폭 꽂혀오는 바늘 같은 비웃음의 아픔이 더 강했다. 에익 나란 놈. 만화…… 아쉬움 없이 딱 보기 싫도록 자기란 것이 싫어지는 느낌이었다. 강한 꾸지람이나 뉘우침을 다그치는 그런 잘된 자기혐오가 아니고, 시들해진 연인의 하품하는 입모습을 보고 불시에 느끼는 오입쟁이의 혐오 같은, 말하자면 그런, 이리도 저리도 못 할 마음이었다. 재주도 없고, 게으르고 남을 사랑할 너그러움도 없고, 젠체하고, 그러면서 안달을 내고. 아아 퉤.

"각하, 무슨 못 드실 것을 드시었는지 침을 뱉으시는 모습이 매우 심상치 않으십니다. 매우."

화가인 K가, 그의 익살맞은 몸짓으로, 현의 어깨를 넌지시 두드리고 서 있는 것이었다.

"어, 잘 만났어."

"뭐 별로 잘 만난 것 같지도 않은데그래."

현은 쓴웃음을 지으며 어느새 나란히 걷는다.

"난 요새 자신이 없어졌어."

"자신? 자신이야 생각하기에 달렸지. 붙었다 떨어졌다 하는 게 자신 아닌가?"

"벽창호로군. 나는 왜 이리 무딘 친구만 가졌을까 응?"

"그렇지도 않을 거야."

K는 웃지도 않고 시무룩하게 말했다. 어느 선술집에서 마주 앉아, K는 현에게 이런 말을 했다.

"허긴, 날마다 거리에 나와서 돌아다니고 보면, 마음만 지치고 울적하기만 해. 그래서, 널찍한 집을 혼자 지키고 있는 친구 애가 있는데, 그 집을 아지트로 하고 게서 모이고 소일하면서, 한동안 거리엔 발을 끊어보는 게 어떨까, 해서. 그 애하군 벌써 얘기가 되었고 회원을 찾고 있던 참야. 현이가 꼭 한몫 껴야겠어. 그 친구란 작자가, 레코드 모으기가 취미라서, 큰 집은 몰라도 시시한 찻집에서 음악 듣는 따위가 아닐 거야. 왜 예술의 유파가 흔히 그런 은근한 모임의 형식으로 이루어진 예는 허다하지 않아? 그래서 조금 쑥스럽게 들릴지 몰라도 비밀결사의 창당 비슷한 설렘이 없는 것도 아니야."

그러곤 그 결사의 뜻인즉 부엉이는 부엉이끼리 모여서, 그들 스스로 어떤 분위기를 만들어, 그 속에 틀어박힘으로써, 현실과의 쓸데없는 부대낌을 비키는 데 있다고 늘어놓으면서 K는 손으로 턱을 고이고 창밖을 내다보며 무슨 아리아를 휘파람으로 구성지게 불어대었다.

"비밀결사아? 오라, 어두운 등잔불 밑의 숨은 모임. 문간엔 피스톨 든 망보기. 어두운 거리. 뒤따르는 밀정. 모퉁이. 쓰러지는 그림자. 브라보! 좋아. 비밀결사란 말이 영 멋있어. 우리의 비밀결사를 위해 한잔!"

큰 소리를 지르는 통에 곁에 있던 사람들이 한결같이 고개를 돌려 그들을 보았다. 꽤 올랐다.

K는 헤어질 때 그 집 길 찾기를 그려주었다. 쉬워, K가 지도를 그리면서 그렇게 말했듯이, 이 언저리의 생김새를 잘 아는 현에겐 그 집을 찾긴 쉬웠다.

지금 현이 담배를 피워 물고, 이 휑한 길을 따라 올라가는 것은 이런 사연으로였다. 성곽처럼 돌담이 높직한 적산 가옥 앞에 와서, 그는 우뚝 섰다. 오던 길을 돌아보니, 저 밑에 전차길이 보이고, 멀리 도심 지대의 불빛이 환히 바라보였다. 꽤 높은 언저리다. 성냥을 그어 문패를 읽어보고는, 구두를 탁탁 털면서, 기둥에 달린 벨을 지그시 눌렀다.

8조짜리 방에, 모두 양식 세간이었다. 방 한가운데 굉장히 큰 둥근 탁자가 있고, 그 위에 부엉이가 한 마리 앉아 있다. 세 사람이 그 탁자를 둘러 그림처럼 앉아 있었다. 전기 사정이 나쁜 때도 아닌데, 웬일인지 전등을 켜지 않고 웬 놈의 촛대에 굵은 초가 한 대 꽂혔을 뿐. 방의 네 귀는 처음 들어선 사람에게는 컴컴한 굴속 같았다. 탁자에 앉은 부엉이의 눈이 번쩍 빛났다. 현은, 대뜸, 그 기묘한 광경에 말할 수 없는 설렘이 가슴에 번지어가는 것을 느꼈다.

K도, 마치 처음 만나는 사람이기나 한 것처럼, 시큰둥하게 말은 없이 손을 들어 자기 옆자리를 가리키는 것이다. 자리를 잡고 비로소 모르는 두 사람을 쳐다보았다. 부자연스러우리만치 초연한 태도를 지니고 앉았던 두 청년 중 한 사람이, 현의 눈길을 만나자 눈을 찡긋한다. 그러자, 그 당돌한 인사가 그러나 조금도 당돌해 보이지 않을 그러한 분위기에 지금 자기도 어느새 들어와 있는 것을 현은 느끼는 것이었다. K가 일어선다.

"회원이 다 모였습니다. 발당 선언을 M씨에게 부탁합니다."

이러고선 털썩 자리에 앉는다. M이라 불린, 현의 바른편에 앉은 낯빛이 남다르게 창백한 청년이 넌지시 일어나더니 미리 마련한 글을 읽기 시작한다.

"움직임의 길이 막혔을 때, 움직이지 않음이 나옵니다. 예스라고 하기 싫을 때 노라 하지 않고 그저 입을 다무는 것도 또한 훌륭한 움직임입니다. '손쉬운 도피'란 말을 속물들은 멋대로 지껄입니다. 손쉬운 풀이가 아닙니까? 우리는 이 손쉬움에 대듭니다. 창조는 끝났습니다. 다만 기계적 되풀이만이 남았습니다. 신이 늘 꾀를 내고 사람은 덤으로 찍어낼 따름입니다. 천재가 피리 불면 무리는 장단을 넣습니다. 우리는 겉보기를 믿지 않습니다. 겉보기는 허울인 까닭입니다. 우리는 역사의 알몸을 보았습니다. 역사란 시간의 아지랑이입니다. 우리는 시간을 믿지 않습니다. 우리는 말짱한 빈손, 이것을 위하여 이 자리에 모였습니다. 우리는 움직임을 저주합니다. 나쁜 미움은 '움직임'에서 비롯합니다. 슬기 있는 이는 역사가 하루의 움직임을 뉘우치며 참회의 계단에 엎드리는 잿빛 노을을 이끕니다. 우리는 잿빛을 사랑하는 자로 나섭니다. 어찌하여 속물들은 '치기'를 그리도 두려워합니까? 우리는 분명한 마음으로 외칩니다. 우리는 움직임을 마다한다고. 잿빛의 저녁놀 속에서만 슬기의 새 '미네르바'의 부엉이는 눈을 뜹니다. 이는 우리의 상징입니다. 우리의 강령은 심령적인 것입니다. '동지 서로 사이에 내적인 유대 감정을 이어가고 순수의 나라에 산다는 느낌을 이어간다.' 이것이 바로 그것입니다. 어떤 사람들에겐 이 같은 젊음의 숫기가, 다만 나이 탓인 한때 돌림으로 그치지 아니하고, 평생 가는 바탕이었던 것을 우리는 압니다. 이 지키기를 어겼을 때, 회원 저마다 스스로 물러가야 하며, 만일 밖에 일을 새게 할 때, 그는 마땅히 정신적인 암살의 대상이 될 것입니다. 정신적인 암살이란 그에게 '속물'이란 딱지를 붙이고 절교를 선언하는 것입니다. 우리 당은 그레이 구락부라고 불릴 것입니다."

M이 자리에 앉자, K는 그제야 회원들을 서로 터주었다. C라는 젊은이는 M의 친구로 K도 처음 통성하는 것을 보고 현은 거듭 놀랐다. 현이 오기 전, 인사도 않고 앉아 있었을 그들을 그려보고서였다. 현은 선언문이 낭독될 때, 처음엔 약간 그 품이 장난 같은데 쓴웃음 비슷한 것을 느꼈다. 그러나 선언이 끝날 무렵에 가서는, 아주 다른 생각으로 바뀌어 있었다. 적어도 이것은 티 없는 매임이었다. 치기라면 으뜸 값진 치기였다. 현이 처음에 단수가 높은 체하고 쓴웃음 지으려던 몸짓은, 이들의 맑음 앞에 금방 허물어지고 말았다. 악마의 서슬도 어린 애기의 웃음 앞에는 맥을 못 쓰는 것이 아닐까? 그보다도, 현 자신 속에 있던 감상성에 대한 깔봄이, 알맞은 낌새 속에서 그 힘을 잃어버리고, 제 모습이 드러났다고 하는 것이 정말이겠다. 갈래갈래 찢긴 나. 나의 마음 놀림이나 행동을 지켜보고, 흉보고, 놀리는 또 다른 나로 말미암은, 스스로를 우스개 삼는다는, 참을 수 없이 비뚤어진 마음보가, 이 순간 삐그덕 소리를 내면서 바로잡히는 것을, 현은 분명 느끼는 것이었다.

'구원이다!' 현의 가슴에 그렇게 속삭이며 지나가는 소리가 있었다. 그는 새삼 회원들의 얼굴을 돌아보았다. 어느 얼굴이랄 것 없이, 현은 거기서, 분명한 한패들을 알아보았다. 현은 양양하고 따뜻한 밀물이 자꾸 가슴에 솟아오르고, 또 그것은 그를 말이 많게 만들었다. 수다스러움도 또한 믿음의 증거가 아닌가?
 박제의 부엉이의 눈은 맑아만 가고 밤은 깊어갔다.

 그레이 구락부가 만들어진 지 달포나 되어, 회원이 하나 늘게 되었다. 그 앞뒤인즉 아래와 같고 주인공은 현이 맡아본 셈이 되었다. 하루는 전에 늘 드나들던 찻집에 별일 없이 훌쩍 들르게 되었다. '전에'라고 하는 것은, 그레이 구락부의 회원이 되고서는 다른 회원도 마찬가지였지만 현은 거의, 전에는 살다시피 하던 찻집이니 음악집에서 발을 떼고 말았던 것이다. 그들 회원들에겐 그레이 구락부는 인제 숨과 같은 것이어서, 하루도 걸러서는 배기지 못하였고, 만나면 반드시 온 하루를 뿌리를 빼고야 말았고 밤을 새우기도 하였다. 야릇한 일이지만 다른 어떤 단체나 모임에 낀다는 것, 회원 아닌 사람과 회원보다 더 친한 사이를 맺는다는 것은 안 될 일이다, 하는 기운이 생겨버렸다. 그래서 오늘 현이 이 찻집에 들른 것은 정말 오랜만이었다. 옛 단골손님에게 알은체를 하며 문안하는 카운터 쪽에 끄덕 고개를 숙여 보이고 자리에 가 앉자, 우르르 달려드는 옛 패들이 저마다,
 "어디 갔더랬나?"
 "원, 통 보이질 않으니."
 "연애하는 모양이군?"
 비슷한 말들을 뇌며 안부를 묻는 것이었다. 그러고 있는 그들 옆으로, 웬 여자가 지나가는데, 패 중에서

"오랜만입니다. 재미 어떻습니까?"

그런즉 저편의 대답이,

"무재미."

이러고는 휙 지나가버리는 것이었다. 깨끗하다. 다른 여자 같으면 퍽 닳아빠진 것으로 보이거나 적어도 우스꽝스러워 보였을 그 수작이 조금도 그런 티가 없을뿐더러, 이 친구들도 그러려니 하는 일이 더욱 그럴듯했다.

"웬 여자야?"

"응, 미스 한이라고 B대학교에 다니는 앤데 저래 봬도 미운 데가 없는 애야. 왜, 입맛이 당겨? 내 터주지, 응?"

"흠흠."

현은 말웃음을 웃고 앉았는데, 그 여자가 다시 이편으로 돌아오는 것이 보인다. 쓱 옆을 지나 아까 앉았던 자리로 가 앉는 것을 현은 곁눈질로 보았다. 패들은 한참 만에 우르르 일어서면서 현더러도 한잔하러 가는데 어때 끼겠나, 이러며 끄는 것이나, 그는 머리를 흔들었다. 무슨 생각이 있는 것이었다. 그들이 문밖으로 사라지자 현은 불쑥 일어서서 그 여자의 바로 맞은편 자리로 옮겼다. 물론 예까지는 있을 수 있는 일이지만, 그다음 현은 종이를 한 장 꺼내어 이런 글발을 적었다.

―당신이 아주 궁금합니다. 궁금함의 뜻에 대해, 촌뜨기처럼 묻지는 마십시오. 남자고 여자고, 어떤 특이한 풍모 때문에 처음 만난 사람에게 강한 끌림을 준다는 일을 아실 테니깐. 당자에겐 자랑일 수 있고 다른 쪽에는 기쁨일 수 있는 그런 일입니다. 본인

은 어떤 비밀결사의 당원인바, 귀하에게 입당을 간절히 권고합니다. 결코 귀하의 명예에 더럽힘이 없을 것입니다. 즉답을 바랍니다—

그러곤 말없이 앞으로 밀어 보냈다. 약간 놀라는 눈치가 있었지만 일어서거나 하지 않는 것을 보고 그러면 그렇지, 현은 속으로 먼저 제가 사람 보는 눈에 으쓱해지며 적이 느긋했다. 그녀는 쭉 훑어 읽고는 종이를 살짝 엎어놓으면서 나무라는 듯이 웃고,

"마다하면?"

"숨길 일이 알려지고 보면, 죄송스러우나 험한 일을 각오하셔야 하겠습니다. 어떻습니까?"

"그런 으름장에 당장에야 꺾이지 않을 여자가 있을까요?"

현은 두번째 속으로 손뼉 쳤다.

이 말을 구락부에 가져왔을 때, 한바탕 소동이 일어났다. 현의 경거망동을 입을 모아 나무라는 것이다. K는,

"안 돼. 우리 구락부가 오늘의 번영과 순수성을 지킨 것은 남자들만이었다는 데 열쇠가 있는 거야. 여자를 넣어보아. 반드시 틈이 생길 거란 말야. 뭐 그런 뜻이 아니더라도, 여자가 끼여서 조심스럽고, 그래서 치러야 할 겉치레를 어떻게 감당할 텐가? 안 돼, 안 돼. 멋대로 움직인 현일 징계 처분해야 돼!"

C는,

"예로부터 비밀결사가 무너진 뒤에는, 여자가 있었단 말이거든. 왜 저 스탕달의 『바니나 바니니』를 못 봐? 설사 현의 말대로 그녀가 그렇게 멋지고 같이 놀 만하다 해도, 생소한 남자들 틈에 그녀

가 혼자서 과연 숨 쉴 수 있을는지 그 점은 아무도 보장 못 한단 말이야. 안 될 말. 그만둬."

이렇게 K를 밀고 나서는 것이었다. 그러나 M은 레코드에서 천천히 떠나며,

"그러나 생각해보아. 만일 우리가 거부한다 하면, 우리 일은 밖에 드러나는 거야. 그리고 자네들은 이성이라는 데 신경을 쓰는 모양인데, 그건 자네들 위태로운 인격을 스스로 들고 나오는 것이야. 벌어진 일을 어떻게 여미느냐가 문제야. 원칙론은 쓸데없어."

이렇게 되어, 형님들이 이러쿵저러쿵하는 동안 철없는 말썽을 일으킨 막내동생 꼴이 된 현은, 구석에 처박힌 채 발언권을 빼앗기고 있었다. 마침내 몇 가지 꼬리를 달고, 사람을 보아 받자, 이렇게 되었는데, 꼬리란 이렇다.

첫째, 그녀를 이성으로 여기지 않는다.

둘째, 그녀와의 개인플레이를 못 한다.

셋째, 무슨 일이든 구락부의 이름을 머리에 두고 움직인다.

들어온 첫날부터 그녀는 선배 회원들의 걱정을 말끔하게 씻을 만큼 좋은 느낌을 주었다.

"처음 종이를 불쑥 내밀 땐 사실 자리를 떠날까 했으나, 미스터 현의 얼굴을 보니 아, 이건 불량 아동이 아니야, 그렇게 느껴져서 눌러앉았어요."

이러면서 그 권유 문서를 내놓았다. K는 부엉이 눈알을 빼고 그 뚫린 구멍에서 예의 발당 선언서를 꺼내 읽고 그녀의 선서를 받은 후, 현이 쓴 권유문도 구락부의 사료로써 값이 있다고 하여, 선언

문과 같이 구멍에 밀어넣고 도로 눈알을 박았다. 그러곤,

"음, 현이 웬만한데, 기막힌 연애편이야."

이러면서 사뭇 주억거리는가 하면, C는 집회까지의 파란곡절을 말해주고,

"이러한즉, 우으로 선배 회원을 받들며, 구락부의 이익을 지켜야 하고, 구락부의 청소, 정돈에 소홀함이 없도록."

어쩌고 하는 통에 그녀는,

"어머나 이건 종으로 붙들려온 셈이네요"

하고 우는소리를 했다. 그들은 새 회원을 반기는 뜻으로 영화 구경을 갔다. 『알트 하이델베르크』를 각색한 그 영화는, 그 치닫는 삶이며 젊은 객기가 지금의 그들 느낌에 거슬림 없이 안겨오는 바가 있었다. 이날 밤 그들은 미스 한에게 '키티'라는 이름을 주고, 구락부에서 그녀를 부르는 이름으로 삼기로 하였다.

그레이 구락부는 눈부신 한창때를 보냈다. 구락부는 그들에게 바라던 것보다 더한 것을 주었고, 늘 어김없는 보금자리였다. 모이는 날이 정해 있는 것도 아니요, 때가 있는 것도 아니었다. 한 사람씩 어느새 모여들어선, 또 어느새 없어지곤 하였다. 무슨 정기 총회가 있는 것도 아니었다. M은, 사람이 오건 말건 레코드만 뒤적이며 앉아 있었고, K는 그림 도구를 가져와서 그림을 그리기도 하였다. 창에 가까이 놓인 난로는 늘 벌겋게 타고 있어서, 현은 난로와 창문 사이에서 서성거리며 지나는 게 일쑤였다. 추위를 타서가 아니고, 그 활활 타오르는 불길을 지루하지도 않은지 한 시

간이고 두 시간이고 들여다보고 있는 것이 그의 낙이었던 것이다. 난롯불을 들여다보는 것이 낙이라면 웃을지 모르나, 웃는 편이 속 없는 일일지도 모른다. 태공망이 낚시질한 것이나, 달마가 벽을 보고 앉았던 것이나, 당구를 즐기는 여드름쟁이나, 낙이란 점에선 매일반이다. 남의 즐거움을 받아주는 것이 민주주의이고, 남의 취미에 대한 너그러운 아량이 얼마나 동네를 숨 돌릴 수 있게 만드는 것인가. 이것은 현의 지론이다. 그래서 현은 '난로의 기사'라는 이름을 받았는데 '난로의 기사'는 어느덧 땔감을 날라오고 재를 털어내는 '난로의 소제부'를 곁들이고 있었다. 키티는 또 굉장한 호콩 미치광이여서 늘 호콩 껍질을 딱딱 부수고 앉았는 것이, 호콩을 먹으려 태어난 여자로 보였는데, 키티의 호콩의 힘은 어지간했다. 즉, 키티는 호콩 서너너덧 알을 가지고, 구락부의 아무고 마음대로 부려먹을 수 있었기 때문이다. 이 호콩의 끌림을 물리칠 수 있는 힘을 가진 사람은 없었다. 한번은 K가 클로스 표지의, 으리으리하게 꾸민 드가의 선집을 호콩 한 봉지와 바꾼 일이 있었다. 그날 K가 이것을 가지고 와서 한 장 한 장 들여다보고 앉은 것을 이윽고 바라보고 있던 키티는, 단 한 알도 호콩 인심을 쓰려 않는 것이다. K는 사정을 하다못해 골이 잔뜩 나서 홧김에, 그럼 이걸 줄 테니 바꾸어, 이렇게 되었던 것이다. 이튿날 K는 먼젓날 흥정을 물리자고 했다가 대번 회원 모두의 뒤끓는 나무람과 삿대질의 과녁이 되어 본전도 못 찾고 말았다. 예의 호콩으로 매수해두었던 것이다. C는 낮잠자기와 키티에게 '호콩 하나만'을 구걸하는 것을 사는 보람으로 알고 있었다. 가끔 M의 할머니가 기웃이 들여다보고 갈 때는 키티는, 꽤 손이 크게 호콩을 바치는 것이 예사였다. 그것은 야릇한 분위기였다. 어른이 될 나이에 있는 사람들이 죽자고 톰 소여의 해적굴에 매달리는 그런 것이라고나 할까.

"움직임의 손발을 갖지 못하고, 내다보는 창문만을 가진 인간형이 있다. 손 하나 발 하나 까딱하긴 싫고, 다만 눈에 보이는 온갖 빛깔, 형태를 굶주린 듯 지켜봄으로써 보람을 느끼는 사람, 이런 사람은 '창' 타입의 사람이다. 창은 두 가지 몫이 엇갈린 물건이다. 창은 먼저, 밖으로부터 들어앉은 방을 막아준다. 거친 행동과, 운동의 번잡에 대한 보호를 뜻하는 '건물'의 한 군데인 것이다. 블라인드를 치고 커튼을 드리우고 덧창을 달고 자물쇠를 채우고 하는 모든 것이, 이 창의 닫힘을 나타내는 것이다. 그러나 한편, 창은 이같이 닫힌 집이 바깥과 오가기 위한 자리다. 창에서 이루어지는 바깥하고의 오가기는 오직 눈에 의해서만 이루어진다. 눈으로 하는 사귐은 떨어져 있고 번거로움이 없다. 그는 화창한 삶의 봄과, 매서운 싸움의 겨울을 바라본다. 그는 즐거움에 몸을 불사르지 않는 한편, 괴로움에 대하여 저주하지도 않는다. '누리는 만들어지지 않는 것이 좋았다' 하는 말을 그는 받아들이지 않는다. '누리가 만들어진 것은 아무튼 좋은 일이었다' 하는 것이 그의 믿음이다. 이런 창을 가지지 못한 사람은 창 없는 집과 같다. 그는 좁은 생각과 외로움으로 숨 막히고 끝내 미칠 것이다. 그레이 구락부는 그러한 '창'의 기사들의 기사단인 것이다. 그들은 투정보다도 노래하여야 할 것이 많은 누리를 받아들였다. 창으로 바라보는 풍경은 거의 아름다웠다. 창으로 바라보는 인물은 모두 소설 가운데 주인공처럼 흥미를 돋우며, '안'과 바깥과의 '어울림' 속에 살아 있는 인물이었다. 창은 슬기 있는 사람의 망원경이며, 어리석은 자의 즐거움이 아닐까? 이것이 그레이 구락부의 믿음이다."

이것은 '난로의 기사'라는 벼슬을 받았을 때, 현이, 창에 가까운 자리를 변호하기 위해서 내놓은 한자리 말씀 가운데 한 대목을 옮긴 것이다. 어떻든 그레이 구락부는 창을 가졌을 뿐 아니라, 그것도 아무 데나 붙어 있는 너절한 게 아닌, 그런 창을 가지고 있었다. 그것은 구락부의 눈이었다. 말씨가 떨어지면 누구고 으레 이 창가로 온다. 동편으로 난 커다란 창문으로는, 이랑이랑 이어진 지붕을 거쳐, 멀리 남산 기슭까지 한눈에 들어온다. 도시의 전모를 높은 곳에서 바라보는 것은, 그것 스스로 사람으로 하여금 깊디깊은 속으로 끝 모르게 끌고 들어가는 힘이 있었다. 가지각색의 모양과 빛깔의 기와며 벽의 빛깔. 서울의 집들의 색채는 요즈음 들어 부쩍 울긋불긋해진 것만은 사실이었다. 우리 조상들은 집에다 울긋불긋 칠하는 것을 그닥 즐기지 않았던 모양이나, 지금은 안 그렇다. 맑게 갠 겨울 하늘 아래 굽이굽이 펼쳐진 지붕들의 색깔. 저 새빨간 양철 지붕 밑에는 사과꽃처럼 진한 삶이 있는 것일까. 저 새파란 지붕 밑에는 창포꽃처럼 숨 쉬는 여자의 슬픔이 있는 것일까. 그러나 그 모든 지붕들도 이 찬란한 저녁노을의 때가 되면, 빠짐없이 한 가지 잿빛의 너울을 쓰는 것이다.

현은 K에게 말했다.

"사람은 외로울 때 창가에 서는 것이 아닐까?"

K는 유리에 얼굴을 누르며 아득히 내다보며 받는다.

"사람은 외로울 때만 창가에 다가선다, 하는 게 더 옳을 거야."

"맞았어. 외롭다는 것, 친구가 있는데, 그레이 구락부가 있는데 외롭다는 건, 근데 웬 소리야?"

K는 대답 대신 이윽히 현의 얼굴을 들여다보았다.

"알면서 묻는 거야? 몰라서 묻는 거야?"

"알 것 같기도 하고 모를 것 같기도 하고 하니깐."

K는 소파에 벌렁 나가누웠다.

"외로움이란 건 즉 여자야."

"여자?"

"그렇지."

"시시한 프로이트 취미야. 이젠 낡은 이론이야. 사람은 여자 때문이 아니라도 외로울 수 있네. 돈 주앙이 느끼는 외로움은 무어가 되지? 그러면……"

"그럴싸한 말이지만 돈 주앙의 이야기는 반증이 못 돼. 돈 주앙의 허전함은 마찬가지로 또 다른 여자의 가슴에서만 메워진단 말이야. 여자란, 존재의 막다른 골목의 담벼락에 붙은 문이란 말이야. 우리는 그 너머로 갈 수 없어. 언제까지나 열리지 않는 문, 아주 녹슨 문, 사람이 손으로 만지고 눈으로 볼 수 있는 가장 마지막 물건이란 말일세."

"그러나 문 그 자체가 목적인 건 아니잖아. 문은 어디까지나 그 건너편에 있는 그 무엇으로 가는 길목일 뿐이야."

"그런데 그 문이란 영원히 잠겼으니깐 결국 마지막 목적이지 뭐야."

"옳아. 턱없는 자리를 사태를 틈타서 차지한 것이 되는구먼."

"옳거니. 하지만 여자가 차지했다느니 남성 모두가 멋대로 뒤집어씌운 셈이지."

"그걸 여자는 마다하지도 않고 눌러쓰고 있다?"

"그런데 영리해서가 아니라 염치없어서."

이때 그들의 뒤에서,

"신사 여러분, 커다란 잘못이로소이다."

이런 소리가 났다. 두 사람 말고 방에는 아무도 없었으므로, 그들은 놀라서 돌아보았다. 어느새 왔는지 키티가 상글거리고 서 있었다. 새로 지은 홈스펀 오버에 숄을 뒤집어쓰고 눈만 내놓고 서 있는 맵시가 여느 때보다 여성다워 보였다. 키티는 오버를 훌훌 벗으면서,

"그렇지 않은 줄 알았더니 여기가 꽤 낡으셔"

하며 자기 머리를 손가락으로 가리킨다.

"하하하……"

손쉽게 현과 K는 웃는 재주밖에 없었다.

"여자들한테 그런 멋대로의 풀이를 붙인다는 건 남자들한테도 안 좋아요. 이쪽을 똑바로 보지 못하는 사람들이 어떻게 변변히 굴겠어요. 제가 말씀해드리지요. 여자는 남자와 꼭 같이 사람입니다. 그리고 아까 그 이론은 여자가 남자를 대할 때도 역시 들어맞을 수 있는 것이구요. 왜 벌써 입센 시대부터 환해진 이야기가 아니에요? 아니, 입센보다도 숫제 사람이 만들어진 처음부터 남자와 여자는 똑같은 짐승이었지요. 뭡니까, 사회적 위치니 하는 겉보기

때문에 사람의 본질을 놓치는 건 어리석다고 믿어요. 그렇다면 두 분께선 나 역시 그런 안경으로 보시는 모양이군요, 네?"

"결코 아닙니다. 꼭 같은 벗입니다. 그건 뭐 잘 아시면서, 여왕께서."

"점점 안 되겠는걸. 자격을 몰라준다면 난 물러갈 테예요."

키티는 일부러 연설조이던 말투를, 이렇게 평상대로 고치며, 턱 허리에 손을 버티는 것이다. 현은 난처한 일이 되어 도대체 무슨 그럴싸한 둘러댈 말이 없을까 했으나 이렇다 할 생각이 나지 않았다. 그러나 K가 이런 땐 그 사람이었다.

"무슨 소릴. 함부로 당을 나가는 자는, 그 마지막이 어떻게 되는지 당신도 잘 아는 일. 어느 캄캄한 밤에 쥐도 새도 모르게 이렇지……"

하면서 비수를 곤두 잡고 허공을 폭 쑤시는 시늉을 해 보였다.

"농담, 농담, 절대 농담입니다."

키티는 이렇게 말하면서 호콩 봉지를 내놓았다. 그러는데 M이 들어온다. 집주인인 그는, 손님이 있건 말건 휙 나갔다 어느새 들어오고, 그의 집인지 그가 손님인지 통 알 수 없는, 짜장 무정부주의적인 구락부의 분위기인 것이었다. 키티가 일어서서 레코드를 올려놓았다. 무겁고 아름다운 가락이 지금의 그들 모두의 무드처럼 물결쳐 나왔다. 전축에 기대어 선 키티의 얼굴이 어둑어둑한 방 안에서 박꽃처럼 보얗게 보였다. 현은 불현듯 속으로 (나는 처음부터 키티를 사랑한 것이 아니었을까) 이렇게 생각하며 섬뜩해졌다.

어느덧 여름도 다 가고, 그레이 구락부의 창가에 선 전나무의 가는 잎사귀가 한 잎 두 잎 지는 철이 되었다.

 현과 키티는 구락부를 향하여 나란히 걸어가며, 지금 막 갈라지고 온 사람들을 생각하고 있었다. 그들은 '여호와의 증인'이라고 불리는 기독교파의 사람들이었다. ― 한번 꼭 와보시오. 교리를 알아본 끝에 믿고 안 믿고는 자유입니다 ― 전도사가 찾아와서 그렇게 권하고 갔는데, 혼자 가긴 싫고 같이 가자고 키티가 졸라서 현은 따라나섰던 걸음이었다. 분명히 그들의 모임에는 신선한 종교적 분위기가 있었다. 예수의 일이 엊그저께 일어나거나 한 것처럼 안절부절못해하는 사람들 같았다.

 ― 예수 낳은 날은 성경에 말이 없다.
 ― 예수의 그림은 뒤에 꾸며낸 것이다.
 ― 예수의 형틀은 십자형이 아니고 한일자형의 막대였으므로, 십자가를 믿음의 부적으로 가슴에 품어온 것은 교회의 무지와 승려의 기만이었다.
 ― 넋은 가멸성이다.
 ― 곧 예수의 나라가 땅 위에 세워진다.

이 같은 교리를 성경 연구를 통하여 내세우며, 성경의 여러 편 중에서도, 지금껏 비유적으로만 알려져오던 묵시록을 글자 그대로 받아들이자는 것이 그들의 말이었다. 이 교파의 처음은 19세기 말에 비롯한다고 하며, 미국 본부에서 나오는 『파수대 Watch Tower』라는 책을 가지고 성경 연구를 하는 것이 모임의 큰일이었고, 직업 목사를 안 두기로 하고 있었다. 그 너무나 자로 잰 성경 해석에 현은 도리어 떨떠름해졌다.

"굉장한 사명감을 느끼고 있는 모양이야. 열심히 깨우치려고 들거든."

현은 말했다.

"하긴, 요즈음 드문 사람들이야. 습관으로 교회 나간다는 것과는 달라서, 거의 기성 교파에서 떨어져나온 사람들인 걸 보면, 이래도 그만 저래도 그만이란 태도가 아닌 것은 분명해."

"그래도 구약에서 누리를 만드는 대목이 현대 물리학의 이론과 맞는다는 주장은 지나쳐. 성경의 말을 낱낱이 과학적인 증명으로 밑받침해나가는 식인데, 과연 성경이 과학의 증명을 필요로 할까?"

"오히려 과학으론 알 수 없고, 그러나 정말 일어난 일이라고 해야 하겠지."

"성경은 증명하려 들 것이 아니라, 다만 그렇다고 완강히 우기기만 하는 것이 하나뿐인 길이야. 과학상의 학설이 바뀔 때마다 성경 해석이 달라서야, 어디 마음 놓을 수 있나. 성경의 과학적 풀이란 것처럼 성경에서 동떨어진 것은 없을 거야."

현은 이렇게 말하면서 문득 하늘을 쳐다보았다. 눈부신 별밤이었다. 키티는 따라서 고개를 들어 하늘을 본다.

"그러니깐, 예수가 물 위로 걸어오는 것을 본 사람만, 예수가 무덤에서 나와 더불어 이야기한 자리에 있는 것을 본 사람만 믿을 자격이 있다고 생각해. 불교하고는 또 사정이 다르거든. 하나는 사실이고 하나는 철학이니깐. 철학은 천년 후에 읽어도 철학이지만, 사실의 기록은 사실 자체는 아니니깐."

"보지 못했으니깐 못 믿는다?"

"보지 않고 믿는 자는 악마야."

"보지 않고 믿는 일이 얼마나 많아. 지구가 둥근 걸 보았나? 뭐."

"여자는 역시 깡통야. 그것과 이것과 어디 같아."

"어렵쇼. 또 여자를 끄집어내. 그 상투는 여간해선 못 자를 모양이야."

현은 이마에 손을 붙이며 꾸벅 하고 미안을 해 보였다.

"그건 그렇고 키티, 사람은 왜 하느님 이야기를 이렇게 알고 싶어 할까?"

"왜, 천주교 요리문답을 못 봤어. '사람은 왜 세상에 났나뇨' 왈, '사람은 천주를 알고 천주를 공경하기 위하여 세상에 났나니라' 그쯤 되겠지."

현은 그 대답 아닌 대답에 끄덕였다. 그는 골치 아픈, 신에 대한 궁금증을 쓸데없는 일이라고만 보고 싶지는 않았다. 나이를 먹고 세월이 흐르면 절로 그 물음의 긴박감이 가셔버릴 것이라면, 오히려 그런 얼렁뚱땅하는 삶은 살고 싶지 않았다. 그러나 우격다짐으로 쥐어박아서 해답을 끄집어낼 아무런 재주도 없었다. 믿지도 않고 안 믿지도 않는, 잿빛 안개가 짙게 휘감겨오는 때면, 애써 지어놓은 초라한 결론의 울타리가 너무나 무르게 허물어지면, 또다시 앙탈을 부리는 마음을 타이르는 자기와의 싸움을 시작하여야 하는, 그런 허망한 마음이 정작 알고 보면 너무나 허황한 이야기를 떠들고 있는 저들, '여호와의 증인' 같은 모임에까지 서성거리게 만드는 것이었다.

구락부에 닿았을 때 M은 보이지 않고 C가 혼자서 의자에 누워 있었다.

C는 머리도 돌이키지 않은 채 대뜸

"사람은 무엇 때문에 살아야 하나?"

느릿느릿 외우듯 이러는 것이다.

"천주를 알고 천주를 공경하기 위하여 사느니라."

현은 경을 외는 가락으로 그런 대꾸를 한다. C는 또,

"그으러면 처언주는 어디 있나뇨?"

현은 더 대답을 않고 자기도 소파에 벌렁 누워버렸다. 갑자기 조용해졌을 때, 바스락하는 껍질을 부수는 소리가 나자, C는 깜짝 놀라 일어나면서,

"나 한 알만."

키티에게 손을 내민다. 현은 속으로 적이 놀랐다. 어느새 저 호콩을 샀을까. 정말 귀신 같은 노릇이었다.

"한 알만. 덕분에 고귀한 신앙 문답을 깨뜨려버렸어. 그 손해배상으로."

"시큰둥하게 웬…… 그저 곱게 나올 것이지. 그런 맘보니깐 섭리를 느끼지 못하는 거야."

"알아 알아. 나는 유혹에 너무 약해. 그놈의 바스락 딱 하는 소리에 그만……"

"신학이 온데간데없이……?"

"바로 그거야. 그래서 홧김에 그냥 한 알 해야겠어."

"호호호. 홧김에 한 알…… 자."

현은 숨을 내쉬었다. 구락부에만 들어서면 모든 일은 이렇게 쉽게 풀리지 않는가? 터무니없는 이런 생각을 하면서, 한편, 자기와 둘이 있을 때와 구락부에서의 키티의 노는 모양에 틈을 느끼는 것이었다.

크리스마스.

분주히 오가는 사람마다 가슴에 선물이 안겨 있고, 그러한 사람들의 머리 위로 탐스러운 눈이 펑펑 내리는 크리스마스이브. 네온 글자와 꾸미개들이 마치 그림 같은 거리에 흥겨운 크리스마스 캐럴의 가락이 확성기마다 흘러나와, 온통 명절 바람을 흐뭇이 빚어내고 있었다.

길모퉁이 어느 장난감 가게 앞에, 현의 일행 다섯은, 쇼윈도를 들여다보며 서 있었다. 인형, 큐피드, 털강아지, 기린, 백곰, 미키마우스, 코끼리, 꼬마 사람…… 쇼윈도에 벌여놓은 장난감들은 조용히 숨 쉬고 있었다. 그들의 얼굴은 한결같이 나그네의 고향 그리움을 지니고 있었다. 그들은 원래 이 세계의 시민들이 아닌 것이다. 정말 기린의 목은 저렇게는 길지 않으며, 흰곰의 주둥이는 실은 훨씬 작을 것이요, 미키마우스 같은 쥐가 어느 집에 있단 말인가? 특징을 부풀린 아름다움, 동화의 나라의 아름다움이었다. 그들은 인간의 외로움을 달래기 위하여 붙들려 온 먼 나라의 포로들이었다. 사람은 그의 어린 시절을 이들에게서 짙은 외로움을 배우며 자란 탓으로, 어른이 되어도 영원히 인형을 찾아 헤매는 것이 아닐까? 붓다니, 예수니, 마르크스니. 장난감의 그 간추린 아름다움에는 순수함이 있었고, 그러므로 현은 소리 없이 흐르는 핏줄을 느끼는 것이었다.

크리스마스이브에 이교도의 마음이 빚어내는 감상일까? 그렇기도 하고 또 그것만도 아니다. 현은 우울하였다. 그레이 구락부는 허물어져가고 있었다. 사람이 모여서 어떤 한 가지 일을 한다는 것이 그렇게 어려운 줄을, 아마, 처음 깨달았다. 다치기 쉬운 젊은 마음의 야릇한 소용돌이. 참 그것을 어떻게 옮기면 좋은 것일까? 아무 이렇다 할 까닭도 없이 시들해져서 서로 손을 뗄 궁리를 하고 있는 연인들과 같은, 그러한 마음의 풍경이었다. 어디서부터 잘못된 것이었을까? 아니, 그런 장사꾼 같은 물음을 하는 자를 저주하라. 어디서부터도 아니다. 중요한 것은 그레이 구락부가 허물어져가고 있다는 일이다. 그레이 구락부가 "내적인 유대 감정을 이어가고 순수의 나라에 산다는 마음을 이어간다"는 것이 그 강령인 바에는.

현은 배반자였다. 밀물처럼 키티에게로 쏠리는 마음. 현은 그 밀물을 막아낼 수 없었다. 괴로워했다. 그러나 그러한, 구락부에 대한 충성심을 완강히 밀어내는, 또 하나의 현이 있는 것이었다. 그것이 회원들의 마음에 비치지 않을 리 없었다. 키티는 현의 바로 곁에 서 있었다. 현은 키티의 외투 주머니에 손을 넣으면서 그녀의 손을 더듬었다. 더듬는 현의 손바닥에 키티는 동글동글하고 따뜻한 물건을 살짝 쥐어주는 것이다. 현은 곧 그것이 무언지 알 수 있었다. 군밤. 모른 체하고 슬쩍 군밤 한 톨로 때우는 키티의 상글상글 웃어가는 그 태도가 현을 안달나게 만드는 것이었다. 그들이 구락부로 돌아온 것은 12시도 지나서였다.

"자, 이교도의 성탄제를 지내잔 말야."

K는 노래 부르듯 하면서 들고 온 꾸러미를 원탁자 위에 쏟아놓았다. 현도 호콩과 도넛을 부어놓으면서 유쾌하게 외쳤다.

"그래, 이교도의 성탄제, 그레이 구락부의 송년 만찬회야. 아아, 사랑하는 그레이 구락부!"

키티는 창가에서 밖을 보면서,

"눈발이 점점 심해져. 아주 새하얀걸. 아무것도 안 보여."

M은 차이코프스키의 「파세틱」을 걸어놓고, C는 다섯 개의 촛대에다 불을 달았다. K는 모두 불러 앉힌 다음, 맥주잔을 높이 들었다.

"그레이 구락부의 영광을 위하여."

다섯 개의 잔이 짝짝 소리를 내어 부딪쳤다.

"얘, 맥주 재고는 넉넉해?"

"염려 마. 두 상자면 부족할까?"

"만세! M선생을 위해 건배!"

키티만 따르지 않는다. K는 호통치는 것이다.

"키티, 이건 무슨 뜻이지?"

"맥주 두 상자를 비워버리면 난 주정뱅이 틈에서 어떡허구."

K는 가슴이 미어지게 한숨을 쉰다.

"오호라! 신사 여러분. 우리는 도매금으로 넘어갔습니다. 여왕께서는, 우리 인격을, 맥주 두 상자 안에서만 믿는다아, 이런 말씀입니다."

M은 더 으르렁거린다.

"오인은 이 치욕의 자리에서 감히 퇴장하는 영광을 가지는 바입니다."

키티가 손이 발이 되게 빌어서 겨우 고비는 넘어갔다. 현은 근래에 없이 즐거웠다. 그러면서도 이 흥겨움이 오히려 저마다 꾸며대는 안간힘 ― 어려움을 보지 않으려는 딴전 부리기같이도 여겨졌으나, 대뜸 '이놈아 네놈이 그게 비뚤어진 소갈머리란 말이다. 동지의 파멸을 세고 앉았는 놈아' 이런 소리가 들렸다. 마치 다른 누구, M이나 C가 말하지 않았나 싶도록 자기도 깨닫지 못한 속의 꾸짖음이었다. 현은 미칠 것 같았다. 현은 불쑥 일어나면서 외쳤다.

"여러분, 그레이 구락부를 위해 즉흥시를 읊고자 합니다."

박수와 환성이 일어났다.

우리는 안다, 저 짙푸른 정글에
큰물 지는 욕망을
햇바퀴는 피 묻은 미움처럼
왜 저렇게 타야 하는지를

우리는 안다
큰비 내리는 산마루를
암컷을 데리고 타고 넘는

표범의 꺾임 없는 마음을

우리는 모든 것을 안다
누리를 빚던 날에
데미우르고스가 떨어뜨린
비망록을 찾아냈으므로

순결의 수풀에 살며
비치는 슬기의 물을 마시는
현자는 안다
가없는 하늘에 흩어지는
저 흰 구름의 마음을
너 삶을 사랑하여 서러운 무리여
오라 다함없는 잿빛의 수풀 속
순결의 물가로 오라

젊음은 하릴없고
사랑이 다하여 짐짓
미움에 뒹굴어도 보며
붉은 술잔 속에 영원을 뚫어보며
웃고 또 울자는
오 Grey 구락부

너는 내 사랑

  너는 내 목숨

  아 바람에 훼살 짓는

  젊음의 깃발 너

  Grey 구락부

 난장판이 벌어졌다.

 K는 현의 목을 끌어안고 키스하는가 하면, 또 M은 현의 다리를 어쩌자는 것인지 마구 잡아당기고, C는 입에다가 무작정 맥주를 부어넣어 그를 숨막히게 하려고 노렸고, 키티는 도넛과 호콩을 마구 현의 얼굴에 갈기는 것이었다.

 밤은 깊어갔다.

 새벽녘이 되어 가까운 데서 문득 노랫소리가 일어났다. 모두 다 창으로 몰려가서 유리창을 열어젖히며 밖을 내다보았다. 어느새, 눈은 멎고, 흰 것이 눈부시게 펼쳐진 위로 크리스마스 노래가 울려온다. 밤중 난데없이 일어난 합창에는 무언가 당돌한 깨끗함이 있었다.

 "합창대야."

 "선물을 가지고 가야지."

 "좋아 좋아."

 "빨리 빨리."

 그들은 쿵쾅거리며 계단을 내려가, 뒤뜰을 거쳐서 뒷문 쪽으로 달려갔다. 현은 모퉁이를 돌아가다가 키티가 호콩 봉지를 안고 달려가는 것을 보았다. 그는 키티의 팔을 붙잡았다. 키티는 마주 볼 뿐이었다. 현은 뜰 안 소나무에 기대어 키티를 끌어당겨 입을 맞추었다. 키티의 손에서 호콩 봉지가 떨어지고, 나뭇가지에 쌓였던 눈덩어리가 미끄러 떨어져, 키티의 등에서 부서졌다. 현은 멍한 기쁨 속에서 이제 키티도 가버리는구나…… 그런 생각을 흐릿하게 좇는 것이었다.

크리스마스가 지난 며칠 후, 현은 그날 이후 처음으로 구락부에 나갔다. 키티를 어떻게 대할지, 구락부로부터의 진퇴 여부, 그런 일 때문이었다. 그러나 끝내 이렇다 할 매듭을 짓지 못하고 아무튼 나가보기로 하였다. 문을 열고 들어서자 현은 너무나 뜻밖의 광경에 그만 딱 얼어붙고 말았다. 벌겋게 타는 스토브의 불빛을 빛무리처럼 뒤로하고 키티가 거의 다 벗고 서 있고, 그 앞에 벽을 등지고 K가 화구를 버티고 붓을 놀리고 있었고, M과 C는 여전히 소파에 누워서 천장을 쳐다보고 있는 것이다. 현은 간신히 낯빛을 꾸미면서 한편 의자에 앉아 눈을 감았다. (화냥년, 전날 밤 일은 아무것도 아니다. 오해 마라 이런 말이지, 화냥년……)

"뭘 깊어지구 있어요?"

키티의 목소리가 바로 옆에서 들렸다. 어느새 옷을 입고 방글거리고 서서 "K가 전람회에 누드를 내겠다고 해서 내가 모델이 돼주기로 했지. 뽑히면 그림 값을 반씩 나누기로 하고" 이러는 것이었다. 현은, 키티가 갑자기 우쭐우쭐 키가 커지면서, 벌써 어울릴 수 없는 거인족이 되어가는 것을 느꼈다. 인제는 언제 어떤 핑계로

탈퇴하느냐 그것만이 남았다고 생각했다.

 그러나 끝장은 뜻밖에도 빨리, 전혀 짐작 못 한 모습으로 찾아왔다. 그날도 현은 요즈음 날씨처럼 컴컴한 가슴을 안고, 해 질 무렵이 다 돼서 구락부로 나오고 있었다. 넓은 길에서 접어든 골목에서 한 다섯 발짝 옮겼을 때였다.

 "이봐."

 이렇게 부르는 소리와 함께 인기척이 났다. 그 짧은 한마디에 서린 차가운 것이 그대로 현의 등골을 타고 흘러갔다.

 휙 돌아다보는 현의 눈앞에 낯모르는 사나이가 서 있었다.

 "난 P서 형산데……"

 이렇게 자기를 밝히고 그는 현의 이름을 다졌다. 그렇노라는 현의 대답에,

 "서까지 좀 가"

하고 동행을 요구한다.

 "아니 무슨 일로?"

 "가면 알지."

 "가면 알다니요? 영장을 보여주십시오."

 "무엇이, 건방진 자식!"

 딱 하고 자기의 뺨이 울리는 소리를 현은 들었다. 그는 형사실까지 와서 또 한 번 놀랐다. K, M, C가 먼저 와 있다. 현의 어쩐 일이냐는 물음에 셋 다 모른다고 눈으로 말한다. 그들은 따로따로 나뉘어 심문을 받았다.

 "어때, 이렇게 된 바엔, 순순히 부는 게?"

현은 어이가 없었다. 그래 잠자코 있노라니,

"왜, 대답 않기로 했나. 좋아. 그럼 내가 말하지, 이자를 알지?"

그는 옆에 있는 명부에서 그중 어느 이름을 가리키며 노려본다. 모르는 이름이다.

"모릅니다."

"몰라아? 음……"

그는 씨근거리면서 의자에서 벌떡 일어났다. 현은 무심결에 한 걸음 물러났다. 형사는 다시 앉으면서 현에게 의자를 가리켰다.

"게 앉아. 그럴 게 아니라, 내 말을 들어봐. 너도 잘 알 테지만 수사관의 심증이란 게 있단 말야. 네가 나오는 데 따라서 조서의 분위기가 달라져. 가령 피의자는 완강히 심문을 거부하고 또는 허위 진술을 계속하고…… 운운하는 문구가 끼게 되면, 검찰에 넘어가서 얼마나 불리한지 아나?"

"아니, 도대체 전 뭐가 뭔지 도무지 알 수 없습니다. 제가 가만 있는 건, 가만있을 수밖에 없기 때문입니다."

형사는 눈을 가느스름히 떠가지고 건너다보았다.

"그래? 좋아."

그는 턱을 고이고 바짝 낯을 가까이 대면서,

"너희들 거기 모여서 뭘 했어?"

"무얼 하다니요?"

"음……"

그는 몇 번이나 머리를 흔들더니 문을 열고 밖으로 나갔다. 현은 혼자가 되는 순간 비로소 무서움을 똑똑히 느꼈다. 형사가 다시 들어왔을 때 먼저 입을 연 것은 현이다.

"혐의는 잘못일 수도 있습니다. 먼저 어떤 혐의로 우리가 이곳에 오게 됐는지 말해주시오."

"뻔뻔스런…… 너희들이 매일같이 모여서 불온서적을 읽고 이자들과 연락하여 국가를 전복할 의논들을 한 게 아니냐?"

"네……?"

현은 너무 뜻밖의 이야기에 대뜸 이을 말을 몰랐다. 그제야 비로소 혐의의 테두리를 어렴풋이나마 짐작할 수 있었다.

"전혀, 네, 오햅니다. 우린 그저 모여서 철학이나 문학에 대한 잡담을 하고 소일한다는 것뿐, 집이 너르고 하여 같은 집에서 자주 만났다는 데 지나지 않고, 무슨 목적이 있었다던가 한 것이 아닙니다."

이렇게 말하면서 현의 마음에서는 참을 수 없는 굴욕감이 복받쳐 올라왔다. 이게 우리의 그레이 구락부에 대한, 내 입에서 나온 풀이란 말인가. 잡담과 소일! 그리고 다음에 온 것은 이 같은 표현을 뺏어낸 그자에 대한 미움이었다.

"흠, 그렇다면 한 가지 묻지…… 만일 그뿐이었다면, 너희들은 다섯이 모이는 것을 그토록 비밀에 붙인 이유는…… 다시 말하면 너희들은 아무에게도 너희들의 모임에 대한 이야기를 한 적이 없으며, 한사코 숨기려고 든 흔적이 있는데 그건 무슨 까닭이냔 말야?"

현은 말문이 꽉 막혔다. 이 까다로운 그의 사정을 무슨 수로 이자에게 알릴 것인가. 그러나 가만있을 수는 없었다. 그는 체면을 겨우 지키는 데까지 일을 비속화시키면서 누누한 풀이를 꾀했다. 형사는 뜻밖에 비꼬는 말도 없이, 고개를 끄덕이며 간간이 짧은 질문을 던질 뿐, 죽, 고즈넉이 현의 말을 들어주는 것이었다. 현의 이야기가 끝나자 형사는 또 밖에 나가더니 한 반시간이나 지나서 다시 돌아왔다. 그리고 또 나갔다가 이번에도 삼사십 분 후에 돌아왔다. 이번에는 현을 데리고 형사실로 왔다. 이윽고 K, M, C도 뒤미처 들어왔다.

"별일 없을 것 같아. 오늘은 여기서 자고 내일 아침 집으로 돌려보낼 테니……"

하고는 나가버렸다. 난롯가에 의자를 끌어다놓고 앉은 채 그들은 입을 떼지 않았다. 그들은 저마다 무슨 비열한 일을 저지르고 난 연후에 동지를 만난 그런 느낌이었다. 심하게 말하면 동지를 팔고 놓여난 배반자의 괴로움을 똑같이 치르고 있었다.

이튿날, 9시 좀 지나서 풀린 그들은 두 패로 갈렸다. K와 C는 집으로 돌아가고 현은 M을 따라 구락부로 돌아왔다. 나올 때 그 형사는 수사 때문에 밝히지는 못하지만, 어떤 불온 단체와의 접선이 혐의의 내용이었음과, 키티는 일부러 끈을 다느라고 잡지 않았다고 하면서,

"잘 알 만한 양반들이니깐 과히 노여워 말게"

하면서 현의 어깨를 탁 치는 것이었다. M이, 아래층에 있는 할머니한테 들른 탓으로, 혼자가 되어 문을 밀고 방에 들어선 현은, 키티가 방 한가운데 서 있는 것을 보았다. 그녀의 얼굴은 굳어 있었다.

"어떻게 된 거야, 할머니한테서 들었어."

그 말에 대답은 않고 현은 키티를 쳐다보았다. 현은 자기가 자꾸 못난 생각만 들어 견딜 수 없었다. 누더기누더기 갈린 심정이었다.

"아무것도 아냐, 학생 깡패로 잘못 알고……"

"학생 깡패……"

키티는 아주 의아스런 눈치다.

"하하하."

현은 저도 모르게 허파가 푸들거려 실없는 웃음을 흘렸다.

정색했던 키티는 분명히 현의 그런 투가 못마땅한 눈치였다. 현의 머릿속에서 이때 무슨 생각이 번개같이 지나갔다. 현은,

"그건 그렇고, 키티, 큰일이 있어."

"큰일?"

"음."

현은 한참 머뭇거렸다. 그것이 더욱 키티를 건드리는 모양이었다.

"아이 왜 사람이 저 모양일까?"

현은 그제야 고개를 번쩍 들었다.

"키티, 다름이 아니고, 키티의 자진 사퇴를 권고하도록 구락부를 대표해서 내가 위촉을 받았어."

순간 키티의 안색이 새하얘졌다.

"그건……"

"역시, 역시, 오산이었어. 맨 처음 내가 키티더러 들어오라고

한 것은 짧은 생각이었어. 키티에겐 책임 없는 일이야. 허나 그 이후로 잘 아는 바와 같이 구락부의 평화랄까, 그런 것이 키티로 말미암아 야릇하게 됐어. 그래서 의논한 끝에……"

현의 말은 찢어질 듯한 키티의 웃음으로 끊어졌다.

"호호호호……"

키티는 죽자고 웃고만 있다.

"호, 실, 실례합니다. 그레이 구락부에서 제명 처분. 오우 이 일을 어쩌나, 그건 저의 목숨을 뺏는 것보다 더 잔인한 일이에요. 현 자의 집에서 쫓겨나면 나는 어디서 슬기를 찾으란 말입니까? 최고의 달인들의 단수 높은 사교실, 영혼의 밀실에서 저를 추방하다니 잔인해요. 호호호호……"

키티는 웃음을 딱 그쳤다.

"웃기지 마세요. 그레이 구락부가 무에 말라빠진 것이지요? 무능한 소인들의 만화, 호언장담하는 과대망상증 환자의 소굴, 순수의 나라! 웃기지 말아요. 그 남자답지 못한 잔신경, 여자 하나를 편안히 숨 쉬게 못 하는 봉건성. 내가 누드가 되었다고 화냈지요? 천만에, 난 당신들을 경멸하기 위하여 몸으로 놀려준 거예요. 그 어쩔 줄 모르고 허둥대는 꼴이란. 그레이 구락부의 강령이란 게 정신의 소아마비지. 풀포기 하나 현실은 움직일 힘이 없으면서 웬 도도한 정신주의는? 현실에 눈을 가린다고 현실이 도망합디까. 난 당신들 때문에 버려졌어요. 뭐 그렇다고 나 자신의 책임을 떠맡아 달라는 소린 아니구요. 하긴, 방황도 또한 귀중한 것이니까요. 내가 한 수 늦었군요. 소박 맞도록 눈치가 없었으니. 어떻습니까?

이것도 인연, 옛 동지가 아닙니까? 자 그럼 아듀, 그러나 마지막으로 나의 영원의 애인 그레이 구락부의 번영을 빌며……"

노여움, 게다가 일부러 신파조를 부려가며 기가 죽지 말자고 너무 악을 쓴 때문에, 키티는 낯이 헬쑥해서 숨이 턱에 닿아 있었다. 현은 말없이 한참이나 그대로 있었다. 마치 넋을 잃은 사람모양으로 한참이나 그러고 섰다가, 천천히 입을 열었다.

"키티……"

"천만에, 그 광대 같은 이름도 곱게 돌려드립니다. 창피해요, 언제부터……"

"키티……"

현의 소리는 무겁고 누르는 듯한 힘이 있었다.

"키티, 좋자고 만났던 사람들이 왜 이다지 미워하면서 이렇게 상대방의 가슴에 모진 못을 박고 갈라져야 합니까?"

키티가 더 까불지 못하도록 장중하고 침통한 목소리였다.

"키티를 위해 그런 방법을 취했으나 이렇게 헤어져서는 참을 수 없어. 키티는 역시 여자야. 그리고 너무 정이 없어. 무슨 말인지 알겠어……?"

대답할 틈도 주지 않고,

"키티는 M과 K, C와 나, 즉 구락부가 모조리 검거된 진상을 알아보기도 전에, 그 말을 확인하기도 전에 그만 화를 냈거든. 깡패. 그런 말을 했었지 내가? 그런 일이 있을 수 있어? 허긴, 키티가 실컷 경멸한 바에 의하면 깡패보다 못하지만 그래도 방향이 전혀 다른 것쯤야 알아줄 테지……"

키티의 얼굴에 헝클어진 빛이 지나갔다.

"키티, 키티는 정말 실천력의 찬미자였나? 행동의 찬미자였나? 들어봐. 그레이 구락부는 기실 무정부주의와 테러리즘을 내세우는 비밀결사의 세포였어. 놀래? 농담이라구? 키티, 인간이란 복잡한 짐승이야. 크롬웰의 민완 비서가 저 밀턴이었던 일을 키티도 알지. 바이런이 그리스에서 죽은 것은, 하이네가 혁명의 동조자였던 것은 다 무엇일까? 시인은 힘을 찬미해. 시인의 깊은 마음속에는 제왕의 꿈이 숨어 있는 거야. 플라톤이 정치학을 누누이 풀이한 건 무슨 생각에서일까? 사람이란 아주 복잡한 거야. 해방되고 연이어 일어난 저, 정계 거물 암살범들의 뒤가 이내 아리송한 채로 있는 건 다 아는 일인데, 어떤 측에선 공산당일 줄로 짐작도 했지만 그도 아니었단 말야. 바로, 우리 결사의 손이었어. 우린 플라톤의 공화국을 이념으로 시인하면서, 테러를 마다하지 않아. 마르크스의 유토피아를 인정하면서 사람의 기계화는 반대야. 지금 학계의 인사들 중에도…… 아 이건 쓸데없는 말이고…… 자 그런데 바로 키티에게 정말 사람으로서 깊은 사죄를 먼저 하면서 줄여서 말하면, 키티를 모임에 넣은 것은 눈속임이었어. 무쇠의 육중한 빛깔에 엷은 복숭아 빛을 빌려다 가리개를 한 것이었어. 노여워 마. 아니 그건 바라서는 안 되고…… 한데 이 조직의 일부가 잡혔어. 세포가 검거됐단 말야. 우리 세포와 가장 가까웠던 조직이야. 우선 우리가 지금 나오기는 했으나 K와 C는 아직 갇혀 있고, 경찰이 우릴 짐짓 놓은 것도 꾀를 쓴 줄 번연히 알아. 그러나 그들의 수사를, 헛갈리게 만들어, 때를 벌자는 게 우리 속셈이거든. 조만간 다시 들어갈 몸이야. 이번에 놓인 건, 끝까지 문학청년들의 동호 구락부라고 순진을 꾸몄더니 친구들도 알쏭달쏭한 모양이야. 허나 그것도 시간문제야. 키티는 아무 피해가 없을 거야. 사실 아무것도 몰랐으니깐. 사실대로만 말하면 나중에도 아무 일도 없어. 이 구락부로 더 나오지 않게 하려고, 어수선해질 앞으로의 며칠간을 공연히 휩쓸려 고생시키진 말자고 한 노릇이, 그만 키티의 비위를 건드렸어. 난 키티와 그런 식으로 갈라질 순 없어. 그렇게 된 거야. 사람은 복잡하고 깊다는 것, 나쁜 놈들에게 써먹혔을망정, 키티의 말마따나 헤매어보는 것도 또한 귀중하잖아? 그리고 키티의 말씀에서 나중 대목 실천과 행동의 장에 대한 대목은 거둬들여줄 테지. 하하…… 아, 고단해…… 그리고 이 못난 놈은 키티를 조금은 사랑했어……"

현은 머리를 짚으며 비틀댔다.

"이상, 이상이 진실의 모두올시다. 여왕이시여……"

어느새 키티는 원탁자에 엎드려 울고 있었다. 흐느끼는 어깨를 현은 물끄러미 보고만 있다. 얼마나 지났을 때일까?

"으하하하하하……"

미친 듯한 너털웃음에 키티는 퍼뜩 머리를 들었다.

"으하하하하하하……"

찢어지게 눈을 부릅뜨고 허리를 붙안고 현은 웃는 것이다. 키티가 벌떡 일어났다. 아까부터 몇 번이나 곤두박질을 하는 참과 거짓의 재주 놀이에서 그녀는 얼이 빠져 있었다.

"으하하하하하…… 키티 어때, 이만하면. 난 영화의 신인 모집에 가볼 테야. 박진적 연기, 으하하하하하……"

 짐승처럼 이상한 소리를 지르며, 키티의 두 손이 탁상의 부엉이 다리를 움켜잡은 것과, 그 부엉이가 깃소리 요란하게 현의 얼굴을 향해 덮쳐온 것과, 현이 두 손으로 피가 번지는 얼굴을 감싼 것이 말하자면 모두 한꺼번에 일어났다. 키티는 그대로 마루 위에 까무러쳐버렸다. 그러나 현의 웃음은 멎지 않았다. 그는 낭자하게 부엉이의 깃털이 흩어진 마룻바닥을 내려다보며, 얼굴에서 흐르는 피는 아랑곳없이 웃는 것이다.

 "으하하하하하……"
 문이 열리며 M이 들어섰다.

 얼마나 지났는지 모른다. 현은 퍼뜩 잠이 깨었다. 흐릿한 푸른 안개가 자욱이 방 안에 퍼졌고, 괴괴한 고요함이 잠에서 깬 그의 둘레를 휩싸고 있었다. ─ 키티가 까무러친 일, 뒤 이어 들어온 M, 깨어난 키티가 열을 내어 부득이 묵고 가게 된 일. 그의 마음이 잠들기까지의 그러한 일들이 지금 막 깬 그의 마음의 빈자리를 메워주려는 듯이 차츰 떠올랐다.

 그는 잠들었던 소파에서 조심스레 몸을 일으켰다. M은 얼굴을 벽으로 돌리고 깊이 잠든 모양이었다. 현은 키티가 누운 소파를 건너다보았다. 창으로 들어오는 달빛에, 창백한 얼굴이 똑똑히 보였다. 그는 조심스러이 걸음을 옮겨 그녀의 얼굴을 바로 눈 아래로 내려다보는 자리에서 멈추었다. 광선의 영향으로 유난히 하얗게 오뚝해 보이는 코가 장난감의 그것처럼 서툴러 보여서 가여움을 불러일으킨다.

 현은 그녀가 깨어 일어나 앉기를 기다리기나 할 것처럼, 그대로 서 있었다. 그의 마음은 잔잔했다. 잠에서 덜 깨어서 멍멍한 것인지, 그러나 그런 생리적인 것은 아닌 모양이다. 현은 키티의 그 잠든 얼굴에서 비로소 이성을 알아보고 있었다. 지금껏 현에게 있어서 키티는 이성이라느니보다 재주 있는 사람이었다. 그 재주가 키티의 끄는 힘이었다. 크리스마스 날 그녀와 입술을 맞추는 순간에도 마찬가지였다. 똑똑지 못한 여자와 어울리기는 어려운 일이었다. 그러나 지금, 현의 수에 골탕을 먹고 이렇게 남의 집 소파에서 잠든 키티는 그저 여자였다. 그리고 현 자신도 그저 남자인 것을, 그저 사람인 것을 느끼는 것이었다. 아름답고 신비하지만 그것만을 쓰고 있을 수 없는 탈을 인제는 벗어야 할 것이 아니냐, 현은 그렇게 생각하였다. (현자도, 철인도, 공주도 아닌 그저 사람. 얼마나 좋은가. 더 멋있다)

 그는 다시 발소리를 죽이며 창가로 붙어서서 바깥을 내다보았다.

 이슬을 받은 바위 등걸들처럼 번들거리는 가까운 지붕에서, 부연 안개구름 같은 멀리의 지붕들까지, 달빛 아래에 보는 깊은 밤의 도시는 처음 보는 동네 같았다.

 아무런 뉘우침도 없었다. 모든 일이 잘된 것이었다. 현은 자기의 몸을 둘러보고, M을 바라보고 다음에 키티를 보고 한숨을 쉬었다.

 (왜 산다는 것은 이렇게 재미있을까?)

 닭 우는 소리가 들린다. 이 지붕들 위로 눈부신 해가 솟는 것을 현은 그려본다. 그 빛나는 아침을 꼭 보고만 싶었다. 갑자기, 졸음이 덮쳤다. 그는 소파로 돌아와서 조용히 드러누웠다. 마지막 한 발자국마저 깊은 잠의 진구렁 속에 폭 빠지기 바로 앞서, 그의 눈 속에서, 솟아오르는 햇바퀴의 빛살이 쫙 퍼져나갔다.

라울전

1

"랍비 사울의 편지가 와 있습니다."

주인 라울이 대문으로 들어서자, 늙은 종 나단은 나직이 아뢰었다.

"사울의 편지가……"

라울은 이렇게 대꾸하면서 무거운 발길을 서재로 옮겼다. 라울은 문간에 서 있는 나단에게 눈짓으로 물러가라고 이르고는, 그 사람 같지 않게 허둥지둥 편지를 열었다.

랍비 라울에게

그동안 안녕하시며 교구_{敎區}의 뭇 일도 모두 고른지 알고자 하오. 본인은 걱정하여주시는 덕에 별고 없이 지내니 걱정 말아주오. 진즉 답장을 내었어야 할 것이로되 실은 그동안 큰일이 있어 전혀 다른 일을 돌볼 겨를이 없어 이같이 늦었을뿐더러 그 일이 랍비 라울에게도 반드시 알려야 할 일이기에 일이 한 매듭지어진 지금에 이 글을 적는 것이오. 요즈음, 이른바 지금껏 예루살렘 저편에서만 소문이 떠돌던 나사렛 사람, 예수란 자를 따르는 무리가 이곳에 들어와 어리석은 민중을 어지럽히는 일이 일어난 것이오. 더욱이 어처구니없기는 무리들 가운데서도 평시에 가장 믿음과 소행이 두터웠던 자들 여럿이 이에 끼어든 것을 본인이 알고 나서 어리석은 자들에게 이 같은 혹세무민의 허황한 꾐이 걷잡지 못하게 퍼질까 두려워하는 바이오. 그런 점을 헤아려 처음부터 엄히 다스리기로 하여 이 자들 여남은을 곧 여호와의 무리에서 내어쫓아 바깥 사람들의 아가리에 던지게 하였소. 이곳 로마 총독 폰티아누스는 내가 준 명단대로 이들을 잡아 로마 제국에 대한 반란을 이유로 극형에 처하여주었소. 어리석은 무리라 하되, 조상의 믿음을 어찌 하루아침에 거스르고 꾐꾼의 간특한 잠꼬대를 좇음이 이렇게 빠를 수 있단 말이오. 귀하와 나 사이에 무슨 허물이 있을까. 감히 바로 말하건대 앞서 편지에 귀하는 마치 그 예수라는 자에게 그 어떤 성전상聖典上의 그루터기라도 있는 양 말하는 대목이 있는데, 두루 읽은 귀공이 어찌 잠시라 한들 그런 허황한 생각을 품게 되었더란 말이오. 두렵고 두려운 일이라 어리석은 무리를 거느리고 여호와의 향불을 지키는 자리에 있는 교법사 된 몸으로 참으로 참으로 있지 못할 일이오. 그자는 나사렛 고을의 천한 목공의 장남이라고 하며 들리는 바에 들으면 화냥질한 어미의 낳은 바라 하거늘 내 기리는 학형學兄 랍비 라울이 어찌

"······열왕기의 가계보를 낱낱이 살핀 끝에 그자의 핏줄이 다윗 왕의 가지에 이어짐을 알고 크게 의아함······" 운운하는 말을 감히 내어놓는단 말이오. 지금 예루살렘 장로들이 퍼지는 이자의 움직임을 막고자 모종 조치를 의논코 있다는 이때, 허물없는 나에게 그런 말을 하여 보낸 것을 내 탓하려 함이 아니로되 모든 일 돌다리도 두드려봄이 으뜸인가 하오. 교구에 아무쪼록 신의 도우심이 같이하여 불상사 없기를 바라는 바이오.

호산나 여호와는 영광이로다.

월　　일
사울

추신— 앞서 편지 도로 보내니 받으시고 곧 없애버림이 좋은 줄로 아오.

자기가 보낸 편지를 한 손에 움켜쥔 채 라울은, 팔 위에 머리를 기댔다. 한참이나 지나서 알릴락 말락 앓는 소리가 그의 입에서 새어나왔다.

라울과 바울은, 길리기아의 다르사시에서 대대로 제사장을 지낸 집안에 태어나서, 석학 가마리엘 문하에 성전을 공부하고, 똑같이 신의 교법사가 된 코흘리개 친구였다.

자랄 때부터 두 사람은 뚜렷이 다른 아이였다. 라울은 그 어린 나이에 조심성과 깊은 믿음이 뚜렷했으나, 바울은 팔팔하고 조급했다. 라울은, 사막의 건너편으로 넘어가는 큰 노을 속에서 세월을 넘어선 여호와의 빛을 읽었다. 신을 생각하는 기쁨은 더 말할 나위 없이 깊은 일이었고, 신의 아낌 속에서 산다는 기쁨은 일찍부터 라울로 하여금 '가림받은 자'의 자랑과 사명감을 깊이 새겨 주었다. 그러나 바울은 전혀 달랐다. 그가 장군이 되지 않고 제사장이 된 것은, 다만 장군이란 로마인이 아니고는 될 수 없는 그의 민족의 처지와, 집안이 제사장직을 하여왔다는 것뿐이었다. 집안일을 이었다는 것 말고 아무런 까닭이라곤 없었다. 라울에게는 그러나, 바울이 커다란 두려움이었다. 배움을 말하는 것이 아니다. 한 사람이 다른 사람에게 눌림을 느끼는 것은, 배움 같은 것이 아니다. 라울이 바울에게서 느낀 두려움은 바울과 자기의 위에 빛나는 운명의 별 ─ 더 히브리적인 나타냄을 한다면, 누가 더 신의 사랑을 받고 있는 자인가 하는 일에 있어서 라울 자기가 못한 자리에 서 있는 것이 아닌가, 하는 바로 그 점이었다. 숨기 내기를 하거나 고누를 둘 때 앞뒤를 가리기 위하여 가위바위보를 하면, 가위에 잘리는 '보자기,' 보자기에 싸이는 '바위,' 바위에 날이 부서지는 '가위'는 늘 라울이었다. 아무런 인위가 없이 득을 본다는 것. 아무런 까닭 없이 진다는 것. 그것도 번번이 그러하다는 일은 두렵고 우울한 일이었다. 그것은 어떤 운명적인 열등함을 보여주는 일이었다. 신은 우연 속에 나타나는 것일까? 뒷날 라울은 이때를 떠올리면서 자기와 바울의 숙명적인 맞서기의 상징을 이 사실에서 읽곤 하였다.

또 이런 일도 있었다.

두 사람은 스승의 집에서 같은 방에 살고 있었다. 스승은 때때로 그들 둘을 불러세우고 얼마나 배웠는가 알아보곤 하였다. 그런 날은 흔히 고귀한 장로長老들이 손님으로 왔을 때가 많았다. 스승은 이 두 제자가 자랑이었다. 그러한 날을 앞둔 바로 전날 밤이었다. 책을 들여다보고 앉은 라울 옆에서 바울은, 멍하니 앉아서 열린 창문 사이로 불빛이 흘러나오는 스승의 방 쪽을 바라보고 있었다. 그러다가 그는 불쑥 입을 열었다.

"에이, 내일 하루 또 어떻게 땀을 뺀담……"

라울은 아무 대꾸도 않았다. 번연히 말을 걸어오는 것인 줄 알면서 못 들은 체하자니 오히려 대꾸해주는 것보다 더 짜증이 치밀었다.

"어떡한담……"

바울은 또 중얼거렸다. 그러자 그는 무슨 생각을 하는지 의자에서 일어서서 마루에 꿇어앉아 기도를 시작했다. 라울은 못 본 체하면서 줄곧 보고 있었다. 갑자기 웬 기도는…… 그러는데 다시 일어나 앉더니, 경전을 눈을 딱 감은 채 잡히는 대로 열어젖혔다. 그제야 라울도 바울이 무엇을 생각하고 있는지 알아냈다. 그는 내기를 하자는 것이다. 죽자고 외는 대신, 넘겨짚기로 내일 시험을 맞자는 것이 분명했다.

"음…… 사무엘서 사울 왕이 다윗의 비파를 청하다…… 내일 시험은 틀림없이 예서 날 테니, 이것만 외고 자야지……"

그러고는 열심히 외기 시작한다. 라울은 자기가 바로 바울이 지금 뇌까린 그 대목에 접어들고 있었으나 일부러 그 대목을 뛰어넘고 그다음부터 읽어내려갔다. 한참 후에 라울이 돌아봤을 때, 바울은 깊은 잠을 즐기고 있었다. 이튿날, 스승의 입에서 문제가 주어졌을 때 라울은 아뜩해졌다. "사무엘서 사울 왕이 다윗에게 비파를 청하는 대목을……"

또 이런 일도 있었다.

어느 날 이집트의 점쟁이가 스승을 찾아왔다. 대저 가마리엘 선생의 손님 가운데는 별의별 사람이 다 있었다. 가마리엘 선생은 두 제자를 자기 앞에 불러세우고 그들의 머리에 손을 얹고 넌지시 물었다.

"이놈들을 좀 보아주오. 다윗 왕과 솔로몬 왕쯤…… 어떻소……?"

얼굴에 가득히 수염이 난 그 이집트인은 뼈가 앙상한 손으로 두 소년의 턱을 받쳐들고 이윽히 그들의 얼굴을 보고 난 다음에, 바울의 코끝을 손가락질하며,

"큰 별을 이고 있소. 대길과 대흉이 반반이오"

하는 것이었다. 가마리엘 선생은 라울의 머리를 툭툭 치면서,

"이쪽은……?"

그러자 이집트인은, 지금까지의 그리스말을 바꾸어 이집트말로 무엇인가 이야기하는 것이었다. 돌아서 있었으므로 선생의 표정은 알 수 없었으나 "인제 너희들은 저리로 가거라" 이렇게 말한 가마리엘 선생의 목소리는 침울하였다. 라울은 그 후 이집트말을 배우고 그때 점술사가 이야기한 말을 생각해내려고 하였으나, 뜻을 모르고 들은 이야기는 전혀 떠올려질 수가 없었다.

이 일은 줄곧, 지워지지 않는 어두운 떠올림으로 그의 머리에서

떠나지 않았다. 어릴 때 겪은 이런 일들이 라울에게 큰 힘을 미쳤다. 라울은 바울의, 내기꾼으로서의 힘을 저도 몰래 믿게 되고, 그러한 그쪽의 이점에 대하여 자기는 삶을 한 치, 한 치 세면서 살아간다는 다짐을 나날이 굳히면서 살아왔다. 그러나 라울은 깊은 자신 속에 살아왔다. 나는 적어도 속임수에 빠지지 않는다는 자신감. 그것은 라울의 배움이었다.

   라울은 히브리 경전뿐만이 아니고, 그리스의 철학에도 깊은 읽음을 가지고 있었다. 그리스의 철학은, 히브리의 광포한 범신적 정열을 맑게 거르고 가라앉히는 그런 힘을 가지고 있었다.

   예수라는 나사렛 사람의 풍문이 들려오기 시작할 때, 그는 경전과 사료를 뒤져 꼼꼼한 계보학적인 검토를 하여보았다. 그 결과는 놀랍게도 바울의 편지에 적힌 결론에 이르고 만 것이다. 라울은 자신이 저질러놓은 이 일을 마무릴 재주가 없었다. 알아보면 알아볼수록, 나사렛 사람 예수는 다윗 왕의 찬란한 족보 속에 뚜렷한 자리를 차지해오는 것이었다. 라울 같은 지성인에게 자기 자신의 손으로 캐어낸 사실이란, 움직일 수 없는 것이었다. 그러나 어려움은 그곳에 있지 않았다. 만일 이 나사렛 사람이 메시아라고 밝혀졌다면, 제사장의 옷을 벗고, 땅에 내려온 '여호와의 아들'을 따라나서면 그만일 것이지만, 그것을 할 수 없는 라울이었다. 라울은 경전을 통해서 그 나사렛 사람에 대한 많은 것을 알고 있었으나, 기실 아무것도 모르는 것이었다. 라울은 아직 그를 보지 못한 것이다. 그는 몇 번이나 예루살렘으로 내려갈 마련을 세웠으나, 그때마다 이 일 저 일로 이루지 못했다. 모든 일 제쳐놓고 내려간다면 못 할 것도 없었으나, 총독이 부르는 잔치니 교구장 회의니 하는 상식을 깨뜨리지 못하는 라울이었다.

바울이 나사렛 사람을 전혀 따져볼 값도 없는 엉터리라고 나오자, 라울은 다르게 생각하고 싶은 마음이 더 굳어졌다. 학생 시절에, 바울이 넘겨짚어서 골라낸 구절을 오기로 건너뛰어버린 것과 똑같은 움직임이다. (바울이 아니라고 하니깐……) 나는 그렇다고 해야지, 그런 심사였다. 그러나, 내기와 우연과 예언에서는 늘 바울이 이기지 않았는가? 그러나 이번에는 나는 사실을 쥐고 있다. 사실? 어떤 사실? 책에서 낸 연대 셈과 돌림자 따지기? 라울은 밤 깊도록 옛 책과 씨름을 했다. 다지고 또 다지기 위해서였다. 알아보기에 지치면 오랜 기도를 하였다. 라울은 그 옛날, 신이 그의 사랑하는 자에 내린 특별한 아낌 — 즉 믿을 수밖에 없는 '신의 강제'를 베풀기를 기도했다. "영광 속에 세상을 다스리시는 나의 여호와여, 내 조상의 신이시여. 어리석은 자의 믿음을 굳건히 하시고자 그대의 큰 조화를 느끼게 하시고자, 인간에게 눈을 주신, 모두 아는 여호와시여. 이 어리석은 눈에 당신의 대답을 보여주시옵소서. 두 눈이 의심할 수 없는 증거를 보여주시옵소서. 그러나 다만 뜻대로 하여지이다. 당신이 이 몸을 고르셨다면 온몸을 당신의 힘의 떨림으로 가득히 채워주시옵소서."

라울이 나사렛 사람의 발밑에 엎드리기 위하여는 단 한 걸음이면 되었고, 그 단 한 걸음은 반드시 필요한 '한 걸음'이었다. 라울은 그것을 잘 알고 있었고, 그곳에 그의 괴로움이 있었다. 눈에 보지 못한 것을 믿을 수는 없었다. 그리고 라울은 총독의 잔치와 교구장 모임과 제사에 한 번도 빠짐이 없이 그것이 '보이기'를 기다리는 것이었다. 라울은, 촉박한 느낌이 각각으로 심하여가는 것을 나날이 느꼈다. 만일 그가 신의 아들이 틀림이 없다면, 이렇게 망설이면 망설일수록 나의 공로는 그만큼 줄어드는 것이다. 그러나……

"나으리, 꿀물을 조금 드시옵소서."
 벌써 몇 번이나 부르는 그 소리를 퍼뜩 귀에 담고, 라울은 조용히 고개를 들었다. 벌써 둘레는 어두워지고, 등잔에 불이 달려 있는데, 라울은 여태 꿈결처럼 깨었다, 생각하다 하는 중에 깜빡 잠이 든 모양이었다. 여자 노예 시바가, 쟁반에 마실 것을 받쳐들고 깎은 듯이 서 있었다.
 "요사이 너무 걱정하시는 것 같습니다. 무슨 일이시온지 천한 몸이 알지 못하오나 몸을 돌아보시옵기를……"
 괴로움 속에서 라울은, 이 그리스인 노예의 마음의 평화를 부러워했다. 이 아름다운 몸에 맑은 마음. 그녀가 한없이 부러웠다. 거기에 주인만 인자하다면 이 노예로서 더 바랄 것이 무엇이 있을까? 라울은 불쑥 물었다.
 "시바. 너에겐 내가 어떻게 보이느냐? 내가 착한 주인이냐?"
 시바는 쟁반을 탁자에 내려놓고, 꿇어앉아, 라울의 발에 입을 맞추었다. 뜨겁고 부드러운 입술이었다.
 "나으리는 신과 같이 인자하십니다."
 그리스 사람의 버릇으로 신을 이렇게 형용어처럼 쓰면서, 시바는 또 한 번 주인의 발에 입술을 대었다. 그녀가 신이란 말을 그렇게 쓰는 것과, 그보다도 노예를 데리고 부질없는 이야기를 한 것에 깐깐한 라울은 문득 자기가 못마땅했다.

"그만 물러가라!"

꾸부리고 앉았던 몸이 일어나다가 어깨에 걸친 옷이 흘러내리면서, 그녀의 왼쪽 가슴이 드러났다. 눈부신 살결이었다. 까닭 없이 불끈하는 짜증을 걷잡을 사이 없이,

"물러가 있으라!"

꾸짖듯 이렇게 다시 말하고, 일어서서 창가로 걸어갔다. 시바가 조심스레 방을 나가면서 휘장 사이로 돌아보았을 때, 주인은 손으로 이마를 짚고 서 있었다. 그녀는 까닭을 알지는 못하나 적이 걱정스러워져서 한숨을 쉬었다.

며칠 후, 라울네에 귀한 손님이 있었다.

멀리 예루살렘에서, 대제사장 안나스가 온 것이었다. 좀체로 없는 일이요, 라울은 대뜸 왜 왔는지 궁금하였다. 안나스는 자리로 보아서는 라울의 훨씬 윗자리에 있는 대장로였으며, 모든 대제사장들 가운데 가장 권모술수가 능란한 정치가이며, 교직자들 가운데서 차지하는 세력이나, 또는 로마 관리들에 대한 영향력이 가장 큰 것으로 알려진 사람이었다. 인사가 끝난 다음에 안나스는 자기가 온 일을 이야기하는 것이었다.

"랍비 안나스, 원로에 어찌 된 일이오니까?"

하는 라울의 물음에,

"오, 내가 이렇게 온 것은 다름이 아니고, 이미 소식을 들어서

알 터이지만, 지금 세상을 소란케 하고 있는 저 나사렛 사람 예수란 자로 말미암은 것이오."

"네……"

"그자는 지금 스스로 이름하여 이스라엘 사람의 왕이라 하며, 또는 무엄하게도 여호와의 아들이라 부르며, 뭇 곳을 두루 다니며 무리들에게 허황한 술법과 입담으로 그 마음을 어지럽게 하며, 신의 제사장들을 괴롭히고 있는 것이오."

라울은, 예루살렘에서 막 내려온 이 장로로부터, 수상스레 여기지 않을 만큼 예수에 대한 일을 알아보기로 마음을 먹고, 슬쩍 이렇게 물었다.

"알 수 없는 일이옵니다. 허나 높으신 대제사장들이 여러분 계시는 이스라엘 서울에서는 아마 아무도 그를 따르는 자가 없을 터이지요?"

라울의 그러한 말에 랍비 안나스는 쓴 얼굴을 지었다.

"그것이 그렇지 않단 말이오."

"네……?"

"그자는 원래 배움도 없는 자이나 입담이 좋아, 그의 말을 듣고 있으면, 마치 솔로몬 왕의 판결함을 듣는 듯하다고 어리석은 것들이 말들을 한다 하니, 짐작할 것이 아니오. 또 그뿐이 아니오, 조화를 부리는 요술이 있어, 눈이 혹할 만한 이상한 일을 곳곳에서 하니 그의 말을 믿고 따르는 어리석은 백성이 날로 늘어가는 판이오."

그는 화난 듯 한숨을 쉬었다.

"조화를 부린다면 그 어떤…… 조화를……"

라울의 말이 그치기 전에 랍비 안나스는,

"이런, 랍비 라울은 나사렛 사람에게 몹시 흥미가 있는 모양이구먼……"

비꼬는 말씨였다. 라울은 아차 하였다.

"이리로 오는 길에 다르사시의 사울을 만나보았소."

안나스는 이 말을 하면서 쏘는 듯한 눈으로 라울을 바라보았다. 사울에게서 무슨 말을 들었구나. 퍼뜩 떠오른 생각이었다. 그러면 지금 내게로 온 것은? 라울의 낯빛은 금세 알아볼 만치 헬쑥해졌다.

"허허, 랍비 라울, 여호와를 거스르는 자의 이야기를 필요 이상으로 입에 올릴 것이 아니오, 귀에 담을 것이 아닌가 하오. 그것은 그렇고, 이자의 소행이 이같이 날로 더하니 이를 막고자 예루살렘의 장로들이 모여서 말을 모은 끝에, 로마 총독 빌라도에게 청원을 하여 이자가 더 나쁜 짓을 못 하도록 하기로 된 것이오. 이 일을 빌라도에게 이르기 앞서, 만일 빌라도가 지방의 로마 총독에게 과연 예수란 자의 따르는 무리가 로마 제국에 모반하는 움직임이 있느냐고 물어보는 때에, 귀하가 이곳 총독 옥타비아스에게 그렇노라고 대답하여주어야 한단 말이오. 그래서 지금 나는 각지를 제사장들을 찾아 돌아다니는 길이오."

라울은 눈앞이 캄캄해졌다. 예수를 모함하는 음모에 한몫 끼라는 것이 아닌가. 오랜 침묵이 흘렀다. 그러자 안나스는 천천히,

"사울이 귀하에게 이렇게 이르라고 그러더군. '랍비 라울은 틀

림없이 찬성할 것이라구 나는 믿습니다'라구……"

그 말에 라울의 얼굴은 헬쑥해졌다. 처음에 두 팔이, 다음에는 온몸이 누를 수 없이 와들와들 떨리기 시작했다. 이것을 보는 랍비 안나스의 얼굴에는 느긋한 웃음이 떠올랐다. 자기가 던진 한마디의 효과가 분명히 나타난 것으로 알았기 때문이었다. 그러나 그것은 전혀 잘못 짚은 생각이었다.

랍비 라울의 마음속에서는 불길이 휘몰아치고 있었다. 바울! 네가 나를 밀고하였구나! 편지를 보내니 없애라구! 라울은 자기의 절박한 자리를 깨달았다. 싫다고 하면 자기 자리가 어찌 되리라는 생각이 번개같이 지나갔다. 그는 이 안나스라는 사람을 너무나 잘 알고 있었다. 지금 라울이 낀다고 하여, 그가 바울로부터 들은 자기 허물을 보아넘기지 않으리라는 것을 잘 알고 있었다. 그러나 그런 모든 것들이 지금 라울의 마음을 뜨겁게 하는 것은 아니었다.

랍비 라울은 틀림없이 찬성할 것이라구 믿습니다, 라고 전하라……!

바울의 성격 속에 있는, 사람을 짓밟는 무엇인가가 그 한마디 속에 서리어, 라울을 갈긴 것이었다. 어릴 때, 젊었을 적, 그리고 지금에 이르기까지, 부드럽고 맞설 줄 모르는 라울에게 고약하게 굴어온 망나니 바울이 그렇게 괘씸할 수 없었던 것이었다.

"랍비 안나스, 본인은 분명히 거부합니다. 만일 나사렛 사람 예수가, 여호와의 율법에 어긋나는 자이기 때문에 총독 빌라도에게 고발하는 것이라면, 본인은 아무 말도 할 자격이 없습니다. 본인은 그 나사렛 사람이 누군지 아직 보지도 못한 까닭입니다. 또, 만일, 이 나사렛 사람이 로마 제국에 대한 반역 때문에 고발되는 것이라면 이 또한, 본인이 알 바 아닌 줄로 압니다. 이는 로마 벼슬아치가 알아서 할 일이요, 여호와의 제사장이 할 일이 아닌 까닭입니다."

랍비 안나스는 얼이 빠져 라울을 바라볼 뿐, 잠시는 말을 잇지 못하였다.

"랍비 라울, 당신은 정신이 온전하오? 두렵지 않소?"

"……"

"랍비 라울."

"제 말에는 다름이 없습니다."

"음……"

랍비 안나스는 두 손을 들어 연거푸 수염을 쓰다듬었다. 그 앞에, 라울은, 아직도 와들와들 떨면서, 줄곧 눈길을 아래로 떨어뜨린 채 앉아 있었다. 랍비 안나스가 끝내 자리를 차고 나가버린 후, 라울은 조용히 일어서서 종 나단을 불렀다. 그리고 그에게 무엇인가 일렀다.

며칠 후, 나단은, 예루살렘에서 오는 올리브기름을 라울가家에 대어주는 장사꾼 야곱을 데리고 주인의 방으로 안내하였다. 이 야곱은 집사인 나단에게 물건을 내어주고 돈을 받아가곤 하는 것이었으나, 이날은 물건을 사고 판 다음에 나단이 그를 데리고 주인 라울에게로 간 것이었다.

그날 저녁까지 기름장수 야곱은, 제사장 라울의 방에서 나오지 않았을 뿐만 아니라, 그날 밤을 라울네에서 묵었다. 나단이 늘 하는 대로 밤 깊어서 집 안을 한 바퀴 돌아보았을 때, 주인의 방에서는 교법사와 신분이 어울리지 않는 그의 손님이 아직도 두런두런 이야기를 주고받고 있었다. 나단은 고개를 갸우뚱거렸다. 그러나 저러나 충직한 나단이 요사이 다행스럽기는, 한때 까닭 없이 괴로움에 싸였던 주인이, 요사이 며칠은 그렇게 보아서 그런지 훨씬 기운을 차린 것 같았고, 마음도 편한 듯이 보이는 일이었다. 한 바퀴 집안을 돌고 왔을 때도 말소리는 그대로 흘러나오고 있었다.

(저렇게 늦게 주무시지 않고, 추스를까 하는 몸에 또 탈이나 나서……)

나단은 그런 걱정을 하다가 "에취" 하고 기침을 하였다. 감기가 걸린 모양이군, 그는 중얼거리면서 잠자리로 돌아갔다.

이튿날, 행상인 야곱이 주인의 방에서 나왔을 때, 나단은 장사꾼의 옆구리를 꾹 찌르면서 물었다.

"이 사람, 우리 나으리하구 무슨 이야기를 그렇게 하였나?"

그러자 기름장수 야곱은 웬일인지 몹시 당황해하면서,

"어…… 무어……"

이렇게 얼버무리면서, 나귀를 끌고 어물어물 빠져나가려고 들었다. 나단은 부쩍 궁금증이 당겨서,

"무얼 이러나, 그래 무슨 이야기를 그리 늦도록 했단 말인구, 원, 웬 사람이 이래?"

하고 짐짓 짜증을 내었다.

"아니, 거 왜, 제사장 나으리께서, 요사이 예루살렘에서 기름

시세가 어떻게 돌아가나 물으시더군. 글쎄 진짜배기 '나드' 기름을 열닷 냥에 거래하시자고 하시니 그 원 될 말인가? 예루살렘에서 예까지 유람 삼아 다니는 걸루 아시나 보지, 원……"

갑자기 버럭 화까지 내면서, 철썩철썩 나귀의 볼기를 냅다 갈기면서, 문밖으로 나가버렸다.

나단이 문간에서 돌아오는 모습을 보고 있던 라울은 그를 손짓해 불렀다.

"나단, 며칠 사이에 예루살렘으로 떠나게 될 테니 그리 알고, 미리감치 마련들을 해놓아."

나단은 딱총을 맞은 닭모양으로 눈이 휘둥그레졌다가, 금세 무슨 생각을 하고서 조심스럽게 물어보았다.

"나으리, 기름 시세를 손수 알아보시려구 그러십니까?"

"응? 기름 시세? 오, 오라, 하하하하…… 그래, 야곱이란 놈이 워낙 엉터리 값을 부르는 것 같단 말이야, 눈으로 봐야지, 가서 눈으로 봐야지."

그리고 잠깐 끊었다가 깊은 숨을 쉬면서 또 말했다.

"암, 눈으로 봐야지."

2

라울이 총독 옥타비아스를 통하여 예수의 죽음을 안 것은, 기름 장수 야곱이 돌아간 사흘 후의 일이었다. 뒤미처, 죽은 나사렛 사람이 되살아나 하늘에 올라갔다는 소문이 흘러들었다.
 라울은 거의 잠과 끼니와 걸음을 끊었다. 라울의 마음을 아는 사람은 아무도 없었다. 그는 자기의 뜨뜻미지근함을 매질하는 마음과, 한편, 여호와의 아들이 사람의 손에 잡혀서 죽었다는 엄청난 말에, 정신이 헛갈려 스스로를 걷잡을 수 없었다.
 신전에서 밤을 밝히는 그에게 시중드는 것은 시바와 나단이었다.
 나단이 신전과 사잇방의 휘장을 들췄을 때, 라울은 침상에 엎드려 잠들고 있었다. 까칠한 얼굴에 콧날이 두드러져 솟은 양편으로, 움푹 팬 눈까풀이 가끔씩 푸르르 떨리는 것으로 보아, 편안한 단잠을 자고 있는 것이 아니라, 지친 끝에 잠시 혼미한 풋잠에 빠져 있는 것임을 알 수 있었다. 나단은 이렇게 파리해진 주인이 과연 총독의 잔치에 갈 수 있을는지가 의심스러웠다.
 라울은 인기척에 눈을 떴다.
 "……"
 무슨 일이냐고 눈으로 묻는다.
 나단은 허리를 굽히며,
 "지금 총독 관저에서 사람이 왔사온데, 오늘 잔치에 꼭 오시라는 전갈입니다…… 심부름 온 사람이 아직 돌아가지 않고 기다리고 있습니다."
 라울은 한참 눈을 감은 채 아무 말도 없다가,
 "가겠노라고 일러라."
 이렇게 말했다.
 라울이 시바와 나단을 거느리고 총독 옥타비아스의 관저에 닿았을 때는, 손님들은 넓은 뜰의 이곳저곳으로 흩어져서, 드문드문 차린 모퉁이 술상에서, 노예들이 따르는 술과 과일을 즐기고 있었다. 라울은 두 종을 뒤에 남기고 총독의 모습을 찾아 수풀 속을 걸었다. 울창히 들어선 종려나무 때문에 그 어느 곳에 사람이 들어 있는지 분간하기는 몹시 어려운 일이었다. 간혹 나무에 등불을 달아놓았으나, 걸으면서 몇 번이나 얽힌 풀줄기에 발이 걸렸다. 조금 떨어진 곳에서 하프 소리가 들려온다.

라울은 발을 멈추었다. 그러자, 모퉁이를 돌아나오는 두 사람의 그림자와 마주쳤다. 총독이었다. 새하얀 옷에, 밤의 어둠 속에도 요란히 되비치는 보석을 목에 걸친 여자가, 총독의 오른편 가슴에 머리를 기대고, 총독은 오른팔로 그녀의 허리를 안고, 왼손은 여자의 턱을 받치고 있다. 라울은 허리를 굽혀 인사를 하였다. 총독은 라울임을 알아보자 여자를 안은 채,

"오 랍비 라울, 늦었구먼."

흥겨운 목소리로 인사를 받았다.

"네, 조금 신기가 좋지 못하여……"

"음? 그거 안되었군, 조섭을 잘하오. 그리고 오늘은 내 명을 기다릴 것 없이 불편하면 언제든지 먼저 돌아가도록…… 어 그리고 이 여자는, 황제 폐하께옵서 황송하게도 이 몸의 변방살이의 노고를 위로하시어 보내신 노예인데, 플라톤을 놀랄 만큼 잘 외고 있단 말이오. 이런 귀한 물건을 보내주시니, 폐하의 은혜를 무엇으로 갚을까? 어 참 랍비 라울. 전번에 데리고 온 노예 있잖소…… 그의 이름이 무엇이오?"

"시바라고 부르는 그리스 계집이옵니다."

"오, 시바. 그것을 내게 줄 수 없을까? 황제께 답례로 보내드리게……"

총독 옥타비아스는 익살맞은 장난을 하는 난봉꾼처럼 눈을 질끈 감으며, 팔에 안은 노예를 내려다보았다. 안긴 노예는 총독의 가슴에 입을 맞추며 귀찮은 듯 눈을 감아버렸다.

"네……"

라울이 입속으로 말을 삼키며 가만히 서 있는 것을 보자 총독 옥타비아스는 갑자기,

"허허허허……"

호탕스레 웃음을 터뜨렸다.

"랍비 라울, 농담이오 농담. 허, 허허……"

이렇게 웃으면서, 라울에게 한 걸음 다가서며, 놀음 친구에게 하듯 짓궂은 손짓으로 라울의 어깨를 탁 치고는 그대로 지나쳐 걸어갔다. 라울은 자기대로 몇 발짝 떼어놓으려는데,

"참, 랍비 라울, 그……"

총독이 뒤쫓아 부르며 다시 돌아서는 기적에 라울도 돌아보았다.

"내가 잊었었는데, 사울이 달아났다는 보고가 왔어."

"무슨 말씀이옵니까, 각하?"

라울은 깜짝 놀랐다.

"보고에 따르면, 앞서 처형된 그 나사렛의 예수라는 자의 무리에 끼어 자리를 벗어났다 하는군……"

"아니, 그럴 리가……"

"그 강직한 인물이 그러리라고는 나도 믿기지 않는 일이나, 이는 총독청으로 온 공문이 말하는 바이오…… 그래서……"

이때 팔에 아직도 안긴 채로인 노예가, 라틴말로 무언가 속삭였다. 총독은 그녀에게 크게 끄덕여 보이고,

"랍비 라울, 나의 귀여운 철학자가 말하기를, 지금은 정사政事의 시간이 아니고 바커스의 시간이라는군, 으앗하하…… 자세한 소식은 내일 와서 들으시오. 지금은 바커스의 밤이 틀림없어, 허허허."

총독은 크게 웃으면서 이번에는 정말 유유히 사라져갔다.

라울은 넋이 빠져 그 자리에서 움직일 줄 몰랐다.

사울이 나사렛 사람의 무리가 되었다니? 왜?

어떻게?

그 사울이.

나를 꾸짖던 그 사울이.

어찌 된 일인가?

갈피를 잡을 수 없는 물음이 연거푸 몰려오는 것이었으나, 전혀 어림조차 할 수 없는 놀라운 일이었다. 라울은 갑자기 멀미가 났다. 그는 급히 걸음을 옮겨, 종들을 불러서 집으로 가야겠다고 생각하였다. 한 스무 발자국쯤 발을 옮겼을 때, 그는 문득 걸음을 멈추었다. 걸어가는 바른편, 올리브나무의 짙은 그늘 속에 남녀가 붙들고 섰는데, 그중 여자가 얼핏 본 눈에 틀림없이 시바였던 것이다. 그는 생각을 앞질러 얼른 곁에 선 나무 뒤로 몸을 숨긴 다음, 발소리를 죽여 그들의 바로 뒤까지 다가서는 데 성공하였다.

시바였다.

낯빛은 알 수 없었으나, 굳세게 사나이의 팔에 안긴 채, 두 팔을 올려 상대방의 목을 안고 있었다. 라울이 일찍이 본 바 없는 그녀의, 녹일 듯한 몸가짐이었다. 상대방은 라울도 잘 아는 총독의 무관, 늘 라울에게 총독의 전갈을 가져오는 젊은 로마인이었다.

"주인 나으리가 보면 어찌해요……"

"랍비 라울이? 그는 지금 총독과 같이 있을 텐데 무얼……"

"그래도……"

"랍비 라울에게서 무척 사랑을 받는 모양이군?"

"저런…… 나으리는 그런 분이 아니에요."

"그런 분이 아니라…… 그래, 시바를 가만둔단 말이야?"

"나으리는 성자(聖者)예요. 그는 신의 예언자여요."

"그럼 나한테 오기 싫단 말인가. 내가 너를 사오려는데? 예언자 곁에 있고 싶어?"

"다아 아시면서……"

남자는 웃으면서 시바의 입술을 더듬었다. 라울은 소리 없이 물러났다.

라울이 문간에 이르러 노예들의 방을 들여다보았을 때, 시바는 어느새 나단의 곁에 늘 하는 대로 다소곳이 앉아 있었다. 집에 돌아오는 대로 라울은, 영문을 몰라 어리둥절하는 나단에게 명하여, 시바를 가두게 하였다. 총독에게서 들은, 바울이 돌아섰다는 이야기의 타격이 너무 심하였으므로, 오늘 저녁 시바를 문초할 기운도 없고, 그럴 생각도 나지 않았다.

침실에 돌아온 라울은 넘어지듯 침상에 몸을 던졌다.

그의 얼굴은 핏기라곤 하나도 없었다. 젖혀진 목에 유난히 날카롭게 목뼈가 돋아 보였다. 바울이 돌아섰다는 말은, 지금껏 그가 망설이고 있던 마지막 장벽을 단번에 날려버렸다. 라울은 제가 온 힘과 배움을 쏟아서 믿지 못하던 나사렛 사람 예수의 신성神性을, 바울이 돌아섰다는 한마디를 듣는 순간에 긍정한 것이었다.

또 한 발 늦었구나!

지금 느낌은 이것이었다. 나사렛 예수가 신이냐 아니냐는 어쩌면 나중 일이었는지도 모른다.

또 당했다!

가위바위보에서 엉거주춤 내민 손바닥 앞으로, 바울의 가위꼴 두 손가락이 덮칠 때 느끼던 무서움.

오기로 빼먹은 대목이 스승의 입에서 시험 과제로 주어졌을 때 느낀 그 절망감, 그것이었다. 삶에 늦은 자가 느끼는 슬픔. 더도 덜도 아니고 막 배가 선교를 떠난 순간 부두에 와 닿은 자, 그것도 번번이 그러는, 아니 평생 내리 헛물을 켜온 자의 마음이었다.

그날로 라울은 앓는 자리에 드러누웠다. 늙은 종 나단은 주인의 옆을 잠시도 떠나지 않았다. 그는 몇 번이나 주인이 "음 사울이…… 사울이……" 하는 소리를 꿈결에 뇌는 것을 들었다. 까닭은 몰라도, 바울 때문에 주인이 이렇게까지 괴로움을 겪고 있다는 것을 알 수는 있었다. 기름땀이 내밴 주인의 이마를 한 손으로 닦으며 나단은, 다른 손으로 눈물을 닦았다. 늙은이의 눈물은 닦을 것까지도 없지만.

이튿날 자리에 누운 지 나흘째 되는 아침, 라울은 나단이 간곡하게 말리는 것을 물리치고 자리에서 일어나, 시바를 불러오도록 하였다. 간음한 여자를 재판하는 권리는 제사장에게 있었을뿐더러, 시바는 라울의 노예였다. 시바는 주인 앞에 꿇어앉았다. 한참 말없이 그녀를 바라보던 라울은 이렇게 심문을 시작했다.

"시바, 너는 어째 배은背恩하였느냐?"

"……"

"어찌하여 너의 주인을 속였느냐?"

시바는 가는 소리로 울기 시작했다.

"내가 너를 자유민에 못지않은 대우를 하였는데, 무엇이 모자라 창녀의 더러운 신세를 택하였느냐? 나에게 바른대로 말을 해라. 어려워 말라."

시바는 얼굴을 들어 라울의 눈치를 살피는 듯이 하고는 다시 고개를 숙여버렸다.

"어려워 말라."

라울은 재차 늦추듯 타일렀다. 시바는 이윽고 들릴락 말락한 소리로,

"창녀의 짓을 한 적은 없사옵니다."

이렇게 말하였다. 라울은 울컥 화가 치밀어오르며 옆에 놓였던 채찍을 집어들었다.

"간사한 계집, 총독 각하의 연회에서 내 눈으로 보았는데!"

말을 마치면서 휙 채찍을 날려 그녀의 등을 내리쳤다. 가벼운 비명이 들렸다.

"아니옵니다. 그는 저를 몸값을 치르고 사가서 아내로 삼겠다고 약속하였습니다."

"무어라……?"

라울이 전혀 짐작지 못했던 대꾸였다.

"그 사람이 나에게 너의 값을 치르면 그에게로 가겠단 말이냐?"

"나으리에게 여쭈어 그리할 생각이었사옵니다."

"오……"

라울은 눈을 감고 의자에 털썩 주저앉았다. 자기 같은 주인을 버리고 가겠다는 이 노예의 마음은, 라울의 이해를 벗어난 것이었고, 또 그것은 자기를 이해하여주지 못하는 시바의 무지에 대한 노여움으로 바뀌었다.

"오냐, 네가 나의 곁이 싫다면 멀리 보내주겠다. 멀리. 먼 페르시아로."

"네? 나으리, 페르시아! 오 신과 같으신 나으리, 제발 저를 그런 먼 곳으로 보내지 말아주십시오. 제발!"

"나단, 이 계집을 끌어내라. 노예장수가 올 때까지 가두어둬라."

나단은 울부짖는 노예를 긴 머리채를 감아쥐고 끌고 나갔다.

3

와와와와. 귀를 기울이면 퍼붓는 빗소리가 그렇게 들린다.

비는 왜 오는가.

비는 왜 억수로 퍼붓는가.

노아의 옛날이 이러했을까 싶게 큰비가 퍼붓는 것이었다.

라울은, 살아 있는 주검 같은 몸을 침상에 누이고 빗소리를 듣고 있었다. 신학자 라울에게 이 비는, 그냥 오는 비가 아니었다. 신의 아들을 잡아 죽인 인류에 대한 신의 심판의 날이 온 것임을 그는 굳게 믿었다.

소리 없이 나단이 들어왔다. 그의 얼굴은 슬픔에 갑자기 대여섯은 더 나이를 먹은 것처럼 보였다. 그는 다급한 걸음으로 침상으로 다가와서 말한다.

"나으리. 랍비 사울이 오셨습니다."

"무엇! 사울이! 어디, 어디냐?"

라울은 벌떡 몸을 일으켰다.

"문밖에 계십니다."

"으흐…… 빨리 이리로……"

그 말이 끝나고 나단이 문 쪽으로 돌아섰을 때, 입구의 방장이 갈라지면서, 방 안에 들어서는 사람이 있었다.

바울이었다.

나단은 소리를 죽여 밖으로 나가고, 방에는 두 사람이 마주 보고 있었다. 라울은 온 힘을 다하여 바울의 모습을 뚫어지게 보고 있었다. 이전에 패기로 빛나던 눈은 한없이 부드러운 기운으로 차 있으며, 한쪽이 약간 솟은 듯하던 어깨는 죽었으며, 온몸에 옛날의 바울에게는 없던, 어떤 그윽한 위엄이 감돌아 보였다. 먼저 입을 뗀 것은 바울이었다.

"랍비 라울, 어찌 된 일이오, 신색이 말이 아니니."

바울은 오랜 벗의 변모에 놀란 듯, 걱정스런 말투로 말하며, 두 팔을 벌려 라울을 껴안았다.

그들 둘은 나란히 침대에 걸터앉았다. 라울이 바울을 바라보고, 바울은 그러한 라울을 바라보았다.

"랍비 사울……"

이같이 부른 라울의 말소리에는, 복잡한 느낌이 천 갈래 만 갈래 얽혀 있었다. 바울은 고개를 끄덕였다.

"알고 있소, 알고 있소…… 그것을 말하기 위하여 이곳에 온 것이오. 나는 지금 바쁜 몸이오. 주의 부름으로 바쁜 몸이오……"

"오호, 주의……"

"그렇소, 주의 종일 따름이오. 랍비 라울, 당신은 훌륭한 예언자였소. 당신이 처음, 나사렛에 태어나신 여호와의 외아들 우리 메시아의 이야기를 적어 보냈을 때, 나는 한마디로 당신을 나무랐었소. 나는 완고한 틀과 껍질의 노예였소. 나의 눈에는 나사렛 예수는 꾐꾼, 오 주여, 백번을 사하여주시옵소서 ― 꾐꾼으로 보였던 것이오. 나는 그를 따르는 자를 잡아서 죽이는 것만이, 여호와의 이름을 거룩하게 하고, 아브라함의 자손을 신의 사랑 밑에 두는 길이라고 믿었소. 나는 숱한 사람을 밀고하여 로마 벼슬아치의 손에 넘겨주었소. 잡아서 죽이고 죽이고 하여도 그치지 않는 신도의 힘을 보고서도, 이 어리석은 놈은 털끝만 한 그 어떤 예감도 받지 못하였던 것이오…… 오 무서운 죄……"

바울은 말을 끊고 한참이나 묵묵히 기도하였다.

"그러나 주께서는 하고많은 무리 가운데 하필 죄 많은 자를 골라 그의 가장 귀한 종으로 삼으시었소. 그날 나는 총독에게 다음 희생자의 명부를 주기 위하여 다메섹으로 가는 길을 가고 있었소. 해가 하늘 가운데서 이글거리는 시각이었소. 나는 갑자기 눈앞이 환히 밝아지는 것을 느꼈소. 처음에는 햇빛 탓으로 여겼는데 '사울아 어디로 가느냐' 하는 목소리에 나는 흠칫 놀라 소리 나는 곳을 보았소. 길 한가운데 내가 가는 앞을 막고 주께서 서 계셨소. 밝은 빛은 그의 몸에서 나는 것이었소. '보라, 내가 이같이 죽음을 이기고 여기에 있노라. 너는 어찌하여 나의 일을 방해하느냐. 나의 사랑하는 제자들과 더불어 너는 나에게로 사람을 모으라. 희랍과 로마의 모든 타관 사람들에게, 나의 이름을 알리라. 축복을 받으리로다.' 이같이 말씀하셨소. 나는 땅에 엎드린 채 머리를 조아려 감히 들지 못하였던 것이오. 간신히 눈을 들어 주를 보았을 때, 주는 하늘로 올라가고 계셨소. 나는 주의 영광을 똑똑히 보았소. 영롱한 구름을 밟고, 천사군의 지킴 속에 높이 하늘로 사라질 때까지, 나는 그 자리에 앉아 움직일 줄을 몰랐소. 이리하여 나는 주의 종이 된 것이오. 죄 많은 자를 주가 친히 부르신 이 은혜. 나는 지금 로마 관헌이 찾는 바 되고 있소. 그러나 나는 아무도 두려울 것이 없소. 주의 일이 끝날 때까지, 주께서 이 몸을 지키실 것이므로. 또 한 가지, 나는 랍비 라울에게 내가 본 바를 증거할 의무를 느꼈던 것이오. 내가 죄악의 골짜기에 헤맬 때, 랍비 라울은 주가 신이심을 미리 아셨소. 그 슬기에, 이 어리석으나마 분명한 눈이 본 바를 알려드려, 랍비 라울에게 믿음을 주고자 찾아온 것이오. 기뻐하오, 메시아는 땅에 다녀가셨소."

바울의 말이 끝났으나 라울은 말이 없었다. 바울이 잠자리로 물러간 후에도, 라울은 돌처럼 앉아 있었다.

와와. 와와와. 그렇게 들린다. 벽에 그려진 라울의 그림자는, 코와 턱이 앞으로 내달려서 이상한 그림을 이루었다. 라울의 그 진짜 얼굴도 못지않게 야릇하게 이그러져가고 있다. 실룩실룩 웃는 듯한 우는 듯한, 벌써 어르신네 라울, 신학자 라울의 부드럽고 단정한 얼굴이 아니요, 싸움에 진 악마의, 쓴웃음과 이 가는 소리가 새어날 듯한 흉한 얼굴이었다.

도깨비 하나가 태어나고 있었다.

이튿날 아침, 라울의 집은 벌컥 뒤집혔다. 헛간 대들보에 목을 맨 나단의 주검이 발견되었고, 여자 노예 시바가 밤새에 없어진 것이었다. 종이 와서 알렸을 때 라울은 자그마한 움직임도 보이지 않았다. 손에 종이 한 장을 움켜쥐고 그는 천장의 한 군데를 넋 빠진 듯이 바라보고 있었다. 바울이 남기고 간 편지였다.

바쁜 몸이 한때를 늦출 수 없소. 나는 그리스로 가오. 시바라는 이 여자 노예의 하소연을 우연히 듣게 되어 그의 원대로 그리스를 거쳐 로마로 데리고 가는 것을 용서하오. 주께서는 남녀간 사랑을 축복하셨다고 들었소. 그는 나로 하여 주의 어린 양이 되었소. 주의 사랑과 로마에 가 있다는 그의 지아비의 사랑을 누리게 하려 하오. 또 한 가지. 랍비 라울의 종 나단이 시바와 내가 이야기하고 있는 방에 칼을 들고 들어와 나를 해치려 하므로, 그가 어떤 점을 잘못 알았는지는 모르나 주께서 말씀하신 '사랑'의 이치를 타일러 내어보냈소. 그를 탓하지 말기를. 랍비 라울이 주의 품에서 일하는 일꾼이 되기를 비오.

짧은 사연이었으나 라울에게는 모든 일을 말하고도 남음이 있었다. 바울이 시바의 방을 지나치다가 어찌하여 아마 그녀의 비통하는 울음소리를 듣거나 하여 방에 들어가 모든 사정을 들었을 것이다. 그것을 또 나단이 보았다. 충직한 마음에 벌써부터, 바울이 바로 주인의 알 수 없는 괴로움의 까닭임을 짐작하고 있던 나단이, 더구나 밤중 여자 노예의 방에 있는 바울을 보고 칼을 들고 들어갔으나 바울에게 설복당하고 물러나왔는데, 아침이 된즉 바울도 없고 시바도 없는 것을 알고 주인인 라울을 '배반'했다는 자책에 못 이겨 목을 맸으리라……

그러나 지금 라울에게는 그런 것은 아무래도 좋은 일이었다. 그는 바울의 증거를 듣는 순간부터 단 한 가지 생각만을 좇고 있었다.

신은, 왜 골라서, 사울 같은 불성실한 그리고 전혀 엉뚱한 자에게 나타났느냐? 이 물음을 뒤집어놓으면, 신은 왜 나에게, 주를 스스로의 힘으로 적어도 절반은 인식했던! 나에게, 나타나지를 아니하였는가? 하는 문제였다.

그 나머지 절반, 신이 라울에게 모습을 나타내 보인다는 나머지 절반으로써, 라울의 믿음은 이루어졌을 것이 아닌가?

애를 쓰지도 않은 사울에게 그처럼 큰 은혜를 내린 것은, 무엇 때문인가? 성전聖典의 예언자들은 모두 신의 사랑을 받을 만한 값 있는 바른 사람들이 아니었던가?

바울의 증거를 듣는 그때부터 라울의 머리를 차지하고 있는 문제는 이것이었다. 라울은 두 손으로 머리카락을 움켜잡고 박박 쥐어뜯었다. 금세 그의 손톱은 흐르는 피로 물들었다.

언젠가 본 적이 있는 듯한 넓은 집 안이다. 그러고 보면, 라울과 바울이 어릴 때 공부하던 스승의 집인 것 같기도 하다. 그는 신부를 기다리고 있다. 제단 앞으로 스승이 나타났다. 스승의 얼굴은 어느덧 나사렛 예수로 바뀐다. 신부와 신랑이 예수의 앞으로 조용히 걸어나간다. 신랑은 라울 자기가 아니고 바울이며, 신부는 시바다. 예수는 팔을 벌려 그들을 축복한다. 주여 그자는 거짓 신랑입니다. 제가 여기 있습니다. 라울은 이처럼 큰 소리로 외치려 했으나, 목이 꽉 잠겨서 영 소리가 나지 않는다. 예수가 앞을 서서 그들은 식장을 나간다. 아! 그리고 맨 마지막에는, 나단이, 시바의 옷을 담은 은빛 함을 소중히 옆에 끼고 뒤따르고 있는 것이다. 그는 모든 사람이, 라울 자기가 여기 있는 줄 모르고 바울이 자기인 줄 알고 있는 것을 보고 안타깝고 분이 치밀었다. "나단아 나는 여기 있다!" 이번에는 소리가 목에서 나왔다. 나단은 돌아다보고 슬픈 눈으로 주인을 바라보다가, 예수에게로 가서 무엇인가 아뢰었다. 예수를 비롯하여 모든 사람이 한꺼번에 이쪽을 바라본다. 예수는 짜증난 듯한 목소리로 "여태 어디서 무얼 하고 있었나!" 이렇게 말하며, 손을 들어 가까이 오라는 표를 보이곤, 휙 돌아서

서 네 사람은 집 밖으로 나간다. 라울은 뒤를 쫓으려 하지만 발이 떨어지지 않는다. 아. 빨리 따라야겠는데.

라울은 소스라쳐 깨었다. 꿈이었다. 온몸에는 흠뻑 식은땀이 배었다.

꿈이란 것이 흔히 그러하듯이 그 사람들— 나사렛 예수, 바울, 시바, 나단까지 인형처럼 도사린 차가운 얼굴들, 비록 밝은 세상에 소리 높이 고백은 못 했으되, 구세주라고 마음에 오시었던 나사렛 예수, 친구이던 바울, 총독의 짐짓 뻗쳐보는 청을 모른 체하면서까지 인자한 주인의 보호를 베풀어준 노예 시바, 어려서 그 등에 업혀서 자란 충직한 늙은 종 나단— 라울의 삶에서 가장 가까운 한 자리를 맡아본 이들이 그 꿈속에서 보여준 그 냉랭한 얼굴들은 길에서 스쳐가는 사람을 바라보는 그 눈빛이었으며, 또는 라울이 전혀 알지 못하는 어떤 일에 관여하면서 라울만은 몫에서 빼버린 심술궂은 패거리의 쌀쌀함만 같았다.

비는 여전히 내리고 있다.

때가 얼마나 흘렀는지 라울은 모른다. 벌써 긴, 사막 지방의 온 하루가 끝나고, 갑자기 어둠이 몰려오기 시작했으나, 꼬박 침상에 일어나 앉아 그는 한곳을 노려보면서 움직일 줄을 모른다. 그의 눈길은 창을 넘어 바깥 어둠으로 쏠리고 있었으나, 그곳을 보고 있는 것은 아니었다. 그는 평생 자기를 믿고 살아왔었다. 경전과 철학을 읽는 생활 속에서 번번이 찾아들던 저 황홀경. 신과 하나가 되고 누리와 하나가 되었다고 느껴지던 그 경지. 적어도 그 누구보다도 신에게 가까운 자리에 있다는 기쁨이 그의 삶의 등뼈였다. 그러한 느낌이 자기 앎을 믿는 데서 온다는 것을 너무나 잘 알았던 그였다. 배움이 없는 자가 신을 말할 수 있다는 것을 그리스 철학의 대가인 랍비 라울은 믿지 않았다. 바울과의 평생에 걸친 실랑이 속에서, 바울의 그 불로소득적인 행운에 맞서 라울의 자신을 지켜준 것은, 바로, 라울 자신의 지적인 우위 그것이었다. 라울이 으레 차지했어야 할 좋은 자리를, 우연히 그곳의 로마 총독에 바울과 절친한 로마 장군이 왔다는 일 때문에, 부임 길에 올랐던 자기가, 졸지에 바울에게 넘겨주고, 낙타를 거꾸로 돌려, 떠나온 제자리로 돌아올 때에도, 랍비 라울은 별들이 쏟아질 듯이 찬란한 사막의 밤하늘을 우러러보며, 조용히 다윗의 여호와 송가를 읊었었다.

무엇이 어찌 되었건, 자기는 삶에 있어서 마지막 것을 쥐고 있다는 자신 때문이었다. 여호와와 더불어 있음에랴.

한데 모든 것이 뒤집힌 것이다.

저 멀리 다메섹으로 가는 길 위에서, 몹쓸 벗과 천한 노예와 종이, 석학碩學 랍비 라울을 '몫'에서 빼돌릴 수 있는 일이 일어난 것이다. 다메섹으로 가는 길 위에서.

그날 밤, 여전히 비가 퍼붓는 어둠 속을 몰래 뒷문으로 빠져나가는 라울을, 아무도 본 사람이 없었다.

다메섹으로 가는 길 위로 해가 뜨고 있다. 며칠을 두고 온 비는 씻은 듯이 개이고, 비 온 끝의 깨끗한 막대기를 채우는 햇빛은 더욱 눈부셨다. 사막 고장의 뜨는 해 지는 해는, 장엄壯嚴이라는 한마디 말고 더 보탤 것이 없다.

전혀 인적이 없는 멀리 뻗친 길 위에 한 점 형상이 있다.

먼 길을 달려온 것이리라. 거의 형체를 남기지 않은 옷을 걸치나 마나 한 알몸에 가까운 사나이가, 두 손을 모두어 무릎에 얹고, 턱은 높이 쳐들어 열심히 앞을 보려는 뜻을 나타내고, 그 머리를 그대로 허리째 굽혀서, 모두운 두 손바닥에 턱이 닿을 만큼 내리고 있었다.

그 얼굴은 웃는 것같이도 보였으나, 어찌 보면 우는 것 같기도 했다. 숨은 이미 넘어간 그의, 뒤집힌 눈알의 흰자위는 무엇인가를 노려보는 마음이 굳어버린 두 개의 구슬 같았다.

랍비 라울의 마지막 모습이었다.

뒷날, 측근에 있는 사람들 사이에서 무슨 말 끝에 라울의 이름이 오고 갔을 때, 바울은 듣고만 있다가 끝에 가서 차디찬 투로 그의 서간書簡에 있는 저 유명한 말을 되풀이한 것이었다.

"옹기가 옹기쟁이더러 나는 왜 이렇게 못나게 빚었느냐고 불평을 한들 무슨 소용이 있으랴. 옹기쟁이는 자기가 좋아서 못생긴 옹기도 만들고 잘생긴 옹기도 빚는 것이니"라고.

우상의 집

 부산으로 옮겼던 서울이 다시 돌아왔던 무렵의 일이다.
 스산한 모습을 드러낸 허물어진 명동에, '아리사'라는 찻집이 있었다. K선생을 둘러싸고, 우리가 귀엽게 '비너스의 품'이라고 부른, 벽이 거기서 움푹하게 들어간 모퉁이의 자리를 온통 차지하고, 떠들기도 하고 말없이 몇 시간씩 천장을 쳐다보기도 하면서, 지내던 때의 일이다. 이 집의 차는 어지간히 엉망인 것 같아서, 우리는 그것을 '커피 비슷한 것'이라 부르면서 웃었지만, 그 '비슷한 것'도 호기 있게 자릿세로 청할 힘도 넉넉지 못하였으나, 카운터에서 쏘아 보내는 눈총에 엉덩이가 옴질거릴 우리는 아니었고, 또 카운터 편에서도 그다지 나쁜 놈들일 수 없었던 우리에게, 손님과 주인 사이에 흔히 있는 '허물없음'의 서비스를 해주었고, 그런저런 탓으로 처음에 찻집 이름이 그만 마음에 든다고 정했던 것을, 아예 말 그대로 불발의 근거지로 삼게 된 것이었다. K선생은, 문단에서 확고한 존재였고, 이 다방에 앉아 있으면, 그때 우리한테는 우러러 보이고 부러운, 문단의 쟁쟁한 사람들이 자주 오갔고, 원고 청탁 같은 것도 거의 '아리사'에서 받고 계셨다. 그리고 예술을 하겠다는 이름 없는 손님이 뻔질나게 드나들었던 것이다.

그렇게 K선생을 찾아오는 사람들 가운데, 앞에 든 어느 축에도 들지 않는 손님이 꼭 하나 있었다. 그가 와서도 긴한 일도 이렇다 하게 없다는 것은, 두번째부터는 알 수 있었고, 이렇다 할 이야기를 주고받는 것도 아니었다. 그가 처음 이 찻집에 나타난 것은 어느 부슬비가 말 그대로 하염없이 내리는, 8월도 다 간 오후였다. 때를 이렇게 분명히 기억하는 것은 바로 그날 나에게는 심히 울적한 일이 있었던 날이었으므로, 일기를 게을리하던 내가 이날만은 긴 일기를 적었기 때문에 뒤져보니 정확히 날짜까지 드러난 까닭에서이다.

그는 우리 모임 속에서 선생을 알아보더니 훌쩍, 몇 자리 건너 저쪽 자리에 선생 쪽을 향하고 길게 기대어 앉았다. 그 동작이 하도 사람 같지 않은 기계적인 것이었으므로, 나는 문득 덩어리 같은 것이 가슴에 맺혔다. 나중에 듣고 보니 그것이 벌써 몇 해 만에 처음 만나는 몸짓이었다고 하니, 우리네의 표현의 빈약성이란 것으로는 좀 말이 모자라는 것이었다. 더군다나 K선생이란 분이, 워낙 대범한 편이어서, 사람 응대에도 별로 눈에 띄는 티를 보이는 법이 없어서, 그의 낯빛의 자디잔 등급을 눈여겨보면 그와 이야기하고 있는 사람과 얼마나 친하며, 또 두 사람 사이의 인간적 비중의 상하 관계 같은 것을 쉽사리 가릴 수 있는 법을 나는 알고 있었다. 그래서, 지금 생각하면 어리궂은 짓이지만, 그 사람이 돌아간 후에 위의 판단 결과를 꾀돌이처럼 선생에게 귓속말로 알릴라치면 선생은, 별로 재미로워도 하지 않고 으흐 하고 웃음 같은 것을 보이곤 했다. 그런데 내가 또 선뜩하기는, 그러한 K선생이, 그를 보자마자 강한 감정의 빛과 거의 허둥대는 걸음으로 그에게로 건너가서 팔을 끼고, 흥분에 가까운 태도로 열심히 이야기를 시작한 일이었다. 파격의 대우였다. 선생을 아는 나로서는 퍽이나 호기심을 끄는 일이었다.

대체 누구일까? 먹은 나이보다 숙성한 그러한 타입이었으나, 선생보다는 적어도 20년 또는 그보다 더 차이 있는 것을 알 수 있었고, 퍽 조심성 없는 것이 기이했으나, 그런대로 그의 선생을 대하는 태도에서 대등한 사이가 아닌 것이 분명했다. 그러나 그뿐, 아무런 그럴듯한 짐작도 내리지는 못하였다. 나는 공연히 궁금해져서 패들과 대강 말을 주고받으면서도 마음은 온통 그들의 자리 쪽으로 쏠려 있었다. 한편 내 자신의 호기심이 저로서도 좀 계면쩍은 것 같기도 하고, 어떤 사람에게 볼품없이 끌림을 받는다는 건 몹시 창피하기도 해서, 이러지 말자 싶기도 했는데, 사실 다른 친구들은 관심이 없는 모양이므로 더욱 그러했다. 그만큼 초면의 그가 풍기는 것이 보통이 아니었고, 나중 경위까지도 합쳐보면 그럴 수밖에 없었던 것이다.

그 후부터 그는 가끔 훌쩍 나타나곤 했다. "응, 아는 애야." 그저 간단히 이렇게 K선생에게 물리쳐진 터였으므로 나에겐 그는 다름없이 미지수였으나, 야릇한 것이 그런 허드레 앎 같은 것은 그를 아는 데 별로 따질 것도 없고 또 쓸모도 없다, 이런 생각을 부지불식간에 하게 됐으니, 내가 그를 무슨 신비한 인물로 — 예하면 뒤마의 붓으로 그려진 몽테크리스토 백작 같은 분위기의 성격을 짐작한 것으로 되니 창피한 노릇이었다. 그러나 그것은, 나로서는 전혀 실책으로 된 무지한 굴복인 것은 아니었다. 웬만한 인물평이라든가 혹은 겉에 나타난 그 사람의 됨됨이의 미묘한 뉘앙스며 하는, 머리와 눈치가 만들어주는 사람을 보는 눈이 나 자신 꽤 괜찮은 줄로 알았고, 그러므로 정직한 셈으로 답이 무겁게 나온 사람에겐 선뜻 선수를 써서 상대방을 값대로 치러주는 것이 유리할뿐더러, 예술가 기질다운 멋이라고, 사람과 사람이 알아보는 것은 어떤 기합이라는 지론을 가진 나로서는, 멍청한 맹신이 아니었다는 것으로 변명이 될 수 있을는지. 다만, 어쨌든 그가 그 정도의 사람은 아니었다손 치더라도 적어도, 내가 가진, 사람을 재는 틀에는 없는 타입이었거나, 혹은 그런 틀 몇 개를 합친 복합적인 형이었다는 쯤으로 물러선다면 나는 기껏 양보를 보인 것으로 생각한다. 그는 찾아오면 으레 우리 건너편 자리에 가 앉았고, 그러면 K선생이 건너가고, 순서는 늘 그러했다. 한번도 우리에게 알은체를 하자는 기색을 보이는 것도 아니었다. 나는 은근히 괘씸했다. '흥, 제깟 게' 이러면서 단수를 높여 나도 딴전을 부리려고 하다가, 나는 그것이 전혀 얼토당토않은, 말하자면 희극적인 것임을 알고 부끄러웠다. 왜냐하면 그가 어쩌다 나의 것과 마주치는 눈길은 전혀 초연한 것이었으므로이다. 나만 제풀에 어쩌는 — 하는,

그런 꼴인 것을 알았기 때문이다. 나의 적의나 반발을 뜻 없는 것으로 만들고, 또 경솔한 판단을 섣불리 못 하게 망설이게 한 까닭을 알리자면 다음과 같은 작은 일만으로도 넉넉할 것이다. 나의 지금까지의 말로 웬만한 독자는 아마 속은 썩고 겉은 굳어버린 어떤 인간형을 머리에 그렸을 수도 있을 것이다. 나도 얼마쯤 그만한 결론에 가까워지고 있었다. 허나 그것은 잘못이었다. 그가 선생과 더불어 이야기하다가 조용히 창밖으로 눈길을 돌릴 때의 그의 다문 입술은, 세상일의 마지막 비밀을 엿보았다고 자처하는 친구들에겐 절대로 없는, 무어랄까 서툰 말이지만, 정통적인 데생에 확고한 믿음을 가진 마음, 그런 것이 역력히 드러나 있었다. 천만에, 문학청년이 썩어서 된 그런 놈이 아니야, 속으로 이렇게 추켜주면서 나는 적수 아님을 알고 물러나기로 했다. 슬기롭게도 물러서고 보니, 그를 보는 데 훨씬 좋은 자리에 놓인 것을 깨달았다. 자기를 비운 마음 — 즉 관조의 필요조건을 나의 겸손으로 얻었다는 것이다. 그러고 보면 무대에는 두 사람밖에는 남지 않았다. 그와 K선생과.

관람석으로 내려와서 무대를 바라보았을 때, 나는 새로운 사실을 보고 다시 한 번 놀라지 않을 수 없었다. 즉, 두 배우 가운데 K선생이 몰리는 자리에 있었다는 말이다. 분명히 그들의 세속적 사이는 K선생이 상 그가 하의 그것이었음에도 불구하고, 미묘한 마음의 공간을 흐르는 기류의 퍼짐은 그의 것이 K선생의 자리로 육중히 밀려들어와서 K선생 쪽은 벅찬 것을 지그시 받아 안고 있는, 그런 것이었다는 말이다. 인제 홀가분한 몸이 된 나는 이 구경이 진정 재미스러워졌다. 물론 여기에는 K선생의 세속적 입장의 상이라는 조건, 즉 연장으로 선배로서의 핸디캡, 쉽게 말해서 절대로 공세를 취할 수 없는 자리에 있다는 것에까지는 생각이 미치지 못하고 손쉽게 겉만을 보았다는 데 나의 눈의 감출 수 없는 미숙성이 있었다고 생각된다. 이것은 지금의 떠올림이요 그때의 것은 아니었고, 나의 관람의 기준은 어디까지나 위에 말한 그런 선입감 속에 있으므로, 이 관극의 요점은 이 불안한 균형이 과연 어떻게 바뀌느냐를 뒤따르는 데 있다고 생각하였다. 어느 날 몹시 한산한 시간에 그가 찾아왔고, 마침 이쪽에 나하고 K선생 단둘이었다. 그는 전에 없이 그냥 우리 '비너스의 품' 안에 풀썩 안겨들어왔다. 그는 몹시 즐거워 보였다. 비스듬히 누워서 발을 가볍게 장단 치는 것. 코와 입을 한데 오므라뜨리면서 토끼 하품하는 것 같은 상을 지어 보이는 장난 등이 그것을 말해주고 있었고, 늘 그런대로 그나 K선생 쪽에서나 말을 주고받을 염도 내지 않다가, 그는 불쑥 몸을 일으키면서 K선생에게 다가앉으며 K선생의 겨드랑이에 팔을 끼고 이렇게 물었다.

"선생님 눈은 예나 지금이나 인상적으로 맑아요. 다 큰 어른이. 그 눈을 사주는 여성이 아직 없었다는 증거지요? 하하……"

그는 몹시 웃었다. 나는 이때 물컥 풍기는 무엇을 확실히 냄새 맡았다고 생각했고, 역시 병적인 것이야, 그의 성격에 대해 이렇게 짚어본 것이었다. 그런 일이 있고 한 달포가량이나 그를 통 보지 못하였다가, 어느 날 나타났다. 선생은 마침 계시지 않았는데, 그는 기다리려고 앉았다가 다시 일어서서 창가로 다가서서, 어두위가는 거리를 한참 바라보더니, 돌아서면서 나에게 눈으로 인사하고는 휙 나가버렸다. 나의 마음속에는 '따르라!' 하는 소리가 들렸고, 곧바로 나는 자리를 일어서서 그의 뒤를 따랐다. 그는 문간에 우두커니 서서 한 손으로 턱을 만지고 있었다. 나는 그에게 다가서며 손을 내밀었다.

"……"

"……"

모든 절차가 추려지고, 친구가 되고, 나는 정식으로 무대에 나선 것을 깨달았다. 첫눈에 반해서 수작을 건 여자에게서 수락을 받은 때처럼 황홀하였다.

"참 우리는 벌써부터 친구가 아니었습니까? 적어도 나는 그렇게 생각해왔습니다."

나는 들뜨면서 이런 말을 했으나 저쪽 대꾸는 없고, 우리는 어느새 나란히 걸으며, 어느 쪽이 먼저랄 것도 없이 천주교당 뜰 안으로 들어갔다. 어느 벤치 위에 자리를 잡은 뒤 그는 비로소 입을 열었다.

"내 생각에는 호의를 가진 사람끼린, 모든 힘을 다해서 우정이니 연애니 하는 따위의 사이로 나가는 것을 막아야 된다고 생각돼요."

나는 미소했다.

"환멸의 고배를 마시지 않기 위해서 말입니까?"

"환멸…… 글쎄요. 이를테면 그런 것이겠지요."

나는 그동안의 나의 느낌이며, 인상이며, 내가 그를 좋게 보게 된 모든 사정을 설명하였다. 나의 말을 들으면서 그의 얼굴에는 감출 수 없는 우울 — 우울이라기엔 너무 절박한 괴로운 빛 — 이 역력히 드러났다. 나는 당황했다.

"나는 저주받은 사람입니다. 나는 나에게 가까이 오는 모든 사람을 망치도록 저주받은 사람입니다."

그러나 그는 이 말을 지극히 조용한 웃음까지 띠며 말하는 것이었다. 물론 이러한 말에 접한 나는 물러서기는커녕 그에 대한 믿음을 더욱 깊이고야 말았다.

"파멸도 운명이라면 할 수 없지 않습니까?"

나는 이렇게 말하였다. 그러한 몹시 자극적인 서툰 말이 나에겐 즐거웠고, 거의 나 혼자 빚어낸 그 같은 분위기에서 나는 극적인 충실감을 맛보는 것이었다. 적어도 그와의 대화는 죽은 말의 습관된 교환이 아니고 살아 있는 영혼과 영혼이, 서로 호출 부호를 맞춰보고 있는 작업이라고 나는 믿고 싶었다. 우거진 나무숲 사이로 흘러드는 빛살이 그의 얼굴에 줄지어 그늘을 던지는 것을 바라보며 나는 생각하는 것이었다. 내가 만난 사람들 가운데 이렇게 부피 있는 반응을 보인 인물이 그 몇이나 되었던가? 하고. 그 무렵 나의 종교는 '인간 숭배'였다. 다만 그 인간이 가슴 하나 훈장을 달았다거나 머리에 금테를 둘렀거나 후광을 둘렀다든지 할 필요는 조금도 없고, 그저 우람한 인간적 부피와 매력만 지니면 그만이었다. 어쨌든 그것은 이론이기보다 믿음이며 정신적 기호라고나 할 성질이었다. 어둡고 벌거숭이의 어떤 힘에 사로잡혀 이 세상일에는 번번이 그르치면서, 그러나 굽히지 않고, 그러면서 지성과 상식의 예복 속에 만사를 감춘 조용한 얼굴을 가진 사나이 — 만일 그려본다면 이러한 초상이 내가 그리는 사람됨이었다고 할 수 있었을 것이다. 이 같은 나의 요구를, 그의 면모와 지닌 분위기가 만족시켜주는 양하였으므로, 나는 감히 용기를 내어 그와의 사귐의 길을 스스로 열었던 것이다. 이렇게 우리는 친구가 되었다. 그는 매 수요일 6시와 7시 사이에 꼭꼭 나타났다. 다만 K선생은 우리가 터놓은 사이가 되었다는 것을 모르고 있었다. 그 까닭은, 그편에서의 그 덤덤한 태도 때문에 K선생이 알아차리지 못한 것이고, 또 그 자신 K선생이 있는 자리에선 거의 거들떠보지도 않았다. 그러나 나도 지지는 않았다. 아니 지지 않으려고 했던 것이다. 아직 알려지지 않은 사이를 지키고 있는 애인들이 남이 있는 자리에서 시침을 떼듯, 우리도 시침을 뗐던 것이다. 그런 사이가 되고 나서 나는 그에게서 또 하나 유다른 데를 찾아냈다. 우리는 만나면 으레 '아리사'를 나와 천주교당의 벤치로 가곤 했는데, 그날도, 모퉁이를 막 돌아 고갯길로 접어들다가 나는 담배가 떨어진 것을 생각하고 뒤로 돌아가서 담배 가게에 들렀다. 거스름을 받고 하느라고 모두 3~4분 걸렸을 것이다. 다시 한길에 나온 나는, 갈라진 자리에 서서 기다리고 있을 그를 얼른 눈으로 찾았으나, 그 자리에 그는 없었다. 나는 빠른 걸음으로 우리가 만나는 자리인 벤치까지 가봤으나 그는 그곳에도 없었다. 늦게까지 기다려도, 그는 끝내 모습을 나타내지 않았다. 그러나, 다음에 만났을 때, 나는 나무람은커녕 눈치도 보이지 않았고, 그 또한 한마디도 없었다. 이것은 한 가지 보기에 지나지 않지만, 그러고 보면 그의 행동은 모두 그

식이었다. 그것이 내게는 흠으로 보인다거나 비위에 거슬리기는커녕, 되레 괴팍한 예술가다움으로 비쳤으니, 이쯤 되면 그야말로 만세!다. 그러던 어느 날, 그는 문득 정색을 하면서,

"나 아무래도 얘기해야겠어……"

이러는 것이었다.

"아니 무슨 이야긴데……"

나는 그의 심상치 않은 말투에 조금 놀라며 그렇게 대답하는 수밖에 없었다.

"아마 자네가 딱 질색을 하고 내게서 떨어져갈 그런 이야기를 들려주자는 거야."

"응, 정 떼자는 건가? 어디 들어나 보구. 길고 짧은 건 대봐야 알 게 아닌가?"

그는 한참 말이 없었다. 그는 한정 없이 그러고 있을 모양인 것 같더니 입을 끝내는 열었다. 그러곤 다음과 같은 이야기를 하였다.

나의 고향은 북한의 동해안 항구 W시다. 6·25사변이 나던 해 나는 고등학교 1년생이었다. 우리 집은 해방 전에는 개인 경영의 병원을 내고 있었으나, 해방 후에는, 당국의 압력 때문에 부득이 문을 닫고, 부친은 도립병원 외과에 월급쟁이로 일하고 있었다. 집안의 분위기는 늘 음울했고, 그것은 아마 밖에서 당하는 일 때문에 어두워진 부친의 마음이 절로 집안을 그러한 공기 속으로 몰아넣은 것 같았다. 부친의 그 같은 사상적인 고민은 직접적으로는 나에게 아무런 힘도 미치지 못하였다. 왜냐하면 나는 나 자신의

문제를 가지고 있었기 때문이었다.

　나는 당시 졸라의 『나나』에서 무한히 매혹적인 세계를 보는 그러한 나이였다. 통제적인 사회의 특징인 금욕적인 여러 시책이 출판 쪽에도 미쳤던 탓으로, 북한 안에는 성에 눈뜨기 시작한 나와 같은 또래의 소년에게, 그 이상의 어떤 앎이나 짐작을 줄 만한 책이라고는 아무것도 없었다. 『나나』만 해도 북한에서 나온 것이란 말이 아니고, 일본 신조사판의 일문 번역이었다는 말이다. 나는 그것을 시장의 헌책 가게에서 찾아내고 어머니를 졸라 용돈을 타내서 사온 것인데, 어떻게 된 셈인지 헌책 시세는 몹시 호된 것이었다. 나는 사온 날 밤을 새워서 이 책을 읽어냈다. 내가 이 책을 산 것부터가, 몇 장 넘기며 보아가노라니 거기에는 가슴이 울렁울렁하는 대목이 눈에 들어온 까닭에, 나는 얼굴이 빨개져가지고 책을 놓고 집에 와서는, 돈을 넉넉하게 타가지고, 흥정이고 무어고 없이 달라는 대로 값을 치르고 도망치듯 내뺐던 것이다. 『채털리 부인의 연인』 같은 데 비하면 『나나』가 보여주는 세계란 담백하기 짝이 없는 것이겠지만, 그것은 지금의 이야기고 그때 나에겐 거의 주체 못할 별세상이었다. 나에게는 그 진한 창부의 애욕도 섹스였다느니보다 노래였다. 나의 성 지식이란 맨종이다시피 할 수밖에 없는 것이, 우선 책을 거쳐 배우기는 바랄 수 없고, 그렇다고 외설한 지식을 대줄 친구를 갖지도 못했기 때문이다. 나에게는 나나가 맨틀피스 앞에서 남자 앞에서 벗었다면 다였다. 나는 활자로 그려진 나나의 육체를 샅샅이 즐겼다. 눈을 감으면 그녀의 몸뚱어리가 완전히 머릿속에 떠오르는 것이었다. 나는 그 세계에 취하고 끝없이 아름다운 꿈에 잠겼다. 생리적인 욕망은 전혀 끼어들지 않은, 마음의 눈에 의한, 환상의 몸에 대한 애무―이것이었다. 나는 그것은 여자에 대한, 남성의 가장 아름다운 사랑의 길이었다고 지금은 생각한다.

 이러할 때 나의 앞에는 한 사람 진짜 나나가 나타났다. 늘 등교하노라면 질러가게 되는 산비탈 한적한 주택가 중간쯤 되는, 왼쪽으로 눈길을 돌리면 항구가 한눈에 들어오는 언저리에, 꽤 큰 반양식의 목조건물이 있었다. 어느 날 아침 그 집에서 나오는 한 여인을 보았다. 나는 그냥 지나쳤다. 그리고 골목 모퉁이를 지나자 나의 가슴에는 불시에 무엇인가 화끈 치밀어올라와 목을 타고 뒤통수 근처에서 뭉게뭉게한 구름이 되었다. 나는 모퉁이로 고개를 쑥 빼고 지금 그 집 문 앞을 바라보았다. 그 여자의 모습은 보이지 않았다. 다만 나의 망막에는, 해당화처럼 환한 그 얼굴의 윤곽만이 남아 있을 뿐이었다. 나는 무슨 까닭인지 알 수 없는 슬픔이 왈칵 치밀어올라와서, 얼른 먼 바다 쪽으로 눈을 돌렸다. 바다에는 커다란 구름이 뭉게뭉게 피어 있고, 바다의 겉은 빛을 되비쳐 번들번들 빛나고 있었다. 그 후 나는 몇 번인가 그 여인을 보았다. 아마 스무 살을 조금쯤 넘은 나이였으리라고 생각된다. 나의 머릿속에는 그 여자와 나나가 뒤범벅이 되어 하나가 되었고, 나는 어느덧 조르주가 되어 있는 것이었다. 시원한 원피스에 파라솔을 들고 나오는 때도 있었고, 테가 넓은 흰 여름 모자를 쓰고 나올 때도 있었다. 그와 어떻게 알고 싶다던가 하는 그런 것은 물론 아니고, 그저 어디로 가버리지만 말고 나의 눈길이 닿는 곳에 머물러 있기만 하면 그만이었다. 어느 날 그 여인이 혼자가 아니고 어떤 씩씩해 보이는 남자와 나란히 걸어가는 것을 보았다. 사람이 없다고 마음 놓고 그랬는지, 여자는 사나이의 머리칼에 묻은 무슨 티를 집어내어주는 듯했는데, 티를 집어내기보다 다정스럽기 위해서와 같은 풍경이었다. 나는 어쩐지 배반당한 것 같은 슬픔을 느꼈다. 나는 다시 그 집 앞을 지나지 않으리라 마음먹고, 다음 날부터는 먼 길을 돌아서 가기로 했다. 그런 일이 있은 지 한 일주일 후에 전쟁이 일어났다. 사람들이, 허 일이 크군, 하는 관심을 오래 새길 여유도 없는 연일의 폭격. 근교에 허겁지겁 피난한 다음의 뒤죽박죽의 나날. 대공 저항을 그만둔 도시의 하늘에 날마다 대형 폭격기의 무리가 날아와서 유유히 폭탄을 떨어뜨리고는 남쪽으로 사라졌다. 새파란 하늘에 엷은 솜구름이 비낀 사이로 은회색의 빛나는 기체가 은은한 폭음을 울려보내며 날아가는 모습은 맑은 호수의 물밑을 할 일이 없이 헤어가는 은빛 물고기같이, 노곤한 아름다움을 자아내는 광경이었다. 적어도 나에겐 그렇게 비쳤던 것이다. 나는 이 전쟁이 싫지 않았다. 그 까닭은 인제 나는 학교에 나가지 않아도 좋았기 때문이었다. 학교는 오래전부터 나의 감옥이었다. 거기에는 싫증나는 정치 교육과 소년들에게 어울리지 않는 철의 규율을 들쒸우는 소년단이 있었기 때문이었다.

전쟁은 도시에서 사람을 쫓아버렸다. 나는 자기와 관계없던 도시가 갑자기 내 물건이 된 것같이 느꼈다. 나의 부친은 갑자기 바빠진 부상자 치료로 피난할 수 없었기 때문이었다. 천주교당의 뜰을 마음대로 거닐면서, 내키는 대로 낯빛을 짓고 팔짱을 끼며 목을 처지게 늘이고 걸음을 옮겨도 무어랄 사람이 없었다. 수많은 사람이 살던 자리에서, 그 사람들이 살던 집과 골목과 극장과 모든 곳에, 자기가 원하는 대로의 인물과 사건을 벌여놓고, 기쁨과 슬픔의 추억으로 색칠하는 일은 말할 수 없이 근사한 것이었다. 나는 그 여자네 집 동네에 다시 가보았다. 대문 앞에는 빈 광주리가 하나 굴러 있고, 문은 굳게 잠긴 채 괴괴하였다. 나는 근 두 시간가량이나 망을 보고 있었으나, 끝내 나오는 사람도 들어가는 사람도 없었다. 그 이튿날도 마찬가지였다. 나는 무거운 발길을 끌며 집으로 돌아왔다. 부친은 나에게,

"너, 이 위험한 데 어디를 쏘다니는 거냐. 집에 가만히 있다가 공습경보가 나면 방공호에 들어가구 해야지."

이러면서 붙들어두지 않는다고 어머니를 꾸중하시는 것이었으나, 어머닌들 이 괴팍한 일을 하고 다니는 아이를 발목을 붙들고 있는 것도 아니요 별수 없었던 것이다.

이튿날엔 싸움이 나고 가장 큰 공습이 있었다. 넉 대씩 짝을 지은 폭격기가 번갈아들면서 파상 공격을 해댔다. 어떤 기는 아주 낮게 날면서 로켓포를 쏘았다. 우리 집과 그 여자네 집이 있는 데는 여태까지 공습에서는 거의 말짱했는데, 이날은 공격 목표에서 벗어나지 않았다. 공습이 끝나고 나는 방공호에서 빠져나와 그 집 쪽을 바라보았을 때, 그 일대는 온통 시꺼먼 연기가 하늘을 덮고 있었다. 보자마자 나는 주먹을 쥐고 달려가고 있었다. 달리면서 나의 눈에서는 줄곧 눈물이 흘러내렸다. 그 집에 이르렀을 때, 집채는 뒤켠이 절반쯤 날아가버리고 부엌 쪽에서 불길이 타오르고

있었으나, 잘 보니 그 불길은 옆집을 휩싼 불길이 가끔 건너오는 것임을 알 수 있었다. 이런 마당에 용기가 생긴 나는 현관으로 뛰어 들어갔다. 마루가 그치는 곳에 그 여자는 커다란 기둥에 가슴을 눌린 채 반듯이 누워 있었다. 그 얼굴을 들여다보자 나는,

"악!"

하고 소리쳐버렸다.

그 무서운 얼굴.

온통 피투성이가 된 얼굴에 입을 벌리고 나를 향하여 손을 허우적거리는 것이었다. 나는 올 때의 배나 되는 속도로 달음질쳐 집으로 뛰어드는 길로 이불을 뒤집어쓰고 드러누워버렸다. 나는 오한과 두통에 몸을 떨며 저녁때까지 그러고 있었으나, 끝내 이불을 헤치고 일어났다. 다시 그 자리에 이르렀을 때 내 눈에 비친 광경은, 들것에 실려나오는 몇몇 주검의 모습이었다.

"눌렸어. 빨리만 발견했어도 살렸을 것을……"

귓전에 들리는 사람들의 이야기를 어렴풋이 들으며 나는 그 자리에 까무러쳐버리고 말았다.

그는 여기까지 말하고 잠깐 말을 끊었다.

"그러나 문제는 그다음부터야. 우리 집은 함께 월남했어. 그러나 나는 남에게 말할 수 없는 괴로움이 날이 갈수록 깊어졌단 말이야. 만일 내가 그 자리에서 그 여자의 가슴에 얹힌 기둥을 옮겨놓았거나, 또는 달려가서 알렸던들 살았을 거야. '빨리만 발견했어도 살렸을 것을' 하던 그 소리가 나를 꾸짖는 저주가 되었어. 왜

그때 그런 어리석은 짓을 했는지, 지금 생각하면 도저히 알 수 없는 일이지만 어쨌든 나는 한 목숨을 고통에 발버둥치며 죽어가게 했단 말이야. 지나치는 길거리의 사람도 아니요, 나의 연인을……지금 그 여자는 내 가슴에 살아 있어서 나의 잔인한 행위를 두고두고 저주하고 있단 말야. 여보게, 나는 살인자야, 살인자. 으흐흑."

그는 벤치의 등걸에 엎드려 느껴 우는 것이었다.

나의 모든 의문은 풀렸다.

나는 그의 어깨에 손을 얹고 말을 잃은 사람처럼, 멍한 마음속에서 비로소 그를 둘러싸고 있던 신비의 가리개가 벗겨지는 것을 느끼며, 안팎이 밝아지는 것이었다. 이런 끔찍한 괴로움을 지니고 있었구나. 솟아오르는 가여움을 누를 길이 없었고, 삶의 한없는 끔찍함을 저주하면서 그의 어깨에 얹은 손에 힘을 주는 것이었다.

그다음 만나는 날까지, 나는 어떻게 그를 달랠 것인가에 속을 썩였다. 생각다 못해 나는, 그와 더불어 어디 쉬운 여행을 해보는 것이 좋으리라고 생각되어 그에게 그 뜻을 말하였더니, 그는 한참 생각하다가, 그럼 떠나는 날 자기 집에 들러서 같이 가도 좋다는 것이었다.

나는 그가 베껴준 약도를 가지고 한 손에 길에서 쓸 물건을 챙겨 넣은 트렁크를 들고, 그의 주소를 찾아나섰다. P동 산기슭 일대를 가리키고 있는 그 종이를 들고 나는 퍽이나 헤맸다. 주소에 적힌 집 문 앞에 섰을 때 나는 어지간히 망설였다. 그 집이란 '신경정신과 마리아 병원'이라고 간판이 붙은 벽돌집이었기 때문이다. 나는 그의 부친이 의사라는 말을 얼핏 떠올렸다. 접수에는 안경을 쓴 여윈 사나이가 앉아 있다가, 손에 든 저울을 내려놓으며 눈으로 나를 맞는 것이었다. 나는 트렁크를 옆에 있는 긴 의자에 얹으며,

"면회 좀 하러 왔습니다."

"누구, 환자 말씀입니까?"

"아니……"

"직원이시군요, 누굴……"

"아닙니다. 저 원장 선생님의……"

"원장 선생님은 지금 계시지 않습니다."

"네, 원장 선생님을 뵙자는 것이 아니고……"

나는 비로소 얼마나 바보처럼 어림을 댔던가 싶으면서 그의 이름을 대고, 원장 선생님 자제인 줄 아노라고 했더니, 금방 그의 얼굴에 웃음이 떠올랐다.

"하하 또 무슨 실없는 일을 저지른 모양이군요. 그 사람은 입원 환자랍니다. 면회하시려면 먼저 선생님을 만나보십시오."

이러면서 나를 '진찰실'이라 써 붙인 방문을 열고 안으로 들여보냈다. 자그마한 방 저편에, 마흔 줄의 의사가 두꺼운 책에 눈을 떨구고 있다가 고개를 드는 것이었다. 나는 어안이 벙벙했다.

"원장 선생님이 계시지 않는 동안, 환자에 대한 모든 책임을 제가 지고 있습니다. 형편을 봐서 물론 여행도 시키는 것이 치료 방침입니다만, 어떤 사이가 되시는 분인지."

옳은 이야기였으므로, 친구 사이라는 것과 그가 몹시 괴로운 문제를 가지고 있으므로 같이 여행이나 해주려고 했음을 말하고,

"그런데 어쩐 일로 이렇게 갑자기 입원했습니까?"

그렇게 말하고 나는 아? 하고 놀랐다. 이 병원 주소는 그가 베껴준 것임을 생각한 것이었다.

"네, 벌써 석 달째 됩니다."

"네?"

나는 깜짝 놀랐다. 그를 안 지가 아직 석 달은 못 되었던 것이다. 의사는 한숨을 쉬더니,

"댁도 피해자의 한 사람인 모양이군요."

"네? 피해자라니요."

정신을 차릴 수 없어, 나는 새 말이 나올 때마다 토끼처럼 깜짝깜짝 놀라는 재주밖엔 없었다. 의사는 말했다.

"저, 폭격에 눌려 죽은 여자 이야기 말입니다."

"네, 그렇습니다. 선생님이야 물론 치료상 알고 계시는 일이시겠지만……"

"허허허 천만에. 정신과 의사로서 캐낸 데이터라면 자랑스런 일입니다만 나 역시 속은 편이지요. 즉, 피해자란 말입니다."

"선생님……"

나는 숨을 돌리려고 먼저 이렇게 불러놓고,

"도대체 무어가 무언지, 알 수 있게 말씀해주십시오. 전……"

이렇게 말했다.

의사는 고개를 끄덕끄덕하더니 나에게 담배를 권하고 자기도 한 대 피워 물었다.

"네, 네, 말씀드리죠. 결론부터 말하죠, 그 눌려 죽은 여자에 관

계되는 앞뒷일이 모두 거짓말이란 것입니다. 그는 서울 이북에는 가본 적이 없는 사람입니다. 서울서 나서 서울서 자란 알짜 서울내기지요."

나의 머릿속에서 쾅 하고 무엇인가 터졌다. 나는 믿어지지 않았다. 그가 그 이야기를 했을 때의 비통한 낯빛이며, 또 그 꼼꼼한 이야기 솜씨! 왜 그런 거짓말을 만나는 사람에게마다 펼쳐 보여야 했으며 엉뚱한 슬픔을 꾸며야 했단 말일까?

"여러 가지 콤플렉스가 한데 얽힌 형태로서, 한마디로 잘라 말할 수는 없는 일입니다만, 일종의 노출증이라 할 수 있지요. 과대망상, 오이디푸스 콤플렉스, 히로이즘 등 복잡한 뿌리가 엉켜 있습니다. 그러한 것이 엉켰다가 그런 당돌한 방법으로 나오고, 본인은 지어낸 이야기를 가지고 자기 문제를 푼 듯이 느끼는 것이지요."

"그러나 그는, 그 밖의 일에는 아무 탈도 없어 보이는데요."

"바로 그 아무 탈도 없는 것 같다는 것이 기막힌 일입니다. 고치기엔 가장 힘든 환자입니다."

K선생도 가끔 병원에 들르며, 그중 K선생이 환자에 대한 영향력이 크기 때문에, 정기적으로 환자가 K선생을 찾아보도록 하여왔다는 것이다.

나는 담배만 피웠다. 가슴이 답답하다. 어느 눈에 보이지 않는 교활한 자에게 실컷 휘둘린 끝에 호되게 엉덩이를 차인 것 같은 산란한 심사였다.

"만나보시렵니까?"

이 말에 저항하려면 나의 아쉬움은 아직도 강한 것이었다. 나는 끄덕였다. 이윽고 문이 열리며 그가 걸어들어왔다. 그는 나를 보고도 태연하였다. 나는 속으로 이것이었구나! 하였다. 잘못된 사람의 그러한 속없는 움직임을 사뭇 뜻있는 성격적 매력으로 헛보아온 것을 비로소 깨달았던 것이다. 그는 나를 보고 빙그레 웃더니,

"여보게, 선생님이 자네한테 아마 그럴듯한 프로이트의 입문 강의를 했을 거야. 그 이야긴 사실 내 조작일세. 허나 그게 대체 어쨌단 말인가? 거짓말 연애편지를 띄워 보내서 친구를 골탕 먹이는 건 괜찮은 장난이고, 그보다 더 공들여 머리를 쓴 장난이자 전쟁이 우리들에게 무엇을 했는가를 가르쳐준 창조적 거짓말은 병적이구 정신병원감이라? 자네는 나를 정신병자라구 믿나? 적어도 바로 전일까지 자네 눈에 수상하게 보일 그러한 행동을 했던가? 또 이곳의 병원 주소만 해도 내가 가르쳐준 것이 아닌가, 범인이 자기 숨은 데를 탐정에게 가르쳐준단 말인가?"

내가 그의 입담에 얼떨떨한 채 넋을 잃고 있을 때 뜻밖에 의사가 불쑥 거들었다.

"범인이 탐정에게 자기 숨은 데를 알려줬다는 사실이 바로 그 범인이 정상이 아니었다는 증거가 아닌가?"

그것은 논리는 어떻건 참으로 적절한 직관적 기습이었다. 의젓하던 그의 얼굴이 금세 새하얗게 되더니 다시 시뻘게졌다. 그는 의사를 노려보며,

"무어라구, 이 간사한 사기꾼. 네가 쥐꼬리만 한 프로이트 부스

럭지를 가지고 사람의 마음을 고쳐? 나를 퇴원시켜라. 그리고 입원비를 모조리 되돌려! 내가 미쳤다구? 나를 대학 강단에 갖다 세워놓아 봐, 세 시간이고 네 시간이고 헤겔의 논리학을 풀어 보일 테니. 그리고 자네……"

그는 드디어 나에게 키를 돌렸다.

"자네의 우정이 요건가? 이런 시시한 돌파리 의사의 처방전에 머리를 조아린단 말이야? 불쌍한…… 나는 자넬 불쌍히 여기네, 나가주게! 나는 바보의 사랑이나 동정을 원치 않아."

나는 그와 나 사이에 그렇게 굳게 이루어졌었다고 믿었던 튼튼한 사귐이 안개처럼 사라지고, 그는 또다시 모르는 사람이 되어, 우리 사이에는 넘을 수 없는 골짜기가 아가리를 벌리고 가로놓이는 것을 보았다. 미치는 사람이 따로 있겠는가. 내가 미칠 것만 같았다. 무엇이든 함부로 차고 때려부쉈으면 후련할 것만 같은 흉포한 북받침이 몸속을 휘몰아 흘렀다. 나는 더 자리에 머무르지 못했다. 방문을 밀치고 뛰쳐나갔다. 바로 엇갈려 들어오는 K선생님의 놀란 얼굴이 휙 옆으로 스치고, 뒤에는 그의 드높은 너털웃음을 들으며.

"하하, 저것을 보라, 한국의 제일급 지성이 상식의 어전에서 황망히 퇴각하는 모습을! 여보게에……"

트렁크를 들고 밖에 나온 나는 무작정 뛰었다. 사람들이 보았다면 정신병자가 병원에서 달아나는 것으로 보았을 게다. 줄곧 달려가는 나의 머릿속에는 가끔 바람까지 일어 모래가 펄펄 날리는 망망한 사막이 끝없이 펼쳐져가고 있었다.

9월의 달리아

늦은 여름의 지루한 하루해를, 저승 갔다 오는 걸음 같은 걸음들이, 함부로 돌멩이가 뾰족뾰족한 도로를 부연 먼지바람을 피우며 지나간 후, 태양의 이제 한바탕만 더, 하는 마지막 횟김이 이글대는 이 시각에, 한때 길에는 발길이 끊이고, 죽음을 품어 안은 고요함이 풍경을 누르고 있다. 길의 양쪽 가에는 논의 물과 이어진 도랑물이 소리도 없이 흐르고 있다.

 길을 북으로 올라가면서 왼손 편, 길에서 떨어지기 50미터쯤 되는 곳에, 언저리 과일밭을 뒤로하고, 밭 임자의 살림집일 것인 별장풍의 집이 한 채 서 있는데, 하얗게 햇빛을 되비치는 돌계단 위에 나지막한 대문이 활짝 열어젖혀진 것이, 어딘지 옷고름이 풀린 여자의 앞가슴마냥 헤벌어진 느낌을 주는 그 열려진 공간에, 한 무더기 확 눈을 끄는 것이 바라보인다.

 그것은 붉은 것 하얀 것이 뒤섞인 한 무리의 달리아였다.

빨강 한 가지거나 흰둥이 한 가지만이라도 그렇게 눈을 끌지는 못했을 것으로, 이 맞서면서 돋우어주는 두 색의 어울림은, 기름진 햇빛 아래서는, 집이라는 틀에 끼워진 호사스런 한 너비 그림이었다.

별장은 교교히 침묵에 싸여 있고, 길도 눈을 뜬 졸음에 빠져 있었고, 햇바퀴만이 하늘에서 뜨거운 곤두박질을 하고 있었다.

풍경의 권태는 이윽고 깨어졌다.

저편 산모퉁이로부터 한 사람의 그림자가 나타났다.

먼빛으로 보더라도 벌써, 수없이 지나간 따위 한 사람임이 분명했다. 그의 걸음걸이는 터벅터벅 나사못이 빠진 기계 같은 것이어서, 차츰 이리로 가까워옴은 분명했으나 조금도 움직인다는 느낌은 없고, 그저 오른발에 왼발이 따르고, 그 발에 또 오른발이 따르고 할 뿐인 것처럼 보였으나, 움직이는 것임에는 틀림없었다.

그의 눈길은 귀중한 것을 떨어뜨려버리고 지나갔던 길을 다시 밟아오는 사람의 그것처럼 발끝에 붙박여 있었다.

집에서 길에 이르는 사이가 가장 짧은 자리에 걸음이 이르렀을 때, 첨벙하는 소리와 함께 소년의 주먹 하나만큼이나 큰, 푸른 개구리 한 마리가 도랑으로부터 펄쩍 뛰어올라 그의 발 앞에 상큼 도사리고 앉았다. 그는 자연스럽게 발을 멈추었다.

그 모양이, 자기가 잃어버린 것이 혹시 이게 아니었던가 살피기나 하는 듯하였으나, 다시 걸음을 옮기려 몸을 움직였다.

그 기척에 개구리란 놈은 다시 팔딱 뛰더니 금방 나온 도랑 속으로 첨벙, 뛰어들고 말았다.

그는 얼핏 눈길을 옆으로 돌려 도랑을 들여다보았다.

개구리가 뛰어드는 바람에 가는 연기줄 같은 진흙이 피어올라, 그곳만 잠시 흐려졌으나, 이내 가라앉아버리고, 떡 몸 같은 바닥이 빤히 들여다보였다.

그는 불현듯이 갈증을 느낀 모양으로, 어깨에 멨던 따발총을 벗겨 옆에 놓고 두 손으로 풀이 우거진 도랑가를 짚고는 꿀꺽꿀꺽 한정 없이 들이켰다.

그는 웬일인지 한 어깨에 한 자루씩 두 자루의 총을 메고 있었는데, 그것을 다 어깨에서 내려놓은 지금, 그의 어깨에 단 계급 표식은 장교였다.

그는 잠시 물에서 입을 떼었다가 다시 두어 모금 마시고는, 천천히 고개를 들고 손을 무릎에 얹으며 일어나 앉았는데, 그 모습이, 차리고 앉은 것같이 되었다. 초점을 잃은 듯이 멀거니 박혔던 그의 눈이 문득 알릴락 말락한 긴장을 나타냈다.

그는 지금 별장을 바로 보고 앉아 있는 것이다. 그의 두 눈동자 속에는, 피에 버무려진 눈덩어리 같은 달리아의 무더기가, 환히 어리어 있었다.

그는 벌떡 일어서면서, 두 자루의 총을 총구멍 언저리를 거머쥐고 무슨 막대기처럼 질질 끌며, 도랑을 넘어선 별장에로의 오솔길을 그 걸음걸이로 터벅터벅 걸어갔다.

그는 돌계단을 한 발짝 한 발짝 힘들게 올라가서, 달리아 무더기 앞에 발을 멈추었다.

정성스레 가꾼 자취가 뚜렷한 참으로 탐스러운 달리아였다.

그는 우두커니 서 있다.

그러나 어느 사이 그는 눈을 감고 있었다. 얼굴에는 아무 빛도 없었다.

무거운 고달픔만이 찌그린 이마에 깊숙한 그 얼굴은, 드물게 보는 훌륭한 생김새였다. 스물네댓쯤.

만일 바르게 차리고 어느 사교장에서 만난다면, 남자끼리라도 저도 모르게 다시 한 번 쳐다보는 그러한 얼굴이었다.

그는 번쩍 눈을 뜨고 한참 섰다가, 그제서야 휘 가옥을 돌아보았다. 열린 현관문이 그의 눈에 띄었다.

그는 뚜벅뚜벅 그리로 걸어갔다.

어느 방문이나 열려 있는데, 가구며 옷가지며가 그대로 곱다랗게 놓일 자리에 있는 것은 오히려 기이한 일이었으나, 그는 그런 것에는 끌리지 않는 양 여전히 덤덤하게 한 방 한 방 기웃거리고 있었다. 아래층에서 2층으로 올라오는 계단의 마지막 단을 버리고 고개를 들었을 때 그는 발을 멈추었다.

옷을 바꾸어 입고 있던 참인 모양으로, 엷은 속치마만 걸치고 윗도리는 그대로 드러낸 젊은 부인이, 한 손으로 문지방을 짚고 이쪽을 기웃한 자세대로 겁에 질린 얼굴로 서 있는 것을 본 때문이다. 그의 얼굴에 가벼운 물결이 지나갔다.

부인은 문지방을 짚었던 손으로 가슴을 가리며 한 걸음 뒤로 물러섰다. 그는 무슨 말을 할 듯이 한 걸음 다가섰다. 난처한 그러한 얼굴이었다. 그가 한 걸음 다가서는 것을 보자, 부인은 더욱 눈을 홉뜨며 또 한 걸음 뒤로 물러섰다.

나타난 아무 느낌도 없던 그의 얼굴에 이때야 가벼운 핏기가 올랐다.

질릴 대로 질린 부인은, 찢어질 듯이 부릅뜬 눈을 그에게 향한 채, 다시 한 발 그리고 두 발 뒷걸음질쳤다.

그의 얼굴에, 한꺼번에, 물결이 한 고비 두 고비 급하게 소용돌이쳤다. 그는 지금 방 문간에 한 발 들어선 자리에 있었다.

그의 얼굴에 나타난 물결을 보자 부인은, 마지막 힘을 다해 또다시 뒷걸음질하다가, 방바닥에 놓인 기물에 발이 걸리면서, 벌렁 나가넘어졌다.

"악—!"

끔찍한 외마디 소리를 지르며 부인은 곤두박질하듯 엉금거리며, 이제 더 갈 수 없는 벽에 가 기댔다. 부인이 넘어지면서 지른 외마디 소리는 그의 이마에 불끈 힘줄을 솟게 하고, 이를 악물고 오른편 어깨의 총을 벗겨 들게 했다.

타타타……

딸깍 소리가 났다. 알이 다한 것이다.

코를 찌르는 화약 냄새와 안개 속에, 그는 우두커니 서 있었다.

반은 쓰러져, 한 손으로 벽을 짚고 저편으로 향했던 여자는, 핑그르 한 바퀴 돌면서 그제야 털썩 방바닥에 반듯이 떨어졌다.

금방 가슴에 시뻘건 피가 콸콸 솟아나서 온몸에 번졌다.

그의 눈알에 문 앞의 달리아와 눈앞의 시체가 어울려 비쳤다.

아래층에서 요란한 기척이 들렸다.

그가 번개같이 몸을 날려 계단 어귀로 달려가 아래를 굽어보았을 때, 한 사나이가 계단을 절반쯤이나 뛰어올라오고 있었다.

그는 그 머리 위로 쏘아댔다. 고함을 지르며 거꾸로 떨어지는 그에게 이어 총탄을 퍼부으며, 그는 계단을 뛰어내려, 현관을 빠져서, 대문을 박차고, 도로를 향하여 달음박질하였다.

도랑을 건너뛰다가 그는 탁 엎어졌다.

그는 더 일어나지도 않고, 언제까지고, 한 발을 물에 담그고, 한 발은 반쯤 도로에 건 채, 꾸부린 대로 죽은 듯이 누워 있었다.

그는 그 자세대로, 오른손으로 오른편 가슴 포켓을 뒤져 종이 한 장을 끄집어냈다. 그것은 몇 겹으로 차곡차곡 접혀서 소중히 지녀져온 것인 모양으로, 반듯하고 깨끗하였다.

그는 천천히 그 종이를 펼쳐서 물끄러미 바라보았다.

친애하는 인민군 장병 여러분!

이 귀순권歸順券은 여러분이 UN군 진지로 귀순해올 때 여러분의 안전을 마련하기 위하여 보내드리는 것입니다. 여러분의 뜻을 알리기 위하여 이 귀순권을 UN군 장병에게 내놓으십시오.

          년　월　일
          UN군 총사령관
          더글러스 맥아더

서명이 든 그 삐라를, 그러나, 그는 읽고 있는 것은 아니었다.

그의 눈은 종이를 보고 있을 뿐이다. 이윽고 천천히 손을 뻗쳐 그 종이를 종이배 띄우듯 살며시 도랑물에 얹었다.

종이는 가라앉지도 않고, 물결을 타고 흘러갔다.

그는 다시 볼을 먼지에 묻으며 눈을 감았다. 목의 힘살과 입이 푸들푸들 떨리는 것이 보였으나 눈물은 흘리지 않았다.

엔진 소리가 들려왔다.

먼지를 일으키며, 로켓포를 실은 공산군 트럭 한 대가 달려온다. 그는 한 손을 짚고 가슴을 조금 일으켜 다른 손을 들었다.

트럭은 급정거를 하고, 타고 있던 병정들이 우르르 내려와서 그를 운전대로 끌어올리고는 다시 먼지를 수없이 날리며 달려갔다.

반시간쯤 지난 후. 사건이 있었던 자리에서 훨씬 나간 곳에, 기총소사의 흔적이 뚜렷한 한 대의 공산군 군용 트럭이 도랑에 모로 빠져 있었고, 기관부에서는 아직도 가솔린이 시커먼 연기를 뿜으며 타고 있었다. 트럭과 훨씬 떨어져서 논 속에, 여남은 되는 탑승원이 똑같이 상반신을 진흙 속에 틀어박고 죽어 있었다.

얼핏 보아서는 누가 누군지 모르기도 하겠지만, 장화를 신은 발은 단 한 쌍 그임에 분명했다. 엉덩이를 하늘로 향하고 두 발을 쫙 벌린 채 가슴까지 진흙에 담근 그 자세는, 흡사 진흙 속에서 부지런히 무엇을 찾고 있는 것처럼 보였다.

수囚

나는 사랑한다.

그뿐이다. 다른 건 아무것도 없다. 노랫가락마따나 지은 죄란 그밖에는 없다. 누구를 사랑하려고 했는가? 무엇을 사랑하려고 했는가? 그렇게 물으면 안 된다. 그건 아주 창피한 물음이다. 그런 말을 물으면 못쓴다. 중요한 건 내가 분명히 사랑하려고 했다는 사실 그 한 가지다. 참으로 중요한 얘기다. 그런 탓으로 무슨 말인지 잘 모른다.

원래 중요한 얘기란 노 그런 법이다. 이를테면 여기 창이 있다. 나는 그 앞에 의자를 당겨놓고 두 손은 창틀에 얹었다. 이 창틀은 참나무로 되어 있다. 아시다시피 참나무란, 결이 배고 단단하다. 나는 이 창틀이 좋다. 손가락으로 지그시 눌러본다. 확실하다. 백 년을 산대도 이쯤 확실한 건 그닥 많지 못하다. 손가락을 좌우로 움직인다. 즉 살살 쓸어본다. 말할 수 없다. 말할 수없이 좋다. 참 좋다. 문득 떠오른 천재적인 직관. 이렇게 비비고 있으면 내 손가락과 창틀 사이에서 불이 일어나리라는 생각. 그러나 안 될 말이다. 불이 일어나면 그건 영락없이 볼만한 일이겠지만. 내 손가락이 결판날 것이 아닌가. 분명히 그럴 거다. 그래선 안 된다. 그뿐이 아니다. 불이 일면 창틀은 어떻게 되겠는가. 참나무가 타지 않는다는 소린 들은 적이 없다. 그러니 탈 게다. 참나무는 타지 않을지도 모른다. 적어도 그슬리기는 할 테지. 안 돼. 간단한 예지만 내 머리는 이처럼 똑똑하다. 그래서 섣부른 짓은 결코 안 한다. 나는 바보가 싫다. 제일 싫다. 아니다. 무섭다. 바보는 무섭다. 이런 일은 중요한 일이다. 그런데 나 자신도 왜 중요한지 잘 모른다. 그러니 중요한 일임에는 틀림없다. 그뿐이 아니다. 사실은 내가 말하고 싶은 건 이 창틀에 대해서가 아니다. 빛. 빛을 말하려는 거다. 7월달에 공간을 채우는 빛이 어떤 것인가에 대해서다. 지금은 7월달. 내 방 벽에 걸린 달력에는 맨 꼭대기에 7이란 글씨가 자그맣게 박히고 그 아래 그보다는 크게 14. 2×7은 14라는 말이다. 아까 창틀 얘기에도 내 머리가 명석하다는 증명을 보았겠지만, 이번도 마찬가지다. 나는 수학에 비상한 머리를 가지고 있다. 차차 다 알게 된다. 모두들 깜짝 놀랄 일을 나는 마련하고 있다. 내 마음만 내키면 난 기대를 어기지 않는다. 정말이다. 이야기가 너무 딴 곳으로 뻐어졌다. 나는 즉 빛 얘기를 하려는 거다.

    빛이라고 하지만 막연한 소리다. 그러나 막연하지 않다. 내 창 앞에는 키 높은 포플러가 한 그루 서 있다. 그 옆에는 플라타너스다. 지금은 7월달이니까 잎이 무성하다. 그래서 굉장히 넓은 그림자가 뿌리를 가운데로 땅에 자리를 잡고 있다. 하지만 새까만 먹으로 박박 칠한 것처럼 된 건 아니다. 그림자는 진한 곳과 여린 곳과 그렇게 있다. 어룽어룽하다. 옛날 일이지만 내 누님이 늘 입던 유똥 치마라는 것과 비슷하다. 잘 보면 크고 작은 동그라미가 무수히 모여 있다. 물에 뜬 기름 같다. 기름 동그라미가 환한 무늬이고 바탕이 즉 진한 데다. 나는 이 그림자를 보고 있으면 못 견딘다. 좋아서 죽을 것 같다. 즉 미친다. 왜 그런지는 모른다. 내가 아는 대로라면 사람들은 좋아서 미칠 것 같을 때도 노래를 쓴다. 그래서 나도 쓴다.

    포플러 그림자는
    어룽어룽 나의 바다

    바람이 불면
    사르르
    물결도 인다.

포플러 그림자는 이처럼 곱다. 나는 고운 것이 좋다. 즉 미운 것이 싫다. 그 옆에는 플라타너스가 있다. 이 플라타너스는 아주 몸매가 반듯하다. 꼿꼿하다. 히야. 나는 볼 때마다 혀를 내두른다. 그렇게 미끈하다. 미끈할 뿐이 아니다.
  보얗다. 어떤 땐 보얗고 어떤 땐 뽀얗고 어떤 땐 부옇다.
  어스름 녘엔 부옇고 한낮엔 보얗고 아침결엔 뽀얗다. 빛의 모양에 따라 다르다. 그러니까 나는 지금 빛 얘기를 하고 있는 것이 된다. 나는 거짓말을 안 한다. 플라타너스도 그림자가 있다. 물론 잎사귀도 있다. 하지만 무어니 해도 줄기다. 또 가지다. 플라타너스는 가지와 줄기다. 줄기가 좋다. 보얗다. 분을 바른 것 같다. 내 아내가 아직 화장이 서툴던 시절 화장을 하고 나면 저랬다. 플라타너스는 백인종이다. 진짜 백인종은 그닥 좋아하지 않지만 플라타너스는 좋다. 껍질이 군데군데 벗겨졌으나 흉하지는 않다. 전에 동물원에서 낙타를 봤을 땐 아주 흉했다. 벌레 먹은 것처럼 털이 뭉떵뭉떵 떨어져서 가죽이 얼룩투성이이다. 플라타너스는 껍질 벗겨진 자리마저 즐겁다. 천사는 피부병을 앓아도 역시 이쁜 거나 마찬가지다. 천사는 그렇다.

    다리
    탄탄한 부피가
    보얗게 익으면
    천사는
    덕지투성이

  내 생활은 이렇게 풍성하다. 재미있다. 권태란 말은 참 이상한 말이다. 뻗어버린 태엽은 다시는 움츠리지 못한다. 정말 권태라면 권태가 아니다. 내 생활도 그렇다. 아주 풍성하다. 그래서 당연한 일이지만 아주 가난하다. 문득 무서워진다. 낮이 무섭다. 따뜻한 햇빛 속에서 포플러가 얼어붙는다. 나무 그림자가 얼음판이 된다.

창틀도 언다. 플라타너스 줄기가 언다. 공기도 언다. 햇빛도 언다. 낮은 얼어붙는다. 비쳐 보인다. 모든 것이 빤하다. 낮은 유리가 되어 사방으로 나를 가둔다. 유리처럼 비치는 무서움. 나는 유리 속에 든 물고기. 움직이지 못한다. 낮은 부끄러운 데도 가리지 않는다. 낮은 벗은 여자다. 그녀는 게으르다. 낮은 백치白痴다. 7월달 한낮은 능욕당하면서도 웃는 여자다. 슬퍼진다. 그래서 기쁘다. 나는 침대로 간다. 아코디언이 얹혀 있다. 이 악기는 곡조를 내는 법이 없다. 망가진 건 아니다. 내가 켜지 않기 때문이다. 아코디언이 침대에 놓인 걸 보는 걸로 난 족하다. 내가 놀이에 지쳐서 무서워질 때만 그걸 약간 건드려본다. 비누 거품 같은 소리를 내며 악기는 떨다가 만다. 전에는 많이 타곤 했다. 지금은 안 한다.

　아코디언은
　차려입은 여자
　주름도 바르다

　아코디언은
　봄비처럼 흐느낀다
　아코디언은
　진흙처럼 헐떡인다

　아코디언은
　지친 잠자리의 여자

개개풀렸다

7월달 한낮은 개개풀려서 누워 있다. 그녀는 밉다. 그녀는 바보다. 그래서 무섭다. 그래도 일없다. 그녀를 무서워하는 건 내가 똑똑한 증거다. 무서워하는 건 나다. 그녀가 아니다. 내가 주인공이다. 내게는 또 장난감이 있다. 프리즘이다. 나는 그놈을 손에 들고 다시 창가로 온다. 한 눈을 감는다. 남은 눈에다 댄다. 히야. 신난다. 파랑·빨강·보랏빛. 막 눈부시다. 프리즘을 보는 것만 해도 인생은 살 보람이 있다. 이래서 나는 아내가 좋다. 아내가 사다주었기 때문이다.

사실 나는 아내를 좋아하는지 미워하는지 알 수 없다. 역시 중요한 일인 모양이다. 그러니까 아무래도 좋다.

창가에서
프리즘 장난을
하다

나는
다 아노라
다 아노라

어흠, 눈이 아파서 프리즘을 그만 동댕이친다. 다음에는 오뚝이다. 빨강빛 오뚝이다. 값이 비싼 오뚝이임에 틀림없다. 내가 그렇게 못살게 구는데도 칠이 벗겨지지 않으니 말이다. 나는 마루에 쭈그리고 앉는다. 오뚝이를 툭 건드린다. 발딱 쓰러졌다가는 뒤뚱 일어난다. 자꾸 넘어뜨린다. 자꾸 일어난다. 그 끈기가 좋다. 그는 넘어지려야 넘어지지 못한다. 그는 잠도 서서 잔다. 여간 괴로운 게 아닐 게다. 내가 만일 오뚝이모양으로 드러누울 수 없는 사람이라면 얼마나 괴로울까. 부르르. 생각만 해도 떨린다. 나는 참 행복하다. 그래도 나는 장난을 그치지 않는다. 나는 사디스트다. 그를 사랑하기 때문이다. 녀석을 이렇게 고문한다. 고문은 정말 재미있다. 사람을 간지럽혀서 죽이는 방법을 처음 생각해낸 사람은 대체 머리가 어떻게 생겨먹었을까. 그런 훌륭한 사람들에 비하면 나 같은 건 아무것도 아니다. 참. 나는 문득 생각하다. 비행기 태우기란 방법이 있다지. 사람의 사지를 묶어서 밧줄로 천장에 달아매고 시계추처럼 흔든다던가. 영 형편없이 죽는소릴 칠 테지. 나는 노끈을 찾아 든다. 오뚝이를 열십자에 한 번 더 감쳐 쌀 미*자로 묶어가지고 침대머리에 달아맨다. 그네 당기듯 쓱 당겼다 놓는다. 점점 폭이 좁아지면서 끝내 멎는다. 또 한다. 소리도 지르지 않는다. 오뚝이 녀석이 웃는다. 나는 발칵 화가 치민다. 그제야 내 실책을 깨닫는다. 이렇게 해서는 오뚝이가 괴롭지 않은 것을. 도로 푼다. 역시 넘어뜨리기 고문이 제일이다. 이놈은 미치지도 못한다. 전생에 단단히 죄를 지었음이 분명하다.

　　네 이노옴
　　네 죄를 네가 알렸다

부모에 불효하고
형제간 우애 없고
조실부모하고
삼대 독자?

저런 방자한 놈
어느 앞에
변명일꼬
저놈 되게 쳐라

내 생활은 이렇게 즐겁다. 내가 창에 대해서만 얘기하는 데는 까닭이 있다. 방문은 잠겨 있기 때문이다. 내 맘대로 나가지 못한다. 이해하기 힘든 일이지만 할 수 없다. 그저 그렇다는 것뿐이다. 사실 창이 없었으면 나는 조금 쓸쓸할 거다. 내 생각엔 창을 만든 사람은 시인일 게다. 그렇지 않으면 나 같은 사람일 거다. 나는 방문으로 간다. 문도 참나무로 짰다. 이 방 재목은 모두 참나무다. 열쇠 구멍으로 내다본다. 밖은 복도다. 하이얀 벽이 보인다. 그뿐. 아주 단조하다. 더 볼 것이 없다. 이 방문은 애인이 열어준다. 내 애인 말이다. 나는 이렇게 점잖은 사람이면서도 애인이란 말을 생각하면 가슴이 띈다. 애인. 참 좋은 말이다. 그 애인이 방문을 열어준다. 잘칵. 열쇠 비트는 소리가 나면 문이 열린다. 아직은 아니다. 시간이 안 됐다. 그래서 나는 침대로 돌아온다. 슬리퍼를 벗어놓고 벌떡 눕는다. 방에서 못 나가도 일없다. 나는 마술사다. 눈만 감으면 어디든 못 가는 데가 없다. 눈을 감는다. 나는 걸어간다. 밤이다. 시각이 퍽 늦었다. 길가에 사람이 빙 둘러섰다. 무슨 구경인가 나도 한몫 낀다. 어깨 너머로 건너다본다. 여자다. 발가벗은 여자다. 아무것도 안 입었다. 즉 나체화에 나오는 대로 알몸이다. 두 다리를 쭉 펴고 똑바로 드러누웠다. 전봇대 밑이다. 가로등이 바로 위에 있다. 살결이 곱다. 윤이 난다. 반들반들하다. 움직이지 않는다. 나는 조바심이 난다. 옆에 선 사람을 본다. 검은 테 안경을 쓴 신사다. 콧수염도 길렀다. 나는 물어본다.

"움직이지 않는군요. 죽었습니까?"

"글쎄요……"

신사는 한참 생각한다. 그런 다음 이렇게 말하는 것이다.

"아마 움직이지 못할 겁니다. 마네킹이니까요."

그는 내가 더 물어볼까 겁이 나는 모양, 두어 번 꾸벅거리는 체하면서 달아나버린다. 나는 나무라지 않는다. 그보다 그녀가 산 사람이 아니라 마네킹이라는 게 더 불안하다. 지금 친구도 그랬지만 나도 그렇다. 나는 팔짱을 낀다. 팔짱을 낀대서 의문이 풀릴 까닭이 만무지만. 그저 그래본다. 마찬가지다. 그녀는 사람인가. 마네킹인가. 둘러싼 사람을 세어본다. 다섯 사람. 나까지 여섯이다. 아무도 입을 떼는 사람이 없다. 물어보는 사람이 없다. 다 체면을 차리는 거다. 치사한 자식들이다. 이렇게 되면 꽤는 글렀다. 나는 빠져나온다. 또 걸어간다. 7월의 밤은 아름답다. 시각이 또 시각이다. 한국은 특별히 아름답다. 세계에 한국처럼 아름다운 나라는 없을 게다. 세계일주 여행처럼 바보 같은 짓도 없다. 그러면 좀 똑똑해질까 해서. 자신 없는 사람만이 여행을 한다. 못난 놈들이 그 짓을 한다. 이처럼 아름다운 밤이 또 어디 있겠는가 말이다. 한산한 거리. 한길에 여자가 누워 있다. 발가벗고. 로마의 대리석 조각이 어쩌구, 다 시시한 소리다. 한국이 세계에서 제일 아름다운 나라라는 말에 반대하는 사람은 추방해야 한다. 국외 추방 말이다. 절대로 필요하다. 도대체 우리나라엔 국외 추방이란 벌을 개인에게 가했다는 소릴 못 들었다. 죽이지 않으면 가둔다. 즉 정치가 없다. 자 나는 이처럼 정치에 대해서도 식견이 높다. 늘 생각하지만 나만큼 다들 똑똑해지면 좋겠다. 꽃집이 있다. 나는 꽃 이름을 하나도 모른다. 아내 말에 의하면 내 머리가 나쁘다는 것이다. 꽃 이름을 외우지 못한다. 그래서 머리가 나쁘다는 것이다. 천만의 말씀이다. 나는 꽃이 좋다. 그래서 못 외운다. 내 아내는 무엇이든 나하구 반대다. 그러고도 나하고 결혼했으니 알다가도 모를 일이다. 아마 그래서 결혼했을 거다. 어쨌든 꽃은 좋다. 죽는 건 무섭지 않아도 이런 걸 더 못 볼 생각을 하면 꺼림칙하다. 밤에 봐서 그런지 꽃들은 얌전하다. 아마 졸고 있는 모양이다. 생물학을 조금 배운 사람이면 다 알겠지만 꽃은 노출증 환자다. 꽃 이파리란 즉 음모陰毛다. 아름다운 음모도 다 있다. 저 빛깔. 참 곱다. 나는 꽃집에 들어선다. 주인이 흘낏 쳐다본다. 번대머리다. 나는 꽃에 코를 대고 냄새를 맡아본다. 좋다. 냄새가 참 곱다. "카네이션이죠?" "칸나요." 아하. 칸나. 그렇지. 그러면 대수냐. 네놈이 내 마음을 알 리 없다. 가만있자. 남을 함부로 욕하면 쓰나. 잘못이지

참 미안하다. 미안할 땐 다른 도리가 없다. "이것 한 송이 주시오." "네? 아." "얼마?" "3백 환." "저런, 그렇게 싸요?" 어쩌구 꽃 한 송이를 산다. 나는 꽃집을 나온다. 다시 가야 한다. 길가에 누워 있는 여자한테로 간다. 아직 두 사람이 남아서 보고 있다. 저 사람들은 독신잘 거다. 희한해서 발이 떨어지지 않는 모양이다. 나는 벙긋 미소한다. 나는 여유 있다. 나처럼 아내가 있는 사람은 어딘지 의젓하다. 저 사람들에게 물으면 아마 사색을 즐기고 있다고 대답할 거다. 뻔한 거짓말이다. 여자가 움직이는 걸 기다리고 있다. 분명하다. 그러니까 나는 그들을 좋아한다. 나도 그랬으니깐. 나는 또 한 바퀴 돌다 오기로 한다. 그게 남자끼리의 예의다. 그래야 한다. 나는 휘파람을 분다. 즐겁다. 내가 지은 곡조다. 나 혼자 있을 때만 분다. 약간 이상한 곡이지만 기분에 맞는다. 남이 있을 땐 안 한다. 쑥스럽기 때문이다. 전차가 지나간다. 전차? 우습다. 왜 그런지 우습다. 탁탁 불꽃이 튄다. 파란 불꽃이다. 나는 쭈뼛해진다. 불꽃이 왜 저럴까.

막 전차에 앉은 여인의

귀밑머리

빗발

타이어

포도鋪道에 붙은

신문 조각

7월의 저녁
흰 종이 위에서
펜을 잡은
하얀 손

날아온
여름 벌레의
비치는
날개

파닥거리다

발레리나
발끝으로 선
다리
푸른 조명

한밤중
마음 방에
이런 손님들을
불러놓고

잔치 잔치

업시다

  심심하니깐 노래를 만들어본다. 물론 서푼짜리다. 그래도 좋다. 장난치고는 탈이 없다. 아무도 무어라 하지 않으니깐. 막전차라야 한다. 꼭 그렇다. 또 귀밑머리라야 한다. 머리카락도 싫다. 꼭 귀밑머리라야 한다. 어떤 물건은 그래도 시를 만드는 법이다. 막전차도 그렇다. 막전차는 시다. 전기 회사 소유가 아니다. 마땅히 시인 조합에서 관리해야 한다. 중요한 일이다. 헌법보다 중요하다. 공화국은 망해도 좋다. 막전차는 안 된다. 자 지금쯤은 아무도 없을 거다.
  다시 돌아간다. 없다. 그녀가 혼자 누워 있다. 얼굴도 예쁘다. 이런 예쁜 사람이 길에 누워 있으면 안 된다. 무엇보다 먼저 그녀가 정말 마네킹인가 물어봐야 한다. "저어 여보세요. 실례합니다. 저어." 안 되겠다. 그런 말을 꺼냈다가는 그녀는 대뜸 일어서면서 내 뺨을 후려갈길 거다. 옳지. 그래서 저렇게 꼼짝 않는 것이로구나. 흥. 누가 그 수에 넘어갈까 보아서. 어림도 없다. 내가 얼마나 단수가 높다구. 나는 손에 든 꽃을 본다. 그녀의 아래를 꽃으로 가려준다. 그녀도 만족할 거다. 사실 아무도 그런 예의를 베푼 사람이 없으니 말이다. 그런데 큰일이다. 그녀는 대체 언제까지 이러고 있을 참인가. 시간은 퍽이나 늦었다. 만일 순찰하는 경관이 돌아오면 어쩌나. 그는 필시 내 말을 믿지 않을 거다. 그는 나를 체포할 거다. 설명해도 소용없다. 막무가내다. 할 수 없다. 나는 몸을 굽힌다. 그녀를 안아 일으킨다. 가만있는다. 그녀를 업는다.

전봇대 뒤에 숨어 서서 잠시 동정을 살핀다. 재빨리 내닫는다. 골목으로 빠진다. 집에까지 어떻게 왔는지 도무지 알 수 없다. 아내는 깜짝 놀란다. 다음에는 운다. 나를 붙잡고 우는 것이다. 나는 우는 아내만은 싫다. 잠자리에서 자꾸 뿌리치는 것도 다 괜찮다. 우는 것만은 안 된다. "왜 이러세요." "응, 뭐? 손님이래두." 나는 설명한다. 내가 업고 오지 않을 수 없었다는 사정을 얘기한다. 아내는 슬픈 눈으로 나를 본다. 나는 결코 아내만을 사랑한다고 다짐한다. 이 여인을 데리고 온 것에 절대 딴생각이 없다는 말을 한다. 글쎄 갈 데도 수두룩한데 뭣 하러 집으로 데리고 오겠느냐고 말해준다. "글쎄 이건 마네킹이 아니에요?" 하하하. 그 말이었구나. 나는 입에다 손가락을 댄다. 쉿. 저 여자가 어떤 음모를 하고 있는가를 설명한다. 그런 말을 들으면 대뜸 일어나서 이편의 뺨을 후려갈길 거라고 일러준다. 그녀는 믿지 않는다. 내가 이런 방에 살게 된 건 이 일 때문이다. 물론 이 일뿐은 아니지만. 나는 아내더러 말한다. "여보 저 여자하구 당신하구 어디가 다르단 말이오." 사실 아내는 다를 것이 없다. 아내는 내가 보는 데서는 절대로 옷을 벗지 않지만 나는 안다. 둘이 꼭 같다. 되레 아내가 못하다. 자? 아내가 혹시 마네킹인지도 모른다. 아내는 그렇게 차다. 단단하다. 그녀는 결코 흥분하지 않는다. 우리는 일이 끝나면 등을 돌리고 서로 갈라 눕는다. 나는 겸연쩍어진다. 미안한 일을 한 것 같다. 그녀를 빼앗은 것 같다. 나는 무얼 빼앗았나. 더듬어본다. 아내 몸에서 한 가지라도 없어진 것이 있으면 그걸 뺏은 것이 되겠기 때문이다. 그렇다면 돌려줘야 한다. 가슴을 더듬어본다.

젖가슴은 두 낱이다. 이상이 없다. 여자의 젖가슴은 둘이기 때문이다. 젖꼭지를 잊었다. 그것도 조사한다. 둘이다. 이런 식으로 하노라면 그녀는 내 손목을 쥔다. 그러지 말라는 거다. 나는 소름이 끼친다. 그녀의 손은 차다. 빳빳하다. 그렇게 고운 살이 얼음처럼 차다. 나는 무서워서 부스럭거리며 일어난다. 불을 켠다. 아내는 팔을 들어 얼굴을 가린다. 나는 비로소 안심한다. 아내가 움직이기 때문이다. 나는 영 그녀가 굳어버릴까 봐 걱정이 된 거다. 심심하다. 옛날 얘기 책을 꺼내다 엎드린 채 들여다본다. 제목은 '목신의 아내'다. 내가 제일 좋아하는 얘기다. 옛날에 PAN이란 신이 있었다. PAN은 머리만 사람이고 사지와 몸뚱이는 말〔馬〕이다. PAN은 유식하기로 이름난 신이었다. 무슨 일이 생기면 그에게 물으러 온다. 그의 말이면 그만이다. 그는 산책을 즐겨 한다. 하늘나라의 산과 들에는 아름다운 꽃이 많다. 갖가지 새들이 저마다 고운 목소리로 재잘거린다. PAN은 훌륭한 신이지만 한 가지 없는 것이 있다. 그는 총각이다. 다른 신들이 권해서 PAN도 장가를 들었다. 신들은 선물을 가지고 와서 먹고 마신다. 밤이 됐다. 손님들이 돌아가버리고 신혼부부만 남는다. 침실에서 보는 신부는 더욱 고왔다. PAN은 좋았다. 이런 예쁜 신부를 얻었으니 좋지 않을 리가 없다. 그는 가슴이 뛴다. 그의 네 다리는 긴장하고 털은 촉촉이 땀에 젖는다. 뜨거워진 사타구니에서 진한 냄새가 풍긴다. 그는 신부를 침대에 눕힌다. 신부를 껴안으려던 PAN은 깜짝 놀랐다. 신부는 돌이 돼 있었다. 아무리 쓸어보아도 돌이었다. 발굽을 들어 두드려보았다. 딱딱 울리는 단단한 돌이었다. 그는 어쩔 줄 몰라서 신부를 들어도 보고 이름도 불러봤다. 다 쓸데없다. 밤 내 PAN은 울면서 소리치고 방 안을 두루 헤맸다. 이윽고 새벽빛이 불그레 창을 물들이며 닭 우는 소리가 들린다. 그러자 PAN은 보는 것이다. 돌이 된 그의 아내가 조금씩 움직이는 것을. 그는 침대 곁에 다가서서 바라보았다. 비너스보다 더 아름다운 입술이 열릴락 말락 움직인다. 다이애나보다 더 건장한 가슴이 조용히 숨 쉬기 시작한다. 끝내 그녀는 눈을 뜬다. 곁에 선 남편을 보고 방긋 웃는다. PAN은 깊은 한숨을 쉬었다. 그날 하루 PAN은 아내를 등에 태우고 골짜기와 언덕을 두루 안내했다. 맑은 물과 만발한 꽃동산 속에서 아내는 좋아라고 손뼉을 치고 깔깔대며 흥겨웠다. 또다시 밤이 됐다. PAN은 그녀를 어제 저녁처럼 침실에 인도하고 옷을 벗기고 끌어안았다. 그녀는 다시 돌이었다. 그 다음 날도 또 다음 날도 마찬가지였다. PAN은 밤이 무서워졌다. 낮에 그의 아내는 비할 수 없이 상냥스러운 여인이었기 때문에 더욱 그랬다. 돌이 된 아내 곁에서 그는 발굽을 들어 자꾸 그녀의 몸을 두드려본다. 믿어지지 않아서 그런다. PAN의 성질은 점점 거칠어갔다. 그는 돌이 된 아내의 몸뚱어리에 올라서서 춤을 춘다. 침실에 술병을 가져다놓고 밤 내 마신다. 피리를 분다. 낮에도 PAN이 술을 마시고 피리를 불고 미친 듯 춤추기 시작한 것은 이때부터다. 옛날 얘기는 다 끝났다. 나는 이 얘기가 제일 좋다. 그래서 이것만 읽는다. 아내는 이 얘기를 싫어한다. 까닭은 모른다. 그래서 난 아내가 밉다. 즉 사랑한다. 나는 눈을 번쩍 뜬다. 7월달 오후가 창창하게 얼어붙었다. 내가 가지고 놀다가 버린 프리즘. 오뚜이. 아코디언.

아직 애인이 올 시간은 멀었다. 그녀가 문을 열어주는 시간이 말이다. 나는 아코디언을 끌어당긴다. 누운 채로 가슴에 얹고 키를 누르며 쭉 편다. 파앙. 비누 거품처럼 상쾌한 소리가 부풀어 퍼진다. 파앙. 나는 저리로 밀어버린다. 나는 일어난다. 드러눕는다. 또 눈을 감는다.

　이번에는 폐허다. 벽돌. 부러진 전봇대. 깨진 기왓장. 그 속에 재미있는 물건이 있다. 나는 들여다본다. 사람이 타 죽은 시체다. 꼭 통나무 같다. 뺏뺏한 숯토막이다. 마네킹 같다. 솔직히 말하면 진짜 사람인지 마네킹이 탄 건지 나는 모른다. 그러나 여자인 건 틀림없다. 발을 보고 알았다. 발뒤꿈치에 뾰족한 뿔이 달렸다. 하이힐임이 분명하다. 타면서 발바닥에 신이 붙은 모양이다. 확실한 건 모른다. 모른대서 체면이 깎일 일도 아니다. 모르는 게 당연하다. 내가 그때 현장에 없었다는 건 나도 아니깐 말이다. 다만 그 모양이 몹시 재미있다. 발바닥에서 뿔이 돋친 모습은 그야말로 기상천외다. 나는 눈을 가진 걸 감사한다. 내게 눈을 만들어준 하느님 만세를 부르고 싶어진다. 세상에 태어나서 참 좋았다고 생각한다. 이런 구경을 못 하면 얼마나 분하랴. 나는 이 여자가 어떤 신분이었을까 생각해본다. 대학생이라면. "그럴까요? 하지만서두 저는 역시 무언가 본질적인 게 있다고 생각해요. 그러믄요. 우린 피할 수 없어요……" 어느 날 어떤 자리에서 어떤 사람하고 이런 말을 주고받았는지도 모른다. 나는 열심히 본다. 나중에 손자들에게 옛날 얘기를 해주려고 그런다. 참 이런 구경을 다 하구, 우리 세대의 자랑이다. 햇살이 창창하다. 검게 빛나는 이 숯토막 인간은 위엄에 차 있다. 살아 있는 사람 같은 건 어림도 없다. 살아 있는 사람은 훈장 백 개를 차고 눈을 부라리고 앉아도 이렇게 엄숙하지 못하다. 엄숙하단 말은 그닥 맞는 말은 아니다. 오히려 재미있다. 기쁨이다. 보고 있노라면 가슴이 흐뭇해진다. 유행가 가사마따나 삶의 보람을 느낀다. 나는 우러러 하늘을 본다. 양은 냄비 같은 태양이 지글지글 끓는다.

시가전이 다녀간
거리를 헤매다가
숯토막 같은
인간 마네킹을 보다

나는 듣노라
그대가 주고 간 마지막 말을.
"사랑해요."
"더 꼬옥."
"그래요. 다 좋아요."
"피이. 난 백년만 산다누." 따위

나는 이런 동요가 좋다. 장난감도 이런 건 진짜다. 장난감은 사람이 제일. 정말 신난다. 나는 다시 걸어간다. 느긋하다. 나는 폐허 속으로 걸어들어간다. 발밑에서 연기가 오른다. 아직도 타다 남은 재목이 있는 것이다. 나는 쭈그리고 앉는다. 벽돌을 한 개 집어든다. 갓 구워낸 빵처럼 따뜻하다. 볼에다 댄다. 따뜻하다. 오싹하게 좋다. 아내의 볼도 이런 적이 있었다. 먼 옛날에. 따뜻한 벽돌. 귀엽다. 비둘기처럼 얌전하다. 구구. 참하다. 놓고 싶지 않다. 이 얘기를 했더니 아내는 또 슬픈 눈으로 나를 봤다. 이상한 일이다. 나는 그녀를 기쁘게 할 양으로 기껏 얘기하면 영락없이. 그 눈이다. 슬픈 듯한 눈. 나는 그런 눈이 딱 질색이다. 자 이젠 애인이 오나 보다. 발자취 소리. 잘칵. 방문이 열린다. 애인은 흰 옷을 입었다. 머리에다도 흰 모자를 썼다. 풀을 잘 먹인 모양이다. 아주 빳빳하다. 나는 그녀의 손을 잡는다. 아내가 봐도 괜찮다. 사람은 아내 말고 꼭 애인이 한 사람 있어야 한다. 우리는 뜰로 내려선다. 우리 말고는 걷는 사람이 없다. 넓은 뜰이다. 잔디가 잘 손질이 돼 있다.

 군데군데 나무 수풀.

  7월의 뜰에 앉아
  목련보다 부드러운
  시간을 씹는다

  인생에
  이처럼 유구한
  순간이 있는 것은
  얼마나 고마운 일인가

내 곁에는
연인의 순정과
주부의 친절을 한아름 안고
아름다운 여신이
그저 다소곳이 앉았다

우리
슬픔을 지그시
어금니에
씹을 줄 아는
우리만이
이 뜰에 이르는
오솔길을 안다
서로의 서로 다른
길을 거쳐서

부채의 사북같이
누리가
닫히고 열리는 곳
먼 과목밭에서
능금 알알이 익어갈 때
누리가
숨숨히 익어가고

뜰은

휘영청

맑아간다

7월의 뜰을 아는 이는

슬퍼도 미치지 못하는

그래서 다정한

우리의 동무

보채는 어린애처럼 자리 뜨기 싫어하는 것은 아주 나쁘다. 못난 장난꾸러기처럼 쿨쿨 잠들어버리는 것은 아주 나쁘다. 그래서 일어난다. 우리는 걷는다. 여신은 껌을 씹는다. 나는 버리라고 한다. 껌 씹는 여신이 어디 있느냐고 핀잔을 준다. 그녀는 그냥 씹는다. 딴은 여신은 고집이 세다. 낭떠러지를 알면서 그냥 걷는다. 그런 고집이다. 망해도 좋다는 고집이다. 분명히 신神이다. 나는 그녀를 용서한다. "껌 하나 더 있어?" "없어요." "왜?" "네." 네는 좀 이상하다. 왜? 하구 물었는데 네라니. 아무튼 좋다. 이렇게 걸으면 PAN과 그의 아내 생각이 난다. 돌이 된 아내. 내 아내도 그렇다. 애인은 그렇지 않다. 여기 사람들은 애인더러 간호부라고 부른다. 우리는 앉는다. 나는 그녀와 입술을 맞춘다. 부드럽고 향긋한 입술이다. 언제부터 이렇게 됐는지는 모른다. 퍽 오래전부터다. 누가 먼저 그렇게 하자고 했는지도 모른다. 그저 그렇게 됐다. 즉 이상적이다. 그녀는 나더러 어린애라고 한다. 그 까닭인즉 이렇다.

나는 7월달 한낮이 아주 좋다고 그녀에게 말한 적이 있다. 그녀는 묻는다. 어떻게 좋으세요? 나는 당황한다. 좋으면 좋지 어떻게 좋은가는 또 무슨 말이냐 말이다. 나는 불가불 대답을 해야 한다. 대답한다. 7월달 햇빛이 쨍쨍 쪼이는 한낮. 멍하니 앉아 있노라면 조용히 오줌을 싸고 싶어진다고. 그녀는 까르르 웃는다. 나는 무서워진다. 대체로 여자가 저렇게 웃어놓고 보면 반드시 일이 생긴다. 일이 생겼다. 우리는 입을 맞췄다. 그러면서 그녀는 말한다. 어린애 같다고. 여자들은 잘 알아듣지 못할 소릴 만나면 늘 이런다. 그런 담부터는 별소릴 다 물어본다. 물론 시시한 물음뿐이다. 이를테면 이렇다. 아내와 내가 잘 때에 누가 오른편에 눕는가. 이런 따위다. 그러면서 또 이런다. 자기가 지금 물어보는 건 다 의사 선생님한테 보고하려는 거라구. 좋아서 물어보는 게 아니라구. 의사 얘기가 났으니 말이지 이 사람은 참 기막힌 사람이다. 자꾸 물어본다. 무슨 괴로움이 있느냔다. 자기한테는 숨기지 말란다. 꼭 취조하는 사람이다. 그래서 나는 될 수 있는 대로 무서운 거짓말만 얘기해준다. 그는 좋아서 노트에 적는다. 나는 자꾸 거짓말을 한다. 즉 남이 좋아하는 일을 해준다. 우리 한국 사람이 잘살지 못하는 게 괴롭다고. 길가에서 우는 새끼 거지가 참 불쌍하다고. 전쟁은 무섭다고. 이런 식이다. 물론 다 거짓말이다. 자꾸 조르니깐 할 수 없이 대답한다. 각설. 애인은 시간이 됐다고 한다. 일어서란다. 일어선다. 입을 맞추자고 한다. 나는 싫다고 한다. 금방 맞추고 또 무슨 그거냐고 한다. 그러면 그녀는 시뜻한다. 혼잣말처럼 그녀는 한마디 하는 것이다. "전기 요법을 해볼까아." 이러는 것이다. 물론 혼잣말이다. 하지만 내가 못 들을 리 만무다. 즉, 나는 소경이 아니니 말이다. 아 틀렸다. 귀머거리가 아니니 말이다. 나는 그 소리만 들으면 꼼짝 못 한다. 나는 하자고 한다. 입을 맞추자고 한다. 그녀는 살래 고개를 흔든다. 참 이상한 일이다. 금방 하자던 사람은 누구고 또 싫다는 사람은 누군가? 나는 잠시 생각한다. 그녀는 딴 데를 보고 있다. 달려들어 그녀의 입을 맞춘다. 그녀는 발칵 화를 낸다. 모를 일이다. 내 생각엔 그렇게 하면 '전기 요법'에서 무사하리라고 생각했는데. 그녀는 빨리 가자고 한다. 우리는 방으로 돌아온다. 내가 방으로 들어서자 등 뒤에서 문이 쾅 닫힌다. 잘칵. 오뚝이. 프리즘. 아코디언. 방 안 풍경은 여전하다. 전기 요법. 나는 몸을 떤다. 역사力士같이 튼튼한 장정이 둘. 내 몸을 꽉 붙든다. 전깃줄에 맨 부젓가락 같은 걸 의사가 들고 있다. 간호부는 메타를 본다. 의사가 젓가락을 내 다리에 댄다. 찌르륵. 나는 죽는소릴 친다. 이게 전기 요법이라는 거다. 여기 온 이래 꼭 한 번 받았다. 영락없는 고문이다. 간호부 말은 그걸 또 하겠다는 것이다. 공갈이다. 참 치사한 공갈이다. 나는 무서워진다. 어떻게 할까. 그녀가 나를 고문하고 싶어 하는 심정도 안다. 그녀는 나를 사랑하는 거다. 그렇지만 곤란하다. 우리는 그렇게 다정스레 걷지 않았는가. 그러구서 고문을 하다니. 물론 사랑하니깐 그런 줄도 안다. 내 아내도 사랑하니깐 그런 줄도 안다. 내 아내도 사랑하니깐 돌이 된 거다. 사랑이란 그런 것이다. 너의 자녀가 빵을 달라 하면 돌을 주겠느냐. 피이다. 예수님이 이것만은 잘못이다. 빵을 달라 할 때 돌을 주는 게 사랑이다. 사랑이란 그런 것이다. 나는 아내에게 부탁할 테다. 아내가 오늘 온다고 했으니깐. 그리고 아내에게 꼭 한마디 물을 일도 있다. 오래전부터 나는 별렀다. 그녀가 혹시 어찌 생각할까 봐서 미루어왔다. 오늘은 꼭 물어봐야겠다. 나는 침대에 눕는다. 멍하니 창으로 내다본다. 7월의 창은 좋다. 참 좋다. 환하다. 어떤 가슴 같다. 7월의 창은 인생이 옳다는 증인이다. 인생이 아름답다는 증인이다. 아름다운 인생 아름다운 삶. 꽃. 빛. 아내. PAN의 아내. 마네킹. 벽돌. 비둘기. 숯덩이. "더 꼬옥." "네 그러세요. 당신만 좋다면 다 좋아요." 7월의 공간에 가득한 아름다운 이미지들. 7월의 창은 좋다. 참 좋다. 사랑하는 이의 가슴 같다. 창틀이. 버그러지게 부듯하니 밀려든다. 빵을 달랄 적에 빵을 주는 게 사랑일 것만 같은 헛갈림조차 든다. 창으로 밀려드는 계절의 가슴은 그토록 이쁘다.

7월의

창은

따뜻이 익은

계절의

젖가슴

찢어지지

않은

기

너를 보면서
나는
향그러운
바람이 되지

  나는 서러워진다. 어른이면서 창피한 일이다. 어른이 울면 못 쓴다. 아내는 다신 나하구 놀지 않을 거다. 나는 결코 울지 않는다. 그저 그렇다는 것뿐이다. 내 침대도 참나무다. 나는 손톱으로 금을 긋는다. 딱딱한 나무여서 잘 그어지지 않지만 그래도 긋는다. 많이 그었다. 그래서 손톱자국이 많다. 심심할 땐 이런 장난도 재미있다. 다 내가 그은 자국이다.

까닭

소일거리란
없었다

딱딱한 벽
손톱으로
긁은 자국
눈금
시간이 생긴 까닭
눈앞의 벽과

꿈속의 벽과

(꿈에도 벽만 보았다)

이원론이 생긴 까닭

눈앞의 손톱자국과

꿈속의 손톱자국과

예술이 생긴 까닭

많은 손톱자국

존재의

아라비아 문의紋衣

손톱자국

　그래도 일없다. 나는 즐겁다. 인제 아내가 온다. 나는 물어본다. 꼭 물어본다. 오늘은 꼭 물어본다. 사실 제일 첨 우리가 만났을 때 물어봤어야 할 일이다. 그래도 늦지는 않다. 언젠들 늦지는 않다. 다만 쓸데없을 뿐이다. 나는 일어서서 창가로 간다. 포플러 그림자는 한참 곱다. 어룽어룽 흔들린다. 사르르 물결도 인다. 플라타너스는 보얗게 익었다. 얼룩진 천사. 덕지투성이 천사. 피부병을 앓는 천사. 낙타. 뻘기 먹은 낙타. 귀여운 녀석. 오뚝이를 가지고 논다. 오뚝이는 밖에 못 나간다. 산보도 못 한다. 늘 쓸쓸하다. 갑갑할 게다.

나는 수인이다

벽이 있다

부딪쳐본다

누구냐 날 가둔 자가

나는 오뚝이다

나는 지쳤다

눕고 싶다

누워도 누워도

자꾸 일어난다

누구냐, 날 오뚝이로 만든 자가

(주치의가 다음과 같은 치료 방침을 노트에 적어넣었다)

벽이 있을 땐 조용히 뒤로 돌면 된다

누울 수 없으면 선 채로 자라

이 녀석은

하늘을 나는 새

누워서 자는 오뚝이

그런 꿈을 꾼 모양이다

내가 아내를 본 지도 퍽 오래다. 아 발자취 소리가 들린다. 여러 사람이다. 전기 요법이 아닐까. 내 방 앞에서 멎는다. 나는 아코디언을 집어든다. 위험하면 던지려는 거다. 잘각. 문이 열렸다. 아니다. 전기 요법이 아니다. 아내. 의사. 간호부. 그들은 걸어온다. 나는 아내를 보고 웃는다. 그녀도 웃는다. 꼭 우는 것 같다. 나를 사랑하는 거다. 혹은 사랑하지 않는 거다. 나는 그녀를 창가로 이끈다. 그녀에게 설명한다. 7월의 한낮이 얼마나 풍성한가를. 포플러 그림자. 보얗게 익은 플라타너스. 낙타. 부풀은 계절의 젖가슴. 마네킹. PAN의 아내. 돌. 숯덩이. 먼 과수원의 능금 알알들. 아코디언의 흐느낌까지도. 파앙. 다 설명한다. 그녀는 자꾸 슬픈 눈으로 나를 본다. 그렇게 보지 말래두. 나는 행복해. 여기는 아주 좋아. 아무것도 걱정할 건 없어. 나한텐 아무 일도 없어. 우리는 오래 말없이 서 있는다. 아내는 머리숱이 많다. 결이 곱다. 귀밑머리가 하르르하다. 막전차. 귀밑머리. 이미지들의 잔치. 나는 아내를 보고 있으면 이상해진다. 나를 여기 살게 한 건 아내다. 그러면서 아내는 빨리 집으로 가야 한다고 한다. 그러자면 의사 선생 말을 잘 들어야 한단다. 나는 알 수 없다. 나는 어른이다. 어른이 누구 말을 잘 들어야 한다는 건 우습다. 아내 말이라면 또 모른다. 어른은 아내 말을 잘 들으니깐. 사실이지 나는 잘 들었다. 사랑했기 때문이다. 그런데 아내는 그렇지 않다고 한다. 내가 그녀 말을 안 들었다는 것이다. 그래서 여기서 살게 됐다고 한다. 나는 뭐가 뭔지 통 알 수 없어진다. 아내에게 그렇게 말한다. 아내는 문득 입을 다물고 나를 본다. 빤히 본다. 그러면 나는 무서워진다. 얼른 말한다. "알아. 알아. 나도 다 알아." 그렇게 말한다. 아내를 안심시키기 위해서다. 하지만 모른다. 무얼 다 알았다는 소린지 모른다. 내가 알았다는 말을 내가 모르니 정말 모르겠다. 결국 아는 건지도 모른다. 사실 그런 건 문제가 아니다. 그녀가 나를 빤히 보면 난 창피해진다. 왜 그런지는 모른다. 그저 그렇다. 창피하다. 또 슬프다. 난 슬프면 못 산다. 난 기쁜 게 좋다. 그래서 아무 말이나 한다. 아내를 안심시킨다. 그러면 나는 기쁘다. 예전 일만 해도 그렇다. 난 'PAN'의 이야기가 좋다고 한다. 그녀는 싫다고 한다. 난 창피해진다. 그저 창피해진다. 난 슬퍼진다. "나도 싫은지도 몰라." 슬쩍 이런다. 아내는 날 본다. 슬픈 눈으로 본다. 그때 아내는 돌이 된다. 나는 울지는 않는다. 어른이기 때문이다. 아내는 내 설명을 듣는다. 나는 열심이다. 아내가 그런 눈으로 보지 않게 하려고. 내가 얼마나 장한가 얘기한다. 포플러 그림자. 플라타너스 가지. 프리즘은 얼마나 고운가. 다 얘기한다. 난 행복하다고. 여기 살게 해줘서 고맙다고. 지루하지 않다고. 아코디언은 능글맞다고. 또 곱다고. 그녀는 그저 듣고 있다. 나는 불안하다. 그녀가 무슨 생각을 하는지 알 수 없다. 내 얘길 하나도 듣지 않는 것 같다. 나를 믿지 않는군. 나는 오뚝이 얘길 꺼낸다. 그러자 신통한 꾀가 생각난다. 아내가 날 사랑한다면 꼭 그렇게 할 거다. 그건 틀림없다. 나는 신이 난다. 진작 생각 못 한 일이 바보 같다. 그래도 생각이 났으니 잘됐다. 시험하지 말라. 사랑을 시험하지 말라. 난 시험하는 게 아니다. 사랑하는 거다. 괜찮다. 자 시작하자. 먼저 점잔을 뺀다. 기침을 세 번 한다. 어흠. 흠흠. 이렇게 한다. 다음엔 먼 데를 한번 쳐다본다. 고개를 떨어뜨린다. 번쩍 쳐든다. 그러곤 잠시 아내를 본다. 나는 미소한다. 자 준비는 다 됐다. 아내는 긴장했다. 내 입술을 본다. 무슨 중대한 얘기가 나올 걸 기다린다.

성공이다. 비로소 나는 아내의 귀에 대고 속삭인다. "날 사랑해?" 아내는 끄덕인다. 그럼 믿고 부탁하지. 다름이 아니고 저 오뚝이 말이야. 불쌍하거든. 나갈 적에 살짝 치마 밑에 넣고 나가. 좀 산보를 시켜줘. 나는 괜찮아. 이게 부탁이야. 의사한테는 말하지 마. 정말. 아내는 끄덕인다. 말하면 배반이야. 날 사랑하지 않는 거야. 슬픈 눈으로 나를 본다. 의사한테로 걸어간다. 나는 창틀에 기댄다. 아내와 의사와 간호부는 한참 소곤거린다. 그들은 한꺼번에 이쪽을 본다. 아내는 고개를 떨어뜨린다. 말했구나. 나는 뛰어간다. 그보다 빨리 그들은 복도로 나간다. 문이 닫힌다. 잘칵. 내 손에서 아코디언이 떨어진다. 파악. 그렇게 아름답던 7월의 한낮이 균열한다. 포플러 그림자가 부서진다. 플라타너스는 쪼개진다. 발레리나는 찢어진다. 마네킹은 깨진다. 금이 간다. 파앙. 파앙. 7월의 한낮은 소리 날카롭게 금이 간다. 모두 이그러진다. 프리즘. 유리처럼 투명한 7월의 한낮은 두껍게 나를 싼다. 싼 채 균열한다. 파앙.

나는 갇혔다〔囚〕.

나는 창가로 뛰어간다. 7월달 햇빛에 이글이글 눈부신 철로와 나란히 기름진 국도國道가 바라보이고 국도에 직각으로 마주치는 좁은 길이 보인다. 이 병원에서 국도로 나가는 길이다. 나는 기다린다. 좀 있으면 볼 수 있을 것이다. 나란히 움직이는 아내와 그 남자의 어깨를. 그 길 위에. 언제나처럼.

7월의 아이들

한낮을 바라보는 햇살은, 한창 뜨겁다. 하늘에는 구름 한 점 없다. 멀리 북녘에, 마른 붓으로 싹 그어놓은 듯 흰 기운이, 옆으로 서너 줄 알릴락 말락. 그뿐. 쉬엄쉬엄 이어지던 집채가 멀리 물러나며, 도시가 끝나고 교외가 시작되는 자리에 있는 학교여서, 조용하기는 하다.

교문 앞 빈터에서, 3학년 반 아이들이 놀고 있다. 아이들은 구슬치기를 하고 있다. 이 놀음은 규칙이 쉽다. 적당한 사이를 두고 땅에다 구멍을 두 개 판다. 이 구멍을 집으로 삼고 서로 상대방 유리알을 맞히는 것이다. 반짝 빛나며 휙 나는 유리알. 딱. 반짝. 휙. 따악. 그런 이음이다. 놀음에 끼지 않고, 한옆에서 보고만 있는 아이가 있다. 얼굴이 노랗다. 그러나마나, 몹시 여위었다. 모가지가 애처롭도록 가늘다. 한눈에, 영양이 좋지 못한 정도가 아니라는 것을 알 수 있다. 놀음에 끼지 않고 있는 또 한 아이는, 이

패의 대장이다. 눈이 부리부리하고, 몸집은 다른 애들보다 이렇다 하게 큰 편이 아니다. 그는 아이들이 노는 것을 잠시 들여다보다가 끼어든다.

"인마, 나두 해."

아이들은 말없이 자리를 내준다. 대장은, 한쪽 눈을 감고 잘 겨냥한 다음, 유리알을 던진다. 휙 따악. 영락없는 솜씨다. 코를 벌름거리며, 따먹은 유리알을 손바닥 안에서 짤랑거린다. 그러고는 곧 물러선다. 한번 땄다고 늘어붙거나 하지는 않는다. 한 판에서 유리알 한 개를 따면 그뿐, 다음 판으로 간다. 한참 들여다보다가, 불쑥 끼어들어서 한두 개 따고는 물러난다. 이런 식으로 여기저기 돌아다닌다.

대장은 혼자서 큰길 가까이까지 나온다. 교문에서 큰길까지는, 양쪽으로, 담장 대신인 둑이 막았다. 큰길로 나서자면 도랑이 있다. 원래는 땅 밑에 묻혔던 하수도 토관이, 그 자리만 깨져서 생긴 도랑이다. 대장은 그 한쪽 토관 속을 들여다본다. 오래 가문 날씨로 물기는 물론 없고, 햇빛이 닿는 데까지는 두껍게 앉은 먼지뿐이다. 더 안쪽은 캄캄해서 보이지 않는다. 그는 더 자세히 보려고 안쪽으로 고개를 들이밀었다. 그러는 통에 실수를 했다. 토관 아가리께를 받치고 있던 손이 미끄러지면서, 쥐고 있던 유리알이 와르르 쏟아져, 토관 속으로 흘러들어간 것이다. 그는 깜짝 놀라서 손으로 덮쳤으나, 손에는 반도 남지 않았다. 그는 낑낑거리면서 토관 속을 기웃거리지만, 밖에서 들여다보이는 거리는 한도가 있고, 그 앞은 그저 시커먼 어둠이다. 그는 일어섰다. 잔뜩 부은 얼

굴이다. 대장은 신경질인 모양이다. 그는 아이들 쪽을 한참 바라보더니,

"이리 와봐."

앙칼지게 소리를 질렀다. 놀고 있던 아이들이 한꺼번에 얼굴을 들고, 이쪽을 본다.

"빨리 와."

대장의 말을 어길 사람은 아무도 없다. 아이들은 놀음을 그치고, 유리알을 주워들고는, 대장 앞에 와서 늘어선다.

"이것 봐. 여기 유리알이 빠졌는데 말야, 누가 들어갈래?"

아이들은 섬뜩해지면서, 낯빛과 몸이 함께 어색해진다. 서로 쳐다본다. 토관 속을 흘깃 쳐다본다. 대장은 부하들을 한 바퀴 훑어본다. 눈을 맞추지 않으려고 애들은 얼른 고개를 돌린다. 대장은 점점 더 부어간다. 그의 눈은 한 아이한테서 머문다. 아까 따로 섰던, 얼굴이 노랗고 몹시 야윈 아이다. 때 묻은 셔츠 칼라 위로 솟은 목덜미에, 움푹하게 홈이 갔다.

"너 나와."

노란 얼굴은, 끌리듯 한 걸음 나선다.

"알았지. 다 찾아와야 돼."

노란 얼굴이, 핼쑥해진다.

"피래미. 빨리 안 해?"

대장은 노란 애의 팔을 붙잡아, 토관 아가리 앞에 주저앉혔다. 노란 애는 먼저 두 손을 토관 속으로 들여놓고, 다음에 무릎을 끌어들였다. 서 있던 애들이 우 몰려들어, 토관 어귀를 빙 둘러쌌다.

허리를 구부리고 노란 애가 들어가는 모양을 구경한다. 뾰족한 엉덩이가 점점 속으로 들어간다. 하수도는 급하지는 않지만, 아래로 밋밋한 비탈이 져 있다. 노란 아이의 뾰족한 엉덩이는, 인제 보이지 않는다. 대장은 조바심 난 모양 소리친다.

"있어?"

(안 보이는걸)

대답 소리가 웅 울리는 것으로 보아, 꽤 들어간 모양이다.

"자식 손으로 만져보란 말야. 좀더 들어가."

이번에는 대답이 없다. 아이들은 쿡 웃는다.

"있어?"

(아, 하나)

좀더 울리는 대답. 아이들은 쿡 웃는다.

"더 가."

대답이 없다.

"있어?"

이윽고,

(둘)

"아직 하나 남았어."

잠시 있다가 아득하게,

(아무리 찾아도 없어. 나가두 돼?)

"좀더 가봐."

오래 대답이 없다.

"있어?"

대답이 없다.

"있어?"

(……)

아이들은 서로 쳐다본다. 대장도 약간 겁먹은 얼굴이다.

"있어?"

(……)

애들 얼굴에서 웃음이 가셨다. 대장은 토관 속에 대고 소리친다.

"자식아 나와. 인제 나와."

(……)

"나와. 나와두 돼."

(……)

"나오라니깐. 나와."

대장의 소리는 우는 것 같다. 여전히 대답은 없다. 아이들은 웅성거리면서, 토관 속으로 바꿔가며 머리를 디민다. 그때, 쑥 나왔다. 으악 아이들은 엉덩방아를 찧는다. 땀과 먼지로 뒤범벅이 된 얼굴. 노란 아이는, 먼저, 오른편 주먹을 내밀었다. 대장을 향해 그 주먹을 흔들었다. 반짝. 반짝. 주먹 속에 들어 있던 유리알이 툭툭툭 대장의 발밑에 떨어진다. 그는 토관 속에서 나왔다.

딸랑, 딸랑, 딸랑. 종이 울렸다.

아이들은 교실을 향해 뛰어간다.

맨 뒤에 노란 아이가 걸어간다.

마지막 시간은 으레 아이들의 주의가 흩어지게 마련이다. 게다가 토요일이다. 공연히 딴 데를 보고. 이름이 불리면 후딱 놀라고.

3학년 반은 2학년처럼 전혀 망나니는 아니지만, 4학년처럼 철이 들싸한 맛도 없다. 어중간한 학년이다. 하긴, 교단에 선 여선생님도, 그런 점에선 아마 크게 다르지는 않다. 스물두엇쯤. 머리를 자르고 제복을 입히면, 고등학교 고학년에서 그런대로 억지를 부리는 것도 아주 어렵지는 않을 것이다.

 그녀는 주의가 흩어지는 아이들 탓으로 어지간히 짜증이 났다. 그 밖에도 그녀에게는 그럴 만한 일이 있었다. 그녀는 얼핏 창밖으로 눈길을 보냈다. 줄기에서 뿜어져나온 듯 힘차게 솟은 칸나 꽃망울이, 불덩어리 같다. 역사 시간이다.

 "그때 우리 이순신 장군은, 배가 꼬옥 열두 척밖엔 없었어요. 알겠어요. 꼬옥 열두 척. 그것도, 원균이가 게을러서 손질도 안한, 낡은 배가 열두 척. 이순신 장군은 부하들을 모아놓고 이렇게 말했어요. 들어보세요. (그녀는 남자 목소리를 흉내내서 엄숙하게 말한다) '모두들 듣거라. 우리가 비록 수가 적고, 가진 배가 많지 못하나, 죽음을 두려워 않으면 적이 우리를 이기지 못하리라. 옛말에, 살고자 하는 자는 죽고, 죽고자 하는 자는 산다 하였다. 너희들이 죽기를 결하고 싸우면, 반드시 이기리라.' 이렇게 말씀하시고는, 몸소 앞장을 서서, 적을 향해 쏜살같이 내달리기 시작한 거예요……"

 문득 울리는 북소리. 늠실거리는 파도를 박차고 내달리는 우리 쪽배. 돛대 끝에 펄펄 날리는 제독기提督旗. 천지를 뒤흔드는 포소리. 급기야 남해의 푸른 물벌 위에 시원한 섬멸전이 벌어진다. 양쪽이 지르는 아윽, 엇 소리. 뱃전에서 빙글 활개를 치고는 바다에 거꾸로 떨어져가는 적의 장수. 천지현황天地玄黃 포를 어지러이 쏘아대며 이리 받고 저리 치는 거북선. 불붙는 적의 배. 하늘을 덮는 연기. 문학소녀는 역시 달랐다. 그녀는 세 치 혓바닥으로, 우리의 가장 자랑스럽고 웅장한 서사시를 되살려내고 있었다. 그녀는 거북선을 그림으로 설명할 필요를 느꼈다.

"거북선은……"

흑판에 그리기 시작한다.

미안한 일이지만 아이들 모두가 얘기에 홀리고 있는 것은 아니었다. 하긴, 애들이란 밥보다 얘기를 고르는 별난 짐승이지만, 반드시 예외가 없는 것도 아니다. 그중에도 노란 아이 같은 경우다. 이 아이는 거의 다른 생각을 하고 있었다. 무엇보다 그는 배고팠다. 아침에 콩나물죽을 한 그릇 먹은 것뿐이다. 노란 아이는 노란 세상을 본다. 선생님 얼굴이 노랗다. 사실은 선생님은 살결이 유별나게 흰 편이었다. 흑판이 노랗다. 죽지 못하구…… 쿨럭…… 얼마나 죄를 받았으면 장대 같은 자식을 죽이고…… 산송장이…… 쿨럭. 지난 4월에 죽은 언니를 푸념하는 아버지 말씀이다. 아버지는 아랫목에 누워서 하루 종일 이 얘기다. 숨이 차서 허덕이면서 이 중얼중얼은 그치지 않는다. 그놈만 살았으면…… 똑똑한 녀석을…… 바보 녀석 네가 죽었다구 세상이 바루 돼…… 한 마디를 하고는, 한참 괴로워한다. 철은 그런 아버지가 싫다. 원래 철과 아버지는 아주 친구였다. 그때는 아버지는, 철을 한 손으로 번쩍 들어 목에 태우실 수 있었다. 그러고는 으레 캐러멜을 집어 주셨다. 그는 아버지의 검고 윤이 나는 머리털 위에, 벗겨낸 캐러

멜 껍질을 수북이 버리는 것이었다. 지금의 아버지는 어쩌다 머리 맡에서 눈깔사탕을 내주시는 일이 있었으나, 때 묻고 앙상한 손바닥에 놓인 끈적거리는 그 눈깔사탕을, 선뜻 집을 생각은 안 나는 철이다. 그것까지는 좋지만, 대개는 잔소리뿐이다. 그래서 지금의 아버지는 철이 제일 싫어하는 사람이다. 누나라도 살았다면 아버지는 아무래도 좋았을 것이다. 누나는 그에게 『보물섬』『집 없는 아이』『플랜더스의 개』를 사다준 이쁜 누나다. 아버지가 앓기 시작한 다음부터는, 가정교사를 하면서도 늘 1등은 뺏기지 않은, 장한 누나다. 그러나 누나는 죽었다. 그래서 지금, 철의 제일 친한 친구는 어머니다. 엄마는 아침마다 정거장에 석탄 주우러 나간다. 일요일이면 아버지 곁에 있기가 싫고 해서, 엄마를 따라간다. 엄마 말고도 석탄 줍는 아줌마, 누나 들이 많다. 철은 엄마를 도와서 석탄을 주워드린다. 엄마는 철의 머리를 쓰다듬는다.

"우리 철이는 착하기두, 자……"

엄마는 치마 고름을 더듬는다. 무엇을 하려는 것인지 철은 안다. 그 고름에 맨 동전. 길 건너 석탄장수 할아범한테서 받은 돈이다. 그는 엄마를 노려본다. 달아난다. 아버지 손바닥에 놓인 눈깔사탕도 싫지만, 그런 돈으로 사는 눈깔사탕도 싫다. 철길에서 비스듬히 비탈진 둑에 이어, 토관이 쭉 뻗쳐 있다. 그는 그 속으로 들어간다. 토관 속을 기어 끝까지 내려가면, 거기는 알이 굵은 석탄이 많다. 둑을 굴러내린 석탄이 흘러든 것이다. 그걸 꺼내다 어머니를 주곤 한다. 그러나 지금처럼 엄마가 사탕값을 주자고 할 때는, 철은 그 속에서 오래 있는다. 컴컴해서 무섭다. 그럴 때 혼자 운다. 『집 없는 아이』의 루미 생각이 난다. 루미가 광산에서 일하다 굴속에 파묻힌 일. 또 보물섬의 짐이, 사과통 속에서 숨을 죽이며 해적들 얘기를 듣던 일. 그런 데 비하면 무섭지도 않다. 그는 어느새 눈물이 걷힌다. 사과 대신에 굵은 석탄 덩어리를 한아름 안고, 웃으면서 기어나온다. 엄마는 입구에서 기다리다가 그만 돌아서면서 우신다. 우는 엄마는 싫지만, 그래도 밉지는 않다. 아까 유리알 주우러 들어갔을 때도 그는, 우두커니 누워서 석탄이며 루미며 짐이며 죽은 언니의 생각을 했던 것이다. 그 유리알은 꼭, 때 묻은 아버지 손바닥에 놓인 눈깔사탕 같았다. 또 석탄 알맹이였다. 또 사과였다. 지금쯤 엄마는 얼마나 주웠을까……

대장 또한 곱지 못한 청중의 한 사람이다. 그는 시간 내 쓸데없이 연필만 자꾸 깎다가, 선생님이 흑판 쪽으로 돌아서기가 무섭게, 그 뾰족한 끝으로 앞에 앉은 철의 등을 콕 찔렀다. 철은 꿈틀하면서 돌아보았다. 대장은 입을 비쭉한다. 철은 앞을 본다. 또 콕 찌른다. 철은 이번에는 돌아보지는 않고, 몸짓으로만 피한다. 또 콕 찌른다. 그때. 철이 발딱 일어서면서 대장을 한 대 쳤다. 대장은 피한다는 게 그만 의자에서 굴러떨어졌다. 콰당. 요란스런 소리에 깜짝 놀란 선생님은, 돌아봤다. 대장은 엉덩방아를 찧은 채. 철은 그 앞에.

"이리 나와요, 두 사람."

피고들은 교탁 앞에 나란히 섰다.

"어떻게 된 거예요?"

사실은 다 알고 있다. 철이 같은 순한 아이를 대장 앞에 앉힌 것을 뉘우친다.

"어떻게 된 거예요?"

선생님은 조금 목소리를 높였다. 철은 대답지 않는다. 대장의 입에서야 무슨 말이 있을 리 없다. 선생님은 역정이 난다.

"말해봐요, 철이?"

여전히 철은 입을 열지 않는다. 노란 얼굴. 관자놀이에 돋은 핏줄. 꼭 다문 입술. 퍼뜩 누군가의 그렇게 꼭 다문 입술을 떠올린다. 그 꼭 다문 입술이 얄미워진다.

"못 말해요?"

대답이 없다. 선생님은 아주 골이 났다.

"좋아요. 두 사람 다 저기 가서 있어요."

두 아이는 교단 옆에 두 사람의 의장병儀杖兵처럼 선다. 의장병 치고는 사기가 말이 아니다. 더구나 철은 금방 울음을 터뜨릴 듯 입술을 깨물었다. 이때 반장이 일어선다.

"선생님. 철인 아무 잘못두 없습니다."

국어책 외듯 가락이 섞인 투로 낭독(?)한다.

선생님은 흘깃 창밖을 보고 나서,

"좋아요. 싸우는 사람은 다 나빠요."

그녀는 시계를 본다. 다 됐다. 그녀는 다 그린 거북선을, 아까운 듯 가에서부터 천천히 지워버렸다. 책을 덮었다.

"오늘은 이만. 납부금을 아직 안 낸 사람은 모레까지는 꼭 가져올 것. 모레도 못 가져올 사람은 부모님 모시고 와요. 당번은 소제를 마치면 검사 받으러 올 것. 그만."

반장이 일어선다.

"차렷. 종례 끝."

선생님은 교실을 나갔다.

아이들은 와르르 일어서면서, 도둑놈이 훔친 물건을 푸대에 처넣듯, 필통과 책을 가방 속에 쑤셔박기 시작한다.

혹시 그사이 연락이 있지나 않았을까. 그랬다면 좀 거북하다. 직원실에는 교감 선생뿐이다. 들어오는 그녀를 흘낏한 채 도로 서류에 눈길을 떨군다. 전갈이 없었구나. 그렇다면…… 그녀는 자리에 앉아서 출석부를 정리하기 시작했다. 시계를 본다. 창밖을 내다본다. 어느새 하늘은 흐려 있다. 나뭇잎새가 흔들린다. 비가 오시려나. 그녀의 마음도 어지간히 흐려 있다. 따르릉. 전화는 교감 선생 책상 위에 있다. 그녀는 몸이 굳어지는 것을 느낀다.

"……선생님, 전화."

교감 선생은 그녀를 향해 탁상전화의 수화기를 내민다. 그녀는 한 손에 펜을 쥔 채 다른 손으로 수화기를 받았다.

"네, 네."

(점심때 연락 안 해서 화나셨지요?)

"뭘요."

(하하, 죄송합니다. 오늘 거기서 7시, 아시겠어요?)

"네, 네."

"그러면 끊겠습니다. 사면초가 속일 테니깐."

"네, 안녕히 계세요."

그녀는 수화기를 놓았다. 서류를 들여다보고 있던 교감 선생이

7월의 아이들 151

얼굴을 든다.

"거 웬 전화가 그렇습니까?"

그녀는 빨개진다.

"왜요?"

"네, 네 네, 네 뭘요, 네 안녕히 계세요, 으아하하······"

"어머!"

그녀는 애들처럼 입을 비쭉하고 이잉을 해 보이며, 제자리로 도망쳐버렸다. 그러자 선생들이 하나둘 들어서며 책상을 정리하기 시작한다.

어떤 선생은 창가에서,

"허, 한 소나기 할 것 같은데······"

"가물더니······"

"와야지."

모두들 하늘을 살핀다. 검은 구름은 이제 하늘을 반이나 가렸다. 교감이 자리에서 말한다.

"퍼붓기 전에 갑시다. 애들도 빨리 보내세요······ 방사능입니다."

그녀에게는 반가운 소리였다. 어수선한 통에 내놓고 갈 채비를 챙기기 시작한다. 사면초가 속일 테니깐······ 후훗. 말 잘했어. 앞으론 학교에는 전화 못 하게 해야지.

"소제 끝났습니다."

그녀의 담임반 학생이다.

"응 그래? 그럼 좋아요. 오늘은 검사 안 할 테니 비 오시기 전에 빨리 돌아가요."

"네."

웬 떡일까 싶은 아저씨는, 잰걸음으로 직원실을 나와 문을 닫으면서, 혀를 낼름 빼물었다. 다음엔 깡충 뛰어올랐다가 공처럼 교실로 달려갔다.

반 시간 후에는 학교는 텅 비었다.

선생님도 아이들도 다 돌아갔다.

비는 마침내 쏟아지기 시작했다.

후드득 첫 줄기가 땅에 닿는가 하더니, 서곡도 도입부도 말고 주악장主樂章이 대뜸 걸차게 쏟아져내렸다. 사방이 캄캄해진 속에 퍼붓듯 세찬 비다. 번쩍. 번개가 친다. 꽝. 마치 누군가 태양에 검은 보자기를 씌워놓고 그 어두운 그늘 밑에서 하늘 둑을 허물어놓고는 미친 듯이 좋아 날뛰며 껄껄대는 모양으로, 비는 억수로 퍼붓는다. 우레 소리가 지나가면 그 뒤통수를 후려치듯, 또 하나의 우레 소리가 그 뒤를 쫓아간다. 굉장한 비다.

대장과 철은 교실 창문에 붙어서서 밖을 내다보고 있다. 소제검사 받으러 갔던 아이가 돌아왔을 때 대장은 물었다.

"우린?"

"몰라…… 암말 안 하셨어."

당번 아이들은 책가방을 꿰기가 무섭게, 달아나버렸다. 그들을 따라갈 만큼 대장은 약한이 아니다. 그들은 기다렸다. 아이들이 달음질쳐 교문을 빠져나가고, 선생님들이 하나둘 나가고, 선생님의 모습은 보지 못했다. 인제 오실 테지. 교실에 있어도 학교가 텅 빈 걸 알 수 있었다. 그러자 비가 쏟아지기 시작한 것이다. 두어 시간 가깝게 내리는 비는 누그러지기는커녕 점점 기승해간다. 대장은 철을 흘낏 본다. 철은 창턱에 매달려서 빗발을 보고 있다. 입을 꼭 다물었다. 자식.

"선생님 계실까?"

"……"

대장도 창밖으로 눈을 돌린다. 교문 옆 늘어선 버들이, 몸부림치듯 흔들린다. 가는 실가지가 꼭 풀어헤친 머리카락이다. 몽롱한 안개가 낀 속처럼 흐릿하게 보인다. 우르릉 꽝. 쉴새없이 천둥이 친다. 눅눅해진 공기 속에 지린내가 확 퍼진다. 여기서 변소는 가깝다. 우르릉 꽝.

"야 굉장한데."

"……"

"인마 우린 어떡허지?"

"……"

창 밑을 빗물이, 콸콸 흘러간다.

대장은 창에서 떨어진다.

"야, 선생님 간 거 아냐."

"……"

그 말에는 철의 낯빛도 달라진다.

"너 가보지 않을래? 선생님 계신가 말야."

"……"

"그럼 내가 갔다 올 테야."

대장이 막 움직이려는 때, 삐걱 문소리가 났다. 그는 딱 멈춰 서서 꼼짝 않는다. 그뿐 기척이 없다. 대장과 철은 문간을 노려본다. 확 퍼지는 지린내. 대장은 끝내 교실을 나선다. 복도도 어둡다. 터널 속 같다. 그는 발끝으로 걸어간다. 사실은 그럴 필요가 없었다. 양철 지붕에 비 뿌리는 소리는 달리는 열차 바퀴 소리만큼은 했으니까. 대장은 교무실까지 왔다. 한참 서 있었다. 목을 쏙 빼고, 안을 들여다본다. '안 계셔.' 그는 돌아선다. 그제야 직원실 문이 잠긴 것을 안다. 그는 자물쇠를 덜컥거려본다. 대장은 달음질쳐 돌아왔다. 교실 문을 발칵 연다.

"안 계셔. 선생님들 아무두 안 계셔."

"……"

철의 노란 얼굴이 어두워진다.

"인마, 큰일 났어. 어떡헐래?"

"응? 어떻게?"

"피래미. 집에 가얄 거 아냐?"

"……"

가? 내일 선생님이 경치면…… 납부금을 안 낸 사람은 모레까지 꼭 가져올 것. 모레도 못 가져올 사람은 부모님 모시고 와요……

"선생님은 가셨단 말이야. 잊어먹었지 뭐야!"

"어떡허지?"

"……"

이번에는 대장이 가만있는다. 곧 대꾸한다.

"가."

"집에?"

"그럼."

"야단 맞으려구."

"그럼 여기서 자?"

"그래두……"

"월요일 올 때 아버지 모시구 오자, 응? 그럼 되잖아?"

아버지. 아버지…… 죽지두 못허구 쿨럭…… 장대 같은 자식을 앞세우구…… 음…… 하느님두 무엇두 다 없어…… 때 묻은 손바닥. 끈적거리는 눈깔사탕.

"가."

철은 움직이지 않는다. 어머니라두 모시구 올까…… 부모님 모시구 와요…… 철아 학교서 돈 재촉허지? 아냐 괜찮어. 오냐, 이 달 안으로 꼭 만들 테니……

"가."

그래도 철은 가만있는다. 콸콸콸. 물 내려가는 소리. 텅 빈 어두운 교실. 지금 학교엔 두 사람 말고는 아무도 없다. 번갯불이 번쩍할 때마다, 무서움에 질린 두 아이의 얼굴이 서로 마주 본다. 대장은 졸라댄다.

"가."

대장은 혼자 갈 생각은 없다. 가방을 메고 서서 철을 조른다. 그러면서 잡아끌지는 않는다. "가" 하는 목소리도 어중간하다. 이렇게 한쪽은 가방을 메고, 한쪽은 창문에 달라붙은 채, 아마 한 시간이나, 그 이상을 또 보냈다. 시간도 어지간히 된 모양이다. 한결 어둡다. 비는 여전하다. 대장은 또 한 번 홍얼댄다.

"가, 피래미."

피래미. 철은 대장을 노려보더니, 말없이 자기 책상으로 가서 가방을 집어들었다. 팔을 꿴다. 툭. 낡은 멜빵이 끊어진 것이다. 대장은 보고만 있다. 철은 고친다.

운동장에 나서기 전에 그들은 적이 망설였다. 금방 직원실 문이 열리며, 선생님이 달려나올 것만 같은 생각이 든다. 그들은 교무실 창으로 다시 한 번 안을 들여다보았다. 캄캄해서 잘 보이지 않는다. 기둥에 걸린 야광시계판이, 파랗게 어둠 속에 돋아나 보인다. 그들은 현관으로 돌아왔다. 비는 이만저만이 아니다. 처마 밑에 선 그들은 금세 함빡 젖어버렸다. 운동장을 가로질러 교문을 나선다. 교문에서 큰길까지는, 양쪽으로 흙둑이 높이 솟았다. 그 사이는 길이다. 작은 산을 꼭대기에서 아래까지 길이로 허물어내고, 그 사이로 낸 길 같다. 그들은 손을 잡고 걸어간다. 큰길에 다 왔을 때 그들 앞에는 어려움이 가로막혔다. 아까까지 말라붙었던 도랑에는, 흙탕물이 요란스레 넘쳐흐르고 있다. 이 도랑은, 교문 앞을 가로질러 가는 길가의 하수도 뚜껑이 부서진 자린데, 위쪽 토관의 널찍한 아가리가 쏟아내는 물은, 곤두박질치면서 아래쪽 토관의 아가리로 빨려들어간다. 토관이 부서진 거리가 꼭 교문에서 이리로 나온 길 폭과 같은 데다, 토관까지 바싹 둑이 뻗쳤기 때문에, 이 도랑을 건너지 않고는 큰길로 나갈 수가 없다.

도랑에는 디딤돌이 놓였다. 먼저 건너간 사람들이 놓은 모양이다. 돌은 크고 펑퍼짐하지만, 물살이 휘감고 돌아가는 모양이 좀 무섭지 않다. 대장은 철을 쿡 찌른다.

"건너가."

철은 달달 떨기만 한다. 배고프고 춥다.

"가."

철은 움직이지 않는다.

대장은 큰맘 먹은 듯, 한 발 도랑으로 다가선다. 하나, 둘, 셋. 디딤돌은 셋이다. 대장은 훌쩍 뛰었다. 첫째번 돌 위에 선다. 또 한 번. 다음에 한번. 대장은 마침내 건넜다. 그는 저쪽에서 소리친다.

"괜찮아. 뛰어."

철은 한 발 내디디다 만다.

"피래미."

피래미. 철은 대장을 짜린다. 대장은 손짓을 한다. 손끝에서 물이 흐른다. 비는 여전하다. 철은 잘 겨냥하고 뛰었다. 첫째 디딤돌 위에.

"그래. 아무것도 아냐."

대장이 부추긴다. 또 한 번. 둘째 디딤돌 위에 섰다. 철은 씨익 웃는다. 하나만 남았다. 대장이 좋아한다.

"됐어."

철은 와락 무서워진다. 저편까지가 굉장히 멀어 보인다. 비는 사정없이 뿌리고. 두 아이는 물속에 담갔다 낸 쥐 꼴이다.

"뭐가 무서워. 피래미."

피래미. 철은 이를 악물고 몸을 날린다. 미끈. 철은 모로 넘어졌다. "엄마야." 물살이 덮친다. 아래쪽 토관 아가리로 빨려들어갔다. 순식간의 일이다. 대장은 철의 외마디도 들은 것 같지 않다.

그때 달려오는 사람이 있다. 지나가던 사람인 모양이다. 그는 토관 쪽을 바라보며 숨찬 소리로 묻는다.

"네 동무니?"

"……"

대장은 멍한 채 고개만 끄덕인다.

"야 이거 큰일 났구나!"

남자는 아래위를 살핀다. 토관은 이 자리 말고는 땅에 드러난 곳이 없다.

"야 이거 큰일 났구나!"

그는 같은 소리만 외치면서 발을 구른다.

"얘, 나 갔다올게, 여기 있어!"

그는 달려갔다.

한참 만에 행인은, 순경 두 사람과 함께 나타났다.

"어? 어디 갔어?"

대장은 보이지 않았다.

"여기 있으라구 했는데……"

"저 구멍이란 말이지요?"

"네, 지나다가 보니까, 한 아이는 이쪽에서 기다리고, 한 아이는 저 디딤돌을, 그렇지요, 한 절반 건너온 모양 같더니 그만……

순식간이라 어쩔 도리가 없었습니다."

"이거 큰일 났구나!"

경관도 똑같은 소리를 한다.

"여보 황 순경, 빨리 서루 연락하시오. 나는 학교 쪽을 알아볼 테니……"

황이라 불린 경관은 오던 길을 달려갔다. 비는 여전히 억수로 퍼붓는다.

"그리고 선생께서 한 사람뿐인 목격자이시니깐, 수고스런 대로 좀 계셔줘야겠습니다."

"네, 네 그거야 하, 그런데 한 애는 어디루 갔을까요?"

"글쎄올시다. 알아봐야지요."

경관과 목격자는, 근처에서 큰 돌을 굴려다가 디딤돌을 늘이고 도랑을 건너, 교문을 들어섰다.

한 시간 후에 현장에는 올 만한 사람들이 거의 모였다. 교장, 교감, 담임 여선생(깜빡 잊었던 아이들 생각이 나서 그녀가 자동차로 달려온 때는 벌써 늦은 때였다), 경찰서장, 양쪽의 학부형. 철의 편에서 온 것은 어머니였다. 여선생은 광란을 일으킨 사람처럼 몸부림친다. 토관 쪽으로 달려가려는 그녀를, 교감이 붙잡고 있다. 그녀는 지친 듯 축 늘어진다. 교감의 팔에 안긴 채 목을 힘없이 젖힌다. 목을 타고 가슴으로 빗물이 흘러든다.

"진정하오."

교감은 딸 같은 나이의 동료의 귀에 대고, 그렇게 말한다. 선생님보다 더 미친 듯이 몸부림치는 것은 철의 어머니다. 이쪽은 교장이 붙들고 있다. 억수로 퍼붓는 빗속에서 사람들은 주고받는다.

"하수도는, 훨씬 내려가서 강으로 빠지게 돼 있으니, 시체 수색도 어렵습니다."

서장의 말이다.

"애는……"

미안한 듯 물어보는 대장의 아버지. 서장이 받는다.

"글쎄요. 그동안에 없어진 것인데……"

"그 사이가 얼마나 됐지요? 선생께서 파출소에 갔다 오신 시간이?"

"네, 한 10분? 더 짧았는지도 모르겠군요. 제 잘못이었습니다. 데리고 갔어야 했는데……"

대장의 아버지는 얼핏, 토관 쪽에 눈길을 던진다.

경관이 대답한다.

"글쎄올시다. 설마…… 놀란 김에 혼자 집에 갔거나, 에, 친구 집에 갔거나…… 아무튼 시내 각 서에 알렸으니까 그쪽은 곧 밝혀질 것입니다."

경관의 말은 옳다.

이쪽은 곧 밝혀질 것이다. 그러나 방향이 반대다.

시내 쪽이 아니고 교외로 나온 길을 대장은 걷고 있다. 비는 여전하고, 인제 아주 밤이다. 대장은 자꾸 걸어간다. 꽝. 번갯불이 비쳐내는 길옆에 죽 늘어선 포플러 나무. 번갯불이 걷히면 캄캄하다. 대장의 모습도 어둠 속에 파묻힌다. 학교에서는 훨씬 떠나온 지점이다. 천둥이 지나가면 그 뒤통수를 갈기듯, 다른 천둥이 쫓아간다. 번쩍, 일순간 환히 밝혀진 길 위에, 타박타박 걸어가는 대장의, 쪼끄만 모습이 드러난다. 그의 손이 호주머니에서 빠지면서, 반짝반짝 무엇인가 길바닥에 버리는 것이 보인다. 이내 시커먼 어둠에 묻혀버린다.

  굉장한 비다.

열하일기

 갈까마귀처럼 날개를 쭉 펴고, 가슴에 오그려붙였던 두 다리를 밖으로 뻗치면서, 비행기는 활주로를 겨냥하여 차츰차츰 높이를 낮추어간다.
 콧대가 한옆으로 착 넘어지게 창유리에 얼굴을 밀어붙이며, 나는 눈 아래 펼쳐지는 뫼와 시냇물을 굽어본다. 염병 앓고 난 늙은 여자 거지의 정수리처럼 헐벗은 묏줄기. 시냇물은 꼭 갓난아기 오줌 줄기였다. 오 루멀랜드.
 지금부터 스무 해 전. 대학원을 갓 나온 병아리 고고학자였던 나는, 꿈에 그리던 나라 루멀랜드의 서울 메트로폴리스 비행장에 내려섰다. 루멀랜드 말에는 자신이 있었다. 대학에서 루멀랜드 말을 배웠고, 대학원에 올라갈 무렵에는 루멀랜드 말로 노래를 지을 수 있었다. 루멀랜드 사람에게 보이면, 아마 점잖게 웃어줄 그런 것이었음에는 틀림없지만, 알다시피 어떤 느낌이나 생각을 그 나라 말로 나타낼 수 있다는 것은, 그리 쉬운 일은 아니다. 흔히 말하기를, 사람이란 자기가 아는 말을 쓰는 나라를 사랑하게 된다지만, 내 경우는 루멀랜드를 사랑했기 때문에 그 말도 사랑했던 것이다.

루멀랜드에 대한 우리들 외국인의 그리워함이란, 거의 환장했다고나 하면 좋을, 그런 형편이었다. 견줄 데 없이 부드러운 날씨. 뚜렷한 사시사철. 맑게 트인 공기. 넘치는 햇빛. 그렇다. 햇빛의 나라. 그것이 루멀랜드다. 비너스의 눈동자. 꽃방석에 얹힌 청옥靑玉. 또 무어 또 무엇. 헤아릴 수 없이 많은 이름을 가진 나라.

내가 갔을 때는, 이 나라가 오랜 싸움을 끝낸 지 몇 해밖에 안 된 무렵이었다. 과연 무섭게 부숴놓은 뒷자리였다. 성한 자리와 부서진 자리가 거의 반반으로 보였다. 겉으로 본 품이 그랬고, 그 후에 통계며 그 밖의 자료를 본 바에 따르면, 쓸 만한 것들은 깡그리 부서진 것이었다. 비행장에서 거리로 들어오는 큰길을, 차에 몸을 싣고 달리면서, 길옆에 벌어져오는 폐허를 보며 나는 말할 수 없는 슬픔에 잠겼다.

그러나 나는, 우리 차 앞에 굴러가는 한 대의 트럭을 보고, 부지중 몸을 앞으로 내밀었다. 나는, 그 트럭에 실린 산더미 같은 궤짝에 찍힌 표지를 눈여겨 바라보았다. 나는 한숨을 쉬었다. 그러고는 무슨 착한 일을 치른 다음에 느끼는, 그런 느낌을 맛보았던 것을 떠올린다. 그것은 국제구호연맹에서 보낸 도움붙이들이었다. 사실 저 1930년대의 스페인 싸움을 빼놓는다면, 온 세계가 이처럼 따뜻하고 들끓는 부추김과 도움의 손길을 뻗친 일은 앞서고 나중이고 없었던 것이다. 흰 십자 위에 비둘기가 앉아 있는 그 연맹 표지는, 나의 슬픔을 얼마쯤 덜어주었다.

서울의 이름 그대로인 '메트로폴리스 호텔'은, 원래 임금이 살던 집이었다면 그 호화스러움을 독자들은 짐작할 것이다. 나는 방에다 짐을 풀고 라운지에 나가서 아래로 시내를 내려다보았다. 전등이며 네온사인으로 온통 불바다를 이룬 도회의 밤경치는, 나로 하여금 이 도시가 끔찍한 폐허라는 일을 잠시 잊게 하였다. 나는 루멀랜드의 이름난 서정시인 달소 골든의 노래를 떠올렸다.

흑보석 고운 빛깔 닮아 친친 열두 굽이
무늬 아련히 굽이쳐 이제 달무리 진 산마루여
그윽한 오, 네 눈동자 같음이여
연인들 돌아가는 5월의 보도 위에 살포시 눈썹 제치면
우리들의 밤도 오롯한 원광圓光이어라.

루멀랜드의 노래는 어렵다고들 한다. 틀림없는 얘기다. 서양의 어떤 노래 모양으로 엉뚱하게 가져다 붙이거나 생김새가 까다로워서 어려운 것과는 달리, 없는 속을 감싼 빈말에 말미암은 어려움이다. 얼핏 봐서는 갈피를 잡을 수가 없다. 한 주어를 좇아가면, 어느새 안개 스러지듯 보어補語도 없이 사라져버린다. 이것이야말로 루멀랜드 문학이 자랑하는 '멋' 혹은 '은근함'이다. 어떤 학자는 이것을 유현幽玄함 혹은 노니[遊]는 정신이라고 했다. 찬란한 도회의 밤경치를 내려다보면서 나는, 그런 생각을 했다. 고단하다는 느낌은 나의 호기심을 이기지 못했다. 나는 방문을 잠그고, 거리에 나섰다. 놀라운 사람의 물결이었다. 어떤 거리는 어깨를 비비는 따위가 아니고, 꼭 만원 전차 속에 든 헛갈림을 일으켰다. 사람들은 활기에 넘치고 행복해 보였다. 싸움이 끝나고 유럽 도시를 덮치고 있던 저 을씨년스런 분위기. 가로등 없는 휑한 광장. 앙상한 집과, 뻐끔히 뚫린 어두운 창문. 그런 것을 그려온 나에게는, 참으로 놀라운 일이었다. 도시 모두가 미국의 크리스마스 주간과도 같이 흥겨워 보였다. 길 가는 남녀들도 잘 차리고 있었다. 내가 알게 된 가장 커다란 놀라움은, 기운 옷을 입은 사람을 한 사람도 만나지 못한 일이었다.

이튿날 나는 국회를 가봤다.
외국인 관광객의 스케줄이란 대개 멍청한 것이어서, 이놈의 국회 방청이란 것도 으레 있는 메뉴의 하나지만, 그렇게 무턱대고 간 것은 아니었다. 마침 그날 소문난 정치 의혹 사건이 다루어지는 날이었고, 내가 소개장을 가지고 간 노래꾼 출신의 의원을 거기서 만나기로 한 것이다. 여기서 나는 처음으로, 루멀랜드 마음의 알맹이라고 하면 듣기에 좀 허황하지만, 외국인으로서는 열 번 죽어도 꿈도 못 꿀 공부를 하였다. 이날 국회에 오른 일은 어느 높은 벼슬아치의 밀수 사건에 관한 것이었다. 정부 쪽에서는 사법상이 나와 있었다. 야당 의원의 날카로운 따짐에 대해 사법상이 한 답변은 이러했다.
"존경하는 R의원. 물론 이 문제는 중대한 사실입니다. 그러나 본인이 보고받은 바에 따르면 전혀 증거가 없는 일이며, 게다가 그는 이름난 반공 투삽니다. 이 사람에 대해 말썽을 일으키려는 사람은 공산주의자밖에는 없을 것입니다. R의원이 이렇게 농담을 잘하실 줄은 몰랐습니다그려."

자리에 웃음이 터졌다. R의원 자신도 깔깔 웃으면서 안건을 스스로 거두겠다고 나서고 동의는 웃음과 박수 속에 받아들여졌다. 나는 놀랐다. 이 나라 사람들의 살림에 깊이 스며든 유머의 깊이를 보는 듯싶었다.

나는 쉬는 방에서, 소개장을 가져온 C의원을 만났다. 그는 키가 작달막하고 대머리였다.

"지금 토의를 보셨지요?"

"네, 놀랍습니다."

"보통입니다. 정치에 예를 잃지 않는 것. 이것이 무거운 정치 도의의 하나로 돼 있습니다. 비분강개하는 지사풍의 정치가들은 이제 다 물러갔습니다. 아시다시피, 해방 직후에는 그런 골동품이 다소 정치 시장에 나돌았지만, 요샌 안 그렇습니다."

"네에……"

"의회 정치의 겪음이 아주 짧았지만, 의사 진행만 해도 놀랍도록 미끈한 솜씨에 올랐지요. 농담과 익살. 가장 심각한 문제도 결코 웃음거리에서 빠지지 않지요. 알려진 얘기지만, 초대 대통령이 선서를 하면서, '청렴 성실히……' 하는 대목을 '가렴주구로……' 하고 외워서 웃음의 꽃불이 터진 일이 있지요. 덕분에 이 사람은 세 번 뽑혔습니다. 괜히 눈에 불을 켜고 언성을 높이는 축들치고,

바지저고리인 법이니까요. 안 그렇습니까?"

"글쎄올시다. 우린 나쁜 가르침을 받아서…… 이를테면 예수 그리스도가 웃었다는 대목이 성경에 없는 것이라든지, 독립전쟁 때 아메리카 의회에는 웃음이 적었다든지……"

"핫핫. 옛날이죠. 또 사는 본이 다르니깐요. 우리한테는 '멋'이라는 내림이 있습니다. 아예 정색을 하는 법이 없습니다. 이런 노래가 있죠. '이런들 어떠하리 저런들 어떠하리 만수산 드렁칡이 뒤얽힌들 그 어떠리. 우리도 이같이 하여 천년만년 삽시다요.' 즉 풍류라는 말과도 뚫립니다. '한국 의회 정치는 농담과 가십 때문에 스포일되고 있다'는 농담을 한 친구가 있어서 사형을 당했죠. 물론 판사가 농담을 한 것을 고지식한 집행리가 그만 해치운 것인데, 나중에 그 집행리의 대답이 그만이지요. '나두 농담이었죠.' 으으하핫."

"우리로서는 전혀 꿈도 못 꾸겠습니다. 우리네 정치사는 잉크가 아니고 피로 씌어졌으니간요."

"불행한 일입니다. 풍류의 마음을 당신들은 알지 못합니다. 연전에 어떤 의원이 정부에 대하여 권고를 했습니다. 말인즉, 지난 반세기에 걸쳐서 이 나라를 노예로 다스렸던 이웃 나라 나파유국의 식민 통치사를 펴내라는 것이었죠. 이를테면 우리 농민이 얼마나 빼앗겼으며, 아이들이 얼마나 배고팠으며, 독립 운동자들은 고문대 위에서 얼마나 아팠는가를, 밝히라는 의견이죠. 이 제의는 국회에서는 말할 것 없고, 알 만한 사람들로부터 호된 매질을 받았습니다. 그 책이 나오면 옛날의 통치자였던 이웃 나라 사람들은 얼마나 큰 상처를 입겠느냐는 것입니다. 더욱이 아무 죄도 없는 그 나라 젊은이들이 받을 괴로움을 생각하면 이는 문화적 침략이며, 죄악이 되리라는 것입니다."

모임이 다시 열린 모양으로, 사람들이 쉬는 방을 빠져나갔다. 나는 그와 헤어져서 의사당을 나섰다. 내 가슴은 말할 수 없는 느낌으로 꽉 메었다. 나는 의사당을 돌아다보았다. 높이 솟은 바가지 모양 지붕 위에 여러 마리 비둘기가 앉아 있었다. 평화롭고 느긋한 모습이었다. 내 자신의 안달스러움, 1분이 아까워서 바들바들 떠는 인색한 살아가기와 대보고, 나는 얼굴이 붉어졌다. 젊은 탓도 있었지만 나는 쫓기는 사람처럼 살고 있었다. 애인의 낯빛까지도 적어두고, 그녀의 나날의 바뀜을 그래프로 적어놓음으로써, 그녀의 마음을 어김없이 뒤쫓아보려고 했다. 흐릿한 것, 아물아물한 것, 말할 듯 말 듯한 것, 그런 모든 것이 나를 괴롭혔다. 이 점에서 여자들은 본때 있었다. 이럴 것 같기도 하고 저럴 것도 같은 태도는, 나를 환장하게 만들었다. 그런 탓으로 나의 여자 사귐은 장마다 파장이었다. 그녀들은 나더러 도식주의자圖式主義者라고 악평을 하고 다녔다. 당신의 그물은 너무 헐렁해요, 삶의 참 알맹이는 그런 그물을 다 새고 말걸요. 루멀랜드에 오기 한 달 전, 나의 아파트에서 밀렌과 나 사이에 한바탕 옥신각신이 있었던 것이다.

"무슨 소리야. 안개를 잡으려면 유리병을 써야 하고, 사자를 잡으려면 고무줄을 써야 해. 당신이 하는 소리는 꼭 아지랑이로 그물을 짜서 안개를 잡겠다는 말이나 마찬가지야. 물음에 대해서 물음으로 대답하는 수작이야."

"부끄러운 줄 아세요. 그게 애인을 가진 남자의 말이에요? 은근한 상징은 항상 설명보다 강한 것이에요. 남자들은 여자들 보구 불감증이라고 하지만 여자란 언제나 끝보다 '사이'를 아끼는 법입니다. 어떤 때는 끝을 까맣게 잊어버려요. 그러면 뚝 끊어진 사이는 무상無償의 행위가 되는 거죠. 예술의 본질은 무상성이 아닐까요?"

"닥쳐. 그러니까 수천 년 동안 남자의 노예가 되어왔단 말이오. 무상의 행위란 건 노예의 가락이란 말야. 아무 목적도 없다는 건, 목적을 간직할 만한 틀이 없다는 말이 아니고 무어야. 위대한 모성이니, 여자의 보람이니 하는 안개 같은 소리에 속아온 거야. 여자한테 에고가 없다는 것도 그 탓이야. 당신네는 더러운 거짓의 덩어리야. 여자들의 안개 같은 흐리멍덩함이 큰 남자들을 얼마나 망쳤는지 알아? 되지못한 것들이……"

따악. 눈앞에 불이 번쩍 일고, 나의 왼뺨과 오른뺨이 잇달아 소리를 냈다. 밀렌은 장갑을 집어들고 불쌍한 듯이 나를 한 번 쳐다본 다음, 방을 나가버렸다. 내가 루멀랜드에 오기로 한 것은 이런 일이 크게 힘을 미쳤다고 안 할 수는 없었다. 나는 루멀랜드의 문화는 내 생각을 뒷받침해주리라고 믿었다. 그러나 와보고 나서 나의 생각은 엉뚱한 것이었음을 나는 어렴풋이 깨닫기 시작했다. 나는 여태껏 삶에서 가장 무거운 참에 대하여 무언가 크게 잘못해왔던 것이다. 호텔에 돌아와서도 나는 오랫동안 소파에 번듯 드러누워서, 천장을 쳐다본 채, 이 생각을 되새기고 되새기고 했다.

입국한 지 한 달이 되는 어느 화창한 가을날, 이 나라의 국전이 열렸다. 국전이 열리는 자리는 이 또한 옛날의 왕궁이었다. 나온 그림은 고전화와 현대화가 반반이었다. 기껏해야 사진으로밖에는 보지 못한 루멀랜드의 고전화들 앞에 선 나는, 그저 얼이 빠졌다. 화제는 산·폭포·식물·새·시골 풍경 같은 것이었다. 평론가들은 알기 쉽게 산수山水, 화조花鳥라고 나누고 있었다. 산을 그린 솜씨는 놀라웠다. 산꼭대기가 가벼운 붓끝으로 윤곽만 살짝 드러난 아랫도리는 짙은 안개로 휩싸이고, 그 더 아래는 그냥 빈 종이였다. 빈 종이라 해도 서양화의 배경 같은 것과는 다르다. 서양화의 경우는 배경도 또한 부피를 가지고 있다. 뭐 어려운 소리를 할 것도 없이, 두께 1.5밀리의 기름 물감으로 꺼풀 씌워진 무거운 공간인 것이다. 루멀랜드 고전화의 빈 데는 그게 아니다. 말 그대로 허탕이다. 아무 칠도 않은, 맨 종이 그대로라는 말이다. 형상보다도 공간이 더 중요하다는 것이다. 산수뿐 아니고, 그 어느 물건이든 한껏 간추려져 있다. 서양화에서 이런 솜씨를 찾는다면, 아마 '만화'가 가장 가까울 것이다. 고화가들이 아끼는 화제의 하나인 난蘭은, 힘차게 뻗친 몇 줄의 먹줄로 이루어져 있다. 이 같은 그림들이 주는 느낌은 어렴풋함. 가물가물함. 잡힐 듯 잡힐 듯함. 한문으로 나타낸다면 망망茫茫, 유현幽玄 같은 말이 어울릴 것이다. 그것은 X축과 Y축에 의해서 튼튼히 자리 잡힌 대상이 아니고, 허虛의 공간이 어쩌다어쩌다 실밥이 터져 구멍이 생긴 사이로, 흐릿하게 들여다보이는 이루 말할 수 없는, 아득한 풍문 같은 것이었다. 이 방에는 물론 젊은 환쟁이들의 작품도 있었다. 그들의 솜씨는 전혀 달랐다. 내 마음을 사로잡은 것은, 전쟁 그림 한 폭이었는데, 짙은 잿빛 바탕에 몸통과 팔다리가 흩어진 주검을 꼼꼼하게 그려놓았다. 이 그림은 빼끔한 상처, 흥건히 고인 피, 끊어진 핏줄, 내장기內臟器의 하나하나가 그대로 빠짐없이 나타나 있었다. 그림은 울컥한 피거품 냄새를 풍길 듯, 몸서리치는 것이었다. 그것은 화가의 노여움이 그대로 드러난 그림이었다. 나를 데리고 온 화단의 대선배 Q씨는 이 그림 앞에서 펄펄 뛰는 것이었다.

"보세요. 이게 요새 애들의 예술품이라는 물건입니다. 여기를 해부학 교실로 아는 모양이죠. 아, 전사자 연구를 하려면 육군 병원에 갈 일이지, 그림이 다 뭡니까? 그리구 사람의 주검을 이렇게 욕보이는 법이 어디 있습니까? 이쪽을 보세요……"

또 한 폭의 그림은 여자의 벗은 몸이었다. 이쪽은 아주 쉬르리얼리즘이었다. 그림 속의 물건 하나하나는 리얼하게 그렸으나, 보통 한 그림 속에 모일 수 없는 것들이 모여 있었다. 여자의 가랑이 사이로 전차가 미끄러져 들어가고 있다. 사발 폭격기가 마치 천사의 날개처럼 여자의 등에 업혀 있다. 그림의 배경에는 크고 작은 갖가지 규격의 총환·포탄을 마치 모자이크 형식으로 촘촘히 박아놓았다. Q씨는 말을 이었다.

"이게 뭡니까? 게다가 제목을 좀 보세요, 「비너스의 수태」라구? 애들은 지금 갈팡질팡하구 있는 거예요. 전쟁통에 공부를 못 한 탓으로, 앞사람들이 익힌 솜씨를 물려받을 틈이 없었던 것입니다. 눈에 뵌 것이라곤 저런 것밖에는 없으니, 그 현실을 곧장 예술로 받아들인 거죠. 예술이란 것은 돌아가는 길이 아닙니까? 그런데 이 친구들은 두 점 사이의 가장 짧은 거리는 곧바로 가기다, 하는 기하학적 공식을 끌어들인 것이에요. 예술이 건축공학입니까? 그들은 급해서 사정射精을 빨리 합니다. 전위예술가란 친구들은, 조루증에 걸린 풋내기들이란 말씀예요. 옛날에 프로 예술가들이, 얻은 것은 사상이요 잃은 것은 예술이라는 변을 당하더니, 요새 애들이 꼭 그렇습니다. 예술이란 은근하게, 슬쩍, 모르는 체, 저는 좋지 않은 체 딴전을 피우면서, 때로 열을 올릴 듯하면서 슬며시 빠지고, 보일락 말락, 바다를 그리기 위해서 산을 그리고, 어딘지 아스라하게, 가물가물, 밀도 있게 이기고 이겨서, 고이고, 거르고, 한마디로 현실에서 멀면 멀수록 좋은 것입니다. 오입쟁이들이 여자들 속을 바작바작 태워가는 솜씨가 바로 예술의 알맹이란 말씀예요. 애들은 어려요. 단병 접전으로 달려든단 말씀입니다. 곧 싫증이 납니다. 물린단 말이지요. 에헴, 혹시 담배 가지신 거 있어요?"

 나는 담배를 꺼내서 나도 한 대 피워 물었다. 방에 걸어놓은 모든 그림은 나를 얼빠진 사람처럼 만들었다. 불과 물, 산과 바다, 위와 아래가 한자리에 모여 있었다. 나는 몇 번이나 한숨을 쉬었다. 이 가없는 다양성, 이것은 큰 나라다. 이곳에는 세계의 모든 예술이 있다. 인종 전람회란 말을 흉내내면 예종 박람회라고나 할까. 전람회장을 나올 무렵에는, 짧아진 가을 해는 뉘엿뉘엿 빌딩 어깨를 넘어가고 있었고, Q씨의 입 언저리 힘살도 어지간히 지쳤던지, 그윽한 예술론은 이미 끊어진 지 오랬다. 나는 이날 저녁 곰탕 두 그릇 값을 치렀다.

처음 한 달은 새살림에 익히느라 꽤 자자분한 일로 시간을 빼앗겼고, 그것은 또 별수 없는 일이었지만, 그런 시기가 지나고 나니 나도 전공인 고고학에 대한 일감을 알아봐야 했다. 차츰 파내기에 낀다든지 또는 개인 탐색 같은 것도 해야 하겠지만, 당장은, 이미 드러난 유물들을 찾아보고 배우는 것이 으뜸이었다. 나는 이 일을 거의 국립박물관에서 보냈다. 그곳에 있는 출토품·미술품·책 그런 것들을 가지고, 나는 루멀랜드 고고학과 그 유물에 대한 테두리를 잡을 수 있었다. 무엇보다 먼저 내가 알게 된 것은 미술 분야에서 Q씨가 말한 원리가, 여기서도 그대로 들어맞는다는 일이었다. 고지식하게도, 학學이라는 것은 논리적 명확성이 생명이라는 생각을 가졌던 나는, 내가 온전한 바지저고리였다는 것을 뼈아프게 느꼈다. 루멀랜드의 고고학은, 막막한 안개에 싸여 있었다. 어렴풋한 햇수 풀기. 오락가락하는 진짜 가짜. 수수께끼 같은 고대 역사. 유물 자체의 천태만양한 상징성. 예를 들면 루멀랜드의 개국에 대해서는, 5천 년 설부터 1만 년 설까지 그 사이에 꼭 1년씩 차差를 가진 5천 1개의 학설이, 마치 수증기의 물방울처럼 자욱이 서려 있는 형편이었다. 모든 학설이, 두둥실 뜬 소문마냥 걷잡을 데 없다. 자유무애自有無碍. 입국한 이래 나는 얼떨떨해 있었다. 보는 것마다 놀라움의 거리고 보니, 나는 실컷 먹은 사람처럼 그저 멀뚱멀뚱해서, 웬만한 일에는 그리 놀라지 않게 된 것이다. 이러한 속에서도 나는 몇 가지 일감을 잡아놓았다. 그것은 네 개의 화석化石에 대한 것이었다. 이 화석들은, 국립박물관 117호실에 있었는데 아무도 캐보려고 손을 대지 않은 자료였다. 고고학도들 사이에서는 이런 자료를 숫처녀라고 부르는데, 까닭은 말하면 잔소리일 것이다. 나는 이 숫처녀들에게 지분거려보기로 맘먹은 것이다. 이들 굳은 돌에 대해 적어둔 것을 아래에 옮겨본다.

첫째 굳은 돌   가장 오래 된 듯. 배를 깔고 누운 사람. 올라 누운 가구는 침상으로 여겨짐. 다만 팔다리가 묶인 흔적이 보이나, 닳아서 알아보기 어려움.
둘째 굳은 돌   불에 그을린 여자 팔, 다리, 머리 및 몸통의 여섯 토막으로 토막이 남. 머리에 비취가 박혀 있는 것으로, 꽤 신분이 높은 것으로 짐작. 온몸이 화상으로 오그라들었음. 기타 이렇다 할 꼬투리 없음.
셋째 굳은 돌   팔다리를 하늘로 향해 모은 굳은 돌. 사냥터에서 모닥불 위에 걸쳐놓은 사슴의 꼴.
넷째 굳은 돌   어린 애기의 굳은 돌. 가슴에 상처 있음.

전혀 종잡을 수 없었다. 나는 온 힘을 다해서 이 네 개의 굳은 돌을 알아보기로 했다. 나날이 나에게는 더없이 바쁘고 즐거웠다.

사사로운 얘기가 될 터이나, 루멀랜드의 문화를 아는 데 도움이 되지 않을 것도 없을 것이니, 나의 사생활을 잠깐 얘기하겠다. 다름이 아니라, 이 나라에 와서 나는 사랑을 하게 된 것이다. 터놓고 말해서 그 나이에 나한테 가장 중요한 일은, 출세하는 일도 아니요, 이름을 얻는 일도 아니요, 더구나 돈을 버는 일도 아니었다.

마지막으로 창피하기 이를 데 없는 얘기지만, 큰일을 남기는 일도 아니었다. 나의 바람은 한 가지. 기막힌 사랑을 하는 것이었다. 정말 멋있는 여자를 만나서 사랑을 주고받고 할 수 있었으면, 하는 일이었다. 본국에 두고 온 밀렌과의 사이는 사랑이라고 할 것까지는 못 됐다. 가끔 만나고, 영화도 같이 보고, 차도 마시고 또 심심치 않게 자기도 했지만, 나는 그것을 사랑이라고 생각지는 않았다. 밀렌의 말을 따른다면 그것은 훌륭한 사랑이었지만, 나는 더 어떤 다른 것을 생각했다. 그것은 육체주의의 나쁜 표현에 지나지 않으며, 고상한 루멀랜드 사람들은 그렇게 생각하고 사랑하지는 않을 것이라고 했다.

　그러면 밀렌은, 당신은 거짓말쟁이이며 케케묵은 상투쟁이, 바지저고리며 쑥이, 얼간이라고 대들었다. 무어라 하건 그녀의 말은 나를 끓리지 못했다. 사랑이란 무엇일까? 나는 사랑에 대하여 씌어진 책들을 손 닿는 데까지 찾아보았으나, 작자들은 흐리멍덩한 수작만 늘어놓고 있었다. 알지도 못하면서, 원고지나 메우느라고 끄적거려놓은 자취가 빤했다. 그렇다고 맥을 풀 일도 아니었다. 알아보는 솜씨가 잘못됐는지는 몰라도, 내 생각에는 이 일이야말로 인생의 핵심이라고 여겼기 때문에, 이번에는 참새 머리만 한 내 머리를 비틀어 짜보았다. 뻔한 일이지만, 나보다 몇 갑절 잘난 사람들이 씨름하다가 다들 고꾸라진 일이, 내 따위 손에 요정이 날 리 만무였다. 천방지축 앞뒤를 가리지 않는대도 식게 마련인데, 이따위로 구구셈을 해가면서 하는 이성 사귐이란 물건이 잘 될 리 없어서, 밀렌과의 짧지 않은 사귐은 셈을 맞춰보면 온통 꼬집기·

비틀기·걷어차기·뒤통수 치기·뽐내기·할퀴기·물어뜯기·용용죽겠지 내기밖에는 남지 않았고, 내가 루멀랜드에 올 즈음해서는 서로 혀를 빼물고 할할 지쳐 있었다. 그녀의 말에 따르면, 남들은 짹 소리 없이 그럭저럭 재미 보는데, 어쩌다 저따위가 얻어 걸려서 이렇게 신세 조졌을까, 하는 것인데, 나는 그녀의 점잖지 못한 말투를 나무라면서, 신세 조졌다(할 수 없이 그녀의 말을 옮긴 것이다)고까지 생각할 건 없어, 루멀랜드 민요마따나, 나 보기가 역겨워 가실 때에는 말없이 고이 보내드리우리다/영변에 약산 진달래꽃이니, 가고 싶으면 너 갈 데로 가라, 망할 계집애 같으니 어허 참, 으르렁거려놓고는 나 자신은 오고팠던 루멀랜드로 날아버렸던 것이다. 이것이 그때까지의 나의 애정 정세情勢였는데, 이러한 본관 사또가 루멀랜드에서 어떤 여자를 만나게 되고, 그녀와의 사이가 또 내 지론과는 아주 다른 쪽으로 나가고 있었으니, 루멀랜드란 참으로 야릇한 땅이었다.

  때는 봄이었다. 먼 산에 진달래 울긋불긋 피어나고, 아지랑이 감도는 들판의 오솔길을, 그녀 분녀粉女와 나는 거닐고 있었다. 처음 안 때부터 벌써, 반년이나 지나고 있었다. 나는 그녀의 옆모습을 훔쳐보았다. 점잖으면서 이상스럽게 화냥기가 있는 얼굴이었다. 그녀는 작가였다. 나는 루멀랜드 문학을 배우면서 이 여류 작가의 작품을 읽게 되었는데, 처음 작품부터 이상한 끌림을 받았다. 이 나라 문학이 다 그렇듯이, 그녀의 작품도 잡힐 듯 잡힐 듯, 잡히지 않는 무엇이 있었다. 나는 당연히 조바심이 났다. 마침내 그 힘의 수수께끼를 얼마큼 알았다고 믿게끔 되었다, 내 딴엔. 그녀의 작품에서는 허무한 냄새가 풍겼다. 그것도 진하지는 않고, 흡사 고급 향수의 그것 같은, 은은한 허무의 향기가. 향기라고 하면 아름답게 들리지만, 요컨대 니힐리즘이란 것은 주검의 냄새다. 죽음의 냄새인 것이다. 울컥하니 메스껍지 않은 것으로 미루어보아, 그녀의 경우는 아직 완전한 시취屍臭라고 부르기에는 이른 것이었다. 아마 그녀의 마음은 천천히 썩고 있는 것이 분명하리라. 천천히. 눈에 띄지 않게. 그러나 확실히. 그녀의 교양과 참을성과 그리고 약간의 허영이 그 냄새를 죽자고 덮어보려고 애쓰고 있었으나, 내가 보기에 그녀의 작품은 어느 것 하나 온전히 가려진 것은 없었다. 다음에 남는 문제는 스스로 환했다. 그러면 그녀의 마음을 천천히 썩히고 있는 병균은 무엇인가 하는 문제다. 나는 그것도 알아냈다. 작품을 꼼꼼히 뜯어봤더니 그녀는 섹스에 대해서 강한 욕망, 그것도 남다르게 아주 자각적인 욕망을 가졌다는 것, 더 중요한 일로는 섹스가 그렇지만, 육체적 완전성에 대한 기호를 가진 것을 알아냈다. 그녀의 작품에 나오는 남자 인물들을 보고 있는 작자의 눈은, 욕심을 감추지 못하고 있었다. 여성 작가인 경우, 또 루멀랜드 여류 문학에 관한 한, 이것은 특이한 일이었다. 더구나 그런 욕망이 아무 허울도 쓰지 않은, 전혀 순수한 육체적 찬미인 것을 알게 된 나의 놀람은 컸다. 그렇다면 이 같은 육체 혹은 섹스 기호가 왜 꽃피는 목숨의 노래로 나타나지 않고 죽어가는 목숨의 냄새를 풍기는 것일까. 거기에는 까닭이 있었다. 그녀는 너무나 옷을 많이 입고 있었다. 팬티 위에 또 팬티를 입고, 패티코트 위에 또 패티코트를 걸치고, 슈미즈 위에 또 슈미즈를 입고 있었고, 마지막으로 그녀는 갑옷을, 은빛 나는 으리으리한 투구를 쓰고 있었다. 가슴에 달린 눈부신 보석 노리개는 기실 갑옷을 튼튼히 잠가놓은 자물쇠였다. 이 굉장한 속옷과 갑옷은 무엇을 뜻하는가? 그것은 그녀의 배움이었다. 더 바로 말하면 옛날의, 흘러간, 옛 무렵의 '윤리'였다. 그러나 이쯤한 '나'를 가진 여자가, 이 거추장스러운 투구를 벗어부칠 힘이 없다는 것은 말이 안 된다. 그 힘을 막는 무슨 까닭이 있지 않으면 안 된다. 이것만은 작품만 가지고는 풀 수 없는 일이었다. 사귄 지 반년이 지난 오늘, 나는 그 까닭도 알고 말았다. 이 콧대 높은 여자는 한번 알몸이 되었다가, 배신을 당했던 것이다. 그녀의 가장 숨은 데까지도 보아버린 다음, 그 남자는 가버린 것이다. 그녀는 더욱 도사리고, 더욱 꾸밈새를 튼튼히 하기로 맘먹었다. 모든 남자를 깔보고 가까이 못 오게 한다는 생각에서였지만, 사실은 제 몸을 조금씩 썩히고 있다는 말이었다. 그녀의 작품이 풍기는 니힐한 냄새. 삶을 헛짚은 사람의, 악문 이 사이로 새어나는 한숨. 첫 제비를 잘못 뽑은 서글픔. 삶의 둘레에서 빙빙 돌면서, 남의 집 창문에서 비치는 단란한 불빛을 바라보는 눈매. 자기의 살과 뼈를 깎고 저미는 금욕에서 빚어진 것이 그녀의 작품이었다. 한 작가를 알아보는 데 있어서, 이런 방법은 가장 예의에 어긋나고 끔찍한 일이었다. 탐정이 범인의 뒤를 캐듯 하는 방식은, 작가와 작품을 갈라놓자는 사람들의 눈으로 본다면, 못마땅한 것이리라. 나도 그것을 느꼈다. 사람의 비밀을 알아버린 경우에 그것을 갚는 길은 꼭 한 가지밖에 없다. 자기의 비밀을 주는 일이다. 나는 서슴없이 그렇게 했다. 그런데 나는 이때야 비로소 내 죄가 얼마나 큰가를 알았다. 이른바 나의 비밀이란 것과 그녀의 그것과는, 견줄 수 없었던 것이다. 그녀의 상처는 엄청나게 컸다. 그녀의 가슴속에 자리 잡은 부스럼은, 어떤 약으로도 다스릴 수 없었다. 나는 막혔다. 남을 너무 안다는 일이 죄악이라는 일을 깨달은 나는 미칠 것 같았다. 그녀는 나보다 두서너 살밖에는 더 먹지 않았는데, 그토록 어른스러워 보인 것도 알 수 있었다. 그녀보다 약간 나이 어린 여류 작가들의 똑같이 섹스를 다룬 작품들이, 젖비린내 나는 장난감처럼 보일 뿐, 그 싸늘한 어둠의 그늘이 없는 까닭도 알 수 있었다. 사람은 제 몸에 허물을 내는 일 없이는, 참을 얻지 못하는 것이다. 그러나 이 여자처럼 그 참의 값이 저를 죽이는 것이라면, 그따위 참이 무슨 쓸 덴가? 나처럼 장사꾼 집안에 자란 사람은, 한번은 속을망정, 두 번은 안 속는다. 그녀와 나의 무게가 가려진 바에는 내가 할 일은 뚜렷했다. 어리광을 부리는 친구가 돼주는 것.

우리가 걷고 있는 곳은, 서울 언저리에서도 물 좋고 산 좋기로 이름난 곳이었다. 쉬는 날이 아니어서인지, 우리 말고는 나다니는 모습을 볼 수 없었다. 나는 그녀를 불렀다.

"분녀."

"……"

그녀는 몸으로 대답했다. 나는 잠자코 걸었다. 키 높은 갈대가 기슭까지 뻗어 있는 냇가. 나는 한 손으로 그 하얗게 마른 대를, 똑똑 꺾으면서 걸었다. 그녀는 걸음을 멈추고 두 손바닥으로 귀를 막았다.

"왜? 이 소리?"

"네, 이상하게……"

"흠…… 그만두지요."

나는 멋쩍어진 손을 호주머니에 찌르고 그녀를 보았다. 그녀는 알릴락 말락 웃었다. 나는 말했다.

"나는, 내 생각엔 말예요……"

"……"

"분녀가 사는 것을 가만히 보면, 이런 생각이 들어요. 무언고 하니, 분녀는 마치 사람이 한 백 년이나, 백오십 년쯤 살 수 있기라두 한 것처럼, 잘못 알고 있다고. 안 그래요?"

말은 없었으나, 그녀는 귀담아듣고 있음이 분명했다.

"쉬운 말로 밑지고 있다는 거지요."

"원래 장사는 서툴러요."

"장사 서툰 것이 자랑은 아니지요. 당신은 아직도, 돈 셀 줄 모르는 게 양반이란 생각을 하구 있어요."

"왜요? 돈 잘 세는 양반도 많던데요."

"……"

"그리구, 전 자신이 없어요."

"자신?"

"네."

"첨부터 자신 있는 사람이 있나요?"

"제가 첨인가요?"

"그만두세요. 그 알량한 겪음이 뭐 그리 대단해서, 뽐내는 겁니까? 원 별걸 다 뻐기시는군."

"어머나…… 그 말 거두세요."

"거둡니다. 안 만나겠달까 봐 거두기는 합니다만 아무래도 생각할 문젭니다."

"……"

그녀는 갈대숲 속으로 걸어 들어갔다. 나는 그 뒤를 따르면서 생각했다. 밀렌과의 경우와 꼭 거꾸로 나는 움직이고 있는 것이 아니냐구. 나는 앞에 가는 그녀의 손을 잡았다. 그녀는 돌아봤다. 눈물이 글썽했다. 체, 아직 중닭도 못 됐으면서. 나는 그녀를 끌어안고 깨끗한 입술 위에 내 입술을 댔다. 근처에 내려앉았던 모양인가, 꽥꽥 푸덕푸덕 부산한 소리를 지르면서 오리들이 한꺼번에 날아갔다.

루멀랜드에 온 지 어언 1년 반이 됐다. 내 연구는 차분히 나가고 있었다. 연구 방법은, 그 무렵 이미 쓰이고 있었던, 방사선 분석법을 써서 햇수를 짐작하는 것이었다. 그보다 더 말해둬야 할 방법은 음향 재생법이었다. 지금은 국민학교에서도 실험 과목으로 돼 있지만, 그때만 해도 이것은 굉장한 방법이었다. 캐낸 유물을 재료로 그 유물에 묻은 당시의 소리를 떼어내는 법. 녹음의 원리를 뒤집은 이 방법은 아무 때나 다 되는 것도 아니지만, 유물이 잘 지녀져 내려왔을 때에는, 더할 나위 없는 한임에는 틀림없는 것이다. 나는 앞서 말한 네 개의 굳은 돌을 이 방법으로 알아봤다. 소리는 닳고 빠지고 겹치고 한 탓으로 엉망진창 뒤죽박죽이었으므로, 이런 뒤범벅 속에서 추려서 뼈다귀를 세우는 일은 아주 어려웠다. 이 지루하기 짝이 없는 일을 하면서 머리도 쉴 겸 나는 틈틈이 고고학 이론을 세우는 일을 곁들였다.

고고학에는 이론이 쓸데없고, 한 자루의 호미와, 잘 보이는 두 눈알만 가지면 넉넉하다고 말씀하신 '리터엉간' 선생의 시대는 지났으므로. 또 어디까지나 심심풀이로 손을 댄 것이다. 고고학의 대상은 유물이다. 이 유물들을 다루면서, 나는 한 가지 발견을 했다. 그것은 이 유물들은 어떤 본의 표현이라는 것이다. 자연물을 다루지 않는 것은 아니지만, 주요 대상은 어디까지나 인공물인데, 인공물인 한 그것들은 그때 그 고장에 살아 있는 본의 표현이라는 일을 안 것이다. 이런 본을 낳은 뿌리와 늘 맞춰보아야 함은 물론이다. 다음에 이들 본은 그야말로 얼마든지 있겠지만 몇 개의 본으로 추릴 수 있다. 나의 노트에는 이렇게 적혀 있다.

A. 해학Humor과 숭고 이들은 최고의 본本이며 꼭 같은 자리에 있지만 한 닢 동전의 두 쪽처럼 등을 대고 있다. 간단히 표를 만들면,

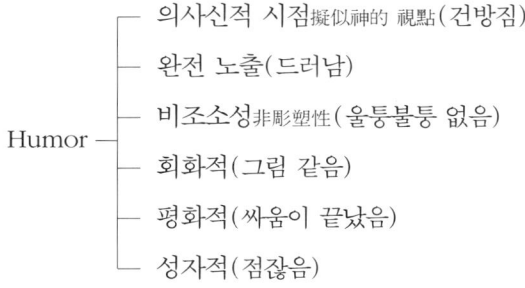

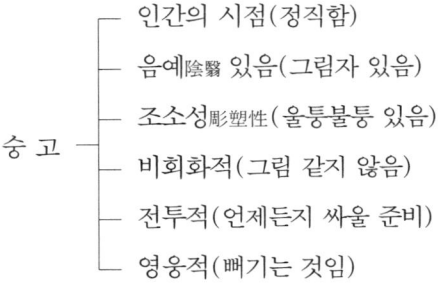

그러나 이들은 전혀 같은 값이며, 뒤집으면 한쪽은 다른 쪽에 숨어버린다. 동전의 양쪽을 한꺼번에 볼 수는 없으며, 애써 하면 사팔뜨기가 된다.

B. 무관심과 절망 이들은 앞 두 본에 대한 그림자. 이들은 흔히 헷갈리며, 알아보기 위해서는 가르침을 받아야 한다. 성질은 그림자를 만드는 것을 찾아가면 그대로 나온다. 이것이 기본형이다. 해학과 숭고, 무관심과 절망의 두 그룹이 빚어내는 변조變調가 무수히 많다.

아무튼 캐낸 유물은, 이 네 가지 본의 표현인데, 그러면 A와 B를 가르는 가름대는 무엇인가. 그것은 '사랑'이다. 사랑에 밑받침된 것은 A군群이며, 아닌 것이 B형식이다. 사람은 본 없이는 움직일 수 없다. 심지어 죽음까지도 본을 따른다. 이것은 짐승에서는 찾아볼 수 없다. 전쟁도 본에 따른다. 이것은 절망의 본이며 증오의 본이다. 사랑이 본임은 말할 나위가 없다. 사랑이 최고의 본인 것은 그것이 사랑이기 때문이다. 습관이라고 불리는 것은, 이 본으로부터 하느님이라는 것과의 탯줄을 잘랐을 때 생기는 말이다.

　출산·성교·전쟁·정치·건설·파괴…… 이렇게 들어갈 것이 아니라 사람이 하는 노릇은 모조리 이들 본의 표현이다라고 하면 말을 아낌이 되겠다. 한 가지 밝혀둘 것은 이 본이란 말은 내가 처음은 아니다. 처음 알아낸 사람은 역학자易學者와 플라톤인데, 그들은 음양 및 'idea'라 했다. 이들 본 가운데서 가장 추려진 본이 예술이라 할 수 있겠다. 그것은 그의 본바탕이며 모태인 삶에서 가장 멀리 물러선 본이다. 이 탓으로 삶을 위한 예술이냐 예술을 위한 예술이냐 하는 저 끝없는 말썽이 생기는 것인데, 말을 내는 본때가 틀린 것이다. 얼마나 멀리 돌았는가 하는 다름은 있을망정, 예술은 삶으로 돌아가는 것이며, 송아지는 외양간으로 찾아가는 것이다. 사람이 말이라는 마물魔物을 다루면서부터, 이 엄연한 고향과 아주 손을 끊어보자는 요술을 부려봤지만, 이것은 달리는 기차를 타고 자기도 열심히 두 다리를 놀리는 사람처럼 어리석은 것이다. 우리는 부처님의 손바닥 위에서 9만 리를 날았다고 잘못 안 손오공 선생의 슬픈 역사를 알고 있다. 이것을 시인한다고 해서 사람의 체면이 깎일 것도 없으니, 바로 인간의 원제약原制約이 이것이며, 우리는 그 속에서 산다. 그러므로 숭고한 짐승인 것이다. 본을 통하지 않고는 움직일 수 없다는 것이 우리의 길이다. 말이란 것은 이 본에 쓰이는 감의 하나이다. 감 자체를 아무리 뒤져보아도 그것은 소리에 지나지 않는다. 만 가지 아름다운 얘기를 듣느니 차라리 그의 눈동자를 이윽히 들여다볼 때, 우리는 믿음성 없는 애인의 속심을 대번에 알 수 있다. 그것은 우리가 말로 아는 것이 아니며, 더불어 지니는 운명의 닮음, 혹은 운명이 거기서 떠낸 본에 의해서 안다는 사실을 말한다. 인류의 역사는 본의 역사다. 뛰어난 본을 만들고 키우고 지녀온 사람들이 잘됐으며, 초라하고 풀기 없는 본밖에 못 가진 종족은 망했다. 사상도 또한 본이다. 본이란, 오늘이 다르고 내일이 달라서는 안 된다. 그것은 얼마쯤 되풀이된다. 중국인은 예禮라는 이름의 본을 수천 년 고집했다. 예란, 본의 묶음이 아니고 무엇인가. 예수 그리스도조차 그의 마지막 일을 이루기 위해 십자가라는 본이 있어야 했다.

모닥불을 둘러싸고, 잘라낸 적의 모가지를 꽂은 창을 휘두르며, 빙빙 돌아가는 원시인들의 승리의 본. 악귀를 쫓기 위해 앓는 사람 앞에서 주문을 외우는 첫 시인. 함성을 지르며 달려가는 살육의 군단軍團. 성교를 의식화함으로써 사랑에까지 높이는 결혼 의식. 죽음을 영원과 결혼시키려는 장례 의식. 신을 불러내는 본으로서의 기도의 자세. 애인 앞에 무릎을 꿇어앉은 젊은이. 이를 악물고 손을 치켜드는 복수의 맹세. 사람은 그 증오를 그 본을 가지고 나타내며 그 본에 따라 지닌다. 본은 행동의 절약인 것이다. 본이 아니었던들 사람은 그 많은 일들을 모조리 기억하지는 못했으리라. 한번 이를 악물어보라.

그대가 분했던 일, 억울했던 일, 짓밟혔던 기억이 되살아날 것이며, 그대가 고문하고 싶고, 그대가 죽이고 싶은 자들의 이름이, 서서히 그대 마음에 떠오를 것이다. 가슴을 펴고 활짝 웃어보라. 그대의 처지는 그런대로 얼마나 행복하며, 그런대로 맘 맞는 친구 한둘은 있으며, 한번은 나도 사랑을 한 적이 있다는 생각이 떠오를 것이다. 그러므로 웃으면서 복수를 맹세하고, 이를 악물며 사랑하려는 자를 조심하라.

 이들은 가장 훌륭한 인간인 동시에, 가장 나쁜 인간이기 때문이다. 우리가 흔히 빠지는 잘못은 마치 본 그 자체에 어떤 값이 있는 듯이 생각하는 일이다. 바리새의 무리가 그런 자들이다. 본은 그때 그 고장에 대한 쓸모에 따라 값이 주어진다. 자리를 보고 발을 뻗으란 속담을 떠올리라. 상갓집에 가서 양산도를 부르는 자의 목숨을 우리는 장담할 수 없으며, 결혼식에 와서 곡을 하는 자는 아마 죽지 못해서 손을 빌리러 온 줄 알아도 할 수 없다. 굶은 사람에게 노래를 준다든지, 학자더러 권투 시합에 나가라고 조르거나, 발레리나더러 역도를 권장하는 것은 나쁜 일이다. 겨레가 피를 흘리고, 젊은이들이 팔다리를 날려보내고, 눈깔이 빠지고, 산과 들에 내장을 뿌렸으며, 배가 고픈 아이들이 흙을 주워먹고, 아는 것 없고 신을 두려워할 줄 모르는 돼지들이 정치를 만화 그리듯 농으로 삼고, 불쌍한 계집애들은 풍문처럼 아스라한 소문에 들떠서 몸을 노리개 삼고, 일해도 일해도 돈은 벌어지지 않고, 각박해진 사람들은 헐뜯고 물어뜯고, 견식도 없으면서 지도자의 간판을 단 사람들은 배를 산으로 끌고 가며, 왼쪽을 오른쪽이라 가리키고, 사랑하면서 사랑하지 않는다 하고, 내일이면 뉘우칠 소리를 입이 간지럽다는 헐한 핑계로 탕탕 헛소리 치고, 뒤죽박죽이 되어 백귀야행하는 판국에, 망루에 높이 앉아서, 태평성대 만난 듯이 비둘기를 날리며 평화의 노래를 부르고, 어깻짓 흥청거리고, 정갈한 고깔 고이 쓰고, 너울너울 무당춤을 추면서, 저놈들은 왜 저리 흥분해, 어, 상놈은 할 수 없어, 긴 트림하는 본때는 옳은 것인가? 이 루멀랜드처럼 굽힘 없는 마음으로, 전쟁의 바로 다음에는 씻은 듯이 일상의 자리로 돌아가는 멋의 본을 가진 나라라면 또 모른다. 그러나 루멀랜드는 인류의 보석이며 천재족天才族이다.

  우리는 드문 보기를 가지고 말해서는 안 된다. 일반론을 하는 경우 루멀랜드는 늘 묶음표로 묶어내야 하는 것이다.

  펑펑 함박눈이 쏟아지는 어느 날, 나는 중앙가에 자리 잡은 '유머 구락부'에 들어섰다. 유명한 관음선사觀音禪師의 말씀이 있는 날이었다. 짐작과는 달리, 모인 사람은 얼마 되지 않았다. 그 사람들 가운데는 전날 국회 방청 때 만난 시인 C의원도 있었다. 관음선사는 사람 좋게 보이는 늙은이였다. 조금 굽은 허리, 총명하고 인자한 눈초리, 맑은 목소리다.

  "오늘 여러분을 모시고 선禪에 대하여 말씀드리게 돼서 아주 영광스럽습니다. 선이란 무엇인가? 쉽고도 어려운 말입니다. 불립문자라 해서 뜻을 풀지 않는 것이 선의 내림이올시다만, 너무 박절한 얘기거니와 불교가 여태껏 이런 신선놀음을 택한 탓으로, 기독교에 밀려서 사족을 못 쓰는 지경이 된 것이니, 나는 새 시대의 불교는 더욱더 민중화해야 하고, 새 본을 만들어내야 한다고 말해오는 터이므로, 종가宗家의 돌대가리들이 말리는 것을 뿌리치고 이 자리에 참석한 터이기에, '불립문자'의 물림을 고집해서는 뜻이 없는 것입니다. 여러분이 내 말의 백의 하나라도 알아듣지 못할 것은 뻔한 일이지만, 그래도 말해봅시다. 옛날에 어떤 선비가, 인생이란 무엇인가 생각다 생각다, 끝내 어떤 고명한 선사禪師를 찾아갔습니다. 선사란 참을 깨친 선생을 말하는 것입니다. 그는 선사를 뵙고서 공손히 여쭈어보았습니다. '선생님 인생의 근본 원리는 대체 무엇입니까?' 선사는 이 말을 듣자 화를 버럭 내면서, '이 얼빠진 시러베아들놈 같으니라구, 그건 알아서 뭣 해?' 하고 호령하는 것이 아닙니까? 그 순간 선비는 문득 깨달았습니다. 그는 감사의 뜻을 말하고 산을 내려가서, 그 또한 이름난 선사가 되었습니다. 여러분. 이것은 선에 관한 얘기 가운데 별로 유명한 것도 아닙니다. 대체로 이와 어슷비슷합니다. 돌대가리들을 위해 친절을 베푸는 셈치고 하나 더 얘기합니다. 역시 어떤 사람이, 인생 문제에 고민하던 끝에, 이름난 선사를 찾아갔습니다. 이 사람이 방 안에 들어서기가 무섭게 선사는, 마침 곁에 있던 나무 베개를 들어 손님의 얼굴을 향해 냅다 갈기고는, 다짜고짜 달려들어 손님을 개 패듯 후려갈긴 것입니다. 이 사람은, 흐르는 코피를 닦으면서 손 모아 절하고 말없이 산을 내려가서, 이 또한 유명한 선생이 되었습니다. 자 이 두 얘기를 듣고 여러분은 어떻게 생각합니까? 먼저 앞서 얘기에서 진지한 물음을 낸 구도자에 대하여, 얼빠진 시러베아들놈이라는 것은 무슨 폭언이며, 또 알아서 뭣 해라니 이 무슨 망령입니까? 그리고 나중 얘기는 또 어떻습니까? 방문객을 피가 터지게 때렸으니 이런 일이 어디 있습니까? 종교의 본때치고 이런 예가 선禪을 빼고 동서고금에 어디 있단 말입니까? 참으로 언어도단입니다. 그렇습니다. 이 언어도단이란 말에 주의합시다. 글자를 새기면 언어의 길이 막혔다, 언어로는 표현할 수 없다는 말입니다. 위에 말한 두 선사는, 바로 이 말로는 무어라 얘기해줄 수 없는 안타까움을, 몸으로 나타내 보인 것입니다. 다음에 또 한 가지 눈여겨봅시다. 이 두 가지 얘기에 나오는 구도자는, 미리 얼마쯤 안 사람이라는 사실입니다. 열심히 구한 사람들입니다. 선사들이 한 일은, 백척간두에 선 사람을 손가락으로 툭 밀쳐주는 일이었던 것입니다. 화룡점정畵龍點睛이라고 할까요. 자 이래서 우선 방법론이랄까, 의식儀式이 나타내는 얼핏 야릇한 느낌은 설명이 됐다고 칩시다. 그러면 다음 문젠데 그렇다면 이런 기묘한 본을 통해서 이 사람들이 주고받은 것은 그러면 무엇일까요? 우리는 그것을 참, 길, 누리의 원리, 슬기 등의 형이상학적 최고 가치로서 말할 수 있습니다만, 그러면 진리란? 길이란? 우주의 원리란? 슬기란 무엇이냐의 문제에 대해서 선은 입을 다물고 마는 것입니다. 서양 사람들은 참이란 길다느니, 짧다느니, 둥글다느니, 모졌다느니, 달다거니, 쓰다거니, 크다거니, 작다거니 하고 야단이지만 선은 일체 노코멘트로 뻗치는 것입니다. 왜 그럴까요? 몰라서 그러는 것일까요? 그렇습니다. 까놓고 말해서 그들은 모르는 것입니다."

웃음소리가 일었다.

"여러분은 큰 선구자들의 무지함을 듣고 좋아서 웃는데, 미안하지만 좀 빠릅니다. 모르기는 모르되 나타낼 말을 모르는 것입니다."

또 한 번 웃음이 흘렀다. 선사도 웃었다.

"그러면 여러분은 말할 것입니다. 나타내지 못하는 것은 결국 모르는 것이라구. 옳습니다. 서양 사람들이 우리한테 가르쳐준 가장 큰 참입니다. 개뼈다귀 같은 선을 몰라도 좋으니, 그 논리만 똑똑히 부릴 줄 안다면, 설익은 선 같은 것에 비할 바 아닙니다. 선은 그러한 논리와 전혀 모순되는 자리에 서서 사물을 봅니다. 어떤 제자가 스승에게 참이란 무엇이냐고 물었습니다. 선생은 대답하기를 '까마귀는 깍깍 참새는 짹짹.' 이것은 무엇입니까? 선생님은 유치원 애 보기가 된 것인가요? 아닙니다. 선생님은 이렇게밖에 대답 못 한 것입니다. 농담 같은 투는 이만하고 여러분이 좋아하는 분석을 좀 해봅시다. 이 선사들의 말을 가만히 보면 한 가지 공통점을 볼 수 있는데, 그것은 물음에 대해서 물음으로 대답했다는 사실입니다. 그러나 이것이야말로 중요한 사실입니다. 논리학의 근본 원리는 동일률인데 이것은 A=A, 즉 A는 A이다, 하는 동어 반복, 즉 물음을 물음으로 해답한 것입니다. 인간의 말은 막다른 골목으로 몰아넣으면, 이런 모습을 보이는 것입니다. 결국 아무 대답도 안 한 것입니다. 대답인 듯했던 것은, 실은 동일 평면상에서의 지시연관指示聯關에 지나지 않았던 것입니다. 누구는 누구를 낳고, 또 누구는 누구를 낳고, 또 누구는 누구를 낳고, 하는 식입니다. 마지막에 바쁘니깐 제일 맨 마지막은 여호와야! 하는 식입니다. 즉 연속의 순환에서 마지막 매듭까지 세고, 더 손가락질할 원인이 떨어졌을 때, 손가락은 곧바로 하늘을 가리키면서 '저기' 하고 달아나는 것입니다. 나는 지금 남의 믿음을 타박하고 있는 것이 아닙니다. 원래 우리 종파가 털털한 편이라, 제 일만 같이 생각하고 말을 하다가 본의 아닌 오해를 사는 일이 한둘이 아닙니다만, 잘못 생각지 마시기를 부탁합니다. 내가 말하고 싶은 것은, 신학 체계가 버젓하다고 하는 기독교조차도, 마지막 알맹이는 '저기'에 돌린다는 일에 주의를 부르고 싶었을 따름입니다. 너희들이 율법이 아니라 믿음에 의해서 구원받으리라고 바울이 말하지 않았습니까? 초논리주의는 동양 종교의 전매특허가 아니고, 종교 일반의 공통성, 즉 더불어 서는 광장이란 말입니다. 또 선에서 비법을 물려받은 것은 반드시 석학만이 아니었습니다. 역대조歷代祖 가운데는 낫 놓고 기억 자도 모르는 자조차 있었는데, 이것은 초超교양주의라고나 할까요. 이 또한 기독교에도 있는 현상으로서, 은총을 받고 성자가 된 사람은 반드시 박사가 아니었던 것입니다. 들에 핀 백합을 본받으라는 그리스도의 가르침은, 도대체 사람의 배움에 대한 경멸을 나타내는 것으로 보아 무방할 것입니다. 다음에 인격신이냐 범신론이냐의 문젠데, 이 또한 말장난에 불과합니다. 선가禪家는 물론이요, 종파마다 약간 다름이 있을 뿐 석가 세존에 대한 존경과 믿음은 불교의 핵심입니다. 부처님과 사람이 동격이라고 주장하는 사람은 개아들놈입니다. 부처님은 사람 건지려고 오셨는데 이 또한 예수가 땅에 오신 것과 꼭 같은 이치입니다. 천수관음千手觀音이니 다수관음多手觀音이니 하는 부처꼴이 있는데, 거기서 괴기怪奇 취미趣味만을 볼 것이 아니라, 머리 숙이고 흐느껴도 다 고맙지 못할 넓은 사랑을 느끼시라는 말입니다. 동양 사람이 정치에서 지고 경제에서 신세 조졌기 때문에, 이런 정신적 값마저도 도매금으로 외국 박물관이나 동양학 연구실에 팔아넘기고, 코 빠는 양코배기 응석받이들의 젖내 나는 소리를 들여다가 연명하는 일을 생각하면 가슴이 아픕니다. 다음에 원죄의 문제가 있는데, 불교는 이것을 인과의 법칙으로 풉니다. 원죄란 표현 대신에 무명無明이라는 말을 씁니다. 그렇다고 해서 사람이 자기 힘으로 구원을 받는다는 말이 아닙니다. 석가여래의 자비의 손길에 의해서만이 제도濟度 받는다는 타력주의他力主義가 적어도 석가 오신 뜻이올시다. 사람은 저 혼자 힘으로 목숨을 건지는 것이 아니라, 여러 남의 뭉친 힘을 받아들여 자기도 남이 될 때만 건짐을 받는다는 뜻이올시다. 부처님이란, 인류가 쌓아온 슬기의 이름입니다. 선이 자력종自力宗이며 정신 수양법이라고 하는 놈들은 오뉴월에 염병하다 땀두 못 낼 개자식들입니다. 선이 뜻하는 바는, 인간을 이끌고 그 비겁함과 자존망대를 탈태시켜서, 되도록 티 없이 부처님 앞에 피할 수 없이 내모는 일입니다. 사냥할 때 몰이꾼이란 게 있지요. 개까지 내세워 짐승을 사냥꾼의 총구멍으로 몰아대는 것 말이오. 그게 선입니다. 선사란 사냥개지요. 선을 말하자니 자연 비교종교학이 됐는데, 이건 이만하고 다음에 그러면, 이런 선이 그러면 어디다 쓸모가 있느냐에 대해 말합시다. 지금, 세상이 갈팡질팡하는 건, 사람들의 마음에 부처님이 없기 때문이야. 인간의 시점 위주로 나타내면, 이상적 인간상이 없단 말야. 그런 이상을 북돋을 원리두 없구. 엎어치나 둘러치나 매한가지 소리지만. 말하자면 여러 사람이 수십만 년 쌓아온 슬기를 물려받을 줄 모르기 때문이야. 왜 없습니까? 있습니다. 불교를 택하십시오. 부처의 마음, 사해동포와 대자대비의 정신을 당신들 가슴마다 옮겨서 불을 켜십시오. 기독교가 나쁘다는 것이 아닙니다. 불교가 그에 못지않을 바에야,

물려온 법을 버리고 남의 구제품을 빌려 입고 기분 낼 게 무어냐 말입니다. 더욱이 종교란 하루이틀에 옮겨지는 게 아닙니다. 오랫동안 교계教界에 걸물傑物이 나지 않았고, 있다는 작자들이, 똥물에 튀겨 죽일 작자들이어서, 불교가 이 모양 이 꼴이 됐으나, 슬기의 목숨은 끊이지 않을 것이니, 어디 부처님이 그렇게 시키기야 했겠소? 내 사랑하는 여러분! 불교를 다시 일으킵시다. 저 위대한 서양의 종교개혁처럼 개혁을 마련합시다. 불교로써 우리의 마음 기둥을 삼읍시다. 불교는 그 바람에 능히 보답할 것입니다. 이것만이 우리가 사는 길입니다. 그렇다고 해서 서양의 위대한 가르침을 버리라는 게 아닙니다. 가슴에는 불타의 자비심과, 손에는 서양의 기술을 익히십시오. 기술 정신은 기독교에서 온 것이 아닙니다. 그런 것까지 가르치는 종교가 어디 있답니까. 근대에 와서 우연히 갈라진 동서양의 다름이 오늘날에 와서는 돌이키기 힘든 차이를 만들었구려. 지난 일을 탓해봤자 쓸데없고, 천만 겁 살아갈 인생에, 불교승들이 포교차 우주 스테이션에서 비행기 편을 기다리는 세월이 오지 말란 법도 없지 않소. 뒷날 사람들이 우리더러 훌륭한 선각자였고 큰 시대였다고 돌아보게 애써봅시다. 마지막으로 또 한 가지, 불교는 전체주의가 아니라는 점이오. 나는 공평히 말해서, 불교처럼 나의 자각을 요구하고 자유 의지를 아끼는 믿음을 알지 못하고, 기독교는 마지막 판가름을 말하지만, 보살의 원願은 이 사바 세상에 구원을 얻지 못한 사람이 한 사람이라도 남아 있으면, 또다시 건지러 오겠다는 것이니, 더 바랄 무엇이 있겠소. 부처님이 이만하니, 우리도 갚음이 있어야 하지 않겠소? 깨달음이란 말이 나타내듯이, 불교는 사람이 이룬 깨달음의 쌓임을 버리라고 권고 않을뿐더러, 더욱 반기며 그대로 받아들입니다. 무엇이 되고 싶어도 될 것이 없는 사람은 불쌍하며, 그런 시대는 불쌍하며, 그런 민족은 불쌍합니다. 불제자佛弟子가 되는 것을 우리의 목표로 정합시다. 사랑하는 선남선녀들. 불쌍하게 헤맨 내 친구들. 이때에 우리가 잊지 말 것은, 불교는 받아들이되, 거기 덕지덕지 늘어붙은 상투꼬리 청승떨기 그릇 전해진 팔자 타령은 잘라버립시다. 그것들은 원래 불교와 아무 관련이 없는 것입니다. 부처님이 제 살과 뼈를 주고 싶어도, 받을 사람이 응하지 않으면 별수 없습니다. 여러분 깊이 살피십시오. 그러나 아마 여러분은 또 실수할 것입니다. 모든 것이 인연이니 어찌하리오. 오 나무관세음보살."

선사는 청중을 향해 손을 모으고 단을 내려 입구로 걸어갔다. 청중은 일어서서 그에게 경의를 표했다. 구락부를 나서니 아직도 눈은 내리고 있었다. 나는 눈을 맞으며 걷는 것이 좋아서 걷기를 택했다. 나는 선사의 말씀을 곰곰이 생각했다. 선사라면 기교한 언행을 하는 괴짜라고만 여겨오던 내 머리에, 그 늙은 중이 차근차근하게 풀어준 말은, 깊은 느낌을 새겼다. 그보다도 루멀랜드처럼 도덕적 수준이 높고, 사람마다 그윽한 마음을 간직한 국민에다 대고, 더욱더 힘쓰라는 그 선사의 말은 더욱 놀라웠다. 루멀랜드란 나라는 어디까지 큰 나라인가? 그러자 내 머리에 퍼뜩 번개처럼 지나가는 생각. 선사의 말은 농담이 아니었을까? 선은 해학이라던 말. 나는 너무나 당돌한 스스로의 생각에 어느새 발걸음을 멈추고, 진탕 쏟아지는 눈발 속에 우체통처럼 우두커니 서 있었다.

어느 고장이건 봄은 아름다운 철이지만, 루멀랜드의 봄처럼 아름다운 철은 또 없으리라. 하느님은 불공평한 일이 한두 가지가 아니야, 루멀랜드의 봄을 처음 당했을 때 나는 문득 그런 독신적瀆神的인 생각을 했다. 나와 분녀는 거리에 나섰다.

"오늘은 교외로 갑시다."

"좋아요."

"그럼 차를……"

"아니, 좀 기다리세요."

"왜요?"

"저어……"

그녀는 머뭇거렸다.

"뭔데요? 아, 답답해."

"미안합니다. 저……"

나는 가슴을 탕탕 두들겼다.

"어머나, 부서지겠어요. 그만하세요."

"상관 마세요. 제 것이니깐."

그녀는 까르르 웃었다. 나는 휘둥그레져서 그녀를 바라보았다. 웃는다? 분녀가 이토록 밝게 웃는 것을 처음 봤던 것이다.

"야아, 이거 기가 막히군요. 그렇게 쉬울 줄 알았더라면 벌써 그랬을걸. 좋습니다."

나는 더 세차게 마치 남의 가슴이기나 한 것처럼 사정없이 탕탕 두들기기 시작했다.

"용서해주세요. 저것 봐요, 사람들이 웃어요. 말씀드리겠어요. 다른 게 아니구, 탈 것 없이 예서부터 그냥 걸어요."

"그걸 말씀하시려구 저의 불쌍한 이 가슴이 그토록 멍들어야 했던가요?"

나는 할 수 없다는 듯이 고개를 젓고, 그녀와 나란히 걸음을 옮겼다. 이날은 휴일이었다. 거리에 나다니는 사람들은 외투며 장갑은 커니와 목도리를 한 사람도 없었다. 약간 살랑한 공기였으나, 성한 사람에게는 개운하기 비할 데 없는 닿음새다. 목적이 그랬으니까 우리는 이 도시에 처음 발을 디딘 왼데 사람처럼, 두리번거려가며 달팽이 걸음을 옮겼다. 집집마다 활짝 열린 창문에 둘러친 커튼이, 바람을 잔뜩 안은 돛폭처럼 안으로 휘어갔다. 그 뒤에 깎아놓은 조각처럼 꼭 붙어 있는 남녀의 모습을, 거의 몇 집 건너씩 되풀이 볼 수 있었다. 나는 코를 벌름거리면서 분녀를 보았다. 그녀는 웃음을 참듯 지그시 입술을 물었다. 체, 중닭도 못 되면서. 속이 상해서 속으로 중얼거린 것이었다. 어떤 게시판에 앞에 사람들이 모여 있다. 우리는 사람들 뒤에서 발돋움하여 들여다보았다. 신문이었다.

〔8일밤 루머 통신〕 메트로폴리스에서 들어온 공식 보도에 의하면 루멀랜드는 왕정으로 복귀하였다 한다. 대통령은 그의 사임사에서 "들리는 바에 의하면 데모크라시는 이미 시대착오이며 저쪽에서도 비판의 소리가 높다 하므로 왕정으로 바꿔보기로 가볍게 결심하고 이에 사임하는 것"이라고 밝혔다 한다.

'저쪽'이란 말은, 루멀랜드의 지식인들이 서양을 가볍게 놀려주는 투를 섞어서 쓰는 말이었다. 우리는 게시판 앞을 떠나 교외로 접어드는 데로 걸어갔다. 길가에는 시골서 들어오는 야채장수들과 꽃장수들이 전을 벌이고 있었다. 야채라야 이 철에 별것이 없지만 미나리, 씀바퀴, 산나물, 달래 같은 것이었다. 신선한 대지의 산물은 우리 눈에는 꽃 못지않게 반가웠다. 우리는 흙이 털리지도 않은 달래를 한 움큼 집어서는 코에 대고 흥흥 냄새를 맡았다. 향긋하고 깨끗한 냄새였다. 그녀도 나 못지않게 주물럭거리고 코끝에 대고 하는 참이었다. 나는 말했다.

"코 묻겠어요."

"아유머니."

그녀는 나물을 손에 쥔 채 돌아서버렸다.

그 결과는, 그녀와 나의 손에 든 나물을 합쳐서 몇백 원을 주고 장을 보아버린 꼴이 되었다. 우리는, 한 손에 산 물건을 꾸려들고 꽃바구니들 쪽으로 옮겨갔다. 이른 봄 온실에서 자랐을 사랑스러운 아가씨들. 그 속에서 진달래만은 시골 색시처럼 아련했다. 간소한 줄기에 활짝 열린 분홍빛 꽃잎. 코스모스처럼, 이 꽃도 여러 대를 뭉테기로 보는 편이 훨씬 예뻤다. 그 점 개성적은 아니야. '나'가 없는 것도 아름다움이 되는가. 아무튼 난 좋아. 내 입에서는 민요가 저절로 흘러나왔다.

영변에 약산 진달래꽃

아름따다 가실 길에 뿌리오리다
가시는 걸음걸음 놓인 그 꽃을
사뿐히 즈려 밟고 가시옵소서

본국에서 루멀랜드 문학을 배우는 어중이떠중이들이, 이 민요를 저마다 추키는 통에 나는 분통이 터졌었다. 누구나 그렇겠지만, 너도 나도 좋다면 좀 머쓱해지는 법이다. 이 민요만 해도, 본국의 서푼짜리 시인들의, 그 난처한 요즘 노래보다 꼭 일곱 배는 훌륭한 것이었지만, 나는 오히려 딴전을 피웠던 것을 기억한다. 이 사실로 해서 나는, 여자들이, 사랑하는 남자 앞에서 괜히 심술을 부리는 심보를 옳거니 여기게 되었다. 진달래꽃을 사지는 않았다. 바로 우리가 가는 데 닿기만 하면, 그야말로 즈려 밟힐 지경으로 기다리고 있을 꽃을, 사들고 갈 멍텅구리가 있을 수 없는 탓이었다.

"아줌마 10환만."

우리는 돌아보았다. 몸뚱어리가 그대로 연통 쑤시개 같은 소년이, 새까만 손바닥을 내밀고 있다. 나는 웃음 지었다. 호주머니에서 은전 하나를 꺼내 그 손바닥에 얹어주었다. 나는 입국 초에 거리에 득시글한 이 애들 때문에 큰 망신을 했다. 아무것도 모른 나는, 애들이 거진 줄 알았던 것이다. 그게 아니었다. 문 안에서도 유수한 집안에서, 아이들에게 편력遍歷의 이데아를 겪고 튼튼한 마음의 기틀을 만들어주기 위해, 일정한 사이를 저렇게 떠돌게 한다는 것이었다. 우리들의 순례자는 인사말 대신에, 고개를 잘룩, 크레용처럼 새빨간 혓바닥을 낼름 하면서 저리로 갔다. 인제 시가지는 저 뒤에 떨어지고, 우리는 벌판에 서 있었다. 하늘을 본다. 봄 하늘. 보얗게 분가루 날리듯한 하늘. 솔개가 빙빙 돌고 있다. 녀석은 무얼 노리고 있는 것일까.

키만 한 풀을 헤치며 걸어간다. 말라버린 줄기의 뿌리께, 파르스름한 빛깔은, 죽지 않는 흙의 숨결이다. 바람이 불 때마다 와스스 소리를 낸다. 그녀의 머리칼이 날린다.

"이것 보세요."

나는 그녀의 곁으로 간다.

그녀는 쭈그리고 앉아서 무언지 들여다보고 있다.

뱀 껍질이었다. 나는 손가락으로 집어올렸다. 파삭하게 마른 껍질은, 무슨 나무껍질 같다. 그녀는 신기한 듯이,

"묘하지요?"

"뭐, 짐승도 털을 갈잖아요?"

"그래두 껍질 벗는 건……"

"매미두 그렇고 잠자리, 고추벌레도 그렇고, 곤충에는 그런 게 많아요."

나는 일어서면서 껍질을 그녀에게 쥐어줬다. 그녀는 의장병의 칼처럼 세워들고 따라왔다. 민들레 씨앗이 부옇게 날아다닌다. 나는 말했다.

"겨울이 가면 봄이 오고, 겨울이 가면 또 봄이 오고……"

"사람두."

"아무렴요."

"글쎄요……"

"당신두 껍질 벗으세요."

그녀는 우뚝 서서 나를 쳐다봤다. 나는 그녀의 눈 속에서 나에게 이로운 빛을 보았다. 나는 신이 났다. 그녀는 곱게 웃었다. 그러고 한숨을 쉬었다.

"왜요? 이 좋은 강산에서 왜 한숨입니까?"

"아니에요. 그런 한숨이 아니에요."

"그런 한숨? 그럼 어떤 따윈가요?"

"지금 문득 생각했는데…… 화내지 말아요, 네?"

"짧게 하세요."

"지금 생각했는데, 사람의 수컷은 사랑스런 데가 있어요."

"아쿠!"

나는 머리를 감싸며 쭈그리고 앉았다. 실은 왜 그런지, 그녀의 그 소리를 듣자 코허리가 시큼해졌기 때문에 엄살을 부렸던 것이다. 나는 그녀를 올려다봤다. 남에게 줄 사랑이 남아돌아가는 듯, 푸짐한 입술 새로 하얀 이가 드러났다. 웃고 있다.

"단수 부리깁니까?"

"천만에. 당신이 좋아요."

"고맙습니다."

나는 일어서면서 그녀의 입술에 키스했다. 무슨 꼬투리든 핑계 삼아서, 한번이라도 더 키스를 버는 게 땡이라고 부친은 늘 가르쳐주셨고, 나는 아버님 말씀 가운데 좋은 것은 다 받아들이는 버릇이 있었다. 그녀는 또 웃었다. 야릇한 웃음이다. 밀렌은 이렇게 웃는 법을 모른다. 분녀의 웃음은 그지없이 환하면서 애처롭다.

그녀의 지난날 때문이리라. 나의 자신自信이 약간 흔들렸다. 타타앙. 우리는 깜짝 놀라 두리번거렸다. 와삭거리면서 풀숲을 헤치고 한 떼의 포인터들이 우리 앞으로 달려나왔다. 잇달아, 손에 손에 총을 든 경관들이 나타났다. 나는 그들에게 물었다.

"토낍니까?"
"아니올시다."
"꿩?"
"아니올시다."
"노루?"
"아니올시다. 시인들이 반란을 일으켰습니다. 음, 놈들, 가면 어딜 가. 앞으로!"

개와 경관들은 와삭거리면서 풀숲 속으로 사라졌다. 그녀는 말해주었다.

"선禪을 공부하는 학생들의 모의 훈련이에요."

우리는 말없이 걷기 시작했다.

어떤 날 나는 편지 한 통을 받았다. 보낸 이의 이름을 보니 모를 사람이다. 나는 고개를 갸우뚱거리면서 겉봉을 뜯었다. 속에는 고급 편지 종이에 이런 글이 씌어져 있다.

   사랑과 포장마차와 조국과

   원색의 잔치가 호화스런 서부의 벌판을

한 수레 포장마차가 달립니다.
아일랜드풍 머릿수건을 곱게 두르고
꽃바구니처럼 굴러가는 모습이라고만 볼 수 있다면
얼마나 좋은 일이겠습니까.
하지만
하지만 그렇지 않대요.
마차에 탄 사람은
가장 잭슨
그의 마누라 아마리
그들의 아들 톰
그리고 늙은 시어머니
이렇게 넷입니다.

톰은 잔뜩 부었습니다.
아름드리 밤나무와 소꿉친구 베티가 있는 마을을 버리고
이렇게 먼 데로 가는 것이
슬프기만 합니다.

아마리
오, 이 젊은 어머니는 제정신이 아닙니다.
오늘은 조르주가 찾아오기로 된 날.
참나무 판자가 열십자로 가로 질린
출입문 앞에서 느낄 그의 낭떠러지

프랑스 기병 장교 퇴물인 그녀의 애인 말입니다.

잭슨

햇볕에 그을린 이마 밑에 깊숙이 팬 그의 두 눈동자 속에서는, 괴로움이 끓어 번집니다. 다른 사내를 본 마누라는 왕군 출신의 가혹한 남자에게도 아픔인 것입니다. 아마리, 화냥년아 버려다오. 다음 번 장날이면 또 한 번 살 수 있는, 제일祭日날 옷가지 같은 네 낭만을 버려다오. 조르주처럼 귀밑머리 곱게 기른 놈팽이는 서부의 어느 마을에나 있는 것. 만들려무나. 또 한 번 너의 조르주를 만들려무나. 하지만 돌아가지는 못한다. 이미 떠나온 그곳으로. 이 고삐는 나의 것. 가까이 오면 채찍으로 후려갈길 테다.

늙은 시어머니는
늙어 시어머니는
삶 그것처럼
무표정했다.

크레용처럼 풍성한 서부의 벌판을 말수레는 갑니다. 서부의 밤이 저기 몰려옵니다. 인디언과 짐승과 그리고 악마에게 혼을 판 백인의 무리들이 소리없이 숨어 있는 서부의 밤이

마차는 달려갑니다.
멀어집니다.

아스라이.
딱정벌레처럼
끝내 사라졌습니다
어두운
지평선
속으로

순이,
무슨 어리궂은 서부 취미냐고 눈을 흘기는 것은 좀 빠르오.

   조국과 사랑이 한 수레 포장마차를 타고 가는 꿈을 꾸고 왜 그런지 우리가 처음 키스했던 그날처럼 마냥 잠은 흩어지고 심난하게 턱을 고이고 창가에 앉아본 저녁이 있었더란 말이오.

   그리고 그 빽빽한 마차 속에는 당신과 내가 앉아야 할 자리가 없었소. 아니 있긴 해도 맨 구석 짐짝 위였소. 나는 그것이 슬펐소. 나는 아무려나 당신만은 이런 데 태우고 싶지 않았소. 꿈이란 조리가 서지 않는가 보지?

   지금도 잔상이 아물거리오. 우람한 밤 속으로 빨려 들어가던 마차의 모습이. 지금도 귓전에 완연하오. 내 조국과 사랑은 한 수레 포장마차를 타고 캄캄한 역사의 밤을 달립니다그려. 꿈에서 읊조린 내 목소리가.

순이 요즈음은 어떻게 지내오.
사람이 어쩌면 그렇게 무심하오.
가끔 소식이나 전해주오 안녕.

나는 두 번 읽었다. 무슨 소린지 알 수 없었다. 그리고 이 무슨 유치한 부름새인가? 노래는 모름지기 걸러지고, 바스라지고, 죄이고, 비틀어지고, 쉽게 말해서 알아보기 힘들면 힘들수록 훌륭한 법이다. 이 시는 마치 국민학교 문예반 학생의 노래 같다. 너무 쉽게 쓰고 있다. 시란 이런 것이 아니야. 나는 목구멍이 간질간질해지고, 코가 벌름거리는 것을 느꼈다. 이것은 내가 으쓱해진 때면 틀림없이 일어나는 징조이므로, 나는 내 맘이 으쓱해진 것을 문제없이 알아냈다. 나는 노래에 대해서 이쯤 걸직한 눈을 가진 것이 자랑스러웠고, 그것도 루멀랜드 요즘 노래의 알맹이를 은연중 내 자신 속에 찾아낸 일이 그지없이 느긋했던 모양이다. 나는 거만을 떨면서 창가로 다가섰다. 창문은 열려 있고, 커튼이 불룩하니 휘어들었다. 나는 창턱에 두 팔꿉을 괴고 손바닥 위에 턱을 괴었다. 오른쪽 발끝으로 가볍게 장단을 맞췄다. 흥흥거리는 콧노래가 흘러나왔다. 나는 무엇이든 알고 싶었다. 아버님 말씀마따나, 계집애들한테서 한번이라도 더 키스를 훔치는 것이 으뜸인 줄도 알지만, 그것 못지않게 즐겁기는 나의 머릿속에 값진 세간을 마련하는 일이었다. 나는 짬 있는 대로, 돈푼이 생기는 대로, 골동품이며, 부러진 칼이며, 현미경이며, 아라비아 칼이며, 그런 따위를 모아들였다. 터놓고 말이지 어떤 골동 가게에서 손오공이 신었던 가죽신(오른쪽뿐이다)을 찾아냈을 때, 나는 두말없이 호주머니를 홀랑 뒤집은 일이 있다. 바로 그날은 밀렌과 만나는 날이었다. 나는 땡전 한푼 없는 알거지로 그녀의 앞에 서게 됐는데, 까닭의 자초지종을 들은 밀렌은, 당신 같은 얼간이는 첨 본다고 하면서, 내 정강이를 뾰족한 구둣발로 힘껏 걷어차놓고는 가버렸다. 나는 거기까지 생각이 미치자, 밀렌에 대한 아쉬움을 아예 끊어버리기로 작정했다. 그러자 아주 자연스런 순서지만 며칠 만나지 못한 분녀가 생각났다. 요즈음은 어떻게 지내시오? 사람이 어쩌면 그렇게 무심하오? 가끔 소식이나 전해줄 일이지…… 나는 당황해서 입맛을 다셨다. 그것은 아까 그 노래에 있는 구절인 것을 생각했기 때문이다. 나는 테이블로 걸어가서 다시 한 번 시를 집어들어서 소리를 내서 읽었다. 흠? 나는 또 한 번 읽었다. 나의 좋은 데가 또 한 가지 있는데, 나는 잘못을 알면 서슴없이 고치는 좋은 버릇이 있다. 이것도 아버님한테서 받은 물림인데, 아버님 자신은 이걸로 해서 이렇다 할 재미는 못 보셨다. 아무튼 나는 이 노래에 대한 나의 생각을 조금 고치기로 했다. 그러면서 또 한 가지 가르침을 얻었다. 노래란 것은 앉아서 즐겼을 때와 서서 즐겼을 때가 다르다는 사실이었다. 그래서 나는 이번에는 침대에 비스듬히 누워서 또 한 번 읽었다. 옳거니다. 내 눈앞에는 끝없이 푸른 하늘과, 잡풀이 물결치는 벌판이 선하게 떠오르고, 흐느끼는, 삐그덕거리는 바퀴 소리며, 채찍으로 말을 후려갈기면서 잭슨이 내뱉는 'hai' 소리까지 귀에 들려오는 것이 아닌가? 큰 실수를 할 뻔했다. 내 눈이 모자라서 보지 못한 것을, 노래가 나쁜 탓이라고 생각했으니 말이다. 무슨 소린지는 모르겠지만 그게 무슨 대순가. 나는 이 노래를 사랑하기로 마음먹고 침대에서 내려섰다. 나는 잠깐 생각했다. 이 노래를 사랑하는 것까지는 좋지만, 그럼 어떻게 사랑하느냐 이것이 다음 문제였다. 한참 만에 나는 손바닥을 따악 마주치면서, 한 자 반가량 마루에서 뛰어올랐다. 좋은 노래를 읽는 기쁨을 행동으로 옮기자는 것이었다. 옛날에 내 나라가 루멀랜드처럼 높은 문화를 가졌을 때, 노래의 쓸모란 그런 것이었고, 사람들은 그렇게 했었다. 그렇다면 어떤 행동이냐? 나는 빙긋이 웃으며 거울을 한번 기웃한 다음, 윗도리를 걸치고, 방에 자물쇠를 채우고, 거리로 나갔다.

첫서리가 내린, 싸늘한 가을날 아침이었다.

나는 호텔 내 방에서, 아침 커피를 들고 있었다. 창가에 서서 내려다보면, 뜰 한쪽에 잘 가꾸어진 국화꽃이 있었다. 국화를 가꾼 솜씨도 솜씨겠지만, 그런 것까지 내 따위가 알아봤을 리 없고, 다만 샹들리에 모양으로 흘러내린 누렁 화판이 맑은 가을 아침의 뜰에서 말할 수 없이 의젓해 보였다.

내가 반쯤 남은 커피잔을 다시 입술에 대려는데, 노크가 울렸다.

"네."

문이 열렸다. 낯모를 사나이가 모자도 벗지 않고 들어선다. 사나이는 검은 안경에 가죽 잠바를 입고 있었다.

"이런 사람이올시다."

나는 그가 내미는 명함을 받아들었다.

```
     민중을 사랑하는 암흑의 집
            '사랑의 방' 근무
       홍    악    한
```

"그런데?"

"잠깐 가실까요."

"무슨 까닭으로?"

"네, 잠깐 모시는 겁니다."

 말과는 달리 그의 눈초리는 만만치 않았다. 나는, 가보면 알리라쯤 생각하고, 또 꿀리는 일도 있을 턱이 없었으므로, 그의 뒤를 따라 방을 나섰다. 다다른 곳은 경찰서였다. 사람 좋게 생긴 서장은 그의 방에서 나를 기다리고 있었다. 서장은 의자를 권하면서 말을 꺼냈다.

"바쁘신데 죄송하구마. 아침은 드셨능교?"

"지금은 7시밖에 안 됐습니다."

"네, 뭐 아무려나 좋습니더. 말끝에 그냥 여쭤본 것 아닌교. 에, 용무에 들어가서 다름 아이고 본국에다 보내라칸 물건이 안 있능교?"

"……?"

"그, 고고학 관계의 그……"

나는 생각했다.

"음향 재생 테이프 말입니까?"

"옳, 옳지러. 그 테이프 말이시더."

"그게 어떻게 됐습니까?"

서장은 고개를 저었다.

"어디요. 염려 놓으시이소."

그러면서 나를 데리고 온 검은 안경에게 눈짓을 줬다. 그는 나에게 말했다.

"저를 따라오이소."

나는 일어나지 않았다. 볼멘소리로 따진 것이다.

"대체 무슨 일입니까?"

서장은 서랍을 열더니 한 장의 종이를 내 앞으로 밀어보냈다. 그것은 나에 대한 구속 영장이었다. 나는 깜짝 놀라서 소리 질렀다.

"여보, 나는 외국인이오."

"현행범입니더."

"현행범?"

"옳지러."

내 머릿속에서 무엇인가 퍼뜩 지나갔다. 농담. 그렇다. 나는 깔깔 웃어댔다. 서장도 기다렸다는 듯이 몸을 벌떡 젖히고, 여기는 내 방이니깐 내가 제일 많이 웃어야 한다는 투로, 폭탄처럼 웃었다. 형사는 두 손을 허리에 얹고, 마치 체조하듯이 앞뒤로 몸을 흔들면서 웃는 것이었다. 한참 만에 웃음을 거둔 형사는 내 목덜미를 한 손으로 잔뜩 움켜잡고, 개처럼 질질 끌어서, 나를 밖으로 끌고 나갔다. 나는 어두운 계단을 타고 지하실로 끌려 들어갔다. 거기는 시멘트로 된 방공호 같은 곳이었다. 그는 방 한가운데 있는 의자에다 나를 주저앉혔다. 그리고 자기 자신은 내 뒤에 와 섰다. 그러자 콩알만 한 전등이 탁 꺼지고 캄캄해졌다. 농담치고는 좀 심하다고 생각했으나, 나는 참기로 했다. 스르릉스르릉하고 무슨 기계 바퀴가 돌아가는 소리가 나더니, 내 머리 위로 두 줄기 빛이 앞으로 쫙 뻗어가면서, 앞 시멘트벽에 네모진 영사막이 하얗게 떠올랐다. 맨 먼저 비친 물체를 보고 나는 가벼운 소리를 질렀다. 뒤에서 내 어깨를 꾹 누른다. 그것은 내가 찍어 보낸 다섯 개의 굳은 돌 가운데 **첫째 굳은 돌**이었다. 그러자 말이 흘러나왔다.

"귀하가 보낸 자료를 편집 재생한 결과 다음과 같이 검출되었으므로 녹음 후 원본을 발송하는 것임. 귀하가 보낸 자료는 지극히 불량한 보존 상태에 있었던 것으로 추측되며, 이 정도의 검출을 하는 데도 막대한 곤란을 가져왔음. 추가 계산서를 보내겠으니 초과된 수수료를 기한 내 송부 바람."

나는 연구소장의 샤일록 같은 낯짝을 떠올렸다. 내가 그의 생각을 오래 할 새도 없이, **첫째 굳은 돌**에 대한 녹음이 벌써 흘러나왔다. 영사판에는 **첫째 굳은 돌**이 클로즈업된 채 화면이 멎어 있다. 이를 악문 신음 소리가 스산하게 흐른다. 토키다.

음/으음/전혀 모르는/입니다/으읍/흐흡/소신이 바란 것은 흐흡/천지신명이여/남해 바다는/인후이오며/이곳을/적에게/음/신이 죽는 것은/매우 쳐라/간특한 놈/전혀 신은/네 이래도 바른대로 아뢰지 못할까/흐읍/쥐꼬리만 한 공을 믿고 민심을 어지럽히고/원통제사를 시기하여/다음에는 담금질을 해라!/네에이이/다음에는 담금질을 하랍신다아/으음/으으/

(1 FO)

둘째 굳은 돌이 클로즈업된다. 토막 나고 불에 그을린 굳은 돌이다. 소란하고 뒤범벅으로 웅성거리는 소리.

(토키)/아…… 네 이 무엄한/ナニヲ ヌカシヤガル(개소리 마)/상감마마/구하시옵소서/천인을 구하시옵소서/モノドモカマウナヤッチマエ(상관 말고 해치워)/네 이놈들 어딜/아, 아악/아이고 아이고 곤전마마/아이고 아이고/ドケホザクナ(비켜 짖지 마라)/곤전 곤전 과인을 용서하오/타앙, 타앙타앙/アッチダ(저쪽이다)/타앙/ナニヤッダ?(웬 놈이야?)/エイヘイラシイデ アリマス(위병인 모양입니다)/エイ(기합 소리)/アラヲブッカケロ(기름을 쳐)/ヨクモエルネエ(잘 타는디)/チョットヲシイナ(좀 아까운걸)/チョノセンイチノジヨノダマダモノヲシイハズダヨ(한국 최고품인걸 아깝고말고)/ヤロノドモヒキアゲロ(애들아 튀어라)/アンマリ イイキモチヂヤネエナ(망할 것, 기분이 그리 깨끗지는 않은걸)/ジヨノダンイッチヤ

イケネエ チヨノセンクンダリマデ ナガレテ コクレエノシゴトニ アリツケタノワワイラノウンテ コトヨ(배부른 소리 마, 한국 천지에까지 굴러와서 이만한 청부를 맡았으면 일복이 있는 거지 뭘 그래)/アノドシマ ムネノアダリワ スゴカツタネ(그 여편네 가슴 언저리는 죽여주던걸)/オヌシノスケベイニワ カナワン(자네 색골인 데는 못 당해)/아이고오 아이고 아이고 아이고아이고아이고아이고아이고아이고아이고아이고아이고아이고아이고아이고아이고아이고아이고/

(2호 화석 FO)

셋째 굳은 돌 클로즈업. 팔다리를 하늘로 향한 화석. 사냥 때 모닥불 위에 걸친 짐승의 형국.

(토키) 으음/으읍/모른다/죽여라/네놈들/フトイ ヤツダ(굉장한 놈인걸)/ヒコーキノリノ アジワ ドーダ(비행기 타는 맛이 어때?)/……ヤツ ノリツゾリガオツーヤナイカ(자식, 타는 품이 그럴싸한걸)/ハケ!(실토해)/모른다/シラヌゾンゼヌノイツテンバリカ(모른다고 버틸 참이라)/ソノアマイ トコロヲ タシコメヨ(그 달콤한 가루 좀 콧구멍에 쏟아넣어)/아악/카악 크윽/ノビタナ(뻗었군)/ミズ ヲカケロ(물을 쳐)/ドーダ(어때)/이래도 말이 하지 않겠나/엽전 자식이 독립이 무신 놈이 독립 천황 폐하께옵서 일시동인一視同仁하는 줄 몰라 하나!/네놈이나 새끼나 아부지 주는 돈 가지고 공부나 해 계집질이나 해하면 될 텐데 독립운동 무슨 말이야 나쁜 놈이 새끼/개 같은 놈 퉤/으? 이놈의 자식 어디 죽어봐라/으음/으윽/아

아/

   (3호 화석 FO)

넷째 굳은 돌 클로즈업. 애기 화석. 가슴에 흉터 있음.

   (토키) 뚜루룩. 뚜룩 뚜루룩/동무 그 어린애도 차넣으시오/네? 애는 반동이 아닙니다/무슨 소리. 반동의 새끼는 반동이오/타타타 타타타/동무들 그리루 몰아넣으시오/뚜루룩 뚜루룩/무자비한 적개심을 가지시오/우리들의 적에 대해서는 사정없는 증오심을 가지시오/당의 명령에 대해서 판단하지 마시오/동무 무자비하시오/볼셰비키는 얼음처럼 차야 하오/인민의 적을 찾아내서 삼족까지 멸하시오/하물며 새끼겠소?/저것이 자라면 제 부모 원수를 갚겠다 아니 하겠소?/성분을 따지는 우리의 인사 원칙은 뿌리깊이 역사적 지혜를 물려받고 있소/연산군을 모르오?/볼셰비키는 적으로부터도 교훈을 얻는 것이오/양반놈들의 정치철학에는 진리가 있었단 말이오/위대한 스탈린 동무는 적에게서 배우라고 말씀하셨소/사격 중지/인민이 만들어낸 탄환을 아껴야 하오/

   (4호 화석 FO)

영사판이 사라지고 희미한 불이 들어왔다. 검은 안경은 내 팔을 잡아 일으켰다. 나는 말했다.
"저 필름은 제 것입니다."
"알고 있습니다. 서장님을 만나보십시오."

우리는 서장실로 돌아왔다. 서장은 물었다.

"보셨능기요."

"네."

"무슨 말인지 알겠능교?"

"글쎄요 잘……"

"핫핫. 음. 으하핫핫. 그럴 기라요. 루멀랜드가 걸어온 길을 여간만 알지 않고서는 모를 겁디더. 깊은 것이래요. 깊은 조크인기래요."

"네에. 많이 이끌어주시기 바랍니다."

"그라고. 선생께서는 24시간 내로 우리나라를 떠나시이소."

"네?"

"24시간 안으로 루멀랜드에서 꺼지란 말이시더!"

"핫핫 괜히 농담을……"

"물론 농담인데 당신이 시체로 바꿔드래도 책임 안 지는 농담이라카는 말입니더."

그는 서랍을 열더니 루멀랜드 항공사 자리표 한 장과 출국 명령서를 나한테 건넨다.

"당신을 추방합니더. 이유는 불온 심벌〔象徵〕을 취득, 사용 및 선전하려 한 죄이며 국내 불법 비밀결사와 연락을 가진 죄입니더."

"아니 비밀결사라니?"

서장은 또 서랍을 열고, 또 한 장의 종이를 나에게 보여줬다. 나는 놀랐다. 그것은 전일에 내가 받은 무명씨로부터의 그 노래였다.

"알겠능교? 이건 그들의 암호 통신이라 카능기라. 꺼지이소!"

나는 대들려다 문득 입을 다물었다. 서장이 또 서랍 속에 손을 넣고, 부스럭부스럭하기 시작한 때문이다. 오만가지가 다 들어 있을 듯한 그 서랍에 대하여, 나는 어지간히 질려 있었다. 어쩌면 그 속에서 나를 시체로 만들라는, 이를테면 내 목에다 굵직한 댕기를 매주라는 명령서라도 나오는 날에는, 나는 볼짱 다 보는 것이므로 잠자코 있기로 했다. 사실 농담이 그쯤 되고 보면 나의 초라한 단수로 당해낼 수 있겠느냐는 과연 의심스런 일이었다. 나는 출국 증명과 비행기표를 호주머니에 넣고 일어섰다. 서장은 경찰서 정문까지 전송을 나오면서, 나한테 의장대를 한번 보아달라고 했다.

악대가 신나게 북을 치면서 마치를 울렸다. 그 가락은 풍년 노래였다. 푸웅녀언이 와왔네에 푸우웅년…… 서장은 내 귀에 입을 대고, 당신은 지금 원수급元帥級에 해당하는 대접을 받고 있는 것이라고 했다. 나는 방긋 웃어보였다. 우리는 죽 늘어선 의장대의 맨 끝까지 이르렀다.

그러자 돌연,

"쏘기 갖춰!"

기겁을 하는 내 가슴을 향해 의장병들의 총부리가 일제히 겨누어지는 것이다. 맨 앞줄은 엎드려 쏴 자세. 다음 줄은 앉아 쏴 자세. 다음은 엉거주춤 쏴 자세. 다음은 서서 쏴 자세이고, 맨 뒷줄은 당나귀처럼 펄쩍펄쩍 동료의 뒤에서 뛰어오르면서, 앞줄의 머리 위로 총을 내밀어 나에게 겨누어대는 것이었다.

"쏘아라구마!"

콩 볶듯 하는 총소리를 들으며 나는 쓰러졌다.

얼마를 지났을까. 눈을 떠보니, 마네킹처럼 예쁜 여자 경관이 내 콧구멍에다 열심히 마늘즙을 짜넣고 있다. 나는 그녀의 무릎을 밀치고 일어났다. 나는 그녀를 흘겨보느라고 고개를 돌리다가 에취 하고 재채기를 했다. 그 바람에 콧속에 떨어졌던 마늘 조각 하나가 튀어나가면서, 의장병이 메고 있는 작은 북 위에 떨어졌다. 콩. 그런 소리가 났다. 그러자 다시 악대는 신나는 마치를 푸웅녀언이…… 질탕하게 불어대고 의장병 대장은 외쳤다.

"고고학자 각하에 대하여 받들어 총 캐라."

차악 착. 의장병들은 총대를 올려쥐고, 턱을 쳐들고, 하늘을 째리면서, 흐응 흐응 소리 맞춰 코웃음을 쳤다. 의장병은 한 사람 빠짐없이 사팔뜨기였다. 완전히 야코가 죽은 나는, 천방지축 그들의 앞을 지나, 서장에게 말하기를, 더 폐를 끼치고 싶지 않다고 말했더니 그는, 좋을 대로 하라면서, 그러면 아무쪼록 평안한 여행을 빌며, 추락 사고의 소식을 학 모가지 빼듯 기다리겠노라고 마지막 농담을 던졌다.

나는 호텔로 돌아와서, 당장 급한 물건만 주워 모아, 커다란 여행가방에 처넣고, 나머지는 호텔에 부탁해서 부치기로 했다. 아직 오정도 안 됐다. 나는 비자를 꺼내봤다. 내일 아침 4시 19분에 출국하기로 돼 있다. 먼저 분녀를 만나야 했다. 나는 돌개바람처럼 거리로 뛰어나가 택시를 불렀다. 그런데 마침 이날은 운전사들이 총파업을 한 날이라, 거리에는 자가용 딱지를 붙인 차들이 가뭄에 콩 나듯 지나갈 뿐이었다. 일진이 나빴다. 펄펄 뛰고 있는데, 내

열하일기 217

앞에 루멀랜드산 고급 승용차 아리랑 90년도가 스르르 와 닿는다. 나는 무작정 뛰어올랐다.

"어디루 모실까요? 신사 양반!"

"분녀네 집이지 어딘 어디야!"

"어머나 뵈기 싫어……"

그 소리에 운전사를 쳐다보니 이걸 어쩌누. 치렁치렁한 흑발에 흑요석처럼 반짝이는 눈, 단순호치에 빚은 듯한 코, 십오야 밝은 달보다 더 환한 루멀랜드 미인이, 독사 같은 눈으로 나를 노려보고 있지 않은가. 나는 아찔했다.

"아, 이거, 어……"

"듣기 싫어! 친절을 베풀랬더니 호통이 웬 호통이야."

"아가씨 그런 게 아니구……"

"내려요!"

"실은 좀 바빠서…… 탄 김에……"

그녀는 미터 옆에 달린 도구 상자의 뚜껑을 열고, 손바닥만 한 쇠붙이를 꺼내더니 내 가슴에 겨눴다. 서부의 아주버니들이 쓰는 장난감이었다. 나는 한숨을 쉬면서 차를 내렸다. 그녀는 발차시키면서 증오에 가득 찬 눈길을 던지고는 가버렸다.

그녀 분녀의 아파트에 이른 것은 30분 후였다. 왜냐하면, 나는 줄곧 뛰어왔기 때문이다. 그녀의 방 앞에서 나는 노크를 했다. 문이 열리면서 아파트의 주인 마누라가 얼굴을 내민다.

"아, 당신이구려."

그녀는 그뿐, 훌쩍훌쩍 울기 시작했다.

"왜 이러십니까?"

"분녀는 죽었다우."

"네, 그게!"

나는 그녀를 밀치고 방 안에 뛰어들었다. 나는 우뚝 섰다.

분녀는 침대에 누워 있고, 그의 얼굴에는 하얀 보자기가 씌워 있었다. 나는 갑자기 깔깔대고 웃기 시작했다. 농담이지 뭐야. 나는 웃음을 그치고, 두 손으로 이렇게 허공을 짚으면서 도둑괭이처럼, 살금살금, 그녀의 침대 곁으로 다가섰다.

보자기를 확 젖혔다. 제삿날 쓰는 초모양, 하얀 얼굴. 살눈썹을 눕히고, 닫힌 눈꺼풀 풀어헤친 머리. 그녀가 나이트캡을 사용하는 것을 아는 나는, 이 산발의 뜻을 알 수 있었다. 설마. 괜히 그러지. 나는 그녀의 가슴에 귀를 대봤다. 째깍 소리도 없다. 맥을 짚어본다. 있을 리 없다. 그녀의 눈꺼풀을 뒤집어봤다. 검은 동자가 넘어갔다. 야 요것 봐라. 오냐. 나는 회심의 미소를 띠며, 그녀의 여며진 옷섶 사이로 손을 디밀어, 겨드랑이를 간지럽혔다. 그녀는 보통 때 이렇게만 하면 죽는 시늉을 한 것이었다. 끄떡없는 분녀였다. 나는 머리를 갸우뚱했다. 농담은 틀림없는 농담인데, 웃음이 나지 않는 것이다. 그녀의 베개 밑에 비죽이 내민 봉투. 나는 그것을 빼냈다. 받을 사람의 이름이 나였다. 왜냐하면 '사랑하는 당신에게'라고 돼 있으니깐. 나는 봉투를 뜯고 속을 집어내서 읽기 시작했다.

나는 당신을 증오합니다. 만일 내 손에 칼을 잡고 당신의 심장 깊숙이 꽂을 수만 있다면. 그만큼 사랑했습니다. 그 사랑의 값으로 나는 당신을 잃었습니다. 사람에게 참을 준 자는 오쟁이 지는 법이라는 진리를 첫사랑이었던 내가 어떻게 알았겠습니까? 당신이 내게서 떠나가고부터는 내게는 달도 해도 꽃도 다 쓸데없었습니다. 다 하는 모양으로 나는 잊으려 했습니다. 안 되더군요. 잊으려고 하는 만큼 또렷이 살아나는 기억. 지금 생각하면 능글맞은 당신이 딴속을 차리면서 피아노 치듯 더듬었을 그 애무가 못 견디게 그리웠습니다. 나는 사랑을 미움으로 바꾸려고 무진 애를 썼습니다. 그건 밑지는 일이더군요. 내 몸만 상했지요. 그렇습니다. 버림받은 여자가 가는 가장 똑똑한 길, 그것도 해봤습니다. 새 연인을 만들었지요. 어느 외국인 고고학자였습니다. 아니, 고고학도라고 하는 게 어울리는 청년이었습니다. 썩썩하고 티 없고 명랑하고 한마디로 철부지였죠. 그러나 나는 사랑했습니다. 죽는 마당에 나는 참만을 씁니다. 나는 그를 사랑했습니다. 당신과 만나기 전 처녀로 그를 알았다면 너끈하게 만족하고 생애를 같이해도 지루하지 않았을 것입니다. 사람이란 알 수 없는 것이어서 난봉꾼의 몇째 계집이 될 타입의 여자가 꽁생원의 충절한 마누라도 될 수 있는 법인가 생각했습니다. 나의 불행은 그가 아니고 당신을 먼저 만났다는 것이었습니다. 아닙니다. 나의 행복이 당신을 먼저 만났다는 그것에서 비롯했다는 사실이었습니다. 나는 두 사나이를 꼭 같이 사랑하고 있는 나를 알았습니다. 나는 놀랐습니다. 부끄러웠습니다. 두 사나이를 꼭 같이 사랑한다는 것은 놀랍고 부끄러워야 한다는 가르침을 나는 받았고 내가 자라난 시대는 그런 시대였습니다. 요새 애들 같으면 문제는 쉬웠을 것입니다. 이 세상에 똑같은 것은 없다고 걔들은 생각하므로 우선 문제 자체가 뜻이 없기 때문이지요. 설령 그런 경우가 있다 해도 역시 풀 길은 쉬울 거예요. 동전을 던져서 겉이냐 안이냐를 가지고 남자를 정하는 애를 저는 눈으로 보았어요. 나는 애들이 부럽습니다. 앞날의 딸들이. 그러나 그건 제 몫은 아니에요. 사람은 어쩔 수 없이 주어진 제 몫만 가지는 것. 아무리 발버둥 쳐도 동전의 확률은 제 심장의 윤리가 되지 못했습니다. 이런 경우에 우리가 배운 해결법도 꼭 하나 있었습니다. 아무도 사랑하지 않는 것과 죽는 것. 나는 나중 것을 택했습니다. 왜냐하면 내게 있어서 아무도 사랑하지 않고 있다는 것은 죽어 있다는 것이므로. 이 점으로 보면 나는 역시 새 시대의 물을 먹은 여자였죠. 다만 낡은 시대가 밀어낼 수 없이 함께 있었지만. 또 한 가지. 후자를 택한 것은 내가 언제까지나 아무도 사랑하지 않고 있으면 당신을 즐겁게 하는 것뿐이라고 생각했기 때문입니다. 당신은 말하겠지요. 네가 죽는 것은 결국 나의 승리라고, 너를 가진 것은 나뿐이라고. 아닙니다. 나는 그 젊은이하고도 잤습니다. 당신과 더불어 그렇게 했던 때와 꼭 같이 어지럽고 즐겁게. 다른 것이 있다면 당신과 나의 자리가 어버이 딸의 그것이었다면 그와의 것은 어미 아들의 자리였다 하겠습니다. 유서가 길어졌습니다. 긴 연애편지를 쓰는 것두 고풍古風인 증거지요. 그리고 내 그리운 고고학자의 달걀님. 당신에 대한 나의 사랑을 의심치 마세요. 나는 당신을 죽도록 사랑했습니다. 그래서 죽는 거예요. 저의 마지막 농담이죠. 안녕 내 사랑.

나는 붉으락푸르락, 앉았다 섰다, 울며 웃고, 걷다가는 서고 하면서 이 편지를 수없이 읽었다. 위대한 유머. 그러나 너무 위대했다. 나 같은 사람에게는 요것보다 쪼맨만 못한 편이 안성맞춤일 것을. 그녀는 마르기를 잘못했어. 평시에 그녀가 바느질을 등한히 한 탓이리라. 그러나 마나 지금은 다 쓸데없었다. 나는 그녀의 위에 엎드려서 그녀의 입술에 내리 키스하기 시작했다. 싸늘하긴 해도 그지없이 부드럽고 달콤한 입술이었다. 목련화 꽃잎 같은 입술을 나는 자꾸 빨았다. 나는 아버님께서 하신 말씀, 무슨 꼬투리든 잡아서 키스를 벌어두라고 하신 가르침을 잊지 않고 있었다. 지금이야말로 그때였다. 얼마 지나면 땅속에 묻혀서 흙이 될 입술. 그 입술이 이 세상에 생겨난 보람을 조금이라도 더 채워주는 것은 옳은 일이었다. 꼭 스물한 번째 키스로 접어드는데, 문이 벌컥 열리는 소리가 났다. 나는 얼굴을 찌푸리고 돌아봤다. 털셔츠를 걸치고 홀태바지에 운동화를 신은, 30대의 사나이가 방 안으로 들어온다. 꼭 권투 선수의 퇴물 같은 작자였다. 그는 내 손에 쥔 편지를 잡아 빼서 죽 훑어보더니, 코웃음을 탕 치고는 내뱉듯 말했다.

"흥, 하냥년 자알 뒈뎄다."

"뭐!"

"네레 그 새끼가?"

"새끼가 아니구 어른이야!"

"젊은 새끼레 계집이 없어 놈의 계집 후리구 다넨?"

나의 온몸이 후끈 달았다. 나는 작자의 눈두덩이를 힘껏 갈겼다. 아쿠 하면서 그는 비칠거렸다. 신바람이 난 나는 당수의 '뛰어오르며 옆으로 비스듬히 곱게 걸어차기'를 써서 놈을 쓰러뜨렸다. 내가 멋을 부린 것은 여기까지였다.

작자는 공처럼 뛰어 일어나더니, 두 주먹을 엇비슷이 겨누며 춤추듯 다가왔다. 내 눈앞에 무수한 별자리가 벌어지고, 아득한 꿈나라로 가는 데는 그로부터 그닥 많은 시간을 허비하지 않았다.

와랑와랑 와르릉와르릉……

아득하게 들리는 소리. 바다 울음 같은. 먼 땅울림 같은. 나는 눈을 번쩍 떴다.

"호호 인제 정신이 드세요?"

비뚜름히 쓴 모자. 새파란 유니폼. 여자 경관? 간호부? 나는 벌떡 일어났다. 누가 꽉 붙든다. 아니, 내 몸은 여러 갈래 벨트로 자리에 꽉 묶여 있다.

"가만 계세요, 끌러드릴게요."

몸이 자유롭게 된 나는, 두리번거리며, 여기가 어딘가 알려고 했다. 짐승이 잠에서 깼을 때 첫째로 하는 움직임은, 이것이 자기 굴인가, 산등성이인가, 골짜긴가 혹은 함정인가를 알아내는 동작이라고 어떤 이름난 사냥꾼이 말했다. 두 줄로 죽 나간 자리. 가운뎃길. 번들거리는 쇠붙이 벽. 천장. 마루. 스튜어디스. 비행기 속이구나. 나는 무슨 소리를 지르며 옆에 달린 창문을 열어젖히려 했다. 스튜어디스가 내 어깨를 눌렀다.

"열리지두 않아요."

기체는 약간 틀리면서, 창으로 아래를 내다보기 꼭 알맞게 된다. 콧대가 한옆으로 착 넘어지게 창유리에 얼굴을 밀어붙이며, 나는 눈 아래 펼쳐지는 산천을 보았다. 염병 앓은 여자 거지의 정수리처럼 헐벗은 산줄기. 갓난아기 오줌 줄기 같은 냇물. 뫼와 내는 차츰차츰 멀어져가고 있다. 아이고 루멀랜드 루멀랜드.

하늘을 찌르듯, 꼿꼿하고 키 큰 잣나무가 촘촘히 들어선 수풀 사이로, 오솔길은 끝없이 뻗어간다. 날개를 퍼덕거리며, 산비둘기가 가지 사이로 오간다.

그뿐. 조용함. 꽉 찬 진한 송진 냄새. 저녁 안개가 몰려온다. 이윽고 호수가 나진다. 호수에도 안개가 바야흐로 퍼지기 시작한다. 나는 엽총을 옆에 놓고 풀 위에 앉았다. '보비이'도 꼬리를 깔고 내 곁에 앉는다. 아직 저녁 해는 넘어가지 않았고, 사방은 뚜렷한 윤곽이 그대로였다. 나는 돌멩이를 찾아들어 호수에 대고 던졌다. 풍. 돌이 떨어진 자리에서 물결이 번지며 자꾸자꾸 번져나간다. 루멀랜드. 20년이란 세월. 나는 루멀랜드에서 숱한 보석을 훔쳤다. 삶의 슬기를. 루멀랜드는 비록 이 땅 위에서 없어졌을망정, 그들이 만든 빛나는 본은 인류의 가슴속에 남아 있다. 내가 20년 전 루멀랜드를 떠난 다음 해, 루멀랜드의 위대한 궁리꾼들과 노래꾼들과 과학자 그리고 무당들이 모여서, 역사상 일찍이 없었던 실험을 했다. 열여섯 난, 아무 죄 없고(일설에 의하면 그는 장미꽃 모양의 심장을 가졌다고도 하지만 확실치 않다) 성한 소년의 한쪽 눈 속에 최루탄을 박아넣으면, 어떤 일이 일어나는가에 대한 실험이었다. 선禪의 방법을 써본 것이었다. 어느 나라들처럼 달을 쏘는 대신에, 사람의 넋을 쏜 것이다. 놀라운 익살이었다. 결과도 놀라웠다. 그 소년의 눈은 바로 신의 허파였던 것이다. 신神은 캴캴캴깔

깔깔 으하핫핫 형편없이 너털웃음을 웃기 시작했다. 결과는 뻔했다. 신의 허파의 맹렬한 움직임으로 말미암아, 땅이 쪼개지고, 뫼가 내려앉은 위로, 바닷물이 덮쳤다. 루멀랜드 온 나라가 바다 속으로 가라앉아버린 것이다. 루멀랜드는 이렇게 갔다. 풍문에 의하면 이 실험에는 내가 잘 아는 '민중을 사랑하는 암흑의 집 사랑의 방' 근무자들이 한몫 단단히 놀았다고도 하지만, 이 소문은 다짐할 길 없고, 머나먼 주변에 감도는 아지랑이 같은 것에 지나지 않는다. 마치 루멀랜드의 본ㅅ대 그것처럼.

나는 다시 호수로 눈길을 돌렸다. 물결은 이제 보이지 않았다. 그렇다. 민족의 역사란 물결 같은 것. 루멀랜드 같은 것은 그중에서도 뚜렷하고 화려한 물결. 그러나, 위대한 종족과 마찬가지로 열등한 종족도, 또한 저 나름으로 물결을 가져야 한다. 사람은 제 잘난 멋에 사는 것. 나도 그렇다. 루멀랜드 본ㅅ대의 꽃이었던 분녀 같은 여자는, 나한테 너무 과분했다. 나는 다만, 그녀의 마지막 입술에서 백스물한 개의 입맞춤을 훔친 것으로 만족이 되어야 한다. 더 바라면, 루멀랜드처럼 비극의 주인공이 되어야 한다. 비극은 큰 민족과 큰 개인에게 맡기자. 뱁새는 뱁새대로 살아야 한다. 나의 늙은 뱁새 밀렌도 옛날에 대면 훨씬 누그러졌다. 인제는 내 따귀를 갈긴다거나 구둣발로 걸어차는 일은 없다. 그러므로 나는 저 불쌍한 립 밴 윙클처럼 여기서 한뎃잠을 안 자도 된다. 나는 총을 들고 일어서면서 또 한 개 돌멩이를 주워들어 호수에 던졌다. 인제 물결은 보이지 않는다. 안개가 호수를 덮어버렸으니. 그래도 나는 안다. 틀림없이 내 돌멩이는 물결을 일으켰을 것을. 그것은 나의 물결이다. 아무리 작더라도, 내 손이 확실히 만들어낸 나의 물결이다. 그것은 또한, 늙었지만 내게는 별수 없이 사랑스러운, 나의 뱁새 밀렌의 눈시울에 나타나기 시작한 주름이기도 하다. 늙은 개 보비이도 옛날 같지 않다. 그에게도 유감은 없지 않다. 지난날 밀렌과 한패가 되어 시큰둥하게 굴던 일을 생각하면 말이다. 그러나 지금 놈과 나는 같이 늙는 처지다. 꼬리를 사타구니에 끼우며, 두 개의 밥주걱처럼 벌숙 솟은 어깨 사이에 턱이 땅에 닿게 머리를 처박고 곁눈질로 홀끔홀끔 눈치를 보는 그의 모습에서 나는 나의 승리를 본다.

 옛날. 옛날 보비이가 젊었을 때는 씩씩한 사냥개였다. 그의 날카로운 이빨은 적의 급소에 박히면 요정을 내고야 빠지는 무서운 무기였다. 그와 나는 사냥에서는 손발이 맞았다. 사냥은 그래야 한다. 지금은 별수 없이 손이 떨려서 사나운 짐승을 찾아다니는 일은 피하고 있지만, 그것은 그대로 좋은 것이다. 내 방에 걸린 여남은 개의 곰의 대가리는, 내가 결코 비겁한 자가 아니었다는 것을 밝혀주고도 남기 때문이다. 내 삶도 그랬다. 나는 달리고 살피고 쏘아 넘겼다. 무엇이든 알려고 하고 갖고 싶어 하고 심지어 빼앗았다. 가지고 있는 돈을 두 배로 늘이기 위해서 허리띠를 졸랐으나, 자선 모임에는 두둑하게 인심을 썼다. 이것은 물론 비유다. 장사꾼의 아들이고 용병대장傭兵隊長의 손자인 나는, 조상들 덕으로 학문을 하게 되어 고고학자가 되었지만, 그 연구 태도인즉, 죽음을 돈과 바꾼 할아버지와, 돈을 죽음과 바꾼 아버지의 억센 방법을 그대로 옮겼을 따름이다.

일하는 사람만이 쉬는 참맛을 알 듯이, 싸운 사람만이 평화를 즐기는 법이다. 일하지 않고도 쉬는 참맛을 뚫어 알고, 싸우지 않고도 평화를 뚫어본 종족은 여태껏 루멀랜드 사람밖에는 없었다. 그들은 하늘나라의 씨가 잘못 떨어져 땅 위에 핀 꽃이었으므로, 살아 있는 짐승이며 땅에서 자란 우리가 그 흉내를 내다가는 큰코를 다치게 마련이다. 나는 저세상으로 가서 그들을 만나기를 바란다. 그때 나는 밀렌을 분녀에게 터주겠다. 그녀들은 서로 얻는 바가 있을 줄 안다.

 나는 보비이의 머리를 쓰다듬어준다. 그는 나를 쳐다본다. 나는 그를 안다. 그의 지난날의 교만은 젊은 때 아무에게나 있을 수 있는 그런 것이다. 그뿐이랴. 뉘우칠 놈은 오히려 나 자신이니, 밀렌과의 실랑이 끝에는 죄 없는 보비이의 갈비뼈가 얼마나 학대를 받았던가. 루멀랜드 속담대로 시어미 역정에 개 옆구리였던 것이다.

 지난날은 잊어버리자. 그것이 남자다.

 인제 자욱한 안개를 뚫고 우리는 돌아가는 길에 오른다.

금오신화

고갯마루를 기어오르면서, 기차는 짐승이 되었다. 잇달아 올리는 날카로운 기적은 김을 뿜어내는 쇠붙이에서 울려나오는 소리라기보다는 분명히, 함정에 빠진 짐승이 그저 체면을 팽개치고 뽑아내는 그런 목청이라고 하는 편이 나았다.

A는 이를 악물었다 놓으면서, 창유리에 바싹 얼굴을 붙이며 바깥을 내다보았다. 거기서 그는, 흘러가는 고원高原의 밤경치 대신에, 어떤 남자의 얼굴을 보았다. 달 없는 밤 유리는 컴컴한 뒤판을 댄 거울이 돼 있었던 것이다.

빗어넘겼다고 생각했는데 푸수수 이마에 흩어진 머리카락. 그 이마에 잡힌 두 줄의 깊은 주름. 불거진 광대뼈. 그를 바라보는 푹 꺼진 눈동자는, 늙은 노동자의 그것처럼 지쳐 있었다. 그는 오싹 몸을 떨었다.

그는 창에서 얼굴을 떼며, 의자 등에 힘없이 기댔다. 눈을 한번 감았다 떴다. 턱을 쳐들어 싸한 눈길이 닿는 곳, 입구 위쪽에 표어가 커다랗게 붙어 있다. "위대한 중국 인민과 조선 인민의 영구불변의 친선 만세." "민족의 태양이며 조국 전쟁의 승리를 지도한 우리들의 경애하는 수령 김일성 장군 만세."

A는, 가로 붙여진 그 글씨를, 오래 바라보았다. 질이 나쁜 갱지에 물감으로 쓴 그 표어는 붙여놓은 지가 오래된 모양으로 글씨의 색이 바래 있었고, 한쪽 모서리가 떠서 어쩌다 바람 때문에 문이 덜컥 열릴 때면, 가장자리가 세모꼴로 펄럭 접혔다가는 펴지고 하였다. 그는 걸어가서 문을 단단히 닫아놓고 돌아왔다.

짐차 줄에 다만 한 칸만 달아놓은 손님 찬데, 손님은 그를 넣어 단지 넷. 그 네 사람도, 찻간을 넷으로 나눠 자리 잡은 채, 기침 소리도 내지 않았다. 어쩌다 기차가 심하게 흔들릴 때 몸을 바로잡는 기척도 그때마다 한 사람 같았다. 휴전이 되고 체코에서 들여온 객찬데, 퍽이나 낡은 것이었다. 그동안에 이토록 헐었을 리는 없으니까, 원래 쓰던 물건을 보내온 것임에 틀림없었다. 나무를 댄 마룻바닥이 꺼칠하게 일어나 있었다.

그는, 주머니를 뒤져 '모란봉'을 꺼내, 한 대 붙여 물었다. 오랜만에 피우는, 질이 좋은 담배 맛이 아찔하도록 즐거웠다. '인민'도 제대로 댈 수가 없어서, 꽁초를 풀어두었다가 신문지에 말아 피우는 것이 일쑤여서, 혓바닥은 그렇게 길들어 있었으나, 그는 이번 걸음에는 사치를 부릴 수 있었다. 도당道黨 선전부장이 평양까지의 여비 몫으로 준 1백 원 중에서, 아직 반이나 남아 있었다. 막상 떠난대야 혈혈단신인 몸이고 보면, 뒷마무리하는 데 그만한 돈도 다

쓸 데가 없었던 것이다.

그가 도당으로부터 부름을 받은 것은, 9월 들어 어느 몹시 비가 내리는 날이었다.

지난 싸움 때 폭격으로 반나마 허물어진 도당 건물에 들어서면서, 그의 가슴은 알 수 없이 어수선했다. 그저 평당원에 지나지 않고, 그렇다고 일터에서 두드러진 일손도 아닌 그가 도당의 부름을 받았다는 일은 아무래도 풀기가 어려웠다. 그는 컴컴한 복도의 맞은편에 선전부장실이라 씌어진 방문을 밀었다.

벽을 등지고 앉아 있던 남자가, 낯을 들었다. 중년을 지난, 작달막한 사나이였다. 그는 먼저, 자기 손목시계에 흘깃 눈길을 보냈다가, 천천히 일어섰다.

"A동무지요?"

몸매에 어울리지 않게, 굵직한 목소리였다. A는, 빗물이 흐르는 윗옷을 한 손으로 쓸면서, 이렇게 대답했다.

"네, 부름을 받고 온, 홍남비료 제3공장 제26작업반의 A입니다."

그는 호주머니에서 종이를 꺼내 책상에 놓았다.

"수고했소. 심한 모양이군."

그는, 흠뻑 젖은 A의 위아래를 새삼 훑어보았다.

"네, 뭐……"

비가 오는 것이 마치 자기 탓이나 되는 듯이, A의 목소리는 떨려나왔다.

"비옷을 벗으시오, 동무."

비옷—마대를 오려내서 망토 모양으로 지은, 흠씬 젖은 걸레쪽을 몸에서 떼어 들고, 그는 잠시 망설였다. 어디 마땅히 둘 자리가 없었기 때문이었다. 선전부장은 문간에 놓인 작은 상자를 눈으로 가리켰다. 그는 두 겹으로 접은 비옷을 그 위에 놓고 나서 선전부장과 마주 앉았다. 선전부장을 처음 보는 것은 아니었다. 작년 볼셰비키 혁명 기념식과, 금년 메이데이 때 그리고 지난번 군중대회에서— 모두 세 번 그를 본 적이 있었다. 그러나, 한 번은 높은 단 위에서, 나머지 두 번은 시위 행진을 하면서 지나치는 길이었기 때문에, 이렇게 대하는 것은 처음이었다. 지난 전쟁 때 자강도 慈江道 지구에서 군수 공장을 맡고 있었다는 그는, 뛰어난 조직 능력으로 중앙당의 믿음이 두텁다는 말이었는데, 지금 눈앞에 두 손길을 책상 위에서 마주 잡고 그를 지켜보는 마흔 줄의 사나이는, 얼핏 그의 중학 시절의 어느 교사를 떠올리는, 그런 평범하고도 조금 지친 듯한 눈을 가진 남자였다.

"아무한테도 말하지 않았겠지요?"

"네, 아무한테도……"

선전부장은 마치 그것을 알기까지 기다렸다는 듯이, 그제서야 소환장을 집어서 서랍에 넣었다. 그리고 미리 책상 위에 얹혔던 서류를 끌어당기면서, 불쑥 말하는 것이었다.

"동무, 당과 인민을 위해서 일해볼 생각이 없소?"

"네?"

A는 엉거주춤 일어설 듯한 몸매를 지니면서, 턱수염이 푸슬하게 자란 부장 동무의 아래턱에 대고, 순전히 바보같이 네?를 두 번

뇌었다.

"당과 인민을 위해서 봉사할 생각이 없느냐고 물었소."

말씨는 여전히 부드러웠다.

"네, 물론…… 부장 동무, 좀 자세한……"

"물론 그렇게만 말해서는 짐작이 안 갈 게요."

그는 한 번 멈추었다가,

"동무가 열성적인 당원이란 보고는 잘 듣고 있소."

전혀 엉뚱한 얘기를 꺼냈다. A는 가슴이 꺽 막혔다. 자기가 그런 당원이 아니라는 것은, 누구보다 스스로가 잘 알고 있었기 때문이었다.

"……그래서, 이번에 동무에게, 특수 임무를 맡기자고 생각했소. 조국과 인민을 위해서 일할 수 있는 기회요. 현재의 자리보다 더 보람 있는 자리에서, 당에 봉사할 수 있는 것이오…… 남조선으로 가는 일이오."

"네? 남조선으로요?"

"그렇소."

눈앞이, 막이 끼인 듯이 잠깐 보얗게 흐렸다. 간첩. 간첩 두 글자가 머릿속에서 두 겹 세 겹으로 핑그르핑그르 돌아갔다.

30분 지나서 그는 도당을 나왔다. 비는 여전했다. 그는 마대를 뒤집어쓰고, 비 오는 거리를 합숙을 향해 걸어갔다. 합숙까지 이르는 사이 양쪽은, 원래 홍남의 메인 스트리트가 있던 자리였으나, 지금은 부서진 벽돌만 여기저기 흩어진 벌판이었다. 벽돌이며 목재 등속은 가건물을 짓는 데 수집당해서, 쓸모없는 부스럭지 말고는, 부서진 터에 남아서 쉬는 것도 허락되지 않았던 것이다.

그가 도당에 갔다 온 것을 아는 사람은 아무도 없었고, 그도 물론 아무한테도 말하지 않았다. 그는 오는 길로, 몸이 불편하다는 핑계로 독보회讀報會에 나가지 않고, 그의 자리로 와서 번듯이 드러누웠다.

그들의 합숙은 허물어진 건물에서 주워낸 벽돌, 시멘트 덩어리를 쌓아서 흙으로 바른, 낮은 움막이었다. 그는 누운 채로 팔을 뻗쳐, 손가락으로 벽을 만져보았다. 흙벽에 바른 시멘트 포장지는, 더 좀 세게 꾹 누르면 물이 번질 것처럼, 눅눅하게 불어 있었다. 그는 손가락을 갖다 코끝에 댔다. 질소 비료의 퀴퀴한 냄새와 흙 썩은 냄새가, 시장한 그의 속을 울컥 뒤집어놓았다. 50명의 인원이 잠자는 자리로서는 너무나 비좁았으나, 그래도 A는 이 움막을 사랑하였다. 왜냐하면, 잠자는 시간에만은 그는 자기가 되어볼 수 있었기 때문이었다. 때에 전 이불을 뒤집어쓰고, 그 밑에 가려진 캄캄한 공간 속에서, 그는 소리 없이 울 수 있었기 때문이었다. 그는 소리도 내지 않고, 느끼지도 않고, 물론 눈물도 흘리지 않고 울음을 운다는 기술에 익숙해 있었다. 문 앞에 달아놓은 박격포 깍지가 땅 땅 땅 세 번 울리면, 그들은 저마다 고단한 몸을 눕히고 이불을 뒤집어쓴다. A는 꼭대기까지 푹 덮은 다음에, 두 주먹을 쥐어 아랫배에 붙이고, 이를 악문다. 몸을 빳빳이 뻗친다. 그러고 한참 있는다. 머리끝에서 발끝으로, 실오리처럼 가늘고 잔잔한 물결이 지나간다. 자꾸 흘러간다. 그러면 그의 마음과 몸은 후련해진다. 그는 주먹을 풀고 악물었던 입을 벌린다. 이것이 우는 것이다.

그러나 오늘은, 습관이 된 이 움직임을 치르고 난 다음에도, A는, 여느 때처럼 후련한 기운을 가지지 못했다. 남조선으로 가시오. 조국과 인민이 당신의 봉사를 바라고 있소. 중학교 시절의 어느 선생을 닮은 부장 동무는, 그에게 권하고 있었다. 당은 동무의 충성을 믿고 있소. 인민과 조국을 지키고, 해방을 갈망하는 남반부 동포들을 도울 수 있는, 영광스러운 기회요. 어떻소? 네, 물론입니다. 네, 부장 동무 저는 자랑스럽습니다. 그렇다면 응하겠다는 말이오? 네, 동무, 부장 동무⋯⋯ 물론 생각할 수 있는 충분한 짬을 주겠소. 잘 생각해보시오. 잘. 일주일 후에 이 시간에 다시 오시오. 부장 동무는 하얀 이를 드러내 보이면서 인자하게 웃었다. 마치 외국 유학을 권고하는 은사처럼.

그는 앓는 소리를 죽이느라고 이불자락을 물었다. 방 안은 텅비어 있었다. 제3동에서 종합 학습을 하는 날이었다. 그쪽에서 노랫소리가 들려왔다.

> 우리들은 민주 조선 힘찬 근로자
> 새 세계를 창조하는 건설의 역군
> 동무들아 이 기세로 굳게 뭉치어
> 인민 경제 계획을 승리로 맺자

인민 경제 계획을 완수하기 위하여 밤낮으로 투쟁하는 지금의 생활도 물론 훌륭한 봉사요. 그러나 당은 동무에게 다른 일터를 제공하겠다는 것이오. 더 혁명적이고 더욱 영광에 찬 임무 말이오.

일주일 후, 그는 도당 선전부장실에서 지금 일터에서 눈에 띄지 않고 빠져나오는 일을 가지고 이야기했고, 다시 한 주일이 지난 다음에는, 부장 동무는, 그의 성공을 축하하면서 평양까지의 여비 1백 원과, 열차 번호를 적은 여행증명서를 주었다. 우엉우엉 길게 뽑아대는 기적은, 목을 힘껏 늘이고, 팔다리를 버둥대는 어떤 짐승의 형국을 뚜렷하게 머리에 그리게 할 만큼, 절실한 느낌에 차 있었다. 그는 허공중으로 사라져가는 그 소리에 귀를 기울였다. 우스운 일이었다. 이 걸음의 목적이 잠시도 마음에서 떠나지 않으면서도, 그의 가슴 한구석에는, 어떤 티 없는 기쁨이 번지고 있는 것이었다. 오랫동안 여행을 한 적이 없어서였을까. 그 지루하고 고달픈 공장살이. 1,200칼로리 아래로 처지는, 성욕마저 아슴푸레하게 만드는 생활. 그 생활에서 어쨌든 벗어났다는 기쁨일까. 아무리 그렇게 주책이 없을 수야. 사람이란 그렇게 주책이 없는 것일까. 빈대가 미워서 초가삼간을 태운다고. 그래도 초가가 아니라 내 몸인데. 내 몸인데야 그럴 수가…… 그래도, 그래도 그의 가슴에 번지는 설렘. 그는 두 손으로 얼굴을 감쌌다. 새로운 일터. 더 높은 충성을 나타낼 기회요. 동무. 당을 사랑하고 투쟁의 역사에 자랑스러운 이름을 남긴 동무들은, 원수들이 지배하는 거리에서, 그들의 총검이 번득이는 병영兵營에서, 혁명을 조직하고 미래를 만들어냈소. 새 역사를 만드는 계획에 참가하는 게 어떻겠소. 당과 동무 자신의 미래를 위해서. 나 자신의 미래. 흥남비료 제3공장 제26작업반 선반공 A의 새로운 미래.

  기차는 내리막을 달리고 있었다. 알리도록 몸이 기울었다. 칙칙푹푹, 어린 시절에, 기차 소리는 그렇게 나는 것으로 되어 있었다. 칙칙푹푹. 그러나 지금은 그렇지 않았다. 기차 소리는 이렇게 들렸다. 놓치면은 안 된다, 놓치면은 안 된다. 칙칙푹푹, 놓치면은 안 된다, 놓치면은 안 된다. 누군가가 열심히, 놓치면은 안 된다고 소리치는 것이다. 무엇을? 무엇을 놓치면 안 된다는 말인가? A는 물론 알고 있었다. 그는 얼굴에서 손을 떼고, 다시 창유리에 얼굴을 갖다댔다. 거울 속의 사나이는 비밀을 가진 인간의, 조심스럽고 불안한, 그러니까 보이지 않는 웃음을 웃고 있었다. 놓치면은 안 된다. 놓치면은……

기차는 이제 평지를 달리는 모양이었다……

전쟁 중에 깡그리 부서진 흥남만을 보아온 눈에, 평양은, 그래도 사람 사는 도시라는 느낌이었다. 그러나 그것은 평양이 덜 부서진 것이 아니라, 흥남이 너무 부서진 탓이었다. 아무튼 도시가 더 크고 보면, 부서지기를 벗어난 데가 넓이로는 우선 더 클 이치였다. 다만, 시간이 퍽이나 된 다음에도, 거리에 나도는 사람이 너무나 적었다. 그러한, 인간의 부재를 메우기나 하는 듯이, 플래카드가 가는 데마다 걸려 있었다. "제O차 당 대회의 호소를 받들고 전 조선 인민은 영명한 수령 김일성 동무의 주위에 철옹성처럼 단결하라." "조국 전쟁의 원조자이며 조선 인민의 친근한 벗이며 중국 공산당의 위대한 지도자 모택동 동무 만세." "우리 민족의 불구대천의 원수이며 세계 평화 애호 인민의 가증할 적인 미 제국주의자들과 그 졸도인 이승만 괴뢰 정부를 타도하기 위한 남북 조선 인민의 단결 만세." 지붕이 내려앉고, 마치 초등학교 아이들이 윤곽을 그릴 때 어디고 검정 크레용을 칠하듯이, 반듯하게 검은 테가 둘린 타버린 창틀 사이로, 하늘이 내다보였다. 유럽의 어떤 도시가 '동상의 거리'라고 불린다는 말을 들은 적이 있는데, 평양은 플래카드의 도시라고 하면 어울릴 성싶었다. 동상이, 지나간 시간에 대한 회고라면, 플래카드는 닥쳐올 시간에 대고 던지는 고함소리라고 할까.

흥남보다 부서지고 남은 건물이 좀더 많은 반면에, 그런 비율만큼은 사람이 많지 못하고, 그 대신 플래카드가 풍성한 도시 — 이것이 A의 눈에 비친 평양이었다.

기차에서 내리면서 시간을 알아보았을 때는 8시 10분 전이었다. 그동안에 10분이 지났다 하고 8시, A가 내무성에 나타나기로 된 9시 30분까지는 그는 자유일 수 있었다. 평양은 처음 걸음이지만, 그는, 정거장에서, 그 위치와 그곳까지 걸어서 걸리는 시간을 물어둔 탓으로, 남은 시간을 마음 놓고 보낼 수 있다고 생각하였다. 그가 걸어가는 길가에 시장이 나섰다. 사람들은, 허허벌판에 저마다, 바꾸자는 물건을 앞에 놓고 앉아 있었다. 이만한 수의 사람이 한곳에 몰린 곳을 처음 대하는 까닭에서였던지, A는 문득 따뜻한 뭉치가 가슴에서 꿈틀거렸다. 번들번들 닦은 양은 그릇, 쇠솥, 탄자리에서 걸어온 땔감, 빛이 바랜 옷가지들, 양철판에 수북이 쌓아서 헝겊으로 덮은 삶은 옥수수, 그리고 유독 A의 눈길을 끈 것은, 서랍 달린 묵직한 장롱이었다. 연한 밤색을 입힌 나뭇결은, 반들반들 윤이 나고, 아침 햇살에 그 밝은 데가 호박琥珀처럼 비쳤다. 봉황새 모양을 본뜬 놋 자물쇠까지 덩그마니 잠겨 있었다. 이런 물건이 어떻게 남아났을까. 그는 형태를 취한 기적을 대한 듯이, 놀라움과 까닭 모를 그리움의 눈으로 이 살림살이를 바라보면서, 손으로 만져보았다.

"동무, 잘해서 써보우다레."

A는 그렇게 말하는 물건 임자를 그제야 쳐다보았다. 장롱 모서리에, 몸을 숨긴 모양으로 쭈그리고 앉아서 철에 어울리지 않는 중공군 방한모를 귀를 접어서 머리에 얹은 노인은, 소 장터에서 송아지 등을 쓰다듬는 손짓으로 그의 사치한 상품을 매만지면서 그를 올려다보았다.

"용케 이런 물건이 남았군요."

그는, 마음속에 있는 말을 기어이 입 밖에 냈다. 그러나 노인은 아무 대답도 하지 않았다. 노인은 다시 한 번 A를 흘깃 쳐다보고는, 방한모를 꾹 누르는 시늉을 하면서, 무슨 털게처럼, 앉은 채 뒷걸음질을 하여, 도로 장롱 모서리로 움츠러들어갔다.

그는 얼른 그 앞에서 자리를 옮겼다. 옥수수 더미 앞에서 그는 발을 멈췄다. 그는 쭈그리고 앉아서, 손으로 가리켰다. 아낙네는 헝겊을 들췄다. 연한 수염에 싸인 노란 뭉치를 보자, 그는, 거짓말처럼 심한 시장기를 느꼈다. 그는 덥석 한 개를 집어서 입으로 가져갔다.

내무성에 닿아서 시간을 알아보니, 그는 20분이나 앞질러 온 것이었다. 그는 몹시 아까운 생각이 들었다. 그러자 A는 아까워할 시간이 다시는 없을, 그런 곳으로 자기가 걸어들어온 것을 똑똑히 깨달았다. 그 초라한 저자에서의 산책이 그토록 아쉽고 유쾌하던 까닭을 뒤미처 느낀 것이었다. 내무성 건물은, 비교적 파괴가 덜 하느니보다 거의 말짱했다. 건물 같지 않은 건물, 거리 같지 않은 거리, 가구 같지 않은 가구 속에서만 이 수삼 년을 보내온 그의 감각은, 힘을 주어 걸어도 마루가 울리지 않는, 이 제대로 된 건물에서 그것만으로 위압을 느꼈다. 대남 공작을 맡은 책임자의 방에서도, 그는 똑같은 느낌을 받았다. 말끔히 치운 방. 벽에 걸린 커다란 조선 지도. 쟁반에 받쳐놓은 물주전자. 그런 것들이 당치 않은 물건처럼 그를 눌렀다. 그보다 잘해야 서너너덧 살 위일 성싶은 방의 임자는, A가 자리에 앉는 것을 기다려서, 입을 열었다. 앞니가 한 대 금이빨이었다.

"수고했소. 오늘부터 동무는, 내 지시에 움직여야 하오. 오늘 과업을 말하겠소. 제3시립병원으로 가서, 건강 진단을 받으시오. 진단서는 필요 없소. 받기만 하면 되오. 끝나는 대로 다시 나한테 오시오."

A가 어물거리자 금니는,

"가시오, 연락은 되어 있소."

밀어붙이듯 말했다. A는, 무릎에 얹었던 레닌모를 손에 집어들고, 방을 나왔다.

제3시립병원은, ㄷ자의 밑줄 쪽이 부서진 채로 있는, 학교 건물이었다.

그는 용지를 들고 먼저 저울에 올라섰다. 바늘은 50과 60 사이에서 부르르 떨다가 미안한 듯이 55에서 주춤하더니 그대로 멎었다. 시력, 키를 재고 그는 의사 앞에 앉았다.

"어디 아픈 데 없소."

"아니."

의사는 꾹 집어서 눈까풀을 뒤집어보고, 앙을 시키고 혓바닥을 눌렀다.

"벗으시오."

A는 윗옷을 벗을 때 약간 망설였다. 속옷이 너무 더러웠기 때문이다. 의사는 그런 데는 아랑곳없이, 청진기를 귀에 꽂고, 꼭지를 내밀어 그를 재촉했다.

"크게…… 좀더……"

그는 용지에 써넣고 청진기를 귀에서 뗐다.

"입으시오. 복도 맞은편 X선과로 가시오."

X선실에서 그는 좀 기다려야 했다. 담당 의사가 어디를 갔다는, 간호원의 말이었다. 간호원은 창가에 앉아서 바느질을 하고 있었다. 솜을 넣은 장갑인데, 그녀의 발부리에는 같은 장갑이 여러 개 쌓여 있었다. A는 물어봤다.

"뭡니까, 간호원 동무."

그녀는 쳐다보지 않고 대꾸했다.

"인민군 동무들에게 보낼 겁니다."

한 사람이 몇 켤레씩 맡았느냐고 물으려다가, 그는 입을 다물었다. 담당 의사가 들어왔다. 그는 또 한 번 윗몸을 드러내고 기계에 올라섰다. 엉거주춤 키를 낮추고, 얄팍한 가슴을 유리판에 밀어붙이면서 눈을 감았다. 이날부터 A의 이상한 삶이 시작되었다.

"……합법적인 신분을 획득하는 투쟁은, 지시하는 바를 따라서 치밀하게 실천만 하면, 그렇게 어려운 일이 아닙니다. 동무가 어떤 지방에서 상인으로서…… 아까도 말한 것처럼……"

강사는 기억을 상기시키려는 것처럼 손가락을 까딱까딱해 보였다.

"……아까도 말한 것처럼, 상인이 가장 안전한 신분이니깐. 즉, 동무가 상인으로서 그 지방의 사정을 어느 정도 연구한 다음에는, 그 지방에 그럴 만한 사람을 통해서 경찰에 접근합니다. 물론 서장이나 지서장급이라면 더욱 좋겠으나, 반드시 그럴 필요는 없고, 또 썩 현명한 일도 아닙니다. 오히려 실무를 담당하고 있는 자가 낫습니다. 왜냐하면, 결국 일은 그들의 손을 통해서 되기 때문입니다. 지금 거기서는 '대한민국에는 되는 일도 없고 안 되는 일도 없다'는 말이 있습니다. 항간에서 떠도는 이 짤막한 이야기가, 미제국주의자들의 충실한 앞잡이 노릇을 하고 있는 이승만 도당이 어떤 정치를 하고 있는가를, 잘 말해주고 있습니다. 동무는 그렇게 해서 그 순경과, 인간적으로 친해집니다. 이 '인간적'이란 말을 잘 기억해두십시오. 그것은, 이승만 도당이, 자기들의 부패와 착취를 수식하기 위한 발명품이기 때문입니다. 한 번 두 번 술자리를 같이하고, 적당한 기회를 봐서 말을 꺼냅니다. 도민증을 분실했다고 하십시오. 처음에는 지나가는 말처럼 비치기만 하고, 그 자리에서는 더 이야기하지 말아야 합니다. 그다음에 만났을 때, 동무는 문득 생각났다는 듯이, '아 여보. 지난번 이야기하려다 그만 잊어버렸군. 도민증 하나 내주시오.' 그러면 그자는 '내주지'

할 것입니다. 이런 경우에, 그 말대로 도민증 자체를 내줄 수도 있는 문제지만, 그보다 더 쉬운 것은 분실증입니다. 즉, 이 사람이 그곳에서 도민증을 잃어버린 것을 증명해주는 서류란 말입니다. 이것을 근거로 해서 새 도민증을 신청하면 되는 것입니다. 이렇게 되면, 남반부에서의 당신의 신분은 합법성을 얻게 되는 것입니다. 그다음부터, 동무의 활동은 훨씬 쉬워집니다. 상인이라는 것은, 특히 한곳에 점포를 지키지 않고 지방에서 지방으로 왕래하면서 장사하는 경우에도, 가장 감시를 덜 받는, 그러면서도 자연스러운 직업인 것입니다. 동무가 매일 받고 있는, 남반부의 경제 정세에 관한 학습은, 그때에 가서 크게 도움이 될 것입니다. 특히 조심할 것은, 정치 문제에 관해서는 아무 흥미도 없는 사람이라는 인상을 주도록 힘써야 합니다. 설마 그런 일은 없겠지만, 술이 취한 때라 할지라도, 시사적인 문제에 대해서 담론할 때에는 조심해야 합니다. 말하자면, 남반부의 부패한 현실에 대해서 이야기가 벌어지는 경우에도, 결코 흥분하거나 해서는 안 됩니다. 그런 사실은 어쩔 수 없는 일이란 듯이 여겨야 합니다. 이를테면 못 먹는 놈이 병신이지, 하는 태도를 가지고 있어야 합니다. 애국자인 체, 세상을 근심하는 체해서는 안 됩니다. 부패한 사실은 뻔히 알고 있으나, 그렇다고 해서 별수 없지 않느냐, 하는 세계관을 가진 사람으로 처신해야 합니다. 가령, 면사무소(면 인민위원회를 이렇게 부른다는 것은 알고 있지요?)에서 서류를 부탁할 때, 항상 미국 담배를 한 갑 창구에 들이미는 것이 좋습니다. 일이 아주 쉽게 됩니다. 그렇지 않으면 쓸데없는 일을 가지고 꼬치꼬치 질문을 당하다가, 뜻하지 않은 위험에 부닥칠 수도 있습니다. 그래서 이와 같은 방법은, 당신이 남반부의 어느 곳에서 활동하든지 간에 적용해야 할 전술입니다. 불안해할 필요는 없소. 남반부에서는 그것이 한 가지 절차니깐. 자 그러면, 남반부에서 가장 흔히 쓰이는 물건에 대해서, 다시 한 번 학습합시다."

그들은 의자에서 일어서서 다음 방으로 걸어들어갔다. 널찍한 방이다. 벽에다 두 겹으로 선반을 매고, 물건이 얹혀 있다. 방 가운데는 낮은 탁자에 의자가 둘 놓여 있었다.

두 사람은 오른쪽으로부터 선반에 놓인 물건을 하나하나 보아갔다.

러키 스트라이크, 카멜, 팰맬, 바이스로이 따위 담배, 론손, 지포 같은 라이터. 우편 엽서와 우표, 마카오 복지, 제니스 라디오, 오메가, 롤렉스, 불로바 등의 시계, 럭스, 카미이, 다나마이얼, 아이보리 등 포장이 아름다운 비누들, 콜게이트 치약, 폰즈 크림, 필그림 스웨터, 파모자, 라이카 카메라.

강사는 말했다.

"동무. 이 상품의 어느 하나도, 남반부에서 생산한 것은 없소. 이것들은 월가의 자본가들이, 국내 시장에서 팔다 못해서, 그들의 앞잡이들에게 원조라는 이름으로 보낸 잉여 물자들과, 남조선을 강점하고 있는 미 제국주의 군대들이, 그들의 PX에서 훔쳐내온 물건들이오. 동무가 남조선에 가면, 우선 이런 물건들이 거리마다 넘쳐 있는 것을 보게 될 것이오. 그러나 이런 물건을 사용하는 것은, 한 줌도 못 되는 악질적인 반동분자들뿐이오. 동무도 남반부 출신이니 잘 알 것이오. 대부분의 인민 대중은, 이런 물건들과 관계없는 생활을 하고 있소. 그들은 굶기를 밥 먹듯이 하고 있소. 이 담배 한 갑이 250환이오. 도시의 자유 노동자의 하루 벌이를 기껏 잡아서 1,000환이라고 한다면, 그 노동자가 하루 총수입의 4분지 1을 들여서 이 담배를 살 수 있겠소? 어림도 없는 일이오……"

A는 깊이 고개를 저어서 긍정해 보이면서, 이렇게 생각하고 있었다. 나는 남한에 있을 때, 분명히 이 담배를 자주 피웠다. 나는 한 줌도 못 되는 자본가이기는커녕 고학생이었다. 동무는 남반부 출신이니 잘 알겠지만, 하고 풀이를 붙이는 강사의 말이 공허한 것을 지나쳐서 어떤 슬픔을 주었다. A는 그곳에 내놓은 물건을 보면서, 언제나처럼, 마음에 스며드는 향수를 느꼈다. A는, 모든 학습 가운데, 이 시간에만은 기쁨을 느꼈다. 그때. 그때 내 인생에는 아무 목표도 없었다. 그리고 날마다의 생활에도, 기쁨보다도 고달픔이 많았다. 그러나 지금 그의 눈앞에 있는 물건들은, 그에게 향수를 느끼게 한다. 강사의 눈길이 그를 살피는 듯이 훑는 것 같아서, 그는 낯빛을 가다듬었다. 강사는 별다른 눈치도 없이 말을 이었다.

"남조선은, 한줌도 못 되는 매국노들의 정권을 유지하기 위하여 와 있는 미 제국주의 군대들이, 먹다 버리고 쓰다 버리고 입다 버린 찌꺼기들을 얻어먹고, 노예처럼 살아가는 인민 대중이 대부분이오. 남반부 도시에 사는 대부분은, '꿀꿀이죽'이라고 부르는 음식을 주식으로 하고 있소. 이것은 미 제국주의 군대가 먹다 버린 찌꺼기를 긁어모아서 한데 휘저어놓은 이상 야릇한, 이 지구상에서 남조선에밖에는 없는, 이상 야릇한 음식이오. 이 속에는 닭고기, 쇠고기, 돼지고기, 감자, 사과, 순대, 계란, 칠면조, 복숭아, 햄, 버터 그 밖에 온갖 음식의 찌꺼기가 골고루 들어가 있고, 게다가 담배꽁초와 껌까지 들어가 있소. 어떻소, 이 세상에 이처럼 영양이 풍부하고, 게다가, 음식을 먹으면서 동시에 담배를 피우고, 껌까지 씹을 수 있는 음식…… 또 어디 있겠느냐 말이오. 이것이야말로, 가증할 미 제국주의자들과 이승만 반역 도배들이, 인민에게 제공한 가장 큰 선물이오. 그러나 꿀꿀이죽을 먹을 수 있는, 도시의 인민들만 해도 행복한 편이오. 남조선 인구의 7할을 차지하는 농민들은, 풀뿌리와 나무뿌리로 연명을 하고 있소. 이승만 매국 도당이 농민들의 피땀으로 지은 곡식을 뺏어서, 일본 자본가들에게 팔아먹고 있기 때문이오…… 앉읍시다."

그들은 테이블을 사이에 두고 마주 앉았다.

"이승만 도당은, 자기들의 죄악을 엄폐하기 위하여, 최후 발악을 하고 있소. 공화국 북반부의 막강한 민주 역량과, 공화국 남반부의, 밑으로부터 솟아오르는 인민들의 항쟁을 두려워하는 놈들은, 미 제국주의의 군대의 갖은 행패에도 불구하고, 그들이 본국으로 돌아가겠다고 할까 봐 전전긍긍하고 있소. 그들은 인민의 재산을 약탈하고, 농촌의 청년들과 노동자의 아들들을 강제로 끌어다가 미 제국주의자들의 탄알막이로 사용하고 있소. 동무가 가는 곳이, 이런 데라는 것을 똑똑히 알아야 하오. 남조선에는 수많은 다방이 있소. 지금 우리가 앉아 있는 자리가 바로 그런 곳의 표본이오. 여기에는 실업자들이 특히 들끓고 있소. 동무가 이곳을 잘

이용하시오. 어느 곳보다 안전한 장소요. 어떤 작은 도시라도, 다방 한두 집이 없는 곳은 없소. 그곳에는 각계각층의 사람들이 드나들기 때문에, 동무들에게는 좋은 학습의 장소가 될 것이며, 또한 아무도 다른 사람에게 관심을 두지 않기 때문에, 동무의 사명을 완수하기에는 가장 적절한 장소요. 그럼 실습해봅시다…… 레지……"

문이 열리면서, 쟁반에 차를 받쳐 들고, 젊은 여자가 걸어들어와서, 그들의 앞에 놓인 테이블에 찻잔을 내려놓았다.

"이 우유를 카네이션이라고 하오. 동무가 있었을 때는 뭐라고 했소?"

A는 잠시 망설였다.

"글쎄요, 그때는 그렇게는 부르지 않았던 것 같습니다."

"좋소. 카네이션이란 것은, 이 우유의 상품 이름이지만, 보통 우유라는 뜻으로 쓰이고 있소."

A는 여자를 올려다보면서 말했다.

"레지. 카네이션 좀 더."

여자는 A의 잔 위에 카네이션 주전자를 천천히 기울였다.

봄이 지척에 있었으나 추위는, 그리 쉽사리 물러서주지 않았다. 교외의 밀봉密封 가옥에는 피훈련자와 식모 한 사람이 살게 돼 있다. 벌써 4개월. 훈련도 이제 마지막 고비였다.

그의 자서전도 최근장最近章에 접어들고 있었다. 밀봉 교육이 시작되면서 그는 자서전을 쓰도록 지시받았다. 기억할 수 있는 한,

거슬러올라가서, 성분과 가계를 밝히는 데서부터 시작하여 유년·소년·청년 시대 순으로, 개인의 생활사를 자세히 회상하여 일주일에 한 번씩 강사에게 내는 것이었다.

　자서전은 정치보위부에 넘어가서 세밀한 검토와 평가를 받게 돼 있다. 쓰는 원칙은, 자신에 대해서 무자비하게 평가할 것과 '허위를 배제'하는 일이었다. 그의 자서전은 때로는 '막연하다'는 이유로 혹은 '고의로 사실을 엄폐'한 듯하다든가 '당성黨性이 부족하다'는 이유로 나무람을 받았다. 나무람은 강사를 통하는 경우도 있고, 중앙당 연락부로 불려가서 심문을 받는 수도 있었다.

　자서전을 써가면서, 그는 어떤 슬픔을 느꼈다. 평범. 너무나 평범한 지난날이 거기 있었기 때문이었다. 당성이 부족하다. 자각이 없다. 투쟁적이 아니다. 동무는 역사의 흐름에 어쩌면 그렇게도 무관심할 수 있었는가. 이런 꾸지람은, 그 질문자들의 독단적인 평가와는 다른 뜻에서, A의 가슴을 아프게 했다. 사실이다. 아무 뜻도 갈피도 없는 생활. 부르주아에 대한 미움도 없고, 프롤레타리아에 대한 동정도 그만두고, 자기 자신에 대한 미움이나 동정도 없는 생활. 나는 그렇게 살아왔던 것이다. 그렇다고 단 한 사람의 살붙이인 어머니에게 효자도 못 되었다.

　그는, 전쟁이 일어나던 그해, 대학 공과 2학년생이었다. 그가 어렸을 때 돌아가신 부친은, 그들에게 아무것도 남기지 않았다. 그래서 그는 고학을 해야만 했다. 그는 열심히 공부해서 성공하겠다는 결심은 굳었으나, 사회에 대한 반항 의식 같은 것은 몰랐다. 아직 연애도 못 하고 있었다.

인생에다 공식을 적용하는 경우에는, 수많은 사람들이, 저도 모르게 죄인이 되는 것이 가능하다. 공산주의자들이 바로 그런 사람들이었다. 그들은 A의 자서전을 읽어보고서는, 앞에 말한 바와 같은 나무람을 주었는데, 그럴수록 A는 어리둥절한, 어떤 모욕을 느끼는 것이었다. 마르크스가 어떤 생각을 가지고 있었는가, 박헌영이는 어떤 일을 한 사람인가, 김일성 장군은 장백산맥에서 무슨 일을 하였는가를 전혀 알지 못하고 생활하였다는 것이 A의 '죄'라고 동무들은 말하였다. 그러나 A의 생각으로는, 그런 일들을 모르고서도, 그는 별일 없이 살아왔다는 일이 더 중요해 보였다. 다시 말하면, 인생이란 그런 것도 포함한 더 큰 것이 아니겠는가. 동무들이 말하는 '진리'는 저 하늘의 태양 같은 것과는 다르다. 태양 없이는 사람은 대뜸 삶을 위협당할 테지만. A는 그 '진리'를 모르고도 살았으니, 그것은 그만한 것밖에는 못 될 것이다. 그렇다고 이런 말을, 강사 동무나 연락부의 동무에게 들이댈 수는 물론 없는 일이었다. 그는 참아야 했다. 이 기회를 놓쳐서는 안 되었다. 어쨌든 그는 여기서 빠져나가야만 했다.

 어느 날 거리로 나간다. 민청 동무에게 붙들린다. 의용군으로. 이런 과정을 거친 그의 과거로부터는, 동무들이 그렇게 강조하는, '진리'에 대한 사랑이 움터나올 수 있는 마디가 없었다.

 그와 반대로 그의 마음속에는, 비록 생기에 넘치고 있지는 못했으나, 지금 이 사회처럼 그렇게 사람을 들볶는 일은 없었던 그 사회 — 남한으로 가야 하겠다는 욕망이 강하게 부풀어올랐다. 아직도 남한 사회는 그에게, 그런 소극적인 상像으로만 회상되었으나,

그곳으로 가고 싶다는 욕망은 조금도 방해를 받지 않았다.

어떻게 해서든지 다시 한 번 생활을 찾아야 하겠다는 생각이, 이 생활이 시작된 이래 그의 마음에서 움직일 수 없는 것이 되었다. 다시 한 번 생활을, 이번에는 더 정신을 차리고. 그렇지, 휴전선을 넘는 즉시로 자수를 한다. 내가 어떻게 월북했는가, 어떻게 하여 간첩 교육을 받게 되었는가를 숨김없이 털어놓는다. 애당초 탈출의 기회로 삼기 위하여 임무를 맡았다는 것을 이야기하자.

얼음이 풀리고, 산과 들에 새 목숨이 움트기 시작할 무렵, 마침내 그날이 왔다.

그는 당 연락부로 불려갔다.

참으로 봄다운 날씨였다. 그가 앉아 있는 방, 창밖에서는 무슨 새일까, 목청이 찢어지게 울고 있었다. 어둡고 지루한 겨울이 가고, 또다시 맞이한 봄이 그들에게 가져다준 기쁨을 소리 높이 노래하는 것이리라. 울어라 새여. A의 마음속에도 그 목소리에 어우러져 외치고 싶은 소리가 있었다.

"동무. 성공을 비오."

연락부의 동무는 금이빨을 번쩍, 빛내면서 웃었다. A는 금이빨의 손을 잡으면서 말했다.

"힘껏 하겠습니다."

사실이었다. A는 힘껏 할 생각이었다. 개성까지 기차로 왔다. 연락부의 동무와 그는 같은 자리에 앉은, 그러나 모르는 사이처럼 신문만 들여다보면서.

개성에서 A는 인민군 정찰 부대에 넘겨졌다. 연락부의 동무는, 다시 한 번 주의 사항을 강조한 다음에, 그의 북한 사람으로서의 이런 저런 신분증 모두를 거둬가지고 돌아갔다.

그는 해가 질 때까지, 그곳 정찰 소대 본부의 한 방에서 잠자도록 명령받았다. 그는 달고 곤한 잠을 즐겼다. 꿈에 어머니를 보았다. 어머니는 A에게 "아무 데나 있는 데 있지, 험한 길을 뭣 하러 오느냐"고 말하고 있었다. "어머니, 그렇잖아요. 가서 말씀드리지요." A는 답답한 마음으로 그렇게만 말했다. 어머니는 모르실 테지…… 여기가 어떤 곳인가를……

잠에서 깨어보니, 날은 이미 저물어 있었다. 잠들기 전의 광명을 기억하고 있던 A의 망막에, 어슴푸레한 복도의 빛이 새어드는 방 안의 어둠이, 틀림없는 불안을 주었다.

A는 식사를 마치고, 군관 1명, 전사 3명으로 짜인 정찰반의 안내로 도하 지점을 향하여 출발하였다.

쌀쌀한 밤이었다.

두 시간 만에 그들은 임진강에 닿았다. 정확히 말하면 임진강이 바로 지척인 지점이다. 임진강을 건넜다.

안내 군관은 A에게 마지막 지형 설명을 주었다.

그리고 그들은 어둠 속으로 사라졌다.

A는, 그들이 사라진 다음에도, 한참은 그 자리에서 움직이지 않았다. 하늘이 개어 있는 탓으로 별빛이 있었다. 그가 엎드린 곳에서 임진강이 보인다. 어둠에 익은 눈에는 그 강의 윤곽이 비교적

분명했으나, 어떤 순간에는 어둠 속에 파묻혀, 그저 한결같은 시커먼 공간이 있을 뿐이었다. 아무려나 이제 A가 갈 곳은 그쪽이 아니었다. 이제 그가 할 일은 빨리 잡히는 일이었다. 그는 가슴이 죄어들 듯 무서웠다. 어느 쪽으로 어떻게 갈 것인가. 산에서 그대로 밤을 밝힌 다음 새벽에 내려갈 것인가. 그렇지 않으면 지금 움직여서 시내로 내려갈 것인가를 그는 망설였다.

같은 시간에, 같은 어둠의 공간 속에, 또 다른 사람들이 숨어 있었다.
"형님."
"쉬이. 소리가 커."
"공치는 것 아니우?"
"시끄럽대두."
그런 다음에는 다시 침묵. 어둠.

A는 조금씩 자리를 옮기기 시작했다. 천천히 움직여서, 조금이라도 남쪽에 가까이 가기로 하자. 그는, 이왕이면 경찰을 택하기로 했다. 전방 지대의 병사들에게 잡힌다는 생각이 불안했다. 이럴 때, 강사 동무의 끈질긴 학습이, 은연중 A의 마음에 영향을 준 것인지도 모른다. 간첩은 잡히면 즉결 처분이오 알겠소? A는 그것이 거짓말이라 믿고 있었다. 그러나 역시 그의 머리에는 살기등등한 병사들의 모습이 자꾸 떠오른다. 경찰이다. 좀더 뒤로 내려가서 경찰에게 붙잡히자.

어둠 속에 있는 또 다른 사람들은 누군가를 기다리고 있는 모양이었다.

"형님 이거 으슬으슬하구먼."

"돈벌이가 그리 쉬운 줄 알안?"

물론 귓속말로 숨죽인 속삭임이다.

"길목은 틀림없갔디오?"

"잠자코 있으라우."

어둠. 기다림.

A는, 굼벵이처럼 기어서, 능선을 하나 넘었다. 잠깐 쉬면서 귀를 기울인다. 고요함. 어둠. 콧구멍을 벌름거린다. 마늘풀 냄새. 그리고, 아니 그뿐이었다. 그 밖에 그의 콧구멍으로 들어간 것은 밤. 희미한 별빛이 스민 밤뿐이었다. 그렇다. 밤이다.

"형님……"

"쉬이, 왔다!"

"!"

"!"

A는 잠깐 하늘을 쳐다보았다. 반쯤 구름이 덮인 사이로 듬성듬성한 별빛. A는 온 정신을 두 눈에 모으면서 앞을 살핀다. 조금씩 조금씩 나간다.

그때였다.

그는 눈앞에 번쩍 하는 빛을 보았다.

어둠.

침묵.

아니다. 어둠 속에서 움직이는 사람들이 있다. 말없이 사람들은 움직이고 있다. 움직임은 임진강가에까지 왔다.

덤벙.

검은 덩어리가 강 속으로 던져진다.

그들은 다시 강에서 멀어져간다.

그들은 능선을 넘는다. 세 사람이다.

"형님."

"……"

"처음이 돼서 그런지 이상하우다."

"닥쳐. 돈 벌고 대한민국 애국자야."

"……"

애국자들은 말없이 밤 속으로 걸어갔다.

얼마나 지났을까.

검은 덩어리가 임진강 한복판으로 흘러간다. 그것은 A였다. 그는 이미 사람은 아니었다. 즉 주검이었다. 얼굴을 물속에 묻고 그는 흘러간다.

A의 치명상은 뒤통수의 으깨어진 자리였다. 그런데 이상한 일이

일어났다. 그 으깨어진 상처가 흐물흐물 움직이더니, 그 속에서 손이 하나 쓱 나온다. 이어서 팔뚝. 다음에 머리. 가슴. 이윽고 한 사람이 그 속에서 빠져나왔다. 시체는 이 돌연한 짐 때문에 기우뚱했다. 시체 속에서 빠져나온 인물은, 조심스럽게, 시체 등에 무릎을 세운 자세로 자리를 잡고 앉았다.

그것은 A의 넋이었다.

넋은 상한 데 없이 말짱했다. 그는 손을 뻗쳐, 시체의 뒤통수를 만져보았다. 손끝에 끈적거리는 닿음새에, 넋은, 몸을 부륵 떨고 얼른 손을 떼었다.

어떻게 된 일인가. 그는, 도무지 무엇이 어떻게 되었는지, 알 수 없었다. 확실한 것은 자기가 죽었다는 사실만이었다. A는 자기의 시체를 내려다보았다. 물론 잘 보이지는 않지만, 아무래도 자기 몸이니깐, 그곳에 하나의 상을 떠올리는 것은 어렵지 않았다.

불쌍한 A. 그는 중얼거렸다. 더욱 애처로운 것은, 시체는 옷이 벗겨져 있는 일이었다. 차디찬 물속에서 시체는 벌써 얼음장이었다.

원, 이럴 수가 있담. A는 어처구니없어서 중얼거렸다. 자수. 새로운 삶. 어머니에게 맹세한 효도. 다 틀려버린 일이었다.

A는 자기의 시체를 내려다보면서 그 흉한 모습이 점점 미워졌다. 그리고 노여움이 차츰 고개를 들었다.

그는 이제야, 그 시체가 얼마나 못났는가를 어렴풋이 깨달았다. 멍청하니 학교를 다니다가, 길거리에서 붙잡혀 의용군이 되고, 하필 간첩으로 월남하다가 이 꼴. 그 마디의 어느 하나에도 그의 뜻이 들어 있지 않았다. 그러나 내가 무엇을 잘못했단 말인가. 내가 잘못한 것은 무엇인가.

그 두 가지 생각이 A에게 노여움과 슬픔을 한꺼번에 가져다주었다.

그는, 세차게 흐느껴 울면서, 자기의 주검을 타고 밤의 임진강을 흘러갔다.

웃음소리

정한 시간까지는 아직 사이가 있었지만 그녀는 곧바로 걸음을 옮겨 골목으로 꺾어지는 모퉁이를 돌았다.

'바 하바나'라고 씌어진 간판이 익숙한 눈어림 속에 들어왔을 때, 그것은 마치 죽었다는 소문을 듣고 있던 사람을 거리에서 문득 만났을 때처럼 그녀를 서먹하게 했다.

그곳까지는 걸어가는 사이가 무척 길게 느껴졌다. 수없이 오고 간 그 골목이 아주 낯설고 맞받는 힘을 헤치고 들어가야 하는 뿌듯한 물체처럼 생각되는 것이었다.

문을 열고 홀 안에 들어섰을 때 그러한 느낌은 줄기는커녕 한층 심해졌다. 벽에 밀어붙여서 쌓아올린 의자들의 위쪽 것은 거꾸로 한 다리를 앙상하게 천장을 향하여 뻗치고 있고, 스크린이 두 겹으로 이 의자의 더미를 성벽처럼 둘러치고 남은 빈자리는 전에는 기름이 잘 먹어 검고 육중하게 빛나던 마루답지 않게 희부옇고 을

씨년스러웠다. 그녀의 눈길을 맞은 맨 처음 것은 이 빈자리였고 그 저편에 스크린으로 가려진 의자의 산山을 그리고 그 봉우리에 솟은 삐쭉삐쭉한 쇠붙이의 다리들을— 이런 순서로 알아보았던 것이다. 그것은 그녀가 바로 한 달 전까지 거기서 웃고 마시고 얼굴과 몸의 겉을 취한 속에서도 알맞게 계산하면서 주었다, 빼앗았다 하며 돈과 바꾸던 그곳이 아니었다. 다른 어떤 곳. 처음 와보는 어떤 곳. 아마 그녀가 영화에서 본 일이 있는 저 사막에 가서 허허한 모래의 공간과 하늘로 뻗친 앙상한 사보텐의 다리와 가시를 보았다면 그녀의 가슴은 비슷한 아픔을 느꼈을지도 모른다.

그래서 도적놈처럼 죽여지는 걸음에 그때마다 못마땅해지면서, 홀의 끝에 있는 카운터까지 걸어가 널판에 핸드백을 소리 내어 얹으면서, 그녀는 말하였다.

"누구, 있어요?"

진열대 아래 뚫린, 부엌과 통하는 문 앞에는 먹고 난 가락국수 그릇이 내놓여 있었다. 아직 물기가 가시지 않은 그릇이 그녀의 물음에 그만큼은 대꾸해주었다. 그러나 저편에서 사람의 목소리는 대꾸해오지 않았다. 그녀는 다시 불렀다. 그리고 한 손으로 백을 잡고, 남은 손으로 주먹을 만들어, 기대고 선 카운터의 수직면을 조금 세게 두드렸다.

속에서 인기척이 났다. 그녀가 다시 무어라고 입을 떼려던 참에 사잇문이 열리며 그 빠끔한 빈 칸에 이번에는 거짓말처럼 낯익은 풍경— 순자의 그 통탕한 얼굴이 나타났다.

"어머, 언니."

그녀는 목을 꼬아, 찾아온 사람을 올려다보며 웃어 보이고는 한 번 안으로 사라졌다가 그제서야 문을 빠져나와 카운터 안에 들어섰다.

"너 아직 있었구나?"

"응."

순자는 이마에 흩어지는 머리카락을 밀어올리면서 또 한 번 웃었다. 부엌 일을 거들고 있던 순자는 바가 닫히던 무렵에 화장이며 맵시가 부쩍 '언니'들을 닮아서 때가 빠지고 있었다. 그녀는 자기가 가끔 순자에게 쓰다 남은 매니큐어 약이며 루주를 집어준 생각을 하였다.

"마담 안 오셨니?"

"아니."

"언제 들렀니?"

"그러니까…… 한 사오 일 전에 오셨던데, 쉬 다시 연다구……"

"그래?"

그렇다면 오늘 얘기는 지킬는지도 모른다고 그녀는 생각하였다. 마담은 그녀를 다시 두고 싶어 할 것은 분명하였고, 그러자면 밀린 돈을 다른 일 제쳐놓고라도 갚을 것이기 때문이었다. 그녀는, 하나만 남은 의자 위에 올라앉으면서 카운터 안에 선 순자에게 다시 물었다.

"오늘 들르겠단 말 없든?"

"아아니?"

아무튼 기다리기로 하자. 마음먹은 일을 하자면 그만한 돈은 꼭 있어야 했다. 그 돈으로 하려는 일이 지금 그녀에게는 그 돈과 꼭 맞먹는, 그저 치러버려야 할 일로 생각되었다.

 이것저것 더 묻지도 않고 속으로 무엇인가 생각하면서 멍해 있는 '언니'와 마주 서 있기가 심심했던지 순자가 가락국수 그릇을 집어들면서 곧 다녀올 터이니 비우지 말아달라고 이르고 나간 다음에도 그녀는 까딱도 않고 손으로 턱을 괴고 그 자리에 앉아 있었다.

 두 겹으로 된 나들이문은 그나마 맑은 유리가 아니었고, 위아래로 길쭉한 창에는 두꺼운 커튼마저 가려져서 홀 안은 한결 어두웠다. 그녀가 앉아 있는 어두운 곳에서 보면 창문으로 들어오는 햇빛이 커튼에 배어서 밖은 마치 검은 안경을 쓴 남자의 동공처럼 보였다. 그녀의 망막에는 검은 안경을 쓴 어떤 해사한 눈자위가 퍼뜩 떠올랐으나 그녀 속에 있는 노여움이 거칠고 빠르게 그 그림자를 뭉개어버렸다. 얼굴에 피가 오르는 느낌에 스스로 화를 내면서 그녀는 벽을 열고 화장용 줄칼을 꺼내 손톱을 다듬기 시작하였다.

 언제나처럼 그 작업은 마음을 가라앉혔다. 무료한 때, 또는 둘레가 시끄러울 때, 저쪽 말을 귀담아듣고 싶지 않을 때, 또는 눈을 마주치기 싫을 때, 좋을 때, 또는 나쁜 때 — 어느 때건 손톱에 매달리는 버릇은 동료들에게는 잘 알려져 있어서 그들은 그녀의 말보다도 그녀가 손톱을 손질하는 품을 보고 대답을 들었다. 더 손댈 자리가 없어 보이는 손톱에서 그녀는 아주 작은 그리고 희미한 홈을 찾아내어 조심스레 갈고 닦아갔다. 어두운 속에서 그 일은 더욱 시간이 걸리고 온 조심을 필요로 하였다. 줄칼의 어림과, 어둠 속에서 반짝이는 손톱의 윤곽을 엇바꿔 다루면서 그녀는 작업을 이어나갔다.

　같은 장사 집들이 늘어선 깊숙한 골목 안은 1시를 조금 지난 이 시간에 아주 조용하여서 그녀는 거의 아무 소리도 듣지 못하였다. 그녀는 가끔 고개를 들어 입구를 바라보고 또 구석의 의자의 산을 뒤돌아본다. 손톱을 만지고 있는 사이 그곳에 문이, 그곳에 의자의 산이 아직도 있어주고 있는가를 다짐하려는 것처럼 보였고 문에서 누가 나타나기를 기다린다고는 보이지 않았다. 왜냐하면 출입구로 갔던 눈길은 멈추지 않고 돌아가는 시곗바늘의 움직임처럼 의자의 산 쪽으로 미끄러져서는 다시 손톱으로 돌아오기 때문이다. 그녀의 동료들은 이 작업을 두려워했었다. 신참자들은 말을 가름한 이 동작 앞에서 '선배'를 느꼈고 경쟁자들은 짜증을 그리고 마담은 이 홀의 '1번'의 무게를 보았었다. 물론 그 '1번'이 '1번'답지 않은 '외도'를 했을 때 마담은 장삿속만이라고는 할 수 없는 타이르는 말을 했었다. 그때도 정말에 몹시 가까운 말을 한다는 자기 느낌 때문에 '마담'답지 않은 울림을 목소리에 풍기는 선배 앞에서 그녀는 천천히 줄칼을 꺼냈었다…… 순자는 이내 돌아보지 않는다. 시간이 되었는데 마담도 나타나지 않고. 순자 얘기대로라면 마담은 올 테지. 오지 않으면, 하고 생각해보니 을씨년스런 홀의 모습이 그녀의 마음속에서 마치 사람처럼 우뚝 마주선다. 만일 오지 않으면. 그녀 앞에 기다리고 있는 것은 그 풍경을 꼭 닮은 생활이다. 지금까지도 그랬으나 그때는 색칠한 불빛과 마지막 자리에 서 있다는 썩은 안정감이 있었는데 지금은. 동굴 속의 어둠. 하늘을 찌르는 사보텐의 산. 그 속에 마지막 자리에서 한 발 더 내디디려고 허우적거리는 마음이 있다. 그녀는 손톱 다듬는 작업을 그치지 않으면서 이런 생각을 하고 있는데 그녀의 속에서 또 다른 한 사람의 그녀가 손톱에 신경을 쏟고 있는 그녀와는 달리 돌아앉아서 혼자 하는 푸념이고 그녀는 그것을 어렴풋이 느끼는 그런 식으로 오락가락하는 생각이다.

마담이 온 것은 약속에서 너끈히 한 시간은 지난 때였다. 순자의 말대로였다. 바는 곧 열게 된다고 마담은 말한다. 꾸밈새를 새로 할 생각인데 돈은 넉넉히 들여서 새로 차리는 맛을 낼 작정이라고도 한다. 마담의 얘기를 들으면서도 그녀는 마음이 안 놓인다. 빚 갚기를 미루기 위해서 허풍을 떠는 것인지 모른다고 생각하기 때문이다. 그렇지 않았다. 뜨아해서 제대로 맞장구도 치지 않는 그녀에게 마담은 핸드백에서 수표를 꺼내주면서 말했다.

"요즈음 바쁠 테지. 원 다른 애들하구야 다르지. 너야 이만 돈에야 궁색했겠니? 그래 그 녀석 아직 붙잡지 못했니?"

마담은 약속대로 돈을 준다는 일이 안 될 일이기나 하는 것처럼 그녀의 변명을 대신해주는 것이었다. 그것은 바가 열리면 다시 나올 것으로 믿고 있는 이쪽이 거북할까 봐 어루만져주는 것임이 분명하였다.

아직도 붙잡지 못했느냐는 물음에 그녀는 상처가 건드려진 고양이처럼 화가 났다. 그녀는 말없이 수표를 접어 핸드백에 받아넣으면서 인제는 죽을 수 있게 되었다고 생각하다가 문득 자기는 이 돈이 되지 않기를 바랐던 것이 아닐까 하고 생각하자 또다시 화가 나는 것이었다.

　P온천으로 가는 기차는 서울역에서 4시에 있다. 이튿날 그녀는 이 기차를 탔다. 휴일이 아니어서 그런지 이등차 안은 듬성했다. 떠나기 조금 전에 뚱뚱한 중년의 남자가 그녀 앞자리를 차지하고 앉았다. 혼자 있고 싶은 그녀에게는 귀찮은 일이었으나 대뜸 자리를 옮기기도 어려웠다. 그녀는 창밖에서 뒤로 달려가는 5월을 바라보면서 그것을 어제 그녀가 앉아 있었던 바의 풍경과 조금도 다른 것이 아닌 것처럼 보고 있었다.

　확실하다. 왜냐하면 그것은 온전히 그녀 자신에 달려 있었고 그녀는 죽기로 마음먹었고 지금 자기 주검을 눕힐 자리로 빨리 달리고 있으니. 하숙집에서 죽기는 죽어도 싫었다. 죽은 다음에 안마당에 세 든 집 식구들이 자기 방문 앞에서 떠들썩하고 들여다보고 할 것을 생각해서 그랬고 약을 마시고 잠이 들기까지 그 좁은 방에서 천장을 쳐다보고 있어야 할 생각은 죽음 그것보다 더 소름 끼치는 일이었다. 가진 것을 팔았더니 밀린 집세와 구멍가게의 빚을 갚는 데 꼭 맞았다. 그래서 마담에게서 받은 돈은 그대로 남았다. 그녀는 P온천에는 전에 가본 적이 있다는 것과 가기가 가깝다는 까닭으로 그곳으로 자리를 골랐다. 모든 일은 끝나고 이제 열차 시간표처럼 꼭 짜인 시간만이 잇달아 그녀를 기다리고 있는데도 모든 것은 여전히 거짓말만 같다. 그것이 그녀를 짜증나게 했다. 어느 누군가 그녀의 마지막 바람까지를 몰래 다스리고 있어서 그녀가 아무리 발버둥쳐보았자 그것은 거짓말이라고 하는 것처럼.

자기만이 정할 수 있는 일에 다른 사람이 참견하고 자기는 그것과 싸워야만 한다는 느낌이 그리고 그 일이 다름 아닌 제 손으로 죽자는 일이라는 사실이 그녀에게는 짜증스러운 것이다.

그러자 그녀는 그 짜증스러움이 밖으로부터도 그녀를 괴롭히고 있는 것을 느낀다. 그것은 맞은편 자리로부터 오고 있었다. 이맛전이 희부연 그 남자는 담배 연기 사이로 그녀를 뜯어보고 있었다. 몸으로 알 수 있는 그 남자의 눈길은 뭐 하는 계집인지 안단 말야 하는 투의 것으로 느껴지는 것이었다. 그녀는 움직일 수 없었다. 움직일 수 없다고 생각이 들자 그것은 무거운 고단함을 떠맡겼다. 그러자 그녀는 거의 날래다고 해야 할 움직임으로 핸드백을 열었다. 줄칼은 없었다. 그러자 그녀 앞에 요즈음 들어 처음으로 부피 있는 느낌이 — 아득하도록 깊은 구렁텅이가 빠끔히 아가리를 벌렸으나 곧 인색하게 아물어졌다.

마치 그녀를 위한 것처럼 차내 판매원이 다가왔다. 그녀는 사과를 사고 칼을 빌렸다. 그녀는 되도록 천천히 껍질을 벗겼다.

"멀리 가십니까?"

뚱뚱한 남자는 끝내 말을 걸어온다. 그녀는 손에 든 칼로 그 소리가 나는 쪽을 힘껏 푹 찌르고 싶은 흉포한 북받침을 겨우 참는다. 그녀는 아무 대답도 하지 않았다. 그녀의 눈길 어림의 그쪽에 싱글거리는 남자의 얼굴이 있다. 그녀는 토마토 껍질 벗기듯 얇게 천천히 사과를 벗겨간다. 칼끝을 그쪽으로 보내고 싶은 욕망에 지그시 버티듯이. 내 얼굴에 하는 일이 나타나 있는 것일까 하고 그녀는 생각해본다. 그 일이 어떻고 저렇구가 아니라 의당 막 굴어도 좋으려니 하는 남자의 눈길에 그녀는 미움을 느낀다. 이 남자— 이 처음 만난 뚱뚱한 남자를 죽이고 싶은 마음은 거짓말 같지 않았다. 만일 이 사나이를 데리고 간다면…… 자살 계획에 어떤 어긋남을 가져올까? 술에 약을 타서 먹여놓고 나는 혼자 그 자리에 가서 죽을 수 있다. 정말 그렇게 하고 싶다. 되는 일이다 하고 생각한다. 자기의 죽음이 거짓말 같았던 꼭 그만큼 그 일을 조금도 심한 일이라고는 생각하지 않았다. 죽여버리자…… 아.

"아."

자기 것보다 먼저 나온 남자의 소리를 들으면서 그녀는 엄지손가락을 누르며 그 손에 잡고 있던 사과를 떨어뜨렸다. 누르고 있던 손가락 사이에서 피가 새어나온다.

그녀는 기다리고 있기나 했던 것처럼 말없이 일어나서 시렁에서 트렁크를 집어들고 찻간의 맨 끝자리로 가서 앉았다. 손수건으로 싸 쥐고 있는 손가락 끝이 톡, 톡, 쏘는 아픔 속에 그녀는 의자등에 머리를 기대고 처음으로 편안한 몸매로 창밖을 바라보았다. 푸른빛으로 더럽혀진 사막이 자꾸 다가온다. 속에 사막을 품고 있는 여자도 욕망의 대상으로 삼을 수 있는 남이 그 무정함이 그녀를 슬프게 했다.

P온천에 이르니 바야흐로 해질 무렵이다. 내어주는 방은 마음에 들었다. 밥맛이 없었으므로 그녀는 방에 있기도 무료해서 거리를 돌아다니기로 한다.

여기저기 노점이 벌여진 사이로 사람들이 오가고 있다. 그녀에게는 그들 모두가 이 고장 사람들이 아닌 것처럼 보인다. 그들 가운데 자기 같은 마음으로 이 거리를 걷고 있는 사람은 없을 것이다. 모두가 즐거운 사람들로 보인다. 그러나 새삼스럽게 부러운 생각은 없다. 목적지에 온 지금 그녀의 마음은 더욱 비어 있다. 사보텐마저 없어진 사막 같다. 그 가시마저. 그래서 더욱 거짓말 같다. 자기가 내일이면 죽는다는 일이.

골목길에 교회가 있다. 불이 켜진 창문이 길 쪽으로 나 있다. 걸음을 멈추고 안을 들여다본다. 양쪽 벽에 의자가 한 줄씩 놓이고 가운데는 비어 있다. 설교단 뒤편에 금누렁 예수상이 있는 것을 보고 그녀는 천주교회라는 것을 안다. 그 텅 빈 홀을 어디선가 본 듯싶은 생각에 사로잡힌다. 마침내 어제 들렀던 바의 그 치워놓은 휑한 마루를 자기가 생각하고 있었던 것을 안다. 자그마한 그 교회는 바의 홀보다 얼마 더 넓지 않다. 그녀는 예수를 바라보았다. 예수는 황금의 두 팔을 힘없이 올리고 고개를 숙이고 있다. 그 앞에 석고로 된 마리아가 석고의 아기를 안고 서 있다. 마리아는 유복자를 안은 홀어미같이 보인다. 세상의 어느 어미 아들하고도 같지 않은 그 식구들이 말없이 살고 있는 이 작은 집에서 그녀는 그들대로 문제를 안고 있는 한 집안을 본다. 문득 위로 치켜진 예수의 금누렁 팔이 점점 늘어지면서 소리 내어 땅에 떨어질 것 같은 환각에 사로잡힌다. 그녀는 한 손으로 머리카락을 쓸어넘기며 오래 지켜서서 본다. 기다리고 있으면 그러한 일이 일어날 것을 알고 있는 사람처럼. 이어 그녀의 마음에 또 엉뚱한 생각이 고개를 든다. 저기 매달린 사내 저 황금의 팔을 가진 사람이 그 팔을 들어 나를 부른다면 나는 죽는 것을 그만두어도 좋다고 그녀는 생각한 것이다. 그러자 그녀는 느끼는 것이었다. 죽기가 겁나서가 아니지. 만일 그런 일이 일어난다면 그건 그녀의 죽음에 맞먹는 일이라는 것을. 그만한 일이 일어난다면 자기의 죽음이 거짓말처럼 겉돌지 않고 죽음은 무거운 돌처럼 그녀의 발목에 매달릴 것을 그녀는 바랐던 것이다. 그녀는 저울의 이쪽 접시에 올라앉아 있다. 그리고 다른 쪽 접시에 그녀의 결심을 — 죽음의 결심을 얹었던 것이지만 그것은 비누방울처럼 가벼워서, 살아 있는 그녀의 몸과 맞먹어주지 않았다. 그것이 그녀를 안달나게 한다. 그녀는 예수가 황금의 팔로 그쪽 접시를 눌러주기를 바랐다. 그녀는 거의 비는 마음으로 예수를 바라본다. 그러나 예수는 고개를 들지 않는다. 마치 죄인처럼. 마리아도 움직이지 않는다. 그녀는 그래도 오래 서서 기다렸다. 그러나 아무 일도 일어나지 않았다. 그녀는 부끄러웠다. 그녀는 돌아섰다.

  다음 날은 맑게 갠 날씨였다. 천천히 몸차림을 하고 한낮 가까이 여관을 나섰다. 이 집은 산언저리에 시내를 앞에 두고 있었다. 그녀가 작정한 자리는 그 산속에 있다. 그 자리는 죽음을 마음먹은 참부터 그녀의 마음속에 있었다. 세 번 이곳에 올 적마다 산속에 있는 그 자리에서 많은 시간을 보냈었다. 죽자고 마음먹은 참에 졸린 사람이 침대로 걸어가듯 그녀의 마음은 그 자리로 걸어갔던 것이다. 산은 한창 달아오른 훈김과 풀냄새로 싱싱하고도 취하게 하는 몸내음을 풍긴다. 그 자리로 가까이 가면서 그녀는 숨이 가빠진다. 산길의 비탈 때문만은 아니다. 그리고 그 자리에 가까워질수록 그녀는 반대편 접시에 그녀의 진실에 맞먹는 묵직한 저

울추의 무게를 느끼는 것이다. 그것은 좋은 자리였다. 산에 가는 사람이면 어디선가 언젠가 한번은 만나게 마련인 산모퉁이에 묘하게 숨은 아늑한 빈터 산속에 있는 무덤이 흔히 그런 명당인 경우가 많지만 그보다 더 막히고 아늑하였다. 멀리서 그녀는 거기를 알아보려고 살핀다. 수풀에 가려서 잘 보이지 않는다. 이제는 내리막이다. 조심스레 발을 옮겨 디디면서 그녀는 비탈을 옆으로 가로질러 간다. 엉킨 나뭇잎 사이로 빈터가 나타난다. 그러자 그녀는 우뚝 섰다. 그리고 나무 사이로 보이는 그곳을 조금 몸을 굽히고 멍하니 바라보았다.

사람이 있다.

그녀는 좀더 걸어나갔다. 그러나 거기가 한계였다. 나무숲은 거기서 끊어졌다가 그 빈터 가까이에서 다시 듬성듬성 비롯되고 있는 데다가 그녀가 있는 자리에서 조금 나가면 작은 낭떠러지다. 그녀는 나무 뒤에 몸을 숨기고 좀더 잘 보려고 애를 썼다. 그러나 빈터를 둘러서 있는 나뭇가지와 잎새가 흐늘흐늘 움직이는 탓으로 사람의 온몸을 볼 수는 없었다. 한 쌍이 잔디에 누워 있다. 여자는 남자의 팔을 베고 서로 얼굴을 바라보며 모로 누워 있다. 그녀는 풀썩 주저앉았다. 바로 풀이 우거진 발밑에 주저앉은 것이었으나 사실은 하나의 떨어짐이었다. 그녀의 마음이 타고 있던 저울에서 저쪽 접시의 무게가 갑자기 옮겨지고 그녀의 마음은 허망하게 내려갔다. 그녀는 다시는 그쪽을 보지 않았다. 치마에 다닥다닥 붙은 가시가 돋힌 열매를 하나하나 옷의 올에서 뜯어내면서 줄곧 고개를 들지 않았다. 바람결에 여자의 짧은 웃음소리가 들린 듯했으나 그녀는 그래도 쳐다보지 않았다. 치마에 붙었던 열매가 다 없어지자 그녀는 손가락에 풀을 감아서 똑똑 따내기 시작했다. 햇빛으로 덥혀진 공기와 뱀이 터진 풀과 흙의 독특한 냄새가 버무려져 진하게 퍼져 일어난다. 그 냄새는 떨어질 때의 멀미 같았다. 그녀는 속이 올라왔다. 얼마나 지났는지 아무튼 무척 오랜 시간을 그렇게 앉아 있었다는 지친 느낌을 안고 그녀는 일어섰다. 빈터의 남녀는 여전히 누워 있다. 또 한 번 여자의 짤막한 웃음소리가 들린 듯싶었다. 그녀는 웃음소리에 쫓기듯이 자리를 떠 여관으로 돌아왔다.

  온밤 그녀는 뒤숭숭한 꿈속을 헤맨다. 푸른 잔디 위에 두 남녀는 행복스럽게 웃으면서 누워 있다. 자세히 보니 여자는 어느새 그녀 자신이다. 그녀는 말한다. 당신 팔을 베고 이대로 죽고 싶어. 이보다 더 행복하게 죽을 순 없잖아? 남자가 말한다. 왜? 하늘이 저렇게 근사한데. 이 풀냄새 좀 맡아봐. 죽으면 다 그만이야. 그러나 여자는 응석을 부리는 것이다. 싫어이. 지금. 당신과 내가 꼭 붙잡고 있는 지금 이대로 영원해지고 싶어. 남자는 또 어느새 예수였다. 예수는 황금의 팔을 그녀의 머리 밑에 받친 채 하얀 이를 드러내고 쓸쓸하게 웃었다. 그 얼굴이 누군가를 닮았다고 꿈속의 그녀는 생각하였다. 예수는 햇빛이 반짝이는 나머지 한편의 금빛 팔로 그녀의 머리를 쓰다듬으면서 말했다. 나로 말미암지 않고는 죽을 수 없어. 어머. 하고 여자는 말했다. 그거 무슨 뜻? 너는 내 팔에서만 죽을 수 있다는 말이지. 그러니까 죽어요. 안 돼. 하고 예수는 말하면서 누운 채로 호주머니에서 검은 선글라스를 꺼내

썼다. 그러자 해사한 눈자위가 꼭 누구를 닮았다고 꿈속의 그녀는 생각하였다. 왜 안 돼? 하고 그녀는 베고 누운 금빛의 팔을 머리로 비빈다. 예수는 말하였다. 꼭 되는 사업인데 좀 돌려줘. 그녀는 비로소 그가 누구인가를 알았다. 다음 순간 그녀는 남자의 팔에서 미끄러지면서 아래로 떨어지고 있었다. 거기서 잠이 깼다. 아직 한밤중이었다.

이튿날 그녀는 전날과 같은 시간에 산으로 올라갔다. 전날보다 길이 가깝게 느껴져서 그녀는 되도록 천천히 올라갔다. 빈터를 바라보는 데까지 왔다. 그녀는 두려운 광경을 마주 보듯 그쪽을 건너다봤다. 오늘도 두 남녀는 벌써 와 있다. 그리고 그녀는 여자가 베고 있는 남자의 팔이 햇빛 속에서 환한 금빛으로 빛나는 것을 보았다. 남자가 짙은 누렁 셔츠를 입고 있었다. 어제 보았을 때도 그 옷이었는지는 생각나지 않았다. 여자가 몸을 뒤채는 것이 보이고 이어 암암한 웃음소리……

그녀는 곧 돌아서서 여관으로 돌아왔다. 마루 끝에 의자를 내다 놓고 부채질을 하면서 생각하였다. 이런 일은 전혀 꿈도 꾸지 않았기 때문에 간단한 결론을 내리는 데도 퍽 시간이 걸렸다. 그 터를 찾아낸 바에는 두 남녀는 이곳에 머무는 동안 날마다 빈터를 찾기가 쉬웠다. 그들은 며칠이나 있을 셈인가? 그것도 알 수 없다. 그들이 나타나지 않을 때까지 기다린다는 길이 있기는 하다. 그러나 설령 그녀가 갔을 때 그들이 빈터에 없다 하더라도 그것은 그들이 이곳을 떠났다거나 그날은 오지 않을 것이라는 말은 되지 못한다. 만일 그녀가 약을 먹고 잠이 들었을 때 그들이 온다면 일은 틀리게 되는 것이다. 그뿐이 아니다. 그들 두 사람만이 거기를 찾아 내라는 법도 없다. 그렇게 생각하면 그곳을 쓴다는 일부터가 안 될 말이었다. 남은 길은 두 가지뿐이었다. 거기서 죽는 것을 그만 두는 일. 그것은 어려웠다. 죽음을 결심한 참부터 마음에 둔 탓으로 이제 그녀에게는 죽음이자 그 터였다. 거기서 죽을 수 없으면 죽을 길이 없다는 생각에 그녀는 잡혀 있었다. 그렇게 되면 남은 길은 하나뿐이다. 밤사이에 거기서 약을 먹는 일이다. 비록 그 터라는 데서는 마찬가지였으나 밤에 거기서 죽음을 기다린다는 생각은 해본 적도 없으려니와 그 터 그 자리의 맛도 바뀌는 일이었다. 그녀가 처음 그 터를 본 것도 낮이었고 드러누워서 보는 하늘과 거기 떠 있는 여름 구름과 둘러선 나무들의 술렁댐이며 환한 공기가 그곳의 모습이었다. 밤의 그곳이 어떤 것인지 모르는 그녀로서는 밤에 거기를 쓴다는 것은 전혀 짐작할 수 없는 새 사실이었다.

 자리에 든 다음에도 언제까지나 매듭도 짓지 못하고 잠도 이루지 못했다. 잠깐 눈을 붙였는가 하면 빈터의 다정한 한 쌍이 나타나고 그녀는 어느새 깨어 있고 하였다. 그런데도 잠을 이루지 못하는 사람의 버릇대로 그녀는 눈을 붙이려는 헛된 안간힘을 썼다. 몇 방 건너 객들이 떠들던 소리도 멈추고 커다란 여관에서 자기만이 깨어 있는 것처럼 느꼈다. 그녀는 끝내 무서운 소설의 무서운 대목을 마지못해 열어보는 어리수굿한 독자처럼 그녀의 마음의 어떤 문을 열었다. 거기 그 풀밭에 그녀 자신과 검은 안경을 쓴 해사한 '그'가 정답게 누워 있었다. 그 광경은 그를 화나게 했다. 그 터가 바로 '그'와의 추억의 자리라는 것을 이제야 깨닫기나 한 것처럼 자기 행위의 뜻이 밝게 드러나는 것을 보면서 화가 나는 것이었다. 그리고 자기를 짓밟는 것이 그 공지를 멋대로 차지한 남녀의 속셈이었다고 생각하고 그들이 밉살스러웠다. '그'에게 순정을 주었다고 생각해본 적이 아주 없다. 그런 순정을 믿지 않는 데서 비롯한 사이였으므로. 오히려 '그'의 순정을 그녀가 다루고 있는 것이라고 생각하고 조금은 안됐다고 느끼는 그러한 사이였다. '그'가 돈을 돌려달라고 할 때도 그런 미안함을 조금 때우는 생각이 있었고 '그'에게 성의를 보인 것은 아니라고 그녀는 생각했었다. 설령 다른 남자가('미스터 강'이나 '한'이었더라도) 그런 다짐으로 말해왔으면 그녀는 응했으리라고 생각해온 것이다. 빈터에 정답게 누운 남녀를 보는 순간 그녀는 환각이라고 의심하였다. 자기와 '그'가 거기 누워 있었으므로. 그것은 기쁨의 환각이었고 그 환각과 죽음은 맞먹었다. 바로 다음 순간에 환각은 깨어지고 그녀는 허망하게 떨어졌다. 그때 그녀는 그 떨어짐의 뜻을 알고 있었다. 다만 생각하고 싶지 않았을 뿐이었다. 지금은 모든 것이 환하였다. 그녀는 사랑했던 것이다. 몸을 판 돈을 선뜻 바치고 의심치 않을 만큼 순정(!)을 바쳤던 것이다. 순정. 그녀는 낄낄낄 웃었다. 연거푸 낄낄낄 웃었다. 그 천한 웃음소리가 자기의 목구멍이 아니고 방구석 어둠 속에 숨은 어떤 여자의 것인 것처럼 느끼면서 퍼뜩 잠에서 깨었다. 꿈속에서 웃고 있었던 것이다. 그런데 금방 생각은 달아나고 다만 누군가의 웃음소리를 들은 것 같았다. 저 빈터에서 바람결에 끌리던 알릴락 말락한 여자의 짧은 웃음소리였다고 그녀는 생각하였다. 밤의 나머지 시간은 방금 꾼 꿈의 안팎을 돌이켜

생각해내려는 씨아질로 새워졌다. 텅 비어서 자꾸 몸이 솟구치는 저울대의 저편에 이번에는 그 꿈을 올려놓으려고 무진 애를 쓴 것이다. 그러는 중에 그녀의 마음은 다른 끝을 잡았다. 그녀는 빈터의 남녀가 자기 자신과 '그'처럼 언젠가 갈라지는 날을 그려봤다. 다정스럽게 팔을 베고 있던 그 여자가 자기처럼 혼자 그 빈터를 찾게 될 어느 날인가를 생각하였다. 그러자 그녀는 거짓말처럼 마음이 잡혔다. 마치 온밤 내 그 맺음을 얻기 위해 애쓰다가 기어이 뜻을 이룬 것처럼 느끼면서 크게 마음이 놓였다. 그녀는 곧 깊은 잠이 들고 늦은 아침까지 한 번도 깨지 않았다.

그녀가 눈을 뜬 것은 전날보다 두 시간이나 늦은 시각이었다. 머리가 깨끗하고 고단한 기운도 없었다.

그러는 사이에 점심때가 되어 그녀는 몇 술 뜨고 다시 산으로 올라갔다. 아무튼 오늘까지만 더 가보자고 생각했던 것이다. 간밤 잠들 때 얻은 심술궂은 희망이 아직도 그녀를 평안케 하고 있었다. 산으로 올라가면서도 어제처럼 안타깝지 않았다. 오늘 또 자리를 차지한 그들을 보게 되더라도 크게 실망할 것 같지도 않았다. 그때는 그때 가서 생각하지. 오히려 그녀는 오늘도 그들이 왔겠거니, 하고 있었다. 황색의 셔츠를 입은 남자와 그 여자의 자리에 그녀는 마음속에서 자기와 '그'를 놓고 있었기 때문이었다.

전날처럼 벼랑에까지 와서 빈터를 바라보았을 때 그녀가 본 것은 남녀가 누워 있던 언저리에 둘러서 있는 여남은 될 사람들의 모습이었다. 그녀는 순간 속이 올라왔다. 그리고 다음 순간에는 몸을 움직여 그날 이후 처음으로 망보던 곳을 빠져나와 낭떠러지를 조심스레 더듬어내려서는 사람들 쪽으로 다가갔다.
 둘러선 사람들은 아무도 그녀를 돌아보지 않았다. 그녀가 그들 사이에 끼어들었을 때도 그녀를 거들떠보는 사람은 없었다.
 남녀가 누웠던 자리에는 거적때기가 덮여 있고 두 사람의 머리와 팔과 다리의 남은 부피가 밖으로 내밀고 있었다. 여자의 머리를 받친 채 한낮이 가까운 환한 햇빛 속에서 황금색으로 빛나는 남자의 셔츠 소매에서 내민 팔이 검푸르게 썩어 있는 것을 그녀는 보았다.
 옆에서 누군가 말했다.
 "언제 죽었답니까?"
 "저쪽 저 안경 쓴 형사가 그러는데 한 일주일 된 것 같다는군요."
 그녀는 꿈결처럼 그 이야기를 들었다. 그때였다. 거적때기 밑에서 전날에 들은 그 웃음소리 — 젊은 여자의 짤막한 웃음소리가 흘러나왔다. 머리가 환해지고 다리에서 맥이 풀리면서 그녀는 풀밭에 쓰러졌다.

 일주일을 더 묵고 그녀는 서울로 오는 열차를 탔다.
 창가에 앉은 그녀는 가게에서 새로 산 줄칼로 골똘히 손톱을 다듬으면서 가끔 창밖을 내다본다.
 올 때나 마찬가지로 창밖에서는 푸르게 더럽혀진 사막이 흘러가고 있었으나 그녀는 그 속의 한 풍경을 보고 있었다. 어느 사보텐의 그늘 속에 한 쌍의 남녀가 가지런히 누워 있다. 남자는 그녀가 모르는 얼굴이다. 여자는 사보텐에 가려서 얼굴이 보이지 않는다. 그러자 사보텐의 가시의 저편에서 여자의 짤막한 웃음소리. 손톱 다듬는 손이 저절로 멈춰지고 그녀는 홀린 듯이 그 웃음소리에 귀를 기울인다. 아주 귀에 익고 사무치는 목소리였다. 암암하게 들려오는 소리. 그것은 바로 그녀 자신의 웃음소리였다.

국도의 끝

한낮이 기운 8월달 햇빛이 철길 위에서 지글지글 끓는다. 트인 지형이다. 철길은 아득한 데서 와서 아득한 곳으로 달려간다.

철길에 나란히 국도가 달리고 있다. 국도는 잘 포장되어 있는 나무랄 데 없는 길이다. 윤이 흐르는 기름진 골탄 바닥은 폭이 넓고, 고른 것이 철길보다 더 당당하다. 도로를 따라가면서 언저리에 모두 미군 부대가 들어앉아 있는 것이다.

햇빛에 이글거릴 뿐 철길은 공허하다. 도로 역시 왕래가 뜸해진 그런 짬이다.

도로의 저쪽 끝에 차량이 한 대 나타난다. 차량은 평탄한 길을 미끄러지듯이 점점 가까이 달려온다. 민간 버스다. 버스에 탄 손님은 많지 않았다. 주말도 아니고 해서, 시간도 어중간해서 그럴 것이다. 손님은 모두 여섯이다. 누르무레한 노타이 셔츠를 입고 유행이 지난 푸르죽죽한 더블 양복 윗저고리를 의자의 팔걸이에 걸쳐놓은 쉰 살쯤 된, 미군 주둔 지역의 뒷구멍 물건 장사같이 보이는 남자. 꼭같이 흰 모시 두루마기에 빛이 바랜 중절모를 쓴 시골 사람이 둘. 두 사람 다 모자 테에 버스표를 꽂고 있다. 그리고 푸수수한 머리에 여름 셔츠를 입고 있는 시골 청년이 둘. 맨 뒷자리에 얼굴이 하얀 청년이 대학생들이 쓰는 손가방을 무릎에 얹고 창으로 줄곧 철길을 내다보며 간다.

검문소에 이른다. 헌병이 기웃해보고는 물러가고 경관이 올라온다. 더블 양복 입은 남자의 신분증을 본다.

"직업은?"

"장사야요."

"무슨 장삽니까?"

"뭐, 소소한 장사죠."

두루마기 한 쌍은 그대로 지나친다. 나란히 앉은 청년 두 사람에게 손을 내민다. 그들이 건넨 종이를 받아보면서 물었다.

"신체검사를 받고 오나?"

"네."

두 사람이 시큰둥하게 대답한다. 신분에 가장 자신이 있어 보인다.

맨 뒷자리에 앉은 청년에게로 온다. 증명서를 받아본다.

"학생이오?"

"네, 아니……"

그는 얼굴을 붉힌다.

"그건 학생 때 낸 겁니다."

"지금은?"

"교원입니다."

"무슨 일로 갑니까?"

"부임하는 길입니다."

"무슨 증명이……"

청년은 가방 속에서 종이를 내보인다.

"국민학교 교사군?"

"네."

청년은 조금 화난 투로 대답한다. 경관은 내려갔다. 손으로 가라는 신호를 한다. 운전사는 다정스레 손을 흔들어 보이고는 발차시켰다. 젊은 교사는 또 철로를 내다본다. 햇빛에 이글거리는 공허한 철로가 말없이 자꾸 따라온다.

다리 어귀에서 미군 수송 차량대를 만난다. 앞장서 오는 지프차에서 비켜서라고 손짓을 한다. 이 길에서는 원님 행차다. 운전사는 투덜거리면서 자기 차를 한쪽으로 비켜 세운다. '폭발물 위험'이라고 붉은 글씨로 쓰고 자상스럽게 해골의 탈바가지까지 그려놓은 판대기를 저마다 붙인 트럭들이 잇달아 지나간다. 모두 가리개 천을 덮었다. 반들반들하게 손질이 잘된 차체에 운전대에는 멀끔한 병사가 둘씩 타고 있다. 군모가 아니고 운동모자를 쓴 친구도 있다. 검둥이도 있다. 검둥이 병사가 이쪽을 보면서 주먹을 불끈 쥐고 실없이 을러댄다. 그리고 흰 이빨을 씨익 드러낸다. 신체검사를 받고 오는 길이라는 청년들이 목을 움츠리며 킥 웃는다.

차량들은 노란 헤드라이트를 켜고 있다. 같은 모양의 같은 가리개에, 같은 '폭발물 위험'에, 같은 노란 헤드라이트에, 같은 빠르기로, 같은 병사들을 태우고 차량들은 한없이 지나간다. 언제 끝날 성싶지 않다. 길의 아득한 저쪽, 건널목이 보이는 산모퉁이에서 차량들은 꾸역꾸역 자꾸 밀려나오고 그것은 이곳까지 빽빽이 이어져 있다. 차량들의 전진은 무한궤도의 뒤풀이처럼 그저 자꾸 제 마디가 또 돌아오고 하는 착각을 일으킬 뿐, 축이 나는 것 같지 않다. 행차를 비켜선 버스의 뒤에는 어느새 줄줄이 차가 밀려섰다. 이 대열은 모양이 갖가지다. 민간 차량, 군용 차량, 트럭, 지프, 스리쿼터 등등이다. 그러나 표정만은 한결같다. 조바심들이 나서 근질근질하는 역정을 누르면서 행차가 끝나기를 기다리고 있는 것이다.

차량대의 맨 끝 차가 지나갔다. 버스는 다시 달리기 시작했다. 교사는 다시 철길 쪽으로 눈을 돌린다. 뙤약볕에 이글거리는 철길은 그저 공허하다.

버스는 탄탄대로를 무료하게 달린다. 한참 가다가 버스 속의 사람들이 한꺼번에 몸을 내밀고 목을 빼며 차가 가고 있는 앞쪽을 살핀다. 길 한가운데로 울긋불긋한 행렬이 천천히 다가오면서 화려한 곡성哭聲이 들려온다. 버스는 또 아까처럼 길 옆대기로 비켜섰다. 손님들은 모두 한쪽으로 몰려 창으로 목을 내밀고 구경한다.

깃발이 숱한, 구식 장례 행렬인데, 소복 차림에 머리를 풀어헤친 것은 식대로지만, 상두꾼이 모두 여자뿐인 데다 영구를 멘 여자나 따라오는 여자들이 모두 시골 사람들이 아니다.

운전대 옆 비상구에 한쪽 발을 올려놓고, 팔굽을 핸들에 걸친 팔의 손바닥으로 턱을 고이고 심드렁하게 바라보고 있던 운전사가, 신기하지도 않다는 투로 풀이를 한다.

"양색시 장례예요. 조합원들이 메구 나가지요."

손님들은 고개를 끄덕인다. 깃발에는 저마다 다른 글귄데 이런 것도 있다. "언니 잘 가요." "수잔 너만 가고 나는 남고."

행렬은 당겼다 놓았다 하면서 굼벵이 걸음을 치고 북망산천이 하고 넋두리 한 꼭지가 끝나면 어이어이 하고 나왔던 영구가 또 주춤주춤 물러서고 몸부림치곤 한다. 언제 지날지 한정 없을 것 같다.

행렬의 앞뒤에는 밀린 차량들이 주르르 늘어서서 구경꾼이 되고 있다. 서로 마주 본, 방향을 달리한 차량들의 사이에 남겨진 공간에서 장례 행렬이 노닥거리고 있는데, 조금 이쪽으로 더 나와서 왼쪽으로 국도를 벗어나는 사잇길로 행렬은 빠질 모양이다. 그사이 차량들은 기다리고 있어야 한다. 장례 행렬은 앞뒤로만 주춤주춤하는 것은 아니다. 좌우로도 비틀비틀하면서 도무지 한번 내디뎠다가는 두세 걸음을 물러나곤 하는데 행렬이 — 앞으로 나가려는 행렬이 아니라 길 한가운데 자리를 잡고 광대놀음을 펼쳐놓은 형국이다. 햇빛은 창창하게 쏟아붓는데 남빛 비단 깃발이 번뜩번뜩 빛나면서 넘어졌다 곧게 섰다 한다. 행렬은 구경꾼들에게는 아랑곳없이 마냥 늑장을 부릴 모양이다. 아까보다 얼마 자리를 옮기지 않고 있는 것이다. 바람 한 점 없다. 덥다. 겨우 행렬을 스쳐 지난다. 여자 하나가 넋두리를 하면서 버스의 볼기짝을 뒷손으로

찰싹 치고 간다. 버스는 움찔하고 다시 움직인다. 국민 교사는 한참 만에 뒤를 돌아보았다. 장례 행렬은 철로와 도로가 마주친 건널목을 넘어가고 있다. 건너간 저편이 쑥 내려간 곳이어서 행렬은 사라졌다. 뒤에는 공허한 철로가 이글거리며 모습을 드러낸다.

얼마 안 가서 버스는 작은 마을에 닿았다. 이 국도의 연변에 가다가다 푸술이 늘어선 텍사스 마을이다. 거리의 양편에는 '아리조나 상회' '릴리 자매 상점' '하니 케츠' '핑크 하트' 이런 영문 간판이 붙은 가게들이 처마를 맞대고 늘어서 있다. 천막지로 지붕을 가린 바라크 구멍가게들인데 속에 펴놓은 물건들은 지루한 국도를 지루한 논과 밭, 야산과 그 기슭을 달리는 철로만 보며 오던 눈에는 당돌하도록 기름지다. 어느 가게에서 젊은 여자가 한 팔로 흑인 병사의 허리를 뒤로 끌어안고 다른 팔 주먹으로 그의 등을 때리고 있다. 병사는 두 손으로 뒤통수를 감싸고 맞고 있다. 미군 상대의 가게들이다. 그 가게들 뒤에 마찬가지 바라크집들이 올망졸망 모여 있는 작은 거리다. 거리는 버스가 단숨에 달리면 끝날 길이 밖에 안 된다. 여기서 손님 넷을 태우고 버스는 다시 떠난다.

버스 안이 환해지고 활기를 띤다. 한 사람은 여잔데, 분홍색 블라우스에 분홍 구두를 신은, 한눈에 이 거리에 사는 그런 여자인 것을 알아볼 수 있었다. 그녀는 외국제로 보이는 여행 트렁크를 가지고 올랐다. 나머지 셋은 군용 작업복을 입은 술이 취한 청년들이었다. 그들은 머리를 귀밑까지 기르고 그것을 기름으로 짝 밀어붙이고 있다. 조금 있더니 그중 하나가 분홍색 블라우스를 향해서 말했다.

"간판 괜찮은데? 너 언제 왔어?"

사실이었다. 잘생긴 얼굴이었다. 여자의 귀에 달린 은색 귀걸이가 떨리는 듯했으나 대꾸는 없었다.

"귓구녕에 말뚝을 박았나 원, 말이 말 같지 않아 엉?"

한패의 다른 청년이 얼른 받았다.

"말뚝이야 딴 데 박지."

손님들이 맥없이 흐드르르 웃었다. 운전사의 어깨도 움찔했다. 여자는 매섭게 청년들을 노려본다. 청년들하고 같은 줄에 앉은 탓으로 젊은 교사는 여자의 눈길이 자기를 쏘는 것 같아서 고개를 돌렸다. 사실 그는 웃지 않은 단 한 사람이었는데.

"어? 봐? 엽전도 생각 있어?"

여자는 다시 고개를 홱 돌려 앞을 바라본다.

"야 꼴값하지 마. ××××야."

손님들은 또 맥없이 흐드르르 웃었다. 교사는 얼굴이 뻘게지면서 몸을 일으킬사하며 무엇인가 입을 뗄 듯하다가 주저앉았다. 목을 꼬고 밖을 내다보고 있는 옆얼굴이 아름답다고 그는 생각하였다. 그리고 입매가 참하다고 생각하였다. 청년들은 쉴 새 없이 음란한 상소리를 지껄여댔다. 그때마다 더블 양복은 허어 하고 웃었다. 흰 모시 두루마기들은 소리는 없이 벌쭉벌쭉했다. 신검필 청년들은 킬킬킬 웃었다. 교사는 붉으락푸르락하면서 그때마다 여자를 훔쳐봤다. 여자는 여전히 목을 꼰 채 이쪽을 보지 않기 때문에 교사는 자기가 웃는 사람들의 무리에 들어 있지 않다는 것을 알릴

길이 없다. 버스는 지루한 길을 지루하게 달리고 취한들의 음담은 그칠 줄 모른다. 한참 조용한가 했더니 한 사람이 또 무어라고 했다. 손님들은 또 흐드르르 맥없이 웃었다.

여자가 발딱 일어섰다.

"내려줘요!"

운전사가 돌아본다. 다시 앞을 보면서, 느릿하게 대꾸한다.

"한길인데……"

앞뒤로 국도만 창창한 허허벌판이다.

"괜찮아요, 내려줘요!"

운전사는 입을 비죽하더니 발동은 끄지 않고 부르릉부르릉 건 채로 에라 하고 차를 세웠다. 여자는 트렁크를 들고 문간으로 다가선다.

"어? 내려?"

"길에서 ×× 팔아?"

"이따 갈게. ×× 씻고 기다리라구."

취한들은 끝까지 음담이다. 여자는 못 들은 체 승강구를 내리더니 끝단에서 홱, 돌아섰다. 쨍하는 목소리가 날아왔다.

"개 같은 새끼들아! 너희들 다!"

쏘아붙이고 그녀가 홀쩍 뛰어내린 것과, 차가 달리기 시작한 것과는, 아마 나중 것이 조금 먼저였다.

개들을 실은 버스는, 어쩔까 망설이기나 하는 듯이 주춤주춤하다가, 그대로 달린다. 실려가면서 창문에 앞발을 걸고 뒤에 대고 짖어대는 개들과, 나머지 개들을 싣고, 개가 모는 버스는, 불알 채인 개처럼 국도를 달려갔다. 멀리 사라졌다.

왕래가 없는 허허한 국도에, 조그만 분홍색 인형 같은, 그녀만 남는다. 버스가 사라진 쪽을 그녀는 멍하니 바라본다. 한참 만에 그녀는 오던 쪽으로 돌아선다. 그쪽에서 하얀 국도가 이글거리는 철도 — 두 가닥 허허한 길이 저만치서 건널목을 이루고 마주쳤다가 다시 갈라져 아득히 뻗어 있다. 그 건널목 저쪽 어귀에 SALEM 담배의 거대한 모형이 빌딩처럼 우뚝 솟아 있다. 높은 받침대 위에, 약간 삐딱하게 얹힌 녹색의 거대한 담뱃갑 위 꼭지에서, 연통만 한 담배 한 개비가 3분지 1만큼 나와서 포신砲身처럼 하늘을 겨누고 있다. 그녀는 멍하니 그 하얀 포신을 바라본다. 농지거리를 하는 미군 병사들을 실은 트럭이 몇 대 지나가고 버스는 안 온다. 그녀의 얼굴은 초조해 보이지 않는다. 여전히 거대한 SALEM을 바라보면서, 무슨 생각에 골똘히 잠겨 있다. 반시간쯤, 뙤약볕 속에, 그렇게 서 있었다. 마침내 그녀는 트렁크를 집어든다. 그러고는 방금 자기가 타고 온 방향 — SALEM 쪽으로 걸어간다. 고개를 숙이고 생각에 잠겨 타박타박 걸어간다. 이윽고 SALEM이 도로에 드리운 그늘 속에 들어섰을 때, 그녀는 등 뒤에서 오는 차량의 엔진 소리를 듣는다. 그녀는 돌아본다. 버스다. 그녀는 그늘 속에 트렁크를 내려놓는다. 버스가 그녀 앞에 멎는다. 그녀는 트렁크를 들고 버스에 오른다. 문이 닫히고 버스는 다시 달린다. 멀리 사라져 간다. 햇볕에 이글거리는 기름진 도로 속에 녹아들어가버렸다.

들판에는 인제 홀로가 되어 그저 기름지게 허허한 도로와 이글거리는 허허한 철로 — 두 줄기의 말 없는 여행자만 남는다. 그들은 묵묵히 서로의 아득한 길을 간다. 거대한 녹색의 SALEM이, 멀어져가는 그들을 묵묵히 보고 있다.

도시의 변두리, 교외의 초입에 있는, 철로와 국도가 마주치는 건널목 이쪽에서, 소년은 기다리고 있다. 땅거미가 지는 8월의 저녁 속에서. 해가 중천에 있을 때부터 — 그의 집보다 두 배쯤 큰 '비타 엠'의 양철 간판의 그늘 속에서. 많은 버스가 지나갔다. 그가 기다리는 사람은 오지 않았다.

국도는 차츰 어두워오고, 철로는 뉘엿거리는 햇빛 속에서 소년의 마지막 희망처럼 둔탁한 금색으로 빛나고 있다. 엔진 소리가 들려온다. 소년은 한 발 나선다. 이윽고, 헤드라이트를 켠 버스가 건널목 저편에 나타난다. 넘어온다. 그대로 지나간다. 소년은 다시 쪼그리고 앉는다. 인제 철로는 빛나지 않는다.

으르릉으르릉거리며 열차가 달려온다. 소년은 일어나서 조금 물러선다. 까닭 없이 화를 내면서 기관차가 지나가고, 그 뒤를 객차가 따라온다. 십+자의 표를 옆구리에 그려 붙였다. 불 밝힌 환한 창에, 코쟁이 남자들과 하얀 옷을 입은 코쟁이 여자들의 얼굴이 비친다. 하얀 모자를 쓴 여자가 유리창에 얼굴을 대고 밖의 어둠을— 소년을 응시하며 지나간다. 객차 다음에는, 밑판만 있고 지붕과 벽이 없는 차량이 매달려 지나간다. 그 위에 지친 듯이 포신이 무겁게 들이쳐진 커다란 대포가 부상병처럼 뻗어서 실려간다. 봉우리처럼 웅크린, 소년의 집보다 조금 더 커 보이는, 캐터필러 없는 탱크가 실려간다. 바퀴가 빠지고 머리가 부서진 지엠시가 주저앉아서 얹혀간다. 말 없는, 상하고, 지친 여행자들이다. 한없이

긴 기차다. 한결같이 부서진 트럭과 탱크와 대포가, 한없이 지나간다. 소년은 무서워진다. 이 기차가 한없이 막고 있으면 버스는 건널목을 넘지 못할 테니깐. 저쪽에, 지금이라도 그가 기다리는 사람을 태운 버스가 와서 기다리고 있는 것만 같다. 언제가 되더라도 그들이 지나갈 때까지 기다리기로 마음먹고, 소년은 쪼그리고 앉는다. 아득한, 오랜 시간을 소년은 꾸준히 참았다. 기차에 실린 여행자들이 겨우 다 지나갔다. 벌떡 일어서며 소년은 건너다보았다. 없다— 길이 없다. 철로도 없다.

철로와 도로도 밤을 타고 가버린 것이다.

남은 것은 소년의 동공 속으로 먹물처럼 넘어들어가는 어둠과, 그 어둠 속에 깊이 침몰해가는, 소년의 마음뿐이다. 누나는 왜 안 올까?

놀부뎐

　세상의벗님네야 이내푸념 들어보오 광대글쟁이 심사를볼작시면 세상일다아드키 못본일본드키 옥황상제염라대왕 승지노릇지낸듯이 남의일 제일같이 잘도주워섬기지만 무딘붓 함부로놀려 무고인생해친것이 가히 도척의뺨치겠듸 모년모월모시에 선친께서작고할새 유언머리맡에서 들어받자온대로 논밭대소세간을 우리형제가 한쪽버선 나누어들듯이 꼭같이나누어가지고 하나를둘이루고 둘은넷만들어 지하선형 눈감게해드리자는 언약굳게하고 풍진세상에 부모슬하여인살림 시작한것이 어젯날이구누 새벽에종달새벗하며 저녁에부엉이마중하며 우리내외 모진고생 일구월심에 모질게도하였더ㄹ 돌자갈몹쓸뿌리 험한땅에 손마저 갈쿠리호미삼아 땅에서금이난다 땅에서옥이난다 귀에들은말씀 간직하고 염천또약볕에 굽은허리 우지끈소리날때 입에서단내나는 하루해를 마다않고 보냈더ㄹ 풀뽑고 김맨여가가 아까울세라 뒷산깊숙이 골을찾아 명년농사거름이라

풀더미노적만들고 썩은뿌리잔가지쳐서 칡넝쿨로 칭칭얽어 나뭇단 굴릴적에 집사람 도라지머루 다래찾아 가시덤불속 숨박꼭질에 서산마루 해가졌두 단출식구에 남는장작 산나물 시오리장길을잔뜩지고 갔다오는길이면 마른생선 대추곶감 선형제일제수감하고도 남는돈이 닷푼이ㄹ 참새까마귀와다퉈가며 밭이랑샅샅이훑고핥아 나락을거두고나면 일년농사 대풍이ㄹ 닷섬논에 일곱섬가웃이 웬말이냐고 동네사람공론이 흐뭇하더ㄹ 술집에가술거르기 초상난집의제복짓기 대사치르는집의 그릇닦기 굿하는집의 떡만들기 시궁발치의 오줌치기 해빙때면나물캐기 봄보리갈아보리놓기 이월동풍에가래질하기 삼사월부침질하기 일등전답의무논갈기 이집저집돌아가며 이엉엮기 궂은날에는멍석맺기 시장갓에나무베기 곡식장수의역인서기 각읍주인들의삯길가기 술밥먹고말짐싣기 닷푼받고마철박기 두푼받고똥재치기 한푼받고비매기 식전이면마당쓸기 이웃집의물긷기 전주감영의돈짐지기 대구감영의태전지기 내외가 일시를쉬지않고 정한일궂은일 가림이없두 이리하기를다섯해더니 곳간에그득하니 곡식각도물산이요 문전옥답이 걸음마다문안이요 포목주단이 기백필이요 원근에놓은빚이 수백인데 이일을 어이할꼬 통분할손 흥부신세 흥부식솔이사는집 모양을볼작시면 울화가절로난다 문밖에 가는비오면 방안에는 큰비오고 헌자리삿자리 불안땐찬방안에 벼룩빈대 피이겨도배질하고 앞문에는 살만남고 뒷벽에는 외만남아 동지섣달한풍이 살쏘듯들어오고 어린자식젖달라고 자란자식밥달라니 우리동기 왜이런ㄱ 다섯평지붕을 가리는디 마른짚만 오라는 ㄱ 한여름 풀흔할적에 장대같은싸리갈대베어 찬찬묶어고이말렸다가 지붕에얹고보면 이아니든든한ㄱ 천지의반이 흙이요 솟는것이 물인데 흙이겨바르는벽이 내동기손이라마다든ㄱ 헌자리삿자리도 앞냇물뒷냇물에 푹담가 썩썩씻어내면 어느하늘에 벼락이칠건ㄱ 동지섣달한풍에 흥부집안 살펴보면 측은은커니와 오장육부가꼴리고 못난놈미운생각이 상투끝가득이ㄹ 선형물려준 논밭가산 갈라가진 당시에 흥부놈거동보소 마을의 게으르고못된잡놈 수삼인이작당하여 감언이설로꼬이는수작에 솔깃덤벙하여 하는말마다하고 논밭마지기깡그리잡히고 남경배장사에일확천금을 헙뜨더니 뉘아니 그러던가 빈털털알거지가되었구ㄴ 세상이 제맘같던가 모진마음독한심사 도사려먹고 남잡으며사는길도 저죽기십상인데 동네부모가백이요 마을친구가이백이요 네말도진정이오 그댁이고맙구려 너도좋다 나도좋다 댁의것이댁의거요 내것이댁의몫이니 험한세상이사파에 이아니죽일 놈인ㄱ 마오마오 이가슴썩는속을 그뉘한테 쏟을건ㄱ 세상이간사하여 자수성가에제살림하는놈 미워라하고 속떨떨사람 실없어서 속아사는놈 옳다하니 그속이 번연한즉 사촌이논사면 배아픈개심사ㄹ 가난한듯 웬자식은 해마다낳아서 한서른아믄되니 입힐길이 전혀없어 한방안에 몰아넣고 멍석으로쐬우고 대강이만내어놓으니 한녀석이 똥이마려우면 뭇녀석이 시배로따라가니 다남다복이 이아니헛말인ㄱ 저먹을양식 갖고나다니 어느세상의 못된시러베아들놈이 오뉴월염병등의 헛소리잠꼬댄ㄱ 먹는입이일손이요 손마다일이고보면 가난할리만무커늘 우엔지각이 거꾸로만들어서 생후이년여섯달에 아직도젖먹이요 가을밤찬서리에 동사했단말 못들었는데 방안에서 바람벽에오줌깔리기요 놀이삼아나물캐기나무하

기도 권함즉하건마는 개국공신재상가의 십대독자삼겠는지 하일장
긴긴낮에 처마밑에낮자기권하며 세수하다 가죽벗어졌단말 못들었
는디 앞냇물풍덩 미역감으라 소리안하니 아이놈들게으르기가 천하
에둘도없는 그나마 못난부모들붂이요 갖가지투정이ㄹ 한녀석이 나
오면서 애고어머니 우리열구자탕의국슈 말아먹으면 또한녀석이 나
앉으며 애고어머니 우리벙거지를먹으면 또한녀석이 내달으며 애고
어머니 우리개장국의흰밥조금 먹으면 또한녀석이나오며 애고어머
니 대초찰떡먹으면 아우성이진동한듸 계수씨 하도답답하든지 이녀
석들아 호박국도 못얻어먹는디 보채지도말려므ㄴ 또한녀석 나오며
애고어머니 우애 올부터 불두덩이가려우니 날장가들여주오 못난부
모도울생각 눈곱티끌만큼없고 이마에피도안마른녀석이 계집생각
먼저하니 못된송아지 엉덩이에뿔이로ㄷ 이러는듕에 흥부놈 궁리를
내는것이 유독 그리도궁상맞은ㄱ 동네에 모모부자가 관가에죄를
짓고 곤장맞을계제에 매품서기자청하니 세상에 이런불효막심한놈
이 또 있을시 신체부발이 부모가 내리신바로 연고로 이를 아낌이
효의으뜸이라 하였거늘 할짓이없어 죄지은놈대장맞는단말ㄱ 못낫
구ㄴ못낫구ㄴ 네청승 가증하ㄷ 귀신이좋아하는동무가 청승떨기라
하였더니 오던복삼십육계하고 박복귀신이평생해로하자한들 무삼
불평있으리오 분하고미운심사를 삭이지못하고 풀떡이는듕에 흥부
놈 양식동냥을 왔구나 눈에서불이나고 다리에풍증난듸 오냐이놈아
남의매맞는놈이 제동기마다할시 남의손빌리지말고 내손에죽어봐
ㄹ 신오른무당마냥 길길이덤볐구ㄴ 흥부뒤꼭지를 잔뜩훔쳐쥐고 몽
둥이로 함부로치는데 마치 손잰중의비질하듯 상좌승의법고치듯 아

조 탕탕두다리니 흥부놈 저말듣소 애고형님 이것이우엔말이오 방약무인도척이도 이에서성인이오 무거불측관숙이도 이에서는 군자로두 우리형제 어찌하여 이렇게하오 하도 기가막혀 이내가하는말이 오냐 그말한번 잘나왔다 백일몽중반취반성 미욱한 이못난놈으 네사는 이세상이 욧임금격양가에 순임금성댄줄알았더냐 도척이가 도포입고 관숙이가육모방망이잡은 말세난센줄 네모르는게 악하구ㄴ 세상이 네맘같더냐내맘같더냐 지렁이도밟으면 꿈틀하고 서당개삼년에 풍월읊는다커늘 네대가리 미련쿠ㄴ 네속이 우둔쿠ㄴ 남의 대장맞는육신 형제매가 원통하냐 이놈장쇠야 회초리갈아대라 저놈살아 가지못하리ㄹ 가슴에 열탕끓듯 북받치는내화에 내가미쳐 길길이뛰었구ㄴ 이러할즈음에 집사람이내달으며 에그이게웬일이오 당신이 미쳤구려 이를말있으면 오손도손 타이를일이지 매질이웬말이오 저사람 용색은비록박색이나 심지는양귀비되 이내맘속 어이알꼬 때린몸이 맞은몸보다 비통하여 몸겨눕기를달포에 아까운인삼녹용을 열냥이나헐었구ㄴ 누워서곰곰생각수록에 흥부권속한심하두 살피건대 세상은고해화택이요 가난구제는 나라도못한다하였는데 흥부저사람심사보소 남에게싫은소리없이 제울타리지켜질까 모진맘 독한서슬없이 놓은빚걷히며 낟알을 세고 필육을사리는일않고 광이어찌찰싱 광말이 났으니망정이지 흥부놈전날에 보릿말이나 달라할적에 내말이 너주랴섬을헐랴하였겠ㄷ 밉고못났다 생각에 뱉은말이기는하다마는 그말한번 깊은정을 제라서어찌알랴. 항산에 항심이라하였거늘 대들보낮을세라 섬으로 쌓은낟알 정#자쌓기 산山자쌓기 채곡채곡쌓은곳간 뒷짐지고돌아볼때 그아니 낙일손ㄱ 공자가가라사대 글읽기계집즐기듯 하는놈 못봤다한다니 예있소 공부자님 내곡식바라보기 토지문서매만지기 엽전궤은전함토닥거리기 계집보다즐기는 놀부군자예있소 세상은 한이치라 공자성인이 글속에길을찾고 제갈공명 중원에천하찾고 백제계백은 황산벌에의를구했으되 놀부 이사람이 엽전속에길을보니 어느것이 높다하며 어느것을 낮다하랴 앉아서도돈이요 누워서도돈이요 이리돌려돈이요 저리돌려돈이요 풀어놓은돈이요 몰아놓은돈이요 나아가서돈이요 들어오며돈이요 다리건너며돈이요 밭에가서돈이요 몰리면서돈이요 대들면서돈이요 비껴놓고돈이요 바로놓고돈이요 되로주고돈이요 말로받고돈이요 조득돈하면석사라도가얘라 오매불망 돈생각 세상사람이 다이같이하면 만물조화좋을시고 물산이흥왕하고 집마다고대광실 가난구제가절로되련만 가련쿠나우민들아 음흉컴컴양반놈들 겉차림에 겉속아서 땡전없고땡톨없는놈들이 돈알기를 문둥이발싸개같이보며 궁색살림 뉘탓인듯하고 푼수없는관혼상제 패가망신을 마다않는구느 백성은몽매하게 속임수로다스리라 공부자가말했거늘 양반풍속깊은농간 땅버러지가 캄캄속는구느 마음이 어질디어질어서 곤륜산백옥같고 성덕을본을삼고 악한일 멀리하며 물욕에 탐이없고 주색에도무심하다니 우음난느 들은 풍월이탈이요 노상홍 얼거리기를 안연顔淵같은성인도 안빈낙도하였었고 부암에담을쌓던 부열이도 어진임금을만나 부귀와 영화를누리었고 신야에 밭갈던 이윤이도 성탕같은 어진임금을만나 귀히되고 한나라 장수한신이도 초년에 곤궁타가 한고조를만나 원훈이되었으니 세상사를 어찌 측량하오리시 우리도 마음만 옳게먹고 부지런만하면 좋은시절 만날지 어찌알랴하다가는 여보 부질없이 청렴한체마오 안연의누항단표 주린염치는 삼십에 일쯕죽고 백이숙제 주린염치 수양산에서 굶어죽으니 부질없는 청렴한체말고 저자식들살려보오 고금의성현이 사돈의팔촌 한집안종손인듯 말끝마다거들기니 이아니딱할손ㄱ 비빌언덕있는소요 심은콩기다리기요 공든탑이요 부뚜막의 소금인데 언덕없고심은일없고 공들인일없고 소금은커니와 버섯도 없는처지에 어인잠꼬대인고 눈을뜨고 제발밑보지않고 염불듣는아낙네요 굿거리보는머슴처럼 뜬소리 헛춤질에 저도속고 남도속인듯 양반이 신선이아니요 세끼먹는인종이요 그뿐이랴 수염이석자라도 먹어야양반이요 사서오경에 천지이치도 덕경을 통한선비님이 벼슬하면 가렴주구에탐관오리정측임은 세상이치가 겉은공명이요 속은잇속이라 남죽이고제살자는것이관대 제욕심옥황상제께맡겼소하니 그아니우스운가 호방의호방되고 이방의이방되어 있는재물속이고 세납금줄여잡고 하나주고열얻자니 소매밑뇌물이요 신관사또청연에도 칭병코발뺌한듯 이러구서야근근부지재물이거늘 삼강오륜을 생으로알고 신선놀음에 도끼자루썩는줄모르니 이백성구하기는 요순이다못한듯 금강산이식후경이라 원래 풍류는 의식이족한후에 식후의 트림이ㄹ 배부른양반이 소찬박주에 국화명월을 타령질함도 다 배부른흥정이ㄹ 황새걸음흉내내어 가랭이찢어지는꼴 가긍하구느 이세상삶이 풍류아닌 춘추전국인데 그 철이 언제날고 이러기에 남의빚못갚는신세에 상감국상치르듯초상난데춤추기 미역꼬투리하나없어도피기한답시고 개보살꼬꼬신주모시는해산한데개닭잡기 아는체면등을대고 속임홍정얕은수작에탁버티기 십대조상제삿날에도몸보

신하기 없는부모조르는아해볼기치기 홍역하는아이돼지똥물먹이는집에똥퍼붓기 싸움말리지않는건달놈들뺨치기 빚값에계집디미는놈 골려주기 억지사설나이자랑하는영감덜미잡기 가난한서방버리고한량놈의애밴계집배차기 염병담은우물헐셈으로우물밑에똥누기 이리저리 번갈아깨우쳐보나 하다못해 말세에 기인奇人 났단말은커니와 놀부놈흉포보소 수군실죽공론이니 저대가리 탁부시어 거름하기안성맞다 꿈속에꽃을보며 눈앞의보리마다하며 이르는말아니꼽다하는구누 남들은 그렇거니와 한뱃속한핏줄의 흥부놈저러하니 울화병날로도져 편할날이 하루없다 앉아서도 울화요 누위서울화요 돈셈끝에문득울화요 맛난음식숭늉끝에퍼뜩울화요 이리생각울화요 저리생각울화요 풀어놓고울화요 다시이는울화요 들어오며울화요 나가며울화요 보아도울화요 격조해도울화요 다리건너며울화요 밭에가서울화요 수레를타도울화요 말을타도울화요 매질하고울화요 보내놓고울화구누 도울맘전혀없고 못난놈밟아주고 청승박복욱질러주고 네죽는날내죽어도 초가삼간다타도빈대죽는꼴 보고싶은이심사에 내가날로비쳐간다 하늘이나를내고 흥부를 왜내었노 흥부났거들랑 나내지말든지 날내었거든 흥부내지말노릇이 옥황상제도 못난인생더불어 익살광대놀음인가 한뱃속빌려서 빙탄을섞었구누 천지조화를탓할 겨를이없으되 생각수록울울하다 세상의 양반흥보는놈들 우습구누 양반이 저희전세에 할애비마냥요순임금닮으라니 그아니딱할손ㄱ 세상이치통달하여 약한놈때려잡고 강한놈구슬러서 호의호식거드름에 멋있게도사는고야 닮지못하겠거든 혀나빼어물노릇이 객담이웬객담인ㄱ 객담은개살구요 잇속이할애비ㄹ 갱유분서 한이가 요순의몇대손인고 동몽선습 대학소학 어깨너머홍타령이 사람혼을빼는차에 무민혹세도하도하되 향반처세지당하나 몽매백성 억창생이 꿈속같이미성하니 뿔휘다소잡을까 그를 걱정하는것이 쇠꼬리있는쉬파리요 정갱이붙은거머리요 기생있고기둥서방이라 개아미큰집쌓고 둑무너질까걱정이르 백성이곤궁한데 사대부는어이 살며 파옥단간에서 빚준돈거둘길이막연하구노 도야지괴임인즉 살오르게하렴이요 살오르면우음나니 내혓바닥아닐손가 양반이둔갑하여 성인군자될리 만무인즉 미련한저백성이 포악선습 인색오악 익히는길밖에없으되 그꼴이저러하니 네앞내앞막막하도 생각은제자리요 이도저도절벽이르 돌아드니흥부생각 이더욱울울하도 파옥초가에궂은비새는 꼴품이눈앞에선연하고 둥우리속제비새끼어미찾듯 보채는아해들하며 곤장맞기터벅걸음 그꼴이완연하다마는 쌀말돈냥이나보태게소리아니나고 그놈저놈흉악한놈 표악지심만늘어가나오나니 그놈뒤어지게놔두어라 너희들이공론한다 내동할줄알았느냐 후덕한우리마누라 뒷문으로양식보내고 치마폭에 옷가지나르는눈치 가슴찌르르 울화벌컥 내마음나도몰라 또한번생야단에 집안이뒤집힌도 여종남종행랑군침모 제비참새얕은속에 말을물어내고 동기간저럴수있는가 주인헐뜯는눈치르 그럴수록에 어깃장버터서니 이내심사요 흥부가할애비원수르 이럴지음에 풍설에괴이하구노 무삼일인고 땅에서솟았는가 하늘에서내렸는가 홍부가 돈을물쓰듯하여 달포가채못가 파옥초가섰던자리에 고대광실을세우고 대소중문들어간곳에 곳간높이짓고 십여남녀종이 조석으로대령한다하니 하도기가차서 하루는 몸져누웠던자리거두고 흥부집에당도하니 귀신의조화인가 여우의변괴인가 세상에이런일도 있단말ㄱ 눈비벼보고 팔뚝꼬집어보고 복장치며보고 눈뒤집으며보고 뒤통수치며보고 발구르며봐도 흥부집간곳없고 하룻밤고대광실이 눈앞에우뚝하두 꿈속에노니듯 정신없이 먼발치서서성대다가 마음굳게먹고 여봐라 소리얼떨떨불러보니 행랑꾼이맞이하는구나. "이댁이 뉘댁이시오." "흥부어른댁이오." "분명 그러하오?" "아니 댁은뉘신데 흥부어른댁을 몰라보오." "그러면 그 흥부가 앞동네 놀부라는 사람의 동기되는 그 사람이오?" "아따 나는 모르오 아무튼 흥부라니까." "노형 그러면 안에들어가서 주인어른께 앞동네놀부라는사람이문안드리러왔다 일러줄수있사올지." "내직이 그것이니 마다할리 있소 잠시예서 기다리시오." "그러리다." 발을뻗고누우면 발목은벽밖으로나가는지라 차꼬를찬형국이요 멋모르고일어서면 모가지는지붕밖으로나가는지라 칼쓴놈이나다름없고 잠결에기지개를켤양이면 발은마당밖으로나가고 두주먹은두벽으로나가고 엉덩이는 울타리밖으로나가는지라 오가는동리사람이출입할때걸린다고 이궁둥이불러들여라하던 오막살이가 안방대청행랑곳간 선자추녀 말굽추녀내외분합 물림퇴와 실미살창 가로닫이 입굿자로지어놓고 앞뒤동산에 기화요초를 난만하게심어놓고 계수씨차린모양은 영문기생 물러가라하는구ㄴ 인사가끝난후에 밥상이들어오는데 갖가지젓을 갖추어놓고 수육 편육어회 육회에장볶이 석박지 동치미 기름진암소갈비 큰새우곁들이고 송어구이 전복회를 차려놓고 은수저은주전자은작대에 반주를따뜻이담았구나. "이것이다 어찌된 일인고." 하도갑갑하여 곱쳐묻는말에 흥부놈대답이기막히구ㄴ 지난해춘삼월에 집처마에둥지를틀고 새끼를깠던제비를 큰구렁이가침범하여 한마리를땅에 떨어뜨릴새 이를구하여주었더니 올봄에그제비가 물어다주는박씨를심었더니 이삼일에싹이나고 사오일에순이뻗어 마디마디잎이요 줄기줄기꽃이피어 박네통이열렸으니 대동강상의 당두리배같이 덩그렇게달렸더라 그달저달 지나가고 팔구월이 다다라서 아조 견실한 박을 속을랑지져먹고 바가지는팔다가 쌀을팔아올셈으로 박한통을켜보니 오색채운이서리며 청의동자한쌍이나오는데 녹용인삼웅담주사며 갖가지약초를놓고 사라지며 남은박을차례로 켜니 온갖세간붙이 피륙 금은산호진주에 일등목수들이나와 집을지어주고 마지막박에서 강남황제가보낸 꽃같은첩이나오더라 말을 듣고보매 허황한듯에도 어이없고우둔하기그지없다 공부자가 귀신을모른다함이 이천년전이요 수인씨 복희씨가 불을주고길쌈가르친지 삼천년이요 제갈공명이 천수를어기지못함이 천년인데 밝은천지에 이무슨 해괴한억설이란말인가 형제지간은 그렇거니와 이일이 인근고을 관아에 퍼지는때 장차그일을어찌할것인가 "이놈아 네가 기어이 밤이슬을 맞았구나." 길이아니면가지말고 말이아니면듣지말것이요 정정대도에 땀흘려이마를 적실일이지 밤이슬에젖는단말가 저놈이멸문지화를불렀구나 오장육부가 벌컥뒤집히는지라 벌떡일어서며 발로상을차니 방바닥이낭자한데 흥부내외는 안색이흙빛이더라 이때 계수씨 불쑥나앉으며하는말이 "에그 아즈바니 너무하오. 밤이슬 맞는것은 가장이 아니요 소첩인데 어찌 억설을 하시오." "계수씨 그게 웬말이오?" "조화의 이치를 웬말이 웬말이오?" "그래 어디서 밤이슬을 맞았단 말씀이오?" "몰라서 물으시오 알고서 물으시오? 물으니 답하리다. 녹음방초 우거진 곳 춘풍 열풍 부는 골에서 맞았소." "그게 어드메요?" "우리 부부원앙금침 속이오." "아이구 계수씨 그런 이슬이 아니오. 한데서 맞는 밤이슬 말이오." 이때 흥부가 나앉으며 시조 한 수로 수작을 걸어오는데

    이런들어떠하며
    저런들어떠하리
    시절이좋을세면
    옷이젖다관계하랴

내가 흔연히 웃으며 대꾸하되

    까마귀싸우는골에
    백노야ㄱ지마라
    까마귀흰빛을새우느니
    원앙침고이적시는몸
    신세젖일가ᄒ노라

흥부 아내도 질세라

    지아비살아신제
    적시기다할것이
    지아비신세젖이고보면

젖을길바이없다
　　세상에참견말일이
　　이뿐인가하노라

하는데 어느틈에엿듣고있던흥부네자식 모두서른아믄되는패거리가 문밖에서

　　산젖고물젖고
　　천지간에젖고젖고
　　젖고젖이는우리인생
　　젖고젖고하리라

　화답하는 소리가 대들보를흔든다 필시이것들이짜고서 구렁이담넘듯이 어물슬쩍하려는수작이 완연하다 마음모질게먹고 먼저천기를누설할세라 방밖에모인식솔을 물리라하고 다시 흥부내외와마주앉아이르기를 "신세 젖일 일에 어인 풍류놀음인고. 원래 금강산도 식후경이요 풍류도 자리를 가리라하였거늘, 너이놈 바른대로 아뢰이면 형제지간에 좋도록 힘쓸것이로되 아니면 당장 내 손으로 관가에넘기리라" 하니 풀덕 엎어지며 비로소실토를하는구나 아니나 다르랴 색이지못할횡재를한 자초지종이 이러하다 하루는 산에나무하러갔는데 그날따라 어지간히깊이들어갔다가 나무그늘에서잠시 쉬는데 앉은발밑이 근자에파헤쳤다가 다진흔적이있어 무슨살이끼었던지 문득파보고싶은 생각이일어 헤쳐보았더니 속에서큰철궤가

나오는데 열어보니금은보화가그득하두 깜짝놀라 도로묻어놓고 집으로돌아와서 사흘새밤을새워 내외가의논한끝에 성즉성이요패즉패요 포도청도포도청이요 목구멍도포도청이라 이래죽으나저래죽으나 죽기는매일반이니 운수놀음합시다 공론이맞아 그밤으로 땅에묻힌보화를옮겨다가 여차여차했소이두 듣고보니 이더욱캄캄하구느 곡절은 불을보기보다환한일이니 남인북인이 조석변으로 널뛰듯오르락내리락하는판국에 봉고파직이된어느양반이 집안보화를 은밀히빼돌려숨긴것이 번한데 그양반이졸지에벼슬자리에돌아오는날이면 보물훔친놈을 이잡듯이가려내어 물고를낼터인즉 이일을어찌한단말인고 집을짓고 떵떵거렸으니 내로다광포했겠두 "네이놈 어쩌면 형에게 한마디상론없었으며, 없었으면고이 색이기나 할 일이지 이같이 야단스레 펴놓았단말이냐." "형님 환장한 놈이 제정신이었겠소 내가 보화를지닌것이 아니요 보화가 나를지니더이다." 아무려나큰일은분명한데 궁리가막연터루 이리생각저리생각에 길은한가지뿐이니 지금에라도 보화를제자리에갖다놓는길밖에없다하고 집안에 엄히숨기고 캄캄칠야깊은밤에 형제단두사람이 철궤지고호미차고 산중으로찾아든두 나뭇잎우수수 바람소리처량한데 심중에오가느니 만가지감회로두 내동기어찌하여 심지가날과같지못하여 남에게지고살고 청승더럭더럭 하 분하여 고운놈매하나더하였더니 참대같이뚫지못하고 꼬부랑그른길에들었구나. "이놈아" 불러놓고 말을못하니 "형님" 어둠속에 서로간얼굴은분별치못하나 천만마디가오고가는구느 자리에당도하여 짐을내려놓으니 마침실낱같은달이 나무사이로 떠오르더루 바야흐로일을시작할즈음에 이때 어둠속으로부터 두억신이같은그림자들이 질풍같이내달으며 몽둥이가 비오듯하는데 어마지간에 정신을잃었더ㄹ.

그이후에생긴일을 어찌필설로 다하랴 눈을떠보니 전주감영의형틀위 높다랗게누웠구ㄴ 이놈 너희가 연씨형제냐 그러하오소리아니듣고 십여대가벼락친ㄷ 자초지종을아뢰이고 옥으로돌아올때 형제가유혈이낭자하ㄷ 형님이놈못난탓으로 이일을당하는구려 홍부가 목이메어하거늘 사람심사이상하ㄷ 원망은커니와 어릴적괴이던마음 내왔소 왈칵솟으며 눈물이비오듯하는구ㄴ 이날밤형제가밤새워이야기하는데 십년막혔던마음이 봄눈스러지듯풀어지니 추야장긴긴밤이오히려 짧으며 옥마루판자요가 비단금침이더ㄹ 이튿날부터 억지옥사가원통하ㄷ 자초지종을이미이실직고하였거늘 네이놈형제가불목하다지하고 때리며 네이놈 계수에게 남녀유별을 몰랐다지하여 때리며 조상에게불손했다하여때리더ㄹ 홍부가파온보물은 짐작한대로 전라감사가몰려나면서숨긴것으로 이양반이 불일에 복직이되어 보물훔친놈을찾던등 홍부는 몰랐거니와 그궤가묻힌언저리에 또달리 수다한보화가묻혔던바 필시다시나타나리라하고 장정을매복시켰던 그물에 날잡으소 섶지고불속에뛰들었더ㄹ 재물을회수하고 자백을받았으니 법대로다스림만남았거늘 주아연일 있는트집 없는트집 국문하니 속셈이 따로있ㄷ 낮에는 이놈놀부야 문서에본즉 네아비개불이와 네어미똥녀가 종으로살다가 오밤중에도망한지 수십년이거늘 이제야찾았구ㄴ 네어미와아비몸값이 삼천냥이니 당장에바치렷ㄷ 동헌마루에 앉은도둑이 빼앗으면 밤에는밤대로 옥방벼슬아치가 빈대처럼 뜯어먹으며 아니들으면 이뺨치고 저뺨치며 발로차고 뒹굴리며 주무르고잡아뜯고 밤낮으로 볶아댄두 이몸한몸이면 알뜰한내재물을 이몸이 진토되어넋이라도있건없건 죽여도안내놓으련만 내형제 일생한번실수하여 옥방귀신되겠으니 돈자라는데가 목숨사는날이라 달라는대로주어준두 속으로구구셈에 재물은날마다축이나두 이내마음괴이터르 아깝기는커니와 오만간장이오뉴월소낙비끝처럼후련하두 부귀가일장춘몽이요 철령넘어가는뜬구름이구누 내형제심약하여 그를미워포악터니 큰칼차고꿇어앉아 형님 동생부를적에 오기는간곳없고 춘삼월눈녹는바람이 따스하더르 야속하기는천지조화로두 어리석은인생 어이하며 긍휼히여기지못하여 한풍한설끝에야꽃피게하며 고생끝에야낙있게하였으며 패가망신끝에야 우애를 주는것가 옥방문살틈으로십오야가을달이 비쳐들때 큰칼쓰고산발하여 낯수그린 흥부모습 처참하기그지없어 이몸이 시조한수를읊었으니

전주감영둘 밝근밤에

옥둥에둘히은쟈

큰쿨목에차고

큰시름하는차에

어디서바시락쥐소래는

나의이를끈나니

하였더라. 흥부이 글귀가 매우 절창임을칭찬하더니 이내흥을 이기지못하야화답하여

우리형뎨죽어ㄱ서
무엇이될고ᄒ니
만슈산제일봉에
두ᄉ람신션되어
셰상일내몰라라
ᄇ둑쟝기두리ᄅ

하며 눈물이비오듯하더ᄅ 이같이하기를 달포나되는데 날에날마다 돈울궈내는매질을가하니 무쇠아닌몸이 어찌견디며 바닥있는재물이 어찌다하지않으리오 모년모월모시 마침내우리형뎨 신세젖어 옥방원혼이되었더ᄅ.

　세상사람 들어보소 '홍부뎐' 자초지종이이러한데 야속할손 세상인심이요 괘씸할손 광대글쟁이솜씨더라 있는말없는말에 꼬리를달아 원통한귀신을 매섭게몰아치고 웃으며짓밟더ᄅ 세상일에 속에는 속이있고 곡절뒤에곡절인데 겉보고속보지않으니제가저를속이며 소경이제닭치고 동리굿에춤을춘ᄃ 강남제비박씨받아 흥부가치부했다니 이아니기막힌가 어느세상에가난한놈 박씨물어다주는 복제비있다던ㄱ 왜제비양제비가 너희를살리더냐 청제비노제비가 너희를살리더냐 제비좋아하네 제비를기다리다 밭갈기를잊었으며 씨뿌리기잊었구ᄂ 사람이못하는일 날짐승이 무슨소용이랴 너희들 병통이 골수에맺혔으니 이 모두뉘탓인가 네탓네할애비탓이로ᄃ 눈속이는허깨비 강남제비미워서 보는대로붙잡아서 다리똑똑분질러서 세상인심혁파하려 무진애를썼으되 이웃이몽매하고 양반놈들안목없고 삼공육경에서향청벼슬아치가 겨루기가도둑질이요 뽐내기가헐뜯기로 암흑세상 살던인생 원한이하도하오 귀적에오른몸이 소일에 하릴없어 허구한긴세월을 조화이치생각하며 머리를쥐어짜도 오묘할손 그이치가 잡힐듯안집힌다 어이하야 소잃고야외양간고치게하며 한풍한설끝에야꽃피게하며 형제우애살리는데 탐관오리 중매두는가 남살리자니 내가죽고 내살자니 남속이며 남속이니 남도날속이니 세상이고해구나 착한흥부가난하고 악한놀부 부유하며 착한흥부 부유차니 도둑놈이되었으며 악한놀부 착하자니 재물목숨 잃고서야 이루었다 쥐가살자니 고양이가죽어야하며 고양이가살자니 쥐가죽어야하는구나 고양이쥐생각하라함은 벼슬아치 백성생각하라하고 부유한자가난뱅이생각하라드키 아니될말이로다 오월이동주하며 빙탄서로섞고 국화냈으면찬서리는무삼일이며 제갈량냈으면중달은왜냈으며 흥부내었거늘놀부는왜내었노 조화옹의실수런가 필유곡절 이치런가 날버리라남살리라 석가씨가말하건만 저마다 날버리면 천하가 떼주검에 내없으니남도없고 내남도없고보면 허허망망 허깨비세상이요인생이아니로다 이리가도절벽이요 저리가도절벽이다 이르는말에 음양을 설파하여 조화이치가르치자 역易경이있다하나 생시에식자할틈이없었으니 이또한 그림의떡이로되 있다할손 어디쓰랴 천금같은 내인생이 영영하직하였는데 소잃고외양간고치게하니 이또한오묘하다 오묘한듯에오묘하고 원통한듯에 원통하며 알듯한듯에 모를듯하고 점입하여모르겠다 귀신에게 돈이소용없더니 이제는 조화이치붙잡고서 이마음이미쳐간다 앉아서생각이요 누워서생각이요 이리돌려생각이요 저리돌려생각이요 풀어서생각이요 맺아놓고생각이요 나아가며생각이요 들어오며생각이요 건너뛰며생각이요 밭전자생각이요 몰리면서생각이요 대들면서생각이요 비껴놓고생각이요 바로놓고생각이요 졸卒을주고생각이요 포包를잡고생각이요 차車를주고생각이요 말(馬)을잡고생각인데…… 이놈흥부야장받아라

정오

 펄쩍, 하고 물 튀기는 소리가 난다. 보초는 걸음을 멈춘다. 그쪽을 본다. 가시 철망 밖에 있는 개울은 바닥이 진흙탕이어서 절로 난 장애물인 데다 미꾸라지가 수없이 잡힌다. 놈들이 가끔 흙펄 속에서 튀어오르는 것이다. 보초는 소총의 멜빵을 추켜잡으면서 갯벌을 들여다본다. 며칠 가문 탓으로 바닥이 드러나 있는데도 그 겉이 윤기가 흐르는 것은 아마 꽤 깊으리라고 짐작되는, 그 진흙이 담고 있는 풍부한 물기를 말해준다. 걸쭉한, 검고, 번들거리는 바닥이 보초병에게 해구海狗의 등 언저리를 문득 생각하게 한다. 갈라지는 물살. 쇠울타리. 그녀는 파라솔 꼭지를 땅에 박은 채 해구의 통통한, 번들거리는 등줄기를 보고만 있다. 왜 이럴까. 그것이 어쨌단 말인가. 모든 사람이, 모든 사람이 그렇게 생각하는 일인데…… 보초는 멜빵을 추켜잡으면서 다시 움직이기 시작한다. 단조로운 쇠울타리에 갇힌 짐승의 한없는 오가기. 그녀라는 쇠울타리 속에서의 한없는 오가기. 그래서 끝내 어떻게 되었는가. 그녀의 하얀 옆얼굴. 그때 몰랐던 것이 지금 알아질 리가 있는가, 하고 보초는 생각한다. 알아질 리가…… 없지 않은가. 어느새 서 있다. 다시 걷는다. 보초는 맡은 구간을 열심히 배회하면서 시계 및 청계 속에 있는 인명 재산을 감시하고…… 그는 철조망 밖 갯벌에서 눈길을 옮겨 영내를 두루 쳐다본다. 막사 뒤쪽의 볕바른 언덕에서 중대 목수가 조수를 데리고 일하고 있다. 조수는 멍청하니 서 있는 것이 일하는 사람을 구경하고 있는 모습이다. 저 녀석은 아마 신병일 것이다. 조수가 움직이더니 목공이 대패질을 하고 있는 재목을 타고 올라앉는다.

"좀더 이쪽으로."
조수는 몸을 움직여서 목공이 가리키는 대로 옮겨앉는다. 사격용 표적의 받침이다. 신병은 농구판 같은 표적을 보면서 자기의 사격 점수를 생각한다. 피식 하고 웃는다. 목공이 흘낏 쳐다본다. 다시 대패질하는 손으로 눈길이 돌아간다. 얄팍한 나무껍질이 대패 구멍에서 동그랗게 구부러지면서 솟아오른다. 대패질하는 손은 일정한 사이를 천천히 오간다. 결이 고운 재목이다. 공병대에서 가져온 것인데 표적판으로는 아깝다고 목수가 말한 것을 생각하면서 대패 구멍에서 동그랗게 말리면서 솟아오르는 껍질을 조수는 바라보고만 있다. 나뭇결보다 곱지 못한, 울퉁불퉁한 손의 오고 감에 따라 눈길을 보내고 거두면서.

"사수射手님 휴가는 언제 가십니까?"

대패질하고 있는 사수는 대답이 없다. 그러나 묻는 속은 알고 있다. 이윽고,

"두 번이나 취소가 되었는데, 이번에는 가봐야지. 그동안에는 별일이 없을 테니깐."

"사수님 휴가 중에, 일거리가 생기면 야단인데요."

"군대는 요령이야. 생각해서 하면 돼."

"사수님은 사회에서부터 기술자 아닙니까?"

"여기서 배웠어."

"그렇습니까?"

"군대는 하라면 하는 거야."

사수는 얼굴을 든다.

"처음에는 저 자식이 내 조수였지."

사수가 턱으로 가리키는 곳—저편, 취사장에서 취사반장이 부뚜막에 앉아서 발톱을 깎고 있는 것이 열려진 문 사이로 보인다. 취사반장이 저런 모양으로 발톱을 깎는 것을 여러 번 보았다.

"발톱 깎을 줄밖에 모르는 자식이 말이야."

취사반장이 올라앉은 부뚜막에 걸린 솥 안에서는 지금 중대의 점심 주식과 된장국이 한참 끓고 있을 것이다. 조수는 그제서야 취사반장이 가끔 특별 부식을 담아들고 사수님을 찾아오는 내력을 알게 된다.

"사수님은 고참이시군요."

"진급에 세 번 누락돼서 이거지."

조수는 그 빠진 까닭까지 물어볼 만큼은 아직 밥그릇 수를 채우

지 못했다. 취하면 주사가 있는 사수를 조심스럽게 발라맞추는 정도가 고작이다.
"그래서 취사반장하구 동계급이시군요."
"제가 잘났나, 어단 통조림이 잘났지."
사수는 취사장을 째려보는 데는 막상 얼마 품은 마음도 있어 보이지는 않는다.

취사반장은 발톱을 깎으면서 오늘 일과 후에는 나가야겠다고 생각하고 있다. '진주집'에 새로 온 작부에게 요즈음 몸이 달아 있는 것이다. 오늘 주번 부관이 2소대의 김 하사닝께 좀 느지막이 돌아와도 상관없을 것이고. 그야 자고 온대도 밤중에 찾을 사람은 없을 것이고…… 고것이…… 사람 환장허겄구먼……
딱 하고 튀어나간 엄지발톱 잘린 끝이 솥뚜껑 위에 떨어진다. 손끝으로 툭 튀겨버리면서 끙 하고 일어나, 바닥으로 뛰어내린다. 뜸을 들여야 하니까 불을 막아야 한다. 취사장 안에는 조리대 앞에 한 사람이 있고는 다른 놈들은 보이지 않는다. 또 낮잠인 모양이다. 요즈음 조금 늦춰놓았더니 군기가 말이 아니여. 그는 취사장을 나와서 바의 뒤에 붙어 있는 내무반 쪽으로 가다가 저만큼 다가오는 보초를 본다. 취사장 옆에는 철조망을 떼어낸 문이 있는데 보초는 그 앞에서 멎는다. 그 녀석이다. 먼젓번 일석 점호 후에 늘 하는 대로 이 뒷문으로 나가는데 막던 그놈이다. 보초는 돌아서서 철조망 밖 갯벌을 들여다보고 있다. 미꾸라지를 보고 있는 모양이다. 움직이지 않는다. 터져보지 못해 지랄이여 오사할 놈. 카악 퉤. 취사반장은 요란스럽게 침을 뱉는다. 그래도 뒷모습은 움직이지 않는다. 오매 잡것 보더라고. 오지게 터져야 알 것이여. 터져야. 취사반장은 취사반 내무실 쪽으로 간다. 취사장에 붙여서 지은 온돌방이다. 열려진 문으로 다리는 밖에 있고 등만 방바닥에 붙이고 세 놈이 퍼드러지게 누워 있다. 자고 있는 놈들의 발바닥을 힘껏 걷어찬다. 외마디 소리들을 지르며 일어난다.
"곤하게들 주무시는디 미안쿠먼."
취사병들은 반장 앞에 한 줄로 선다.
"눕더라고. 고단할 팅게 말이여. 탁 누워보더라고."
취사병들은 두 팔로 땅을 받치고 길게 누웠다. 반장이 그들의 엉덩이 위에서 반공중에 뛰어오르는가 싶더니 곧 아비규환이 일어났다. 어이쿠 아쿠 아갸 따위.

청계聽界 안에서 일어난 수상한 소리를 듣고, 보초는 휙 돌아선다. 보초는 한참 쳐다보다가 뒤로 돌아 걸어간다. 그는 천천히 걸어서 초소에 이른다. 의자에 앉는다. 우군에 의한 우군에 대한 공격은 끝나고 그들은 취사장을 향해 행진하고 있는 것이 보인다. 취사장 안으로 사라진다. 보초는 일어서서 이번에는 반대쪽으로 걸어간다. 그쪽에 빨간 십자표를 단 의무실이 있다. 열어놓은 문으로 침대가 보인다. 침대는 거의 비어 있다. 중대 보건 상태 좋음. 환자실 창밖에는 벽에 붙여서 코스모스가 심어져 있다. 낮은 창문을 훨씬 넘어 자랐다. 그래서 창들은 가느다란 코스모스 잎새와 줄기가 짜놓은 그물 발 사이로 보인다. 그것은 속눈썹 사이로 보이는 여자의 눈과 같다. 보초는 어떤 눈을 생각한다. 코스모스의 잔 줄기처럼 가냘픈 속눈썹 사이로 그에게 풀 수 없는 어둠을 던져준 눈을. 가냘픈, 푸른 어둠. 보초는 그 화사한 어둠을 오래 들여다본다. 어둠 속에서는 아무의 얼굴도 떠오르지 않는다. 그 무렵 화사한 그 검은 코스모스의 숲에서 마침내 아무의 얼굴도 알아내지 못했던 것처럼. 그는 돌아선다. 천천히 동초動哨한다. 그가 슬기롭지 못했던 것도, 그리고 누군가가 교활했던 것도 아니면서, 풀리지 않는, 코스모스처럼 가냘프면서도 포승처럼 단단히 얽힌 지나가버린 시간 속을. 지금에 와서는 안타깝다는 것도 아니다. 아마 뒷문 보초라는 자리가 나쁜 것이다. 영락없이 이렇게 되고 마니깐. 생각해서 어쩌자는 것도 아니고 어쩔 것도 없는. 얽힌, 흘러가버린 시간의 허망한 난마亂麻. 보초는 또 멈춰 선다.

환자실의 맨 끝 침대에 누워 있는 환자는 모기장처럼 가려진 코스모스의 가느다란 줄기 사이로, 둑 위 철조망 가를 천천히 동초하고 있는 보초를 보고 있다. 보초는 철조망 밖, 아래쪽을 열심히 내려다보면서 느릿느릿 움직인다. 미꾸라지가 튀어오르고 있겠지. 뒷문 보초에 걸렸을 땐 나도 그놈들이 낙이었으니까. 인생 도처에 미꾸라지가 있다. 구원. 갯벌. 코스모스의 드러난 정맥靜脈. 아니 청맥. 아니 녹맥綠脈인가. 올챙이, 아니, 미꾸라지 시인 겸 육군 일병 겸 육군 환자라. 오늘 일석 점호 때 중대장의 괴로움을 덜어 줘야지. 퇴실하고 싶습니다. 인제 아무렇지도 않습니다. 중대장님. 정오의 나팔이 울린다. 병사들의 귀에는 그 나팔 가락에 가사가 붙어서 들린다. 환자는 빙그레 웃는다. 그의 귀도 병사의 귀이므로. 처음에는 여기도 괜찮았다. 네모진 공간에 자라 올라오는 가냘픈 잎새를 바라보면서 철조망과 그 저편의 여름을 지키고 있는 것은 "사단장 보직보다 낫다"고 해도 좋았으나 이즈음 온몸이 근질근질하다. 일어나서 잠들 때까지 좁은 환자실 속에서 왔다 갔다 하자니 좀이 쑤신다. 깊은 갯벌 속에 질퍽하니 갇혀서 사는 미꾸라지들의 눈을 생각한다. 검은 진흙 속에서 그들의 눈은 무엇을 보는 것일까. 미꾸라지도 눈이 있는지 몰라…… 눈이 있다면. 온몸이 그 속에 푹 빠져 있는 (물론 눈의 겉에까지 와 닿아 있는) 진흙 속에서, 그것은 작은 공 모양의 촉각일 것이다. 촉각……도 틀리다…… 촉구觸球……지. 놈들은 그 속에서 가끔 튀어오른다. 검은 진흙 속에서. 빼끔한 구멍을 뒤에 남기고. 50센티미터쯤. 곧 숨어버린다. 나온 구멍보다는 작은, 빼끔한, 날카로운 구멍을 남기고. 그 초라한 초월의 순간에 그들의 눈은 무엇을 볼까. 무엇인가를 알아보기에는 시간이 너무 짧고 볼 것이 너무 많다. 아마 그것은 본다느니 차라리, 말하자면 헤엄을 못 치는 사람이 잘못해서 물에 푹 빠졌다가 곧 끌어올려진 순간의 겪음 같은 것이리라. 가련한 높이뛰기 선수. 그는 황망히 그의 불결한 평화 속으로 숨어버린다. 오물이 쌓이고 이겨지고 흠씬 엉겨서 흐늘흐늘해진 갯벌의 흑黑. 미꾸라지의 평화는 그 속에 있다. 그는 백년하탁百年河濁을 수긍한다. 그에게는 그쪽이 편한 것이다. 그렇다면 그의 뜀뛰기에는 무슨 뜻이 있는가. 그 미끌미끌한, 오욕의 빛을 담은 몸뚱어리 속에 숨겨진 괴로움의 발작인가. 그렇다면 오, 가엾은, 괴로운 놈이여.

　동그랗게 말리면서 대팻밥이 굴러떨어진다. 조수는 멍청하니 그것을 바라본다. 사수의 움직임에 따라서 그의 허리도 움직인다. 눈에는 보이지 않게. 그의 속에서만. 사수의 작업에 장단을 맞추는 것이다. 표적판이 여러 개 쌓여 있다. 다 오전에 한 일이다. 말끔히 대패질이 된 완성품을 보면서 조수의 몸의 어느 한 군데가 쪼르륵 소리를 낸다. 사수의 손놀림은 여전하다. 세 번 진급에 빠졌다는데 아마 그때마다 2년이나 3년쯤 기다렸다고 봐야 맞게, 나이를 먹었다. 정오의 나팔이 울린다.
　"여물 씹어볼까아."
　갑자기, 사수는 대패를 내동댕이치며 끙, 하고 허리를 펴며 일어선다. 조수는 일감을 타고 앉았던 허리에서 힘을 뺀다.

　여물솥이 걸려 있는, 사람 키보다 조금 높은 소형 페치카 같은 부뚜막 앞에는 각 소대의 당번병들과 주부식 통들이 나란히 이열종대로 엄숙히 서 있다. 부뚜막 위에는 취사반장이 자기 키보다 조금 큰 자루가 달린 국자를 오른손으로 비껴 잡고 아수라阿修羅처럼 버티고 섰고 그의 뒤, 여물솥 하나의 거리에 그의 참모들이 서 있다. 반장이 지루한, 뒤죽박죽의 훈시에 매듭을 짓는 찰나다.
　"……요컨대 말이여 취사장 군기가 말이 아니여. 어쩔 것이여?"
　부뚜막 아래의 열 중에서 한 소리가 있어,
　"의도를 명찰하고, 차후, 엄정한 군기를, 확립, 하겠습니다."

취사반장은 홍 하고 콧방귀를 뀌면서 이렇게 말한다.
"×까네."
으아, 하고 웃음.
"좋아. 배식 개시!"
여물 뚜껑이 열리고 거대한 김이 취사장을 뒤덮는다.

펄쩍 하고 또 미꾸라지가 튄다. 보초는 얼른 그쪽을 본다. 저기다. 나온 구멍과 숨어든 구멍이, 퍽퍽 소리를 미처 거두지 못한 채 주위보다 한결 물기 어린 품으로 반짝 빛난다. 정오의 나팔이 울린다.

    미꾸라지 용됐다아
    미꾸라지 용됐다아

보초는 취사장을 바라본다. 문과, 지붕에 뚫린 공기 구멍으로 새하얀 김이 연막처럼 뭉게뭉게 밀려나온다. 문득, 보초는 시장기를 느낀다.

춘향뎐

 춘향은 가장 어두운 중세의 밤을 보낸 여자다. 9월 하순 남원의 그 밤에 달이 없었다는 뜻에서만이 아니다. 그녀의 마음도 이 밤처럼 캄캄하였다. 그녀는 큰 칼 찬 고개를 들어 창살 밖을 내다보고 있었으나 물론 아무것도 보이지 않았다. 그 대신 관솔불 타는 냄새가 희미하게 코에 와 닿았다. 옥리들이 마당에 피워놓은 모닥불일 것이다. 탁, 하고 간간이 불티 튀겨지는 소리도 그러고 보면 들리는 듯도 하였다. 그 소리가, 순전히 그녀의 상상일는지도 모를 그 소리가 그녀의 귀에 들리는 단 한 가지 소리일뿐더러 또 가장 큰 소리이기도 하였다. 어디서 우는 강아지 소리도 없었다. 남원의 그 밤은 그렇게 조용하기도 했던 것이다. 그녀는 아직껏 일자 소식 받지 못하고 있었다. 집안의 크고 작은 일이 밀어닥친 가운데 분주할 몽룡의 처지를 짐작 못 하는 바는 아니지만 두 달이 가까워오는데 우선 바쁜 대로 잘 왔소 한마디 써보내지 않는 심사는 헤아릴 길이 없었다. 그것도 예사 걸음으로 쉬이 만날 처지면 굳이 일엽 연서를 기다리자는 것이 경망스럽기도 하겠지만 어디 그럴 처진가. 생각에 지친 그녀는 혼곤히 잠이 들었다. 누군가 창살을 두드린다. 푸른 저고리 붉은 치마에 머리 푼 여자가 그녀 앞에 서 있다. 그 여인은 말하는 것이다. 아가씨 신세 가엾구려. 이 몸도 살았을 적에 낭자와 같은 곤욕을 받다가 풀 길 없는 한을 품고 허공을 헤매는 몸이 되었소. 정렬貞烈도 한갓 뜬구름 부질없는 사로잡힘이오. 낭자는 마땅히 몸을 건지는 길을 택함이 옳을까 하오. 춘향은 대답하였다. 안 될 말이오. 한양성 낭군이 나를 버리지 않을 것인즉 나는 그대의 경우와는 같지 않소. 녹의홍상의 여인은 소리 없는 가가대소를 하는 것이었다. 그대가 나를 웃겼소그려. 열 계집 싫달 사내 있으며 기방 언약 지킬 사내 있을 것이오. 한양 길이 멀다 하나 일엽 서신 없는 뜻은 그대는 모르겠는가. 춘향은 그 말을 반박하려 했으나 입이 떨어지지 않았다. 안간힘 끝에 문득 깨니 풋잠에 한 자리 꿈인데 그녀의 귀에는 여자의 웃는 소리가 아직 들리는 것이었다. 밤은 캄캄하였다.

남원옥에서 춘향이 어두운 밤을 새우고 있을 때, 한양의 몽룡이 집안에서는 그보다 더 어두운 밤을 밝히고 있었다. 사랑에서 몽룡은 귀양 가는 부친과 마주 앉아 마지막 밤을 보내고 있었다. 말이 없다. 몽룡은 가만히 부친을 건너다보았다. 벼슬이 떨어지고 밝는 날이면 유배지로 떠나는 승지 이공의 얼굴에는 아무 빛도 없었다.

"그만 물러가서 쉬어라."

그는 조용히 말하였다. 아무 격한 투도 비감한 투도 없었다. 몽룡은 일어서서 방을 나왔다. 안채에도 불은 환했으나 기척은 없었다. 몽룡은 자기 방에 돌아와서 벽을 지고 비스듬히 앉았다. 끝내 이렇게 되었다. 그리고 이것으로 끝나지는 않으리라는 것도 그는 알고 있었다. 그의 앞길은 캄캄하였다. 역적의 자손에게 무슨 앞길이 있을 것인가. 모든 것이 캄캄하였다. 그때 몽룡은 자기 책상 위에 놓여 있는 한 통의 편지를 보았다. 그는 이상한 설렘을 느끼면서 읽어 내려갔다. 한양성 이공은 보옵소서. 소녀의 가련한 자식 춘향이는. 무도한 사또 강박하야. 어시호 이때를 당하야. 그러하오니 일각지체 부당하며. 편지를 툭 떨어뜨리고 이몽룡은 넋 나간 듯이 허공을 노려보았다. 엎친 데 덮친 것이었다. 승지 부임하자마자 터진 옥사로 구명 운동에 이리 뛰고 저리 달려온 지난 두 달 동안에 사실 춘향이를 생각할 겨를이 없었다. 까맣게 잊었다느니보다도 그쪽에 보낼 마음의 남는 가닥이 있을 수 없도록 엄청난 변이었던 것이다. 모든 일이 헛되고 이 지경이 된 지금 남원의 변을 알린 이 한 통의 편지는 얼마 남지도 않았을 그의 넋을 마저 빼 버린 것이다. 그는 편지를 다시 읽어봤다. 일각지체 부당하며. 일각지체 부당이라. 그는 한숨을 쉬었다. 춘향을 살릴 힘이 그에게는 없었다. 그녀가 당하고 있는 곤욕을 풀 길은 하나밖에 없었다. 물론 그것은 그로서는 참기 어려운 일이었으나 지금 할 수 있는 일은 그 길뿐이었다. 그는 허공의 한 점을 노려보면서 오래 앉아 있었다. 한양성의 밤도 어둡다.

신관 사또 변학도는 들어서는 홍도紅桃가 인사도 드리기 전에 성급하게 물었다.

"오늘은 어떻더냐?"

"황공하오나, 여전하옵니다."

"에익!"

변학도는 담뱃대를 끌어당기면서 역정스럽게 소리 질렀다. 홍도가 황급히 담뱃대를 받아 불을 붙여 건네었다. 변학도는 뻐끔뻐끔 빨면서, 홍도를 노려보았다. 빨 때마다 목대에 심줄이 울근울근 솟는다. 홍도는 잦아들 듯이 옹송그리고 있다. 그녀는 사흘째 춘향 앞에 나가서 녹의홍상으로 귀신 행세를 하고 있는데 통히 뜻대로 되지 않는 것이다.

"몽룡이 아비가 역적모의를 하여 멸문되었다는 말을 분명히 하였것다?"

"분부대로 하였습니다."

변학도는 심히 마땅치 않았다. 이토록 관장을 업신여기는 년이 일찍이 있었다는 말도 듣지 못하였거니와 사대부 집안의 요조숙녀도 아닐 것이 이토록 방자한 것이 무엇보다 괘씸한 것이다. 게다가 이몽룡이 이미 멸문지문의 앞길 없는 일개 필부에 지나지 않음을 일러주었음에도 버티는 심사는 모를 일이었다. 이년이 무얼 믿구서. 지금으로서는 그에게 남은 것은 오기밖에 없었다. 정히 끝까지 항명하면 물고를 내어 관장의 지엄함을 보여야 할 것이라고 그는 생각하였다. 이름 있는 색향에 와서 이런 변을 당하는 것이 아무래도 울화가 치미는 것이다.

이날 밤 홍도는 사또 수청을 받들었는데 홧김에 기생질한 터라 홍도는 약간 고생했을 것이었다.

이몽룡이 남원 고을에 이른 것은 10월 상순의 해질 무렵이다. 남원으로 들어서는 박석고개에 올라서니 산도 예 보던 산이요 물도 예 보던 물이었다. 다만 사람의 신세만은 하늘과 땅만큼이나 바뀌어 있었다. 그의 짐작대로 부친 이공은 배소에서 약사발을 받았던 것이다. 원래 같으면 상중에 이같이 나설 수 없는 일이었으나 관의 명으로 모자가 각기 다른 일가집에 기거하도록 된 사정을 틈타서 그는 춘향의 일을 풀기 위하여 내려온 것이다. 춘향네에 이르니 전에 보던 누렁이가 남루한 차림의 옛 손님을 몰라보고 꽝꽝 짖어댄다. 요 개야 짖지 마라. 주인 같은 손님이다. 네 주인 어디 가고 네가 나와 반기느냐. 이몽룡은 허탈한 넋두리로 짐승을 어르면서 마당에 들어섰다. 그러는데 마침 귀에 익은 소리가 들렸다.

"애고애고 내 일이야. 모지도다. 모지도다. 이 서방이 모지도다. 위경危境 내 딸 아조 잊어 소식조차 끊어지네. 애고애고 설운지고. 향단아 이리 와 불 넣어라."

그것은 물론 춘향모 월매였다. 그녀는 이렇게 향단이를 부르며 안뜰 쪽으로 돌아간다. 몽룡은 어마지간에 말은 건네지 못하고 그 뒤를 따라갔다. 월매는 그곳에 차린 기단祈壇에 들고 온 정화수를 받쳐놓고 엎드려 빌기를 시작했다.

"천지지신 일월성신은 화위동심하옵소서. 다만 독녀 춘향이를 금쪽같이 길러내어 외손 봉사 바랐더니 무죄한 매를 맞고 옥중에 갇혔으니 살릴 길이 없습네다. 천지지신은 감동하사 한양성 이몽룡을 청운에 높이 올려 내 딸 춘향 살려지이다."

이렇게 빌기를 마치더니 펄썩 주저앉는다. 먼발치에서 바라보고 서 있는 이몽룡에게는 그녀의 푸념 마디마디가 모두 독 묻힌 화살 같았다. 그는 한참을 더 멈칫거리다가 불렀다.

"그 안에 뉘 있나?"

"뉘시오?"

"내로세?"

"내라니 뉘신가."

이몽룡은 가까이 갔다.

"이 서방일세."

"이 서방이라니 올체 이풍헌 아들 이 서방인가?"

"허허 장모 나를 몰라 나를 몰라?"

"자네가 뉘기여?"

"사위는 백년지객이라 하였으나 어찌 나를 모르는가?"

월매는 그제서야 알아봤다.

"애고애고 이게 웬일인고 어디 갔다 인자 와? 풍세대작터니 바람결에 풍겨온가? 어서 들어가세."

그녀는 엎어질 듯이 몽룡의 손을 잡고 방으로 들어갔다. 촛불 앞에 앉혀놓고 자세히 살펴보니 걸인 중에도 상거지다. 숨은 걸음이라 초라한 편이 눈에 덜 뜨일 것이므로 사실 초라하기는 했던 것이다.

"이게 웬일이오?"

"양반이 그릇되매 형언할 수 없네. 그때 올라가서 옥사에 물려 부친께서는 귀양 간 곳에서 사약을 받아 돌아가시고 모친은 친가로 가시고 나는 춘향 소식 듣고 내려오는 길일세."

월매에게는 앞이 캄캄한 말이었다.

밀린 이야기를 하는 동안 월매는 반쯤 돌아앉아 담뱃대만 거푸 빨면서 한숨이 구들장을 흔든다. 샛바람이 있는지 촛불이 너풀거리는데 벽에 비친 월매의 그림자가 을씨년스럽기 이를 데 없다. 그렇게 마주 앉아 있기를 오래 하는데 향단이 밥상을 들여왔다. 입맛이 있을 턱이 없으나 향단의 권에 못 이겨 몇 숟가락 뜨는 체하고 물린다. 그 사이도 월매는 거드는 한마디 없이 돌아앉은 채였다. 그녀의 마음은 매우 어지러워서 이것저것 가릴 여유가 없었다. 그 대신 향단이 남원에서의 일을 꼼꼼하게 이야기했다. 몽룡은 이야기 중에 가끔 한숨을 쉬었다. 이윽고 그는 말하였다.

"장모, 춘향이나 좀 보아야지."

"지금은 닫았으니 바라 치거든 가사이다."

월매는 말이 없고 향단이 말하는데 마침 바라를 댕댕 치는 것이었다. 그들은 옥에 이르러 기왕에 통해놓은 사정이 자리를 비켜주어서 춘향이 갇혀 있는 옥방에 이르렀다. 춘향은 이때 꿈결에 몽룡이를 만나고 있었는데 머리에는 금관金冠이고 몸에는 홍삼을 걸친 서방님과 만나서 꿈같이 반기는 참이었다. 그때 춘향모가 부르는 소리에 그녀는 아쉬운 꿈에서 깨었다.

"어머니 어찌 오셨소. 몹쓸 딸자식을 생각하여 천방지방 다니다가 낙상하기 쉽소. 일홀랑은 오실라 마시오."

"날랑은 염려 말고 정신을 차리어라. 왔다."

"오다니 뉘가 와요?"

"그저 왔다."

"갑갑하여 나 죽겠소. 일러주오, 꿈 가운데 임을 만나 만단정회 하였더니 혹시 서방님께서 기별 왔소? 언제 오신단 소식 왔소? 벼슬 띠고 내려온단 소문 왔소? 애고 답답하여라."

"너의 서방인지 남방인지 걸인 하나이 내려왔다."

"그게 웬 말이오. 서방님이 오시다니. 꿈속에 보던 임을 생시에 본단 말이."

문틈으로 몽룡의 손을 더듬어 잡고 말을 못 해 기색하다가,

"애고 이게 뉘기시오. 아매도 꿈이로다. 보고지라 그리워한 임을 이리 쉬이 만날손가. 이제 죽어 한이 없네."

한참을 반기다가 그녀는 비로소 이몽룡의 차림을 보고는,

"서방님 행색이 웬일이오"

하고 놀랐다.

이몽룡이 밤으로 옥방의 춘향을 찾아온 데는 생각이 있어서였다. 그러나 춘향의 모습을 눈앞에 보고는 마음먹었던 말이 입 밖으로 나와지지 않았다. 그러자 또 한 가지 생각이 문득 떠올랐다. 그래서 그는 부드럽게 말했다.

"오냐 춘향아 설워 마라 인명이 재천인데 설만들 죽을쏘냐."

춘향은 춘향대로 그 말을 풀이했다. 그것은 사랑하는 여자로서, 또 뭇 사정으로 보아 그렇게 짐작하는 것이 조금도 무리할 것이 없

는 그러한 짐작을 춘향은 하였던 것이다.

  집으로 돌아온 다음에 월매와 이몽룡은 사랑방에 늦도록 이야기 하였다. 향단은 향단이대로 늦도록 앉아 있었다. 그녀가 술상을 만들어 들고 방문을 여는데 월매의 하던 말끝이 들렸다.

  "자네 심정을 내가 알겠네. 이 지경에 별 도리 있겠는가. 고마우이."

  여기서 우리는 원본 춘향전과 갈라져야 되겠다. 그 까닭은 이렇다.

  이튿날 남원 고을에는 큰 변이 난 것이다. 그것은 오래전부터 소문이 있어오던 암행어사가 출도하여 신관 사또 변학도는 봉고파직이 되었다. 암행어사가 오리라는 소문은 어디선가 들려와서 남원 사람들은 다 그런 말을 듣고 있었는데 단 한 사람 당하는 날까지 모르고 지낸 것은 변학도뿐이었다. 워낙 기벽이 유다른 사람이어서 아무도 그런 소식을 전하기를 꺼렸던 것이다. 다만 기벽이 그러했다는 것뿐으로 그의 다스림이 포악무도했는지 여부도 딱히 밝힐 만한 아무 근거도 없다. 봉고파직이지만 당파 싸움에 몰렸다는 말이 있다. 여염집 부녀에게 수청을 강요한 것만 가지고도 폭정이 자명한 것이 아니냐고 하기 쉬우나 그것은 우리 생각이다. 우리처럼 인권이 완전히 보장돼서 관에 의한 사생활의 침해가 완전히 없는 현대 한국 시민의 생활 감정으로 재어볼 때 그렇다는 것이고 권력에 갇힌 어두운 중세의 밤을 살던 옛사람들에게는 그 한 가지만 가지고 지방 관장을 좋다 나쁘다 할 수는 없었다는 이야기다. 신관 사또 변공卞公으로서는 춘향의 일 건을 풍류 남아로서 '스타일 구겼다'고 생각했던 것이요 장차 춘향을 어떻게 처분하려던 것인지 알 수 없다는 의견도 있을 수 있기 때문이다. 더구나 일설에 의하면 변학도의 전임지는 육진 지방으로 북방의 오랑캐를 무찌른 용장勇將이었다는 데 이르러서는 비록 구정권하에서일망정 국가의 공적 활동에서 공이 있은 자를 결석 재판에서 증거 없이 유죄 판결한다는 것은 근대 형법의 뜻에 어긋난다. 유부녀 공갈에 있어서도 불소급의 원칙이 있는 것인즉 평등법이 없었던 곳에 죄를 인정함은 모순이다. 그것은 개인 변학도가 감당할 죄가 아니요 구정권의 이데올로기에 돌려져야 할 화살이기 때문이다. 변씨 문중도 아니요 변공으로부터 구전을 받았을 리도 없는 필자가 이같이 말하는 것은 무슨 까닭인가. 용장勇將이든 색장色將이든 간에 변공을 두둔하려 함이 아님은 말할 것도 없거니와 사고 형태의 장場이 다른 경우에 그 속에서 산 개인의 행위 평가에는 일정한 참작 상수常數를 고려해야 한다는 그런 이야기를 하자는 것은 더더구나 아니다. 그따위 일은 우리들 소설가가 알 바 아니다. 그러면 무엇 때문인가. 그것은 다름이 아니다. 악역인 변학도에게 가능한 최대한의 공정함을 베푼 다음에 우리들의 사랑하는 주인공들의 문제를 살펴보면 그들의 비극의 보다 진실한 모습이 떠오르리라고 믿기 때문이다. 다시 말해서 변학도는 어떻든 간에 더 정확히 말해서 변학도가 봉고파직이 돼서 무대에서 사라진 뒤에도 이몽룡 성춘향 양인의 앞에는 여전히 캄캄한 밤이 기다리고 있었다는 말이다.

동헌 뜰에 높이 앉은 암행어사가 갈 데 없는 서방님 이몽룡이거니 한 춘향의 아름다운 환상은 얼굴을 들라 소리에 기다렸다는 듯이 올려다보는 참에 쉽사리 깨어졌다. 놓여나온 그녀는 집에 와서 비로소 한양에서 있었던 일을 들었다. 그리고 낭군이 그녀를 살리기 위해 실행할 뻔한 모종의 결심(우리는 그것을 알자꾸나 하지 말자. 그것은 프라이버시의 문제다)을 듣고 울었다(울 만한 이야기였다는 것은 상상하여도 좋다). 아무튼 그들은 모처럼 만의 만단정회를 하면서 며칠을 지났다. 춘향은 어느 날 심상치 않은 일을 알아냈다. 어머니 월매에게 사또청의 사람들이 자주 드나들고 그 일을 월매가 자기 춘향에게 숨기고 알세라 하는 일이었다. 이상하다고 그녀는 생각하였다. 예나 지금이나 충신인 향단이의 도움으로 그녀는 진상을 알아내고야 말았다. 암행어사가 춘향을 소실로 소망한다는 것이었다. 열녀를 맞아 부귀영화를 같이하고 싶다는 것이었다. 그리고 월매가 전혀 뜻을 받들어 모시겠다고 연통을 하고 있다는 것이었다. 춘향은 눈앞이 캄캄하였다. 옥중에서 새운 밤은 이에 비하면 아무것도 아니었다. 지금 경우는 기다릴 이몽룡도 없고 믿을 모친도 없었다. 한 사람은 장모 눈치 보는 기둥서방이요, 한 사람은 적이었다. 그날 밤 그들 두 남녀의 방에서는 늦게까지 두런두런 말하는 기척이 들렸다. 캄캄한 밤이었다.

이튿날 아침에 월매는 향단이의 황급한 외침으로 뒤숭숭한 꿈자리에서 깨어났다. 그녀가 디미는 만리장서를 반만 읽고 불쌍한 월매는 기색하여 방바닥에 넘어졌다. 연놈은 밤도망을 쳤던 것이다.

몇 해가 지난 후.

소백산맥의 기슭에 살면서 산삼을 캐면서 늙어온 한 노인이 있다.

그해 여름에는 어쩐 일인지 여느 해 같으면 만났음 직한 산삼을 한 뿌리도 캐지 못하였다. 하기는 대중없는 일이어서 첫손에 찾아도 이치요 아흔아홉 번 만에 못 캐었대도 이상하달 것은 없는 그 노릇이기는 하였다. 지리도 쓸데없고 풍수도 쓸데없는 운수 놀음이었다.

그날도 골짜기로 비탈로 종일토록 헤매고 있던 노인은 어느 산모퉁이에서 문득 인가를 만나게 되었다. 오래 산에서 살았다기로 제 손금이 아닌 바에야 모르는 골짜기가 있기로서니 이상할 것은 없었으나 그래도 신기하였다.

노인이 가까이 가본즉 마침 마당에서 놀고 있던 서너 살 돼 보이는 사내 아이가 낯선 사람을 보고 뒤꼍으로 급히 돌아가더니 이윽고 어미일 듯싶은 아낙네의 손을 잡고 나오는 것이었다.

해질 무렵이었다. 산등성이에서 뉘엿거리는 지는 해를 앞으로 받은 아낙네는 이 세상 사람 같지 않게 아름다웠다. 노인은 자기를 밝히고 날도 이미 다 기울었으니 그럴 수 있으면 하룻밤 나그네 되기를 청하였다. 아낙네는 한참을 말이 없더니 아무튼 마루 끝에 앉아 잠깐 쉬라고 한다. 그러고는 아이를 데리고 사립문을 나갔다. 노인은 마루 끝에 앉아 집을 두루 살펴보았다. 산속에 사는 사람이 사는 집이라 화려할 리는 없으나 매우 깨끗하다.

잠시 후에 아까 그 모자가 그 지아비일 한 남정네를 앞세우고 사립문을 들어선다. 이야기가 있었던 모양으로 주인은 노인을 안으로 청해들였다. 방 안의 살림살이는 더욱 깔끔해 보였다.

밥상을 받고서 노인은 또 한 번 혀를 차야 했다. 음식이 매우 알뜰했던 것이다. 산나물 무친 것이 그렇게 달 수가 없었다. 시장이 반찬이어서가 아니었다.

상을 물린 다음에 주객 사이에는 이야기가 길어졌다. 그사이 아낙네는 세 번 드나들었다. 한 번은 지아비 무릎에서 잠이 든 어린 것을 받아갔고 두번째는 산차를 들여왔다. 그때마다 지아비에게 무슨 말을 할 듯하는 것을 노인은 보았다. 그러나 남정네는 세상 돌아가는 일을 이것저것 물으면서 긴 이야기를 바라는 것이었다. 마침내 세번째 걸음에 그녀는 넌지시 노인이 고단하실 테니 그만 물러가자고 남정네를 안동하여 나가는 것이었다.

밤중에 노인은 소피를 보러 나왔다가 문풍지에 그림자가 마주앉은, 불 밝힌 방 안에서 새어나오는 아낙네의 말소리에 걸음이 멎어졌다.

"씨팔놈의 세상일 알아서 뭐할랍디여?"

그러자 웅얼웅얼하는 남정네의 목소리.

"오매 속 뒤집는 소리 마씨요잉. 효도에도 양반상놈 있습디여?"

이번에는 남정네의 대꾸가 없다. 어떤 말끝이었는지는 모르지만 방 안의 말소리가 끊어지자 노인은 자기가 엿들은 것이 알려졌을까 봐 황급해서 얼른 발소리를 죽여 방으로 들어왔다. 그쪽에서는 더는 기척이 없었다. 노인은 깊이 잠들었다. 꿈에 노인은 산삼을 캐었다. 아주 큰 산삼을. 그것은 주인 아낙네였다……

밝은 날에 노인은 정성스레 차린 아침밥을 대접 받고 이 집에서 떠나갔다. 산의 이른 아침에 보는 아낙네는 검게 그을은 얼굴이었으나 이슬 뿜는 머루 다래처럼 보얗게 고왔다.

며칠 후 빈손으로 돌아온 노인은 마을 사람들이 지나가는 소리로 하는 이야기를 들었다. 먼 고을에 방이 붙었는데 어떤 남녀를 관가에서 찾고 있다는 것이었다. 남자는 한양 벼슬 높은 사람의 자손이고 여자는 그 아낙인데 이번에 억울하게 죽은 그 벼슬아치의 혐의가 풀려서 나라에서 그 핏줄을 찾는다는 것이었다. 노인은 불현듯 그 정결한 산의 식구들을 생각하였다. 그러나 자기가 하룻밤을 지낸 그 집 이야기를 입 밖에 내지는 않았다. 어쩐지 그래서는 안 될 것 같았기 때문이다. 그 대신 노인은 그 다음 걸음에 다시 한 번 그 집을 찾아갔다. 그런데 이상한 일이었다. 아무리 헤매도 집은 나지지 않았다. 노인의 기억에 틀림은 없을 것이었다. 그러나 하루해를 헤매도 볕바른 골짜기를 찾아내지 못하였다. 노인은 지금 자기가 꿈을 꾸고 있는 것이 아닌가 생각하였다. 해질 무렵이었다. 노인은 바위 그늘에 풀썩 주저앉아 아픈 다리를 쉬었다. 그때였다. 뉘엿거리는 저녁 햇빛 속에서 노인은 보았다. 자기가 찾고 있는 또 하나의 것을. 자기의 바로 발끝에서. 노인의 눈에는 파묻힌 굵직한 뿌리가 환히 보이는 산삼 줄기를.

노인이 캐어온 산삼은 유별나게 큰 것이었다. 마을 사람들은 이렇게 큰 삼은 보는 것도 처음이거니와 들은 적도 없다고 말하였다. 어떤 사람은 허 양귀비 허벅다리 같네 하였다. 노인은 문득 얼굴이 뜨거워졌다.

노인은 평생 그 일을 입 밖에 내지 않았는데 어쩐지 그래서는 안 될 것 같다는 여전한 생각에 겹쳐서 문득 얼굴이 뜨거워지던 일이 늘 그 집에서 보낸 그날 밤 꿈의 칠흑 같은 어둠을 생각게 했기 때문이다.

  그 어둠인즉슨 남원의 성춘향이 그토록 사랑하면서 그토록 두려워한 바로 그 어둠인지 어쩐지 혹은 그 어둠의 어느 만한 부분인지는 필자로서도 물론 무어라 말하기 어렵다.

귀성

 그들은 자리에 앉은 다음 조금 어리둥절해서 방 안을 휘둘러보았다. 주인의 장사야 어찌 되든 찻집이란 그래줬으면 싶은 만큼보다도 훨씬 지나치리만큼 아늑하였다. 지나치리만큼이랄 수밖에 없는 것은 그들이 손님의 모두였기 때문이다. 자리로 보아서 이렇게 비었으리라고는 바라지 않은 터였으므로 더욱 기이하였다. 어쩌다 늦은 시각에 변두리 다방에서 이런 풍경 속으로 들어가게 되는 수가 있지만 시내 한가운데서 이런 시간에 오후 5시라는 한창일 시간에 이런 데가 있다는 것은 확실히 어리둥절할 만한 일이었다. 이런 일이 그처럼 언짢은 사건의 전조라고 생각한다는 것은 아무에게도 바랄 수 없는 일이었다. 그래서 그가 한 말도 그런 뜻은 없었던 것이다. 사람들은 자신이 있을 때 흔히 그러는 수가 있지 않은가.
 "이건 너무 안성맞춤인데. 무슨 불길한 징조인지 몰라."

말이 거듭되지만 그가 이렇게 말했을 때 그것은 전혀 반대의 뜻이었던 것이다. 그들 사이가 잘 나가고 있다는 것. 서로가 서로를 아끼고 있으며 세상이 무엇인지 아직 잘 모르지만 비겁하게는 살지 않겠다는 것. 더구나 서로 사이에는 비겁하다고 나무람 받을 일은 하지 말면서 지내자는 것. 오늘 귀성하는 그를 바라기 위해서 꼬박 하루를 같이 보내기로 하고 아침 일찍이 만나서 남산을 샅샅이 한 바퀴 돌고 조금 다리가 아프지만 그가 타야 할 기차 시간까지 아직도 많은 시간이 남은 것을 어떻게 치를까를 생각하면 아주 즐겁다는 것. 한마디로 그들에게는 아기자기한 잠시 동안의 떨어짐을 더욱 그럴듯하게 마련하는 일을 빼고는 서운한 일은 아무것도 없다는 뜻이었던 것이다. 그녀는 귓불을 잡아당기면서 조금 웃었다. 그것이 그녀의 버릇이었다. 그러고는 카운터 쪽을 바라보았다. 두 사람의 레지가 마주 보고 멍하니 서 있었다.

"아무래도 수상한데. 이럴 수야 있나."

이것도 물론 분위기가 근사하다는 즐거움의 나타냄이었다. 전세를 내기나 한 것처럼 손님은 그들 둘뿐이며 레지들도 그들의 고용주에게는 불충실함으로써 그들 연인 두 사람에게는 안달스럽지 않은 어느 소도시의 신통치 않은 찻집의 신통한 분위기를 마련하는데 이바지하고 있다는, 행복에 들뜬 사람들이 자기들 느낌에만 겨운 마음의 나타냄이었다. 그녀는 또 귓불을 만지면서 웃었다. 확실히 괜찮아, 하고 그는 생각하였다. 점잖으면서 상냥한 여자라는 그의 바람의 현실적 등가물이 그의 눈앞에서 귓불을 만지고 있는 것이었다. 수정같이 맑다고 그는 생각하였다. 아무것도 뒤에 감춘 것이 없는 그런 웃음이었다. 비겁하지 않은 게임을 마음 놓고 할 수 있는, 그렇기 때문에 지고 이김에 매임 없이 깨끗할 수 있는 뒷맛을 누릴 수 있는 그런 따위의 사람만이 보여줄 수 있는 그런 웃음이었다. 그것이 사실이라면 매우 알뜰히 지켜야 하고 황송스럽다는 마음으로 쏟아지지 않도록 조심하여야 할 복임에 틀림없었다. 아무리 주판을 튀기고 굴려봐야 남녀가 사귀는 것은 뺑뺑이 돌리기보다 조금밖에는 더 행운을 바랄 수 없는 것이 이 도시에서의 근사한 상대와 만나는 확률이라고 그는 생각한다. 그때 그녀가 말했다.

"불길한 제안 하나 할까요?"

이번에는 그가 웃었다.

"무서운 걸루."

이것은 그가 한 말이었다. 또 되풀이되지만 이것은 행복한 걸루, 그것도 아기자기하게 행복한 걸루, 하는 뜻이었다.

"물론"

하고 그녀가 말했다.

아직도 레지들은 마주 본 채 그들이 틀어놓은 음악의 효과를 새기기나 하는 것처럼 서 있었다.

"차 시간이 몇 시죠?"

하고 그녀가 물었다. 그는 대답했다. 그녀가 오히려 더 잘 알 터이었으나 게임에서는 생략이 없으므로 그는 규칙을 따랐다.

"그럼 말예요"

하고 그녀는 한번 멈추고 레지들 쪽을 살짝 바라보았다. 그것은 그녀들에게 들릴세라 해석하라기보다도 그녀들하고 미리 짜놓은 이야기를 지금 그에게 통고하면서 공범자들에게 얼핏 눈길을 보내는 그런 투였다.

"여기서 우린 일단 갈라지는 거예요."

"갈라져?"

"네."

이번에는 왜 그런지 웃을 수 없었다.

"그래선?"

"그랬다가 이따 차 시간 한 시간 전에 다시 여기서 만나는 거예요."

"그게 뭐야?"

"그 사이에 내기를 하는 거예요. 서로 자기 자신에 대해서요."

"내기?"

"네. 이를테면 어느 책방에 들어가서 책가의 제일 아랫줄 첫번째 책이 남자 필자의 것이면 여기 오고 여자의 것이면 안 온다. 그런 식으로 말예요."

"그래서?"

"그렇게 하는 거예요."

"아니, 그렇게 해서 안 오는 걸로 내기가 나오면 어떻게 하는가 말야."

어느새 그의 말투는 험하게 돼 있었다. 그러나 그녀는 또 한 번 귓불을 만졌다.

"그건 자기한테 각자 물어봐야죠. 내기까지는 하지만 내기에 건

돈을 치르느냐 안 치르느냐는 또 다른 일이니까요."

"다른 일?"

"다른 일이죠. 싸움에 지고 이기고는 운수지만, 지고 이긴 다음에 어떻게 하는가는 운수가 아니거든요."

"흠."

그녀는 또 귓불을 만지면서 레지들 쪽을 살짝 봤다. 그녀의 것을 따라간 눈길은 이쪽을 보고 활짝 웃고 있는 두 사람의 레지의 얼굴을 보았다. 그의 눈에 그 두 사람의 여자의 입은 귀밑까지 찢어져 보였다. 머리는 산발하고 음침한 모퉁이에 그물을 치고 행복한 사람들이 걸려들기를 기다리고 있는 어둠의 여자들처럼 보였다. 어쩐지 이상하다 싶더니, 하고 그는 생각하였다. 악의에 찬 이 장소를 가리고 있는 휘장을 그 자신의 손으로 걷었다는 일이, 그것도 약간의 경솔함을 가지고 그렇게 했다는 사실 때문에, 그 노여움은 자기 자신에게 돌아오는 것이었다. 참다운 불행은 늘 스스로에 대한 꾸지람의 모습을 띠는 것이므로 그는 지금 확실히 두려워하고 있었다.

"뭘 드시겠어요?"

귀밑까지 찢어졌던 입을 움츠려 감추고 어느새 머리를 가다듬은 여자 하나가 걸어와서 레지의 탈을 쓰고 그들에게 자그마한 선택을 채근하는 흉내를 내는 것이었다.

먼저 가라는 그녀에게 잘 감추어지지 않은 불안이 내배었으리라고 짐작되는 웃음을 호기 있게 웃어 보인 다음 그가 찾아간 곳은 영화관이었다. 영화관의 프로그램 간판을 올려다보았을 때 그의 마음은 활짝 갰다. 외국 영화였는데 그 경우에는 그녀와 정한 장소에 가고 국산일 경우에는 안 가는 것으로 정했던 것이다.「드라큘라의 복수」라는 제목이었다. 그는 표를 사는 줄에 서서 기다릴 신경 상태가 아니었으므로 암표를 샀다. 그러면서 그는 불쾌해졌다. 언젠가 그녀와의 말끝에 정거장 암표 얘기가 나와서 결국 시민이 사지 않으면 그런 행위가 없어질 터이니까 마지막 책임은 우리들 자신에게 있다는 말을 한 생각이 났기 때문이었다. 영사막에 벌어지는 천연색의 그림자들도 음산하기 그지없는 것이었다. 도살屠殺의 이미지를 본뜬 살인 장면이라든가 유혈이 낭자한 대목이며 철철 흐르는 피살자의 흘리는 피소리가 그의 신경을 괴롭혔다. 그것은 그의 성미에 맞지 않았다. 현실에 그보다 더한 일이 있다 할지라도 이런 모습을 돈 주고 보는 것은 피하고 싶었다. 그가 자리를 뜨지 않은 것은 이런 얘기를 어떻게 끌고 가서 어떻게 끝맺는가를 알고 싶었기 때문이었다. 끝장에서는 결국 악한 자는 망하고 사랑하는 한 쌍은 무사히 위기를 벗어난다는 것으로는 돼 있었다. 구경이 끝나고 극장을 빠져나오는 사람들은 벌겋게 상기를 해서 겸연쩍은 낯들을 빼들고 있었다. 그녀와 갈라져 올 때의 그의 표정이 꼭 그랬으리라고 그는 생각했다.

　그는 한길을 건너서 골목으로 들어서 그대로 걸어갔다. 세탁소며 이발소 같은 집들이 늘어선 골목이었다. 어떤 2층집 창턱에 속옷만 입은 여자가 한쪽 다리를 세우고 걸터앉아서 거울을 들여다보고 있었다. 사랑하는 한 쌍은 위기를 면했지만 돼지처럼 도살된 등장인물은 어떻게 된단 말인가. 그의 경우는 소생도 안 되고 그저 그만이었다. 그의 불행에는 아무 갚음도 없었다. 그래도 좋은가. 이것이 옛날이야기라면 무고한 사람은 중간에야 어떤 고생을 하건 종당에는 다 잘되게 마련이다. 심청이는 인당수에 빠져도 살게 되고 불쌍한 양새끼들은 이리의 캄캄한 뱃속에서 낑낑거리다가도 어미 양이 가위질을 해서 빼내주는 것인데. 그는 이런 생각을 하면서 걸어갔다.

그러나 영화에 대한 그러한 그의 의견에도 불구하고 그는 지금 아주 언짢은 것은 아니었다. 그 영화를 보았다는 언짢음은 만일 거기서 국산 영화를 하고 있었을 경우에 그가 맛볼 뻔한 어둠을 이기지는 못할 것이었기 때문이다. 영화 자체가 언짢았던 것은 틀림없었다. 그러나 그 영화로 말미암은 결과는 즐거운 것이었다. 그렇다면 나는 이 영화를 좋다는 것인가 나쁘다는 것인가. 그는 얼른 대답할 수 없었다.

문제를 내는 방식에 어딘가 잘못이 있다는 생각은 들었으나 지금 그 문제의 출제를 바로잡는 곳으로 그의 마음은 흘러가지는 못했다. 그는 그녀를 원망했다. 지금 이 시간을 이런 몰골로 보내게 한 그녀가 미웠던 것이다. 그러자 그는 마치 지금 처음 깨닫기나 한 것처럼 그의 언짢음의 진정한 까닭에 부닥치는 것이었다. 그런 제안을 할 수 있는 그녀의 마음이 그의 불안이었다는 것을 생각하고 그는 화가 났다. 그에게 한 가지 생각이 떠올랐다. 그 생각이란 내기를 한 번으로 하지 말고 여러 번 하기로, 그래서 그 합으로 행불행行不行을 정하자는 것이었다. 그는 그렇게 기울어져 있는 것이

불쾌하던 어떤 균형이 되찾아지는 것같이 느꼈는데 그것은 이런 경우에 가장 있기 쉬운 흐름이었으나 말할 것도 없이 나쁜 곳으로 들어선 흐름이었다.

그는 가다가 제일 먼저 나선 공중전화에서 그의 다음 내기를 불러보았다. 같은 과의 여학생으로 그가 부르면 따라올 눈치를 자주 보이는 아이였다. 그녀는 없었다. 전화기를 놓으면서 그는 악몽에서 깨어나는 순간같이 다행스러웠다. 그가 전화를 걸었다는 사실이 가져다준 자그마한 복수의 이름과 저쪽이 없어주었다는 데서 온 다행스러움을 동시에 거둬들인 것이었으나 그것은 완전한 만족까지는 주지 못하였다. 왜냐하면 그것은 그의 복수가 좌절되었다는 것과 그가 그녀의 그물에서 헤어나지 못한다는 것도 뜻하는 것이었으므로. 그는 또 하기로 했다.

몇 번이랄 것 없이 시간이 될 때까지 내리 그러기로 했다. 비록 그녀가 제안한 어리석은 놀음에 걸려들기는 했지만 내기의 횟수를 늘려서 빼앗긴 것을 되찾기로 하였다. 다음 내기는 얼른 생각나지 않았다.

"어서 옵쇼. 식사하고 가십쇼."

더러운 앞치마를 두른 소년이 몸을 건들거리면서 그가 가는 길을 막았다. 이것도 그가 싫어하는 따위였다.

"비켜."

그는 소년의 손을 뿌리치고 지나갔다.

"치지는 맙쇼. 안녕히 갑쇼."

뒤로 돌아서고 싶어 하는 몸을 간신히 누르면서 그는 걸어갔다.

하기는, 식사도 해야 할 것이었다. 옳지 다음에 나서는 집이 한식집이면 들어가고 또 행行으로 한다.

한식집이다. 냉면을 시켜서 먹는다. 맛이 좋았다. 그런데 농담이라도 하필이면 이런 농담을 하다니. 그의 불안은 이번에는 그녀에 대한 경멸로 바뀌었다. 행뚱거리면서 재수 없는 농담을 재기才氣이기나 한 것처럼 아는 사람은 그가 제일 싫어하는 따위였다. 그녀의 어디서 그런 쓸데없는 궁리가 나왔을까. 그 다방의 모습도 아까의 그럴싸한 분위기 대신에 재수 없고 빙충맞은 것으로 돌이켜지는 것이었다. 그러나 식사를 마치고 나오면서 그는 재수 없었던 것은 바로 자기 자신이었다고 생각지 않을 수 없었다. 그러나 그럴 수는 있는 일이 아닌가. 너무 행복해서 어쩐지 불안해요, 하는 것은 얼마든지 하는 말이고 내가 그렇게 말한 것도 물론 그런 느낌을 과장한 것이 아닌가. 응석부리는 아이 뺨 때리기가 아니고 무엇인가. 빵을 달라 하는데 돌을 주겠느냐. 그것이 따뜻한 마음이 아니겠는가. 나는 돌을 달라고는 했다. 그러나 그것은 빵이라는 말의 응석 말이 아니었는가. 그것을 말꼬리를 잡아서 돌을 달랬지, 자 돌, 하다니. 에이. 그는 이렇게 생각하면서 걸어갔다. 몇 번씩 마주 오는 사람과 부딪쳤으나 정신없이 그대로 지나쳤다. 그가 속으로 하고 있는 생각이 처음보다 여유 있어진 데 비해서는 어울리지 않는 행동이었으나 자신은 그대로 속의 생각에만 열중해서 바보처럼 대고 걸어갔다.

그는 시계를 보았다. 오후 9시까지는 너무나 많은 눈금이 남아 있었다. 그러자 그의 속의 여유는 와르르 무너지고 그는 여전히 화내고 있는 자신을 발견하는 것이었다.

만일 그의 마음이 비닐종이에 싼 양말처럼 남의 눈에 비쳐 보인다면 얼마나 우스울 것인가 하고 생각하였다. 바쁜 일이나 있는 것처럼 분주하게 걷고 있는 작자의 다리를 움직이고 있는 힘이 이런 어처구니없는 일이라는 것이 남에게 보인다면. 그는 사람의 몸이 유리로 되어 있지 않은 것을 고마워했다. 그리고 그녀의 마음이 수정 같다고 생각한 자기 눈은 눈이 아니고 수정이었다고 생각하였다.

길을 가던 사람이 몰려 서 있다. 그들의 머리 위로, 차도에 서 있는 흰 차체에 뚜렷한 十자표가 보인다. 그가 사람들의 뒤에 이르렀을 때 十자표는 움직이기 시작하고 사람들은 돌아섰다. 그들은 그 자리에 비집고 들어갔을 때만큼의 바쁜 동작으로 떠나버렸다. 그는 차도의 한곳에 뚜렷한 흔적을 보았다.

방금 거기서 한 사람이 횡액을 당한 것이다. 그러자 그는 당황하였다. 그것은 부끄러움 때문이었다. 그가 결코 생각지도 않았던 일인데 그의 머릿속에서 전혀 기계적으로 야박한 움직임 한 가지가 눈깜짝할 사이에 이루어지고 그 결과만이 그에게 통고되었던 것이다. 상여를 보면 재수가 좋다는 기억이 그의 머릿속의 어디에선가 불려져나왔다. 앰뷸런스는 상여였다.

그러므로 너는 상여를 본 셈이다. 그러므로 오늘 너는 재수가 좋을 것이다 — 이런 판단이 그가 참여함이 없이 그의 머리의 어느 부분에서 순식간에 만들어져 그가 목격한 사고에 대한 그의 정서적 반응으로 그에게 제출되어온 것이었다. 그의 의식이 개입할 여지가 없었다는 점에서 놀라웠고 그 내용의 야박함이 그를 부끄럽게 하였다. 아무리 그 자신이 참여하지 않았더라도 그의 두개골 속에서 이루어진 일임에는 틀림없었기 때문이었다. 그는 불초의 자식을 둔 아비의 심정이 이럴 것이라고 생각하였다. 이런 자식은 벌하지 않으면 안 된다. 그는 교통사고를 목격한 사실을 오늘의 내기의 하나로 보고 그것을 '불행不行' 쪽으로 셈하기로 마음먹었다.

그러자 그 순간에 또 하나의 움직임이 그의 마음속에서 재빠른 계산기처럼 돌아가더니 이런 답을 내놓는 것이었다. 너는 적선을 하려는 것이다. 자신에게 손해되는 자그마한 양보를 하나 운명에게 바침으로써 보다 큰 행운을 요구할 수 있는 정서적 권리를 얻으려는 것이다. 그러므로 그대의 결정은 그대의 이익에 어긋나지 않는다— 그의 자존심은 몹시 상하였다. 그리고 두려웠다. 아무리 버둥거려도 빠져나갈 수 없는 그물에 걸려버린 것이다. 그는 직감하였다. 또다시 항변하더라도 그 마음의 감시자는 즉각 그의 항변에 대한 반박을 내놓을 것이라고 그는 알아차렸던 것이다. 그것은 한쪽으로만 돌아가도록 붙박아놓은 기계 같은 것이어서 그것과 더불어 인정을 호소해보는 것은 헛일일 것이라고 그는 생각하였다.

그리고 그런 기계가 자기 속에 있었다는 사실이 놀랍고 두려웠다. 사고를 당한 사람은 나 같은 학생이었는지도 모른다. 오늘 귀성하려고 서둘러 볼일을 마치고 다니는 중이었는지도 모른다. 그리고 나처럼, 그렇지 나처럼 어느 여자하고 말장난 끝에 엉망으로 헝클어진 신경을 걷어안고 골똘한 생각에 잠겨 길을 건너다가 죽어간 것인지도 모른다. 쓸데없는 여자의 어리석은 경박함에 장단을 맞추다가 죽은 것이다. 그것은 나다. 내가 죽은 것이다. 내가 그럴 법한 죽음을 어느 다른 사람이 죽은 것이다.

그 망할 년 때문에. 망할 년을 그 다른 사람의 망할 년인지 자기 자신의 망할 년인지를 마음으로 가리지 않은 채 양쪽으로 두루뭉술 걸어서 그는 비난하였다. 그의 마음은 적이 가라앉았다. 어떤 일이든지 한 사람의 죽음 앞에서는 물러서야 한다면 그는 어느 이름 모를 이웃의 불행 앞에서 자신의 일을 잠깐 접어두고 모자를 벗어주었다는 생각이 들었기 때문이었다. 그 순간 실은 그것도 그 자신에 대한 보살핌이었다는 생각이 또 불쑥 들었는데 그는 이번에는 웃었다. 지쳤던 것이다.

자리를 넉넉하게 잡은 좋은 집들이 들어앉은 골목으로 그는 들어서고 있었다. 높고 야하지 않게 색칠한 담 너머로 잘 가꾸어진 나뭇가지가 넘어올락 말락한 그 속에서 이루어지는 삶에 대하여 그는 시골 출신다운 어떤 눌림을 느끼는 것이었다. 오늘이 처음이 아니라 가끔 이런 골목을 지나가게 될 때 그는 까닭 없는 무게를 느끼는 것이다.

그 무게는 그가 학교에서 보내고 있는 추상의 세계가 그에게 허락해주는 높은 곳으로의 거칠 것 없는 날갯짓을 지그시 내리누르는 고압의 기류같이 느껴졌다. 두꺼운 벽에 뚫린 깊숙한 창문의 안쪽에서 잠옷 같은 것을 걸친 중년의 여자가 천천히 지나가는 것을 보고 그는 성욕을 느꼈었다. 그것은 얼마 전 선거 부정에 항의한 데모가 시청 앞 광장에서 해산당하여 뿔뿔이 친구들과 갈라진 다음 이런 길로 들어섰을 때의 일이었다. 몸의 그 부분에 의해서 나타내진 그 육체적 반응은 그를 부끄럽게 하였다. 방금 치르고 온 광장의 감정에 비해서 그것은 너무나 동떨어져 보였기 때문이다. 정부와 끼고 자는 현장을 들킨 혁명 수령의 이미지가 퍼뜩 그의 머리에 스쳤던 것을 그는 떠올렸다.

쇠창살 문 사이로 머리가 몸에 비해 엄청나게 큰 개가 어슬렁거리고 지나간다. 그는 고향집의 검둥이를 생각하였다. 지난겨울에 귀성했을 때 그녀는 새끼를 낳은 지 이틀밖에 안 된 몸을 일으켜 그의 손등을 핥아주었었다. 모성애 때문에 눈이 뒤집혀 주인들에게도 실수를 저지르는 수가 흔한 그 계제에 그녀가 보여준 단정한 예절 때문에 그는 약간 감격했었다. 물론 어머니의 정성인 닭찜을 꾸지람을 들으면서 절반이나 갖다주었지만. 지금까지는 그렇지 않기나 했던 것처럼 고향 생각이 간절했다.

오늘밤이면 들어서게 될 동구 앞길이 당장 지금 이 길이었으면 싶었다. 그리고 검둥이와 그 검둥이 엄마와 같이 보낸 그 고향의 논두렁길을 훨훨 걷고 싶었다.

그러나 지금 그가 걷고 있는 길은 다른 길이었다. 널찍한 공간을 서로 찢어가지고 이웃 간에는 거래 없이 여유 있게 지내는 사람들이 사는 골목이었다. 처음에 그는 높은 담, 튼튼한 건물의 그 안에서 이루어지는 삶에 대해서 시골 소년이 별장의 안을 상상하는 그런 심정으로 생각하였다. 그러나 서울 생활이 오래감에 따라서 그의 감정은 조금씩 달라졌다.

그 집들은 신문에 이름이 자주 나는 정치가, 실업가, 책이 잘 팔리는 교수들, 신비한 가지가지 경로로 쥐게 된 목돈의 이자로 사는 사람들―그 밖에 이 사회에서 행운의 제비를 뽑은 사람들이 사는 집일 터이었다. 이런 제비를 뽑은 사람들의 개별적인 행운을 시기할 필요는 없었다. 다만 그들이 남도 제비를 뽑을 기회를 가로막는다면 또 그런 가로막음을 짐짓 모른 체한다면 그것이 나쁜 것이었다. 그 순간부터 그의 기득권은 무효며 범죄다. 이번 선거 부정도 그런 점에서 나쁘다. 우리들 모두가 몇 해에 한 번씩 뽑아 보는 조촐한 제비뽑기의 기회.

그것을 눈앞에서 사기했다면 그것은 사기도박이다. 노름판에서 사기는 들키는 경우 입에서 단내가 나도록 얻어터지기로 되어 있다. 그가 친구들과 같이 광장으로 나간 것은 그런 까닭에서였다. 그런데도 그 바로 다음 시간에 지나는 길 창문에 보인 여자에게 욕망을 느끼다니. 아니 잠옷을 입고 밖에서 보이는 길가 창문을 지나려거든 그녀는 창문에 커튼을 다는 것이 옳았다. 스물두 살의 육체가 양보할 것이 아니라 마흔 살의 가정주부의 살림 신경이 정신을 차려야 옳았던 것이다. 그는 어지간히 밝아진 마음으로 웃으면서 주책없는 주부가 다스리는 또 다른 창이나 없나 둘러보았다.

다행스럽게도 그런 창문은 없었다. 생긴 모양들도 다르고, 크고 작은 차이도 있었지만 그것은 같은 지역에 자리 잡고 있다는 것 말고도 비슷한 인상들을 주는 집들이었다. 넉넉하게 잡은 터며 잘 손질이 된 뜨락 나무며 감때사납게 보이기는 하지만 그럴 만한 삶이길래 그런다는 듯이 벽돌담 위에서 밖으로 뻗친 꼬챙이 울타리며가 고등학교까지도 지방에서 마친 그에게 압박감을 주던 때가 있었지만 지금은 그렇지는 않았다.

절로 면역도 되었거니와 그녀를 알게 된 이후 그러한 관념적인 강박은 그녀라는 구체적인 대상과의 실속 있는 관계 속에 해소될 수 있었기 때문이었다. 그에게 있어서 그녀는 이 야박한 도시에의 손잡이 같은 몫도 맡고 있었다. 추상으로서의 '서울'이 아니라 '서울 사람'과 그는 깊이 알고 지내는 것이었기 때문이다. 그런데 지금 그는 매우 외로웠다. 그녀가 장난 삼아 제안한 간단한 내기가 아주 손쉽게 그를 이 도시의 이방인으로 만들어놓은 것이었다.

한곳에 뿌리를 내리고 사는 사람은 결코 그런 법이 없는 갑작스런 북받침과 겉돎만이 그를 움직이고 이런 때라면 예측할 수 없는 실수도 저지를 법한 그런 고약한 심사에 싸여 그는 걸어다니고 있는 것이었다. 지금 이 시간에 그녀는 그에게서 가깝기도 하고 멀기도 한 존재였다. 바로 그 제안을 하기 전까지만 해도 가깝기만 했던 그녀와 그 사이에 이 '멂'을 안받침해버린 그녀의 소행이 원망스러웠다.

그리고 그는 안달스럽고 엉망으로 헛갈린 자신의 신경과 씨아질을 해야 하는 것이었다. 집 속에서들 서로가 서로를 앓이 없이 아마 관혼상제에도 오감이 없는 삶을 살고 있는 사람들 사이와 같은 그런 관계에 그녀와 그는 놓여버린 것이었다. 그렇다고 그것을 가벼운 그저 장난으로 치부해버리기에는 그는 고지식했다.

돈내기 화투를 쳐놓고는 지게 되니까 장난이었던 것처럼 웃어젖히는 것이 스스로에게 용납되지 않았다. 우리 사이를 왜 어리석은 우연의 손을 빌려서 시험해야 되겠는가 하는 생각 때문에 언짢았고 그런데도 불구하고 걸어오는 시비를 못 본 체하는 것은 싫다는 이 두 갈래 마음의 흐름이 틀어대는 사이에서 그의 상식은 좀처럼 자리를 잡지 못하였다. 돌아누우면 남. 아직 그들은 문자 그대로의 뜻에서 돌아누워본 사이는 아니었지만 감정으로는 그렇게 한 것이나 마찬가지였다.

그리고 그녀의 말을 듣는 순간에는 장난이라는 한마디로 받아들였지만 혹 무슨 속셈이 있어서 그런 것은 아니었을까 하는 생각이 그를 괴롭혔다. 그것은 그가 사람을 잘못 보았다는 것을 뜻하므로 부끄러운 일이었고 이 도시에서 사람을 건뻥뻥이 돌리기에서 그가 재수가 없었다는 것이기에 정말 떨떠름한 일이었다. 이런 생각을 하면서 그의 걸음이 주택가의 끝에 이르렀을 때 아까 그를 당황케 한 그의 마음속의 계산기는 또 불쑥 튀어들었다.

자 현실로 돌아가서. 그대의 내기의 현재 스코어는 3 대 1이다. 그의 속에서 그의 밖의 입장을 취하고 있는 그 계산기의 이 집요한 주의 신호는 첫번째나 다름없이 그를 당황하게 했다. 현실로 돌아가서. 그런가. 결국 내가 무슨 생각을 하던 그 내기의 스코어가 지금의 내 손재의 골격이며 내 행위의 현실적 뜻이라는 말이군. 아무리 달려도 그 자리를 맴도는 악몽 속에서처럼 달아나는데도 갇혀 있는 답답함이 뼛속의 가려움처럼 그를 못 견디게 볶았다.

그는 길가의 다방으로 들어가서 변소로 갔다. 휴지통 속에서 집어든 종이에 적힌 내용이 그의 호기심을 끌었다.

— 조선신학들어갈랴고해도문제는너무나학적지적이고新神學이니머이니야단임으로그어찌감당할수있으랴외국어본위로하는신학이

니독어영어라틴어는참으로제로이다어찌할꼬입학원서는넣었지만감당치못하겠으니이어찌고통이아니고무엇일까?社로나가는것이유효할지선교부길로, 향할는지하느님중심의생활예수주의생활을할려고하나지식이부족하여서어찌學的으로딸어갈수없다이어찌눈물날일이아니고무엇이랴남은신학하고여학교의대해서성공하고사범대학해서성공한그사실이시굴띠기는밥때문에아무것도못하고그저취직만하고다닌것이없이무식만하구나어찌무엇을할까?어머님의기도가허사가되는지나의포부가시드러지는지6개월속성과양재학교다니고외국어학교종로에다니고일년동안만열심히공부하여꾸준히노력하면머이든지하나성공하겠지누가잘기도해주는자있으면그어찌좋을까—

그 밑에 또 이런 것이 적혀 있다.

뀌간 돈	650	도야지고기	530
내가	1500	갓 마늘	930
받은 돈이	6300	찹쌀	950
뀌간 돈(심순례)	1140	두부	400
고추장	800	그이가	200

여기도 한 남이 있었다. 이 도시에서 무엇인가 계획을 하면서 띄어쓰기를 무시한 글월이나마 자기 삶을 되씹어보고 있는 한 남이 있구나. 누굴까.

이 다방 레지? 그건 아니고. 레지들이 공동 취사를 할 것이 아니겠고. 또 종이가 퍽 낡았다. 그는 검은 통치마 저고리에 안경을 낀 주일 학교의 보모를 상상해보았다. 그것도 요즈음이 아니고 1920년대쯤이었다. 글월이 주는 느낌이 무어랄까 '개화' '신여성' 같은 낱말을 생각나게 하는 것이었다. 밖에서 문을 두드린다. 그는 일어나서 매무시를 고치면서 그 종이를 호주머니에 넣고 나왔다. 그는 자리에 앉아서 차를 시킨 다음 밖으로 나와서 성냥을 한 갑 사가지고 들어왔다. 변소에서 사람이 나온다. 그는 조금 기다리다가 다시 카운터 앞을 지나 변소로 갔다. 카운터를 지나면서 그는 얼핏 레지의 얼굴을 보았다. "어머 이 새끼 설사 걸렸나 봐." 그녀의 얼굴 표정이 그의 마음에 그렇게 번역되었다. 물론 돌아서지는 않고 변소로 들어간다.

그는 호주머니에서 그 일기장인지 모를 종잇조각을 꺼냈다. 그 종이에 적힌 내용이며 글투가 그에게 어떤 감동을 주었고 그 자리에 그냥 버려두어도 안 되고 그렇다고 그가 지닐 것도 없다고 생각하였다. 그의 눈에 뜨인 바에는 그에게는 그것을 없애줘야 할 짐이 있다는 느낌을 받았던 것이다. "그이가 200" 하는 대목이 눈길에 부딪힌다. 그는 웃었다. 그는 성냥을 당겨 종이에 불을 붙였다. 타일 바닥에 동그마하게 오그라든 낙엽이 남았다. 그는 여왕의 연애편지를 치워준 달타냥 같은 후련한 마음이 들었다. 그는 이번에는 소리 내어 웃었다. 변소에서 불장난하면서 혼자 킬킬대는 그 자신이 문득 의식되었다. "어머 이 새끼 실성했나 봐." 그의 마음속의 계산기가 그렇게 말하면서 동시에 "선행善行 하나" 하고 잊지 않고 셈을 외쳤다. 그는 변소 문을 걷어차 열고 밖으로 나왔다.

그는 자리에 가서 앉았다. 설사에 걸리지도 않고 실성하지도 않았다는 것을 레지들에게 밝혀놓고 나가기로 하자. 그는 신문을 한장 샀다. 재선거를 거듭 주장. 야당 강경 태도 그대로. 라. 정부 여당은 ― '유구무언'란을 읽는다 ― 정말 이러긴가요. 아무리 없이 살기로 이렇게 사람 '무시 보긴'가. 이데올로기의 혼란 다음에는 전쟁, 그다음에 오는 건 경제문제밖엔 없다. 경제의 발전이 독립의 기초인 것은 정부가 신안 특허를 가진 아이디어도 아무것도 아니고 시세의 흐름이 아닌가. 근대화. 정약용, 안창호, 김구, 안중근 이래로 그것은 한국 최근세사의 사실이지 어느 누구가 무슨 아이디어를 내기나 한 것처럼 생각한다면 이것 참 지하의 선열에게 무엄한 일이다. 봉건적 식민지적 근대화를 수치로 알고 줏대 있고 사람다운 근대화를 하려니까 정약용은 괴로웠고 안창호는 일본 관리가 안 되었고 김구는 상해의 밤노래를 불렀고 안중근은 하얼빈 역두의 총성이 아니었는가. 가로 가나 바로 가나 근대화만 문제라면 일본 대표 말마따나 36년간 일본 통치는 한국의 근대화에 이바지한 것이다. 삼강오륜을 지키면서 살자니 이 고생이지 죽으면 썩을 살 속곳 벗고 나서자면야 세상 놈팡이 돈이 내 돈이요 권세도 내 권세일 것은 틀림없지 않겠는가. 에이. 그는 속이 상해서 장을 넘겼다. 노래가 한 귀퉁이에 실려 있다.

회상

당신은

걸어가서,

窓틀에
등을 기대고

조용히, 머리를
숙였었다.

변소 안에서 태워버린 종이가 퍼뜩 떠올랐다. 겉으로 보기에 그 둘 사이에는 내용으로나 솜씨로나 비슷한 데가 없는데도 그 종이가 대뜸 생각났다. '그이'의 '그녀'가 그것을 쓸 때는 살아가는 그날그날의 일을 적은 것이겠지만 그사이 흐른 시간은 그 종이에서 현장성을 뺏고 '회상'의 자리로 올려놓았다. 라틴어 때문에 괴로워한 여자. 그러면서 두부, 마늘에 대하여 기록하지 않으면 안 될 생활을 하던 여자. 라틴어. 밉살스런 라틴어. 그녀의 글의 띄어쓰기 없는 초라한 문체 옆에서 '라틴어'란 낱말은 교만한 비단옷 입은 콩쥐처럼 얄미웠다. 이 노래를 '그이'가 쓴 것 같은 착각이 들었다. 그러면 그들은 헤어진 것일까. 자기 마누라를 이렇게 노래한다는 건 좀 우스운 것 같고. 모르지. 시인이란 작자들은 엄살이 심하니까. 그렇지. 그들은 엄살계係다. 삶의 엄살을 맡은 사람들. 그래서 우리는 그들을 용서한다. 그들은 우리 감정의 공복公僕이므로. '그이'가 꿔간 돈이 얼마였더라. 분명히 그의 기억 속에 들어왔던 일이 영원히 떠올릴 수 없다는 생각이 아주 중대한 일을 잊어버리기나 한 것처럼 그를 안타깝게 했다. 그 돈이 얼마였더라. 많지는 않은 것 같았는데. 줄거리가 있는 어떤 사건도 아니고 에누리 없이 그 숫자여야만 하는 그 숫자가 어쩌다 퍼뜩 생각난다는 것은 바랄 수 없는 일이었다. 그의 속에 분명히 들어왔으면서 그에게서 벗어난 사실. 그는 뼛속의 가려움을 느꼈다. 자 현실로 돌아와서 너의 뼛속의 가려움을 긁으러 갈 시간이다. 일어나보는 게 좋겠군. 속의 기계는 변호사가 변론하는 동안 잠자고 있다가 그의 말이 끝나자 부스스 눈을 뜨고 피고를 향하여 유죄를 선고하는 재판관처럼 야박하게 게임 시간이 가깝다고 알려오는 것이었다. 그는 다방을 나섰다.

  차를 타지 않고 걸어갔다. 천천히 걸으면 정한 시간에 맞을 것이었다. 4 대 1. 그것이 내기의 스코어였다. 그것은 분명 유리한 결과였다. 그러나 그것은 그가 바라는 결과에 대하여 꼭 절반의 확률밖에는 보장해주지 못할 것이었다. 그는 자기 쪽에서 거둔 재수 좋은 성적에도 불구하고 불안한 것은 마찬가지였다. 4 대 1로 그의 감정은 어두운 결말을 예감하는 비탈 쪽으로 기울어졌다. 그와 그녀와의 일이 '회상'으로 될 것 같다는 생각은 이 내기를 제안한 것이 그녀였다는 점에서 움직일 수 없는 일 같았다. 그녀에게 무슨 생각이 있었던 것이다. 농담처럼 헤어지기를 그녀는 바랐던 것이다. 노여움과 불안이 번갈아가면서 왼발과 바른발처럼 그를 절망으로 실어가고 있었다.

  긴 여름 해가 넘어가고 거리에는 벌써 불이 들어와 있었다. 그가 모르는 남들이, 그가 이 길을 건너가다가 만일 차에 치이더라도 그 사실을 그들의 삶을 점치기 위한 자그마한 재료로 삼을 만큼의 양밖에는 그에게 대한 사랑을 갖지 않고 있는 남들이, 수풀처럼 그를 스쳐 지나가고 그런 수풀의 끝에 있는 낭떠러지를 향하여 그는 걷고 있었다. 그 낭떠러지에 걸 외나무다리의 절반의 길이를 그는 가지고 가지만 저편에서 와야 할 절반의 길이가 없을 때 그가 지닌 절반의 길이는 어두운 추락을 위한 추錘의 몫을 하게 될 것이었다. 장소에 가까워질수록 그녀가 오지 않았으리라는 생각이 그 추에 돌처럼 매달렸다. 그래도 간다, 고 그는 마음을 정했다. 적어도 확인할 길이 자기 손에 달린 일을 덮어버리고 싶지는 않았다. 여기서 돌아설 수는 있었다. 그러나 무엇 때문에? 우연에 대하여 오기로 맞서기 위하여? 그럴 필요가 없다. 밑져야 본전인 바에야 해보는 것이 옳다. 본전이 안 될 경우에도 해보는 수밖에 없다. 다 왔다. 문을 밀고 들어선다.

그녀는 와 있었다. 그가 걸어와서 그녀 앞에 앉을 때까지 그녀는 아무 말도 없이 그를 지켜보았다. 레지가 가까이 왔다.

"이분은……"

레지는 그녀에게 시선을 돌렸다가 말을 이었다.

"……그때부터 줄곧 계셨답니다."

황금의 외나무다리가 그녀 쪽에서부터 뻗어나와서 그가 제출하려던 초라한 반쪽 길이의 나무 쪼박지에 상냥스레 겹치면서 그에게까지 이르러 그의 심장 한복판에 끝을 걸쳤다.

레지는 돌아갔다.

"커피를 다섯 잔 마셨어요"

하고 그녀가 말했다.

"그리고 손님이 서른두 사람 왔었어요."

그는 듣기만 했다.

"나가실 때 말리려고 했는데, 누군가가 제 입을 막고 놓지 않았어요. 그래서 하루 종일 그 사람하고 싸웠어요."

"나도"

하고 그가 말했다. 게임 끝. 뼛속의 가려움은 가라앉고 속의 기계의 뚜껑이 닫히는 소리가 들렸다. 그 소리는 이렇게 말했다. 그럼 또. 그녀가 말했다.

"우리가 이겼죠?"

"이겼어."

그럼 또, 랬지. 암, 그때는 또 그때다. 지금 이긴 것만은 분명하다.

"전승 축하연을 하고 싶어요."

"어떻게?"

"귀성을 하루 늦추세요."

그는 끄덕이면서 일어섰다. 그들은, 뒤를 돌아보면 행복이 달아난다는 이야기의 주인공들처럼 앞만 보면서, 다방을 나와서 그들의 전리품인, 그들이 더불어 싸운 적의 손톱자국이 선명한 시간 속으로 걸어들어갔다. 그러나 그는 울적했다. 그와 그녀의 이제부터의 시간은 결코 그 내기를 입 밖에 내기 전의 그들의 시간과는 다시는 같지 못하리라고 그는 생각했다. 옛날에 언젠가, 지금처럼 나란히, 꼭 이런 거리를, 이맘때, 이런 심사를 안고, 돌이킬 수 없는 일을 저지른 뒤끝에 그녀와 걸어간 적이 있다는 분명한 착각인 회상이 떠올랐다. 그러자 그는 소스라쳐 놀랐다. 그, 풍문으로만 들어온 늙디늙은 시간 속에 귀성해 있는 자기를 발견한 탓이었다. 한 신화가 다소곳이, 미안한 듯이, 발끝에만 눈을 주며, 그의 팔을 붙잡고, 그와 나란히 걷고 있는 것이었다. 그것은 저 늙은 '이브'였다.

만가挽歌

 탁. 탁. 탁. 아카시아 가지가 차를 때린다. 좁은 길. 아주 좁은 길. 이런 데서 자동차들은 어떻게 비켜갈까. 어머 그게 무슨 상관야. 나 좀 봐. 아이 어쩜 이럴까. 이런 생각밖에 안 나. 내 세상이 끝났는데 왜 이렇게 아무 일도 없담. 왜 이렇게. 왜 이렇게…… 아아. 텅 비어 있을까. 모든 것이. 모든 것이. 모든 것이? 모든 것이. 모두가. 모두가. 다. 다. 다. 아이 어쩜 이럴까. 모두모두 어쩜 이럴까?
 그녀는 창밖의 가을을 본다.
 속이 알차가는, 부듯하게 익은 철이 자신 있게 유유하게 거기 서 있다. 앉아 있다. 웃고 있다. 가솔린 냄새보다 짙은 송진 냄새. 아아 어쩜 이럴까.
 고원高原의 마루턱에서 차는 멎는다. 네 사람의 손님들은 차를 내려가서 차머리 쪽으로 간다. 그녀는 맨 뒤 자기 자리에 앉은 채로 움직이고 싶지 않다. 그늘이 바뀌어 있다. 타고 오던 때와 거꾸로 햇빛이 곧바로 들어온다. 그녀는 놀란다. 차 안에는 아무도 없다. 운전사 옆자리 동그마하게 솟은 기관부 위에 북어짝이 장작개비처럼 수북이 실려 있다. 허름한 시골 버스다. 마루?를 본다. 판자가 들썩한 사이로 자갈이 내려다보인다. 그녀의 구두는 뽀얗다. 그녀는 웃는다. 어머. 죽으러 가면서도 교태야. 그녀는 웃는다. 구두한테? 구두한테야 뭐 어떠려구. 뭐가. 뭐가? 무슨 말이었더라? 그녀는 깜박 잊어버린다. 무엇을? 무엇을? 무얼 잊어버렸을까. 무얼 잊어버렸는지 알면 잊어버리지 않았게? 그런데 이 사람들이 웬일일까. 일어선다. 차 밖으로 나온다. 그녀는 비로소 와 있는 곳을 안다. 다 트였다. 구불구불한 산길. 이 차가 올라온 길이 저기까지 보인다. 아카시아가 많은 길이다. 주욱 올라와서 여기다. 다 트였다. 사방이. 제일 높은 곳. 운동장만 한. 클로버. 클로버. 클로버……

  클로버 보료 위에 뭇 들꽃들이 꽃밭을 만들고 있다. 거의 완전한 원형의 산마루. 구름이 바로 머리 위에 있다. 높은 가을 구름이.

  부르릉. 돌아본다. 운전사는 자리에 올라앉아 핸들을 잡고 비죽이 창밖으로 목을 내밀고 손님들은 밭 갈다 넘어진 황소 들여다보듯 엔진 주위에 몰려 서 있다.

  "거기를 잘 봐요."

  운전사가 밖에다 대고 소리친다. 부르릉 부릉.

  그녀는 돌아서서 들꽃 속으로 걸어들어간다. 네 잎사귀의 클로버. 경망스런. 정말 경망스런 사랑의 장난. 한 푼짜리 사랑의 장난. 한 푼 두 푼 모아서 목돈을 만들려던 것일까. 손이 퍼렇게 되게 클로버를 따고. 그는 말짱한 손을 뒷짐 지고 웃는다. 보고만 있다. 나는 그의 머리며 가슴 호주머니며 단춧구멍에 꽂아주고. 저요? 제 행운은 당신이 맡아가지고 계시잖아요. 싫어. 생각하기 싫어. 생각하기 싫어. 생각하기. 깨끗한 손으로 물러설 궁리를 하고 있는 사람이 내 눈에는 보이지 않았지. 내 눈에는. 장님이 된 내 눈에는. 싫어. 싫어. 다. 모두. 그럴 수 없어. 그럴 리가 그럴 리가 없어. 거짓말이야. 거짓말이야. 그녀는 클로버를 밟고 걸어간다. 끝이다. 내려가는 길이 보인다.

"어머, 안 오셨어요?"

이러저러하게 궁리를 했던 말은 어디로 가고 이렇게 받아버린다.

"엇갈리신 모양이구먼."

늙은 바깥주인은 혀를 끌끌 찬다.

"어쩌나."

깜빡, 거짓말이 참말 같다. 울고 싶다.

"어쩌나."

어디 딴 남이, 호숫가의 산장에서 만나기로 한 사람 때문에, 옆에서 발을 동동 구르는 소리를 듣는다. 정말 어쩌나. 아아 정말 어쩌나.

"허허 참. 아무튼……"

들어가자고 주인은 앞장선다. 뒤뜰 정자에 가서 앉는다. 노인은 마누라를 부르면서 부엌 쪽으로 돌아간다. 노인의 모습이 칡넝쿨 저쪽으로 돌아가자 그녀의 고개는 고리가 열린 기계처럼 돌아간다.

거기 호수가 있다.

호수에는 금金의 화살들이 수없이 꽂혀 있다. 해질 무렵의 햇빛이 호수에 기름처럼 흘러 있고 물가에서부터 시작하여 훨씬 안쪽까지 자라 있는 갈대들은 그렇게 보인다.

늙은 부부가 나오는 기척에 그녀는 후딱 고개를 돌린다. 호수를 보고 있는 자기를 들키면 그녀의 마음이 들킬 것처럼 느껴져서.

늙은 마나님 앞에서 그녀는 또 한 번 정말이고 싶은 거짓말을 다시 한 번 걱정 보여야 했다. 철이 지나서 손님이 없다 한다. 기찻길에서 너무 멀기 때문에 늘 그럴 것이라고 한다. 오기로 했으면 어련히 오겠느냐고 말한다. 냄새가 독특한 산차山茶를 권한다.

노파와 둘이서 이야기하는 사이에 그 인자하게 늙은 얼굴의 주름이 점점 분간하기 어려워지고 끝내 말소리만 남는다. 잠깐 사이에 해가 넘어가버린다. 지난여름에 정이 든 늙은 부부는 그녀가 기다리는 사람이 오지 않는 것이 자기들 탓이나 되는 것처럼 미안해한다.

포마드 통에 심지를 단 기름불이 밝히는 밥상에 둘러앉아서 식전 기도를 드리면서 노인들은 주님의 어린 딸이 먼 길을 무사히 닿은 것에 감사한다. 그리고 그녀와 여기서 만나기로 한 청년이 내일 차편으로 무사히 오게 되기를 간절히 빈다. 그녀는 끝내 울음

소리를 입 밖에 내고야 만다.

"이러면 안 돼요. 하룻밤만 꾹 참으면 될걸 가지구서. 자, 자, 몸에 해로워요. 이럴 땔수록 끼니를 제대루 해야지."

모두 산나물뿐인데 늙은이가 호수에서 잡았다는 붕어도 올라 있다. 그녀는 속이 올라왔다. 문득 보인다. 어두운 호수의 밑바닥에 누워 있는 자기의 입으로 드나들고 있는 고기 떼들이. 그녀는 더 앉아 있을 수가 없다. 늙은이들은 말리지 않는다.

작년과 같은 그 방에서 그녀는 호수를 내다본다. 원래 숙박은 받지 않고 철에 찾아오는 인근의 소풍객들에게 차와 식사를 대접하는 집이라 크지도 않다. 혼자 있고 싶은 마음을 알고 있는지 주인 부부는 잠자리를 보아주고는 자기들 방에 돌아가서 찬송가를 부른다. 많이 불리는 곡이어서 귀에 익은 그 노래를 그들은 조용히 같이 불렀던 것이다. 이 방에서. 지난여름에. 아아, 그러고도 이렇게 될 수 있다니. 우리는 호수에 나갔다. 작은 배를 타고 저어 나갔다. 그는 물론 노 젓는 것이 서툴다. 기우뚱기우뚱하는 것까지는 괜찮다. 그러나 얼마를 젓다가 돌아보면 우리 배는 그저 그만한 언저리를 빙빙 돌고 있다는 것을 안다. 우리 배가 남겨놓은 물이랑이 달빛 속에서 또아리를 풀어가는 뱀처럼 구불거려 보인다.

나는 소리 없이 일어서서 물가로 내려간다. 노인들의 노랫소리도 그만하게 들릴 만큼 가깝다.

그때처럼 달 좋은 밤이다.

우리는 갈대 사이로 배를 저어간다. 갈대가 있는 데는 빠져가기가 더 어렵다. 달빛은 갈대 사이로 쏟아져내린다. 가냘픈 창대처럼 갈대는 달빛을 튀겨내고 물 위에 그만한 수의 그림자를 눕혀놓고 있다. 서 있는 은빛의 창대들을 헤치고 물 위에 쓰러진 그림자를 깨뜨리면서 배를 몰아간다. 처벅거리는 소리를 내면서. 처벅처벅거리면서. 갈대가 뱃전에 부딪히는 탁탁탁 하는 소리를 내면서. 단단하면서 약간 물기 있는 소리. 노가 갈대를 헤치는 팔의 움직임에 따라 크게 한 바퀴 들리는 소리 사이에서 뱃전에 부딪히는 갈대 소리는 한결 잦다. 사그락사그락할 때는 스칠 때. 지금 그 소리가 들린다.

지금도 배 세 척이 물가에 매여 있지만 저기 보인다. 우리가 탄 배가 갈대 사이를 지나는 것이. 훨씬 들어간 곳이지만 배 가는 소리도 들린다. 탁, 탁, 탁, 부딪치는 소리만이 아니고 은밀한 사그락사그락 소리까지도. 자기 귓속의 귀지가 무너앉는 소리처럼 가깝고 가깝게.

좋지?
좋아요 참, 좋아요.
내 친구가 여기 한번 가보라는 거야. 전혀 알려지지 않은 명승지라는 거야.
그분도 이렇게 했나요?
그건 말 안 하더군. 한강에 배 지나간 자린데 어때?
그런 말 싫어요.

응? 내가 나빴어, 화났어?

처벅, 처벅. 탁, 탁, 탁. 그 사이로 살그락거리는 숨소리를 그는 자기 입술로 막는다.

사랑해.
사랑해요.
영원히.
영원히.
어떻게 사랑하면 다 사랑할 수 있을까?
다 사랑하는 것 싫어요.
무슨 소리지?
다 사랑하면 어떡허게요?
우리 죽을까?
어머 왜 죽어요?
죽기가 무서워?
당신하고 살고 싶어요.
살아야지.
이담에 죽으면 같이 파묻혀요 네?
왜 파묻히는 소릴……
어머 자기는?

그들은 웃는다. 서투른 노 끝에서 빛나는 물방울이 튀어나간다.

인제 그만 나가요.
얼마 오지도 않았어.
그래도 많이 왔어요.
난 헤엄 못하니까 당신만 믿어.
저도 못해요.

  온 누리에 은빛이 넘쳐흘러서 서먹할 만큼한 크나큰 행복. 그들은 다시 노를 저어 그녀의 시야 밖으로 사라진다. 끝에서 끝이 보이는 호순데 그들은 아무 데도 보이지 않는다. 어느 기슭에도 닿지 않았는데 그들은 보이지 않는다. 갈대숲에서 그들의 배가 쑥 나온다. 부인이다. 그의 부인이다. 아아. 나쁜 나쁜 사람. 그녀는 한 발 물가로 다가선다. 사라졌다. 그들이 타고 있던 배는 어느 기슭에도 없는데. 갈대숲은 아무것도 감춘 것이 없는데. 그의 목소리다. 내 마음은 호수요 그대 노 저어오오. 그 밤에 부르던 노래. 나쁜 나쁜 사람. 거짓의 호수로 나를 부른 사람. 그녀는 한 발 더 다가섰다. 어느 기슭에도 배는 없고 호수로 부르는 젊은 노랫소리 대신에 늙은 목소리들이 신神을 부르고 있는 평화스런 소리를 등 뒤에 듣는다.

  노인들 방에 가 앉는다. 대단찮은 가구들이 모두가 잘 닦아놓은 곱돌솥처럼 참하다. 시렁에 얹어놓은 산차 꾸러미가 언뜻 보기에 시래기 널어놓은 모습이다. 그 밑에서 노인들은 산차 같은 이야기를, 시래기 같은 이야기를, 들려준다. 눈으로 듣는다. 고개로 듣는다. 제 속의 환상을 보이면서 제 슬픔에 혼자 주억거리면 노인들에게는 고즈넉한 말동무가 되어준 것이 된다. 그래서 산차 같은 이야기고 시래기 같은 이야기다. 그런데도 자리를 뜨고 싶지는 않다. 생각이 멍해지고 노인들의 얘기 꼬리도 놓치면 벌레 소리가 몰려온다. 포마드 통에 심지를 단 기름불은 창호지를 적시며 밝혀주는 달빛보다 훨씬 못하다. 창호지 너머로 그녀에게는 보인다. 은빛의 갈대들이 창창하게 꽂힌 호수가. 노인들은 그녀가 참하다고 한다. 덕이 있어서 남편 복이 있겠다고 한다. 달빛이 번쩍이는 호수에 그들이 탄 배가 미끄러져간다. 두 사람이 탔는데 세 사람이다. 얼굴이 셋인데 몸은 둘이고 한 몸뚱이에 얼굴은 하나씩이다. 갈대가 배를 때린다.

그녀가 기다리는 사람이 참한 청년이라고 노인들은 말한다. 요즈음 세상에는 시골 젊은이들이라고 참하지만은 않다고 한다. 내일은 꼭 온다고 한다. 그러면 교회에 나가보자고 한다. 건넛마을에 있는 교회에 셋이서 가자고 한다. 셋이 탄 배에 두 사람이 앉아서 그녀를 보고 웃는다. 어쩜. 그녀는 노엽다. 노인은 자기 말이 통해서 즐겁다. 노인은 아들 셋을 앗아간 전쟁이 노여웁다. 늙은 마나님은 성경책을 편다. 치마 꼬리를 눈에 가져가는 형국으로 성경책을 편다. 늙은 여인도 그녀의 호수를 본다. 그녀의 호수에서는 주님께서 물 위를 걸어가신다. 그녀는 알릴락 말락 몸을 흔들면서 주님을 따라 중얼중얼 호수를 건너간다.

그녀는 방으로 돌아온다. 앉지 않고 방 한가운데 우두커니 서 있는다. 벌레 소리가 요란하게 들린다. 오랫동안 서 있었는지 그렇지 않았는지 그렇게 아득하게 벌레 소리에 잠겨 있다가 다시 노인들에게로 간다. 혼자서 자지 못하겠다고 말한다. 노인들은 그녀를 아랫목에 눕히고 자기들은 윗목에 밤송이처럼 오그라붙는다. 기름불이 꺼지고 방 안에 희부연 달빛이 가득 찬다.

한 해를 호수에서 살았다. 어디를 가나 호수가 있었다. 무슨 일을 하나 호수가 있었다. 그녀의 스물네 시간에 호수는 그녀의 속에 있고, 밖에 있고, 거기서 그들은 늘 배를 타는 것이었다. 호수에서의 삶. 사그락대는 갈대숲의 숨소리 속에서 도시의 해가 뜨고, 호수에 어울리지 않는 도시의 부분들은 호숫가에서 산등성이에서 스르륵 움직이던 반딧불보다도 못했다.

그녀는 창문으로 내다본다.

밤의 호수. 묵화처럼 둘러선 산 그림자 속으로 밖으로 차단한 여린 빛의 티끌들이 스르륵스르륵 떠돈다. 그것들은— 반딧불들은 호수 위에도 흐른다. 갈대숲 사이사이로 인불처럼 흐르고 줄기에 매어달린다. 깜박 내려앉은 태양을 미처 따르지 못하고 달은 뜨기 전 한결 어두운 하늘에 은하수가 흐른다. 별들은 호수로 떨어져내려와 물속에 잠기고 갈대숲 사이사이로 인불처럼 흐르고 목화처럼 둘러선 산 그림자 속에서 밖에서 차단한, 여린 빛의 티끌이 되어 스르륵 스르륵 떠돈다.

이윽고 달이 뜬다. 호수는 빛의 거울이 된다.

갈대 사이로 배가 지나간다. 밑바닥에 문둥이가 누워 있고 여자가 곁에 앉아서 남자의 허물어진 이마를 짚고 있다. 문둥이 얼굴에서는 여기저기 은빛의 고름이 배어나온다. 여자는 거기다 입 맞추고 핥아먹는다. 여자가 문둥이가 된다. 달처럼 환한 남자가 누워 있고, 얼굴이 허물어진 여자가 곁에 앉아 있다. 여자는 세 손가락만 남은 손으로 근심스럽게 남자의 이마를 짚는다. 남자는 몸서리치며 일어난다. 가만있어야 해요, 하고 여자가 말한다. 나를 만지지 마. 남자가 그렇게 말한다. 제가 만져야 당신은 나아요. 나를 속였지, 하고 남자는 말한다. 억설을 한다고, 그 자리에 없는 내가 발을 동동 구른다. 당신이 그래도 좋다고 하지 않았어요? 하고 여자는 말한다. 나 아닌 내가 말도 안 되는 대답을 하고 있다. 얼굴이 왜 그렇게 됐어, 하고 남자는 말한다. 어디서 그렇게 많이 고름을 빨아왔어, 하고 남자는 말한다. 내게서? 내게 어디 고름이 있어. 여기 있잖아요? 그녀는 은빛나는 손가락으로 남자의 허물어진 얼굴에 흐르는 고름을 찍어 보인다. 여기 있잖아요? 하고 여자는 말한다. 네가 나를 망쳤어. 남편이 있으면서 나를 유혹했지? 하고 남자가 말한다. 아아 거짓말을. 당신도 아내가 있으면서, 하고 여자가 웃는다. 그것이 정말인데. 내 남편은 저기 있어요. 여자는 은빛의 손가락을 물속에 잠그면서 가리킨다. 호수의 밑바닥에 달 같은 남자가 누워 있다. 손짓한다. 저이가 불러요. 가야 해요. 그녀는 물속으로 내려간다. 남자와 여자가 탄 배는 어디론지 가버렸다. 어느 언덕에도 닿지 않고 그들의 배는 먼 항구로 가버렸다. 그녀는 그들이 웃으며 가는 것을 본다.

호숫가에 매어놓은 세 척의 배는 그때처럼 그녀의 눈 아래 있고, 그런데도 내 세상은 끝난 것일까 하고 생각한다.

한밤 내 자지 못했는데도 머릿속이 은종이처럼 맑다. 늙은 주인은 그녀와 마주 앉아 호수를 둘러싼 산을 가리킨다. 한가한 틈이면 마누라와 둘이 여기 앉아서 서로 무덤 자리를 짚어본다고 한다. 그들의 의견은 아직 마주치지 못하고 있다 한다. 저기 눈에 띄는 소나무 아래가 좋지 않느냐고 한다. 할아버지는 오래 사신다고 말한다. 늙은 주인은 그래도 여기저기 산바탈을 가리켜 보이면서 그들이 오래 살 집터를 이야기한다. 소나무 저편이 차茶 밭이라 한다. 작년에 그들은 어찌어찌하다가 가보지 못하고 만 곳이고. 차 이야기가 나온다. 차는 까다로운 식물이라 한다. 자리가 바뀌면 여간해서 살지 못한다고. 그래서 혼인 예식에 다례식을 하는 것이라고 한다. 한 지아비 한 지어미를 섬겨 해로 백년하자는 뜻이라 한다. 서로를 떠나서 서로의 삶은 없으리라는 정절의 맹세라 한다. 가냘픈 나무 포기보다 못한 사람의 이야기가 슬프다. 집에 데리고 가라고 조르지도 않았다. 가족을 알자고 하지도 않았다. 약혼식을 하자고도 않았다. 도장 찍고 주고받는 것이 싫어서. 세상을 얕보면서 살리라 했다. 속고 속이는 험한 꼴은 유행가에나 있는 것이었다. 뭐 애써 그리 생각한 것도 아니겠다. 사랑하기에 매일 바빠서. 당신하고 죽고 싶지만 내 몸이 나만의 것은 아니라고. 나를 남편이라 애비라 부르는 것들이 나를 묶는다고. 땅을 옮겨 앉아도 안 죽겠노라는 사람 나무에 목숨을 걸었던 내 바보.

높은 구름이 하늘에 비껴 있고 호수는 고요하게 빛난다. 허깨비들은 다 어디 갔는가. 그 추한 것들은. 어지러이 뛰던 그것들은. 노인이 일어서는 기척에 퍼뜩 다른 정신으로 돌아온다.

늙은 부부는 그녀를 두고 건넛마을 교회로 갔다.

빈집에서 서성거리다가 정자에 와 앉는다. 누렁이가 곁에 와 엎드린다. 털이 수북한 늙은 개다. 같이 갔으면 좋겠지만 그사이 사람이 올까 봐 집에 있으라고 늙은 부부는 말했다. 사람이 온다고. 정말 올 것 같은 환상에 가슴이 미어진다. 그녀가 찾아온 시간에 그 사람도 불현듯 달려오고 싶은 마음이 솟기를 바라는 마음. 방에 가서 시계를 본다. 정말 약속한 것처럼 사무친다. 반딧불보다 약한 우연을 바라는 마음이 햇바퀴만 한 환상이 된다.

호수의 곁에서 반짝이는 햇빛 알알들을 낱알 줍듯 헤아리면서 기다린다. 그 숱한 낱알을 다 주워도 사람은 오지 않는다.

뒤뜰에 가서 닭 모이를 준다.

그늘에 널어놓은 산차를 뒤적인다.

부엌에 가본다. 반지르르한 솥뚜껑을 들어본다. 찐 고구마, 찬밥이 들어 있다. 뚜껑을 닫는다. 찬장을 열어본다. 고사리 접시가 하나, 도라지 무친 것이 하나, 이름 모를 산나물이 두어 가지 더 있고, 말짱하게 씻은 그릇들. 어디 한 군데 손댈 데가 없다.

정자 옆으로 난 길을 따라 산에 오른다. 나무 같은 것들이 서 있고 풀 같은 것들이 자라 있달 뿐 아랑곳없는 마음이 산을 오른다. 벌레 소리가 짜증스럽고 맨 종아리는 쓸데없이 따끔거린다.

내려와버린다.

도로 정자로 온다. 방으로 가서 시계를 본다. 물가로 내려간다. 누렁이가 따라온다. 호숫가에는 세 척의 배가 매여 있다. 닻줄을 푼다. 올라간다. 기우뚱하면서 그녀는 배 가운데 선다. 노가 없다. 다시 내려서 뒤꼍으로 간다. 노 한 개를 들어다 배에 얹는다. 누렁이가 의아스럽게 쳐다본다. 하나를 마저 가져다가 싣고 탄다. 노 하나를 들어 물밑을 민다. 천천히 모로 틀어지면서 배가 쑥 나간다. 두 팔에 힘을 주어 노질을 해본다. 안 나간다. 씨아질을 한다. 누렁이가 짖는다. 어느새 누렁이는 발을 반쯤 잠그고 물속으로 들어와 있는데 그녀의 배는 누렁이가 따라오지 못할 만큼은 나와 있다. 누렁이는 또 짖는다. 그녀는 또 젓는다. 앞으로 나가는 대신에 호수는 그녀의 배를 모로 핑그르 돌려놓는다. 저만큼 앞에 물속에 잠긴 구름의 머리까지 아무리 애를 써도 닿지 못한다.

갈대숲 사이에서 배가 나온다. 배에 탄 두 사람의 남녀는 얼굴이 허물어진 그 사람들이다. 그들은 칼을 들고 그녀 쪽으로 쏜살같이 저어온다. 그녀는 죽을힘으로 달아나는데 물에 잠긴 구름의 머리는 아직 그만하고 쏜살같이 칼 든 사람들은 그만한 데서 그만하게 그대로 저어온다.

저 사람들이 무섭다. 무서워. 이 호수에서 빨리 빠져나가야지. 그녀는 살고 싶다. 배는 자꾸 맴을 돌고 팔은 이제 노처럼 뻣뻣하다. 안 되겠다고 그녀는 생각한다. 배로 도망하기는 틀렸다고 생각한다. 얼굴이 허물어진 사람들이 칼을 높이 든다. 창 던지기 선수처럼. 그녀는 결심한다. 호수를 떠나기로. 그이도 없는 호수. 자기도 없는 호수. 허깨비들이 사는 호수에서. 한 해를 살아온 호수. 영원히 살아야 할 호수. 떠나고 싶지 않은 호수. 그래도 떠나는 길밖에 없다. 그녀는 노를 버리고 뱃전을 찬다. 물 위를 달려간다. 물에 잠긴 구름의 머리를 깨뜨리면서 달려간다. 울면서. 호수여 안녕.

빈 배를 향해 짖으면서 누렁이가 물가를 따라 달려간다.

해설

믿음의 세계와 창의 문학

오생근
(문학평론가)

　최인훈은 어느 글에서인가 "돈을 사랑하면서 돈을 경멸해야 한다"고 말한 적이 있다. 자본주의 경제 사회에서 돈의 효용성과 타락성을 동시에 지적한 이 말은 남다른 인식의 표현은 아니겠지만 하나의 대상을 파악하는 데 있어서 그의 판단이 얼마나 단호한 것인가를 잘 보여주고 있다. 가령 "돈은 좋기도 하고 나쁘기도 하다"는 평범한 표현을 사용했다면 그의 말은 전혀 기억되지 않았을지 모른다. 그러나 '사랑'과 '경멸'이라는 적극적인 감정을 개입시킴으로써, 그는 돈이란 사물의 양면성에 대한 주의를 강력히 환기시켜주고 있다. 돈에 대한 사고를 현실에 대한 작가의 사고라는 측면과 연결시켜서 생각해볼 때 다음과 같은 두 가지 분석이 가능해진다: 첫째, 그는 하나의 사물을 판단하는 데 있어서 언제나 주체와의 관련 속에서 대상화시킨다는 점이다: 둘째, 대상에 대한 가치 판단은 단호하고 냉정한 양식에 의존하고 있다는 점이다. 이

두 가지 측면은 최인훈의 작가적 태도의 바탕을 이루고 있는 것처럼 보인다. 모든 대상의 의미는 주체와의 거리를 두고 새롭게 분석된다. 그리고 작가는 자기 자신마저 그 분석의 대상에 놓는다. 그처럼 현실의 모든 문제와 징후를 대상화시키면서 그는 독자에게 어떤 판단을 강요하지는 않고 있다. 그는 다만 자유로운 관점에서 현실을 분석하고 비판하는데, 그러한 그의 태도는 세속적인 의미에서 친절한 것이 아니기 때문에 종종 독자를 당황하게 만들기도 한다. 그렇다고 그가 자기 중심주의자인 것은 아니다. 그는 누구보다도 타인과 현실의 삶에 대한 능동적인 관심을 갖고 있기 때문이다. 그는 무엇보다 작품 속에서의 작가가 어떤 방향에서든가 냉정해 있어야 한다는 점을 염두에 두고 있는 것 같다. 그의 이러한 태도를 투명한 창 앞에서 현실을 바라보고 조형하는 작가의 태도라고 볼 수 있지 않을까?

서구적인 전통과 질서에 대한 동경을 지니면서 현실의 자기 위상을 파악하려는 최인훈의 초기 작품들 중에 「그레이Grey 구락부 전말기」는 그의 정신적 편향을 보여주는 데 중요한 몫을 담당하고 있다. 이 작품 속에는 그의 문학의 한 상징성을 보여주는 창에 대한 이론이 등장한다. 음악과 대화가 있으며 지기들이 은밀하게 숨을 쉴 수 있는 곳, 즉 최인훈적인 개념에서의 밀실을 찾던 젊은이들은 어느 집 2층을 빌려 그곳에서 모임을 갖고 그 모임을 '그레이 구락부'라고 부르는데, 그곳에는 물론 커다란 창이 있다.

창에서 이루어지는 바깥하고의 오가기는 오직 눈에 의해서만 이루어진다. 그는 화창한 삶의 봄과 매서운 싸움의 겨울을 바라본다. 그는 즐거움에 몸을 불사르지 않는 한편 괴로움에 대하여 저주하지도 않는다. "우리는 만들어지지 않는 것이 좋았다"라는 말을 그는 받아들이지 않는다. "우리가 만들어진 것은 아무튼 좋은 일이었다" 하는 것이 그의 믿음이다.

여기서 '그'라는 것은 '창' 타입의 사람을 가리킨다. 최인훈의 작중인물들은 그런 점에서 '창' 타입의 인간형이다. 그들은 외로울 때 창가에 서서 밖의 풍경을 바라본다. 창으로 바라보는 풍경은 거의가 아름답다. 그 풍경은 현실이다. 그러므로 '창' 타입의 인간은 다음과 같이 다시 분석될 수 있다: 첫째, 그들은 행동하는 사람이 아니라 바라보는 사람들이라는 점이다. 다시 말해서 그들은 창밖으로 보이는 "온갖 빛깔, 형태를 굶주린 듯 지켜봄으로써 보람을 느끼는 사람"이다. 바라보는 행위는 무기력하고 정적인 행위가 아니라 "굶주린 듯 지켜봄"이란 표현에서 알 수 있듯이 동적이며 적극적인 정신의 행위이다. 그만큼 현실에 대한 관념의 적극성을 보여준다는 말인데, 이 태도는 최인훈의 작가적 태도와 동일하다. 그는, 문학이란 현실의 문제를 해결하는 수단이 아니라, 현실의 문제를 표현함으로써 극복하는 수단이라고 믿고 있다. 언어를 다루는 작가의 입장이 바로 창을 통해서 사고를 하는 작가의 입장인 것이다. 둘째, 외로울 때 창가에 서는 사람은 외로울 때 벽에 기대는 사람보다 개방적이라는 점이다. 그는 창밖의 세계와 만나기를 열망하며 어두운 밀실 속에 안주하기를 거부한다. 그는 "우리가 만들어진 것은 아무튼 좋은 일이었다"는 식의 긍정적인 세계관을 갖는다. 넓은 의미에서, 그는 밖의 현실이 자유롭고 풍성한 광장이기를 바라면서 밀실과 광장의 행복한 결합을 꿈꾸는 사람이고, 좁은 의미에서 그는 창밖에 있는 타인과의 사랑을 구하는 사람인 것이다. 셋째, 창 앞에 서는 사람이 외로움을 벗어나려는 사람임에도 불구하고 그는 근본적으로 외로운 사람이라는 점이다. 최인훈의 작품 속에서의 창은 전망이 있는 2층에서의 창이며 그의 작중인물들은 대부분 직업이라는 굴레에 묶여 있는 일상인이 아니라 자유인이다. 그러므로 창 앞에 서는 작중인물들은 세속적인 현실을 초월하는 자유인이다. 초월하려는 그들의 의지는 종교적인 의미에서의 그것이 아니라 현실에 대해서 보다 포괄적인 입장에 서려는 적극적인 정신의 표현이다. 그러므로 일정한 정신의 높이에서 자유인의 삶을 견지하는 사람은 창 안의 세계 속에 있는 한, 외로움과 끊임없는 좌절과 내면의 파탄을 견딜 수밖에 없다. 그는 모든 것을 초월한 신도 아니며 종교인도 아니기 때문이다. 또한 밖에서 볼 때 카뮈가 공중전화 부스 속에 있는 사람에 대해서 말한 것처럼, 그가 아무리 정신적 고행을 한다고 하더라도 투명한 창 속에 갇혀 있는 그의 몸짓은 타인에게 쉽사리 이해되지 않는다. 그의 우울한 표정, 그의 기쁜 웃음, 그의 내면의 공허, 그것들의 의미는 창 속에 차단되어 있을 뿐이다. 그러므로 창을 통해서 타인과의 관계를 맺으려는 사람은 그 의도가 쉽게 실현되지 않음으로써 이중적으로 좌절과 내면의 파탄을 겪는다. 좌절과 파탄을 극복하는 방법은 종종 자기비판과 풍자적 웃음으로 나타난다.

  창을 중심으로 한 세 가지 각도의 문학적 태도, 혹은 삶의 태도를 통해서 그의 작품들을 이해하려는 노력은 비교적 타당한 근거를 갖는다. 첫번째 태도는 구체적으로 그의 깔끔한 단편들 「7월의 아이들」「국도의 끝」「정오」 등을 통해서 드러난다. 이 작품들은 삶의 어떤 의미를 보여준다기보다 삶의 단편적인 풍경을 과장된 수식 없이 그대로 전달해주고 있다. 창을 통해서 밖의 풍경을 바라보듯이 작가는 현실을 냉정하게 기술하면서 작중인물들에 대해 어떤 선입견 없는 꼼꼼한 배려를 하고 있다. 우연의 일치일지 모르겠지만, 이 세 단편들의 시간적 배경은 여름이다. 다시 말하자면 뜨거운 계절의 풍경을 묘사하는 데 있어서 작가의 냉정한 기술방법이 퍽 효과적인 대조를 이루고 있다는 것이다. 죄 없는 한 소년의 죽음을 에워싼 주위 현실의 작용과 반응을 감상 없이 전달하는 「7월의 아이들」, 또한 버스 속에서 본 미군 부대 주변의 풍경(「국도의 끝」), 병영에서의 어느 하루(「정오」), 그것에의 건조한 소묘를 통해서 작가는 현실에 대한 깊은 이해를 암시한다. 다시 말해서 작가로서의 작중인물에 대한 애정은 어느 편에 치우치지 않는 냉정함이라는 것이다. 이러한 태도는 그의 다른 작품들 속에서도 부분적으로 확인되고 있다. 「춘향뎐」도 그 한 예에 해당되는데, 권선징악의 상투적인 관점을 벗어나 새롭게 「춘향뎐」을 기술하면서, 작가는 "악역인 변학도에게 가능한 최대한의 공정함을 베푼 다음에 우리들의 사랑하는 주인공들의 문제를 살펴보면 그들의 비극의 보다 진실한 모습이 떠오르리라"는 믿음을 피력한다. 작중인물들에 대한 공정함, 혹은 냉정함이 상투적인 도덕적 애정의 한계를 극복하는 수단이 될 수 있는 경우이다. 둘째, 최인훈의 긍정적 세계관은 창을 소유함으로써 창밖의 현실을 지향하는 태도에서 드러나는 것인데, 그것은 「금오신화」 「수囚」 그리고 「그레이Grey 구락부 전말기」에서의 한 부분을 통해 증명된다. 「금오신화」는 개인의 밀실이 허용되지 않는 어두운 북한에서 자기의 밀실을 소유하려는 한 인간의 모습을 이렇게 묘사하고 있다.

> 그래도 A는 이 움막을 사랑하였다. 왜냐하면, 잠자는 시간에만은 그는 자기가 되어볼 수 있었기 때문이었다. 때에 전 이불을 뒤집어 쓰고, 그 밑에 가려진 캄캄한 공간 속에서, 그는 소리 없이 울 수 있었기 때문이었다. (p.233)

마음 놓고 울 수 있는 공간, "자기가 되어볼 수 있"는 공간, 그 밀실이 극도로 제한되어 있는 주인공은 북한 탈출의 기회로 삼기 위해 간첩 교육을 받는다. 탈출하려는 그의 시도는 자기 자신의 자유로운 공간을 소유하려는 의지에 기인된 것이기도 하겠지만, 어둠 속에서 빛을 추구하려는 긍정적 세계관과도 결부되어 있다. 또한 빛과 창의 이미지가 동시에 부각되어 있는 「수囚」는 제목이 암시하듯이 갇혀 있는 에고의 상황을 내보이지만, 중요한 것은 그 상황이 이상의 「날개」처럼 어둡고 습기 찬 공간으로 이루어져 있지 않다는 점이다. "빵을 달라 할 때 돌을 주는 게 사랑"이라고 생각하며, 결혼한 아내가 밤이 되어 육체적인 결합을 갖게 될 때 돌이 되고 만다는 PAN의 우화를 떠올리는 이 환자는 누구보다 타인과의 정신적인 교통과 진정한 사랑을 바라면서도 그것을 이룩하지 못하고 있다. 현재형의 짧은 문장이 경쾌하게 연결되어 있는 이 작품은 끝부분에 가서야 비로소 "나는 갇혔다"라는 과거형이 등장하는데, 이 과거형은 자기 자신의 단절된 상황에 대한 주인공의 내면적 인식을 보여준다. 그 후 그는 곧 7월의 태양이 이글거리는 창가로 뛰어가는데, 그 행위는 병원 밖을 나서는 아내와 정부의 뒷모습을 확인하기 위해서라기보다, 갇혀 있음에도 불구하고, 아내가 그를 사랑하지 않음에도 불구하고—여전히 7월의 창은 "인생이 아름답다는 증인"임을 암시하는 행위인 것이다.「그레이 구락부 전말기」에서 역시 "창을 가지지 못한 사람은 창 없는 집"과 같으며 "그는 좁은 생각과 외로움으로 숨 막히고 끝내 미칠 것"이라는 견해는 그처럼 삶에 대한 근본적인 믿음을, 다시 말해서 창의 이미지처럼 열려 있는 삶의 태도를 증명해주고 있다.

셋째, 창을 통해서 바라보는 현실과 창을 통해서 만나는 인간관계의 파탄과 좌절은 최인훈의 작품 속에서 빈번히 발견된다.「그레이 구락부 전말기」에서 키티에 대한 현의 사랑의 개입과 동시에 형사의 침입이라는 사건은 그런 점에서 퍽 상징적이다. "내적인 유대 감정을 이어가고 순수의 나라에 산다"는 젊은이들의 모임이 깨어지게 되는 요인은 위에서 본 것처럼 내부와 외부에 있다. 이 두 요인을 동시에 결합시킨 작가의 의도는 모든 순수성이란 내적인 감정의 계기에 의해서든가 혹은 외적인 사건의 계기를 통해서든가 파탄을 겪을 수밖에 없고 또한 파탄을 겪어야 한다는 적극적인 인식에 토대를 두고 있다. 작가는 온실 속에서 가꾸어진 순수성이라든가 혹은 밖의 세계와의 갈등 없이 형성된 순수성이란 이 혼탁한 사회에서 그것 자체로 아무런 미덕이 될 수 없다고 생각하는 듯하다. 그런 인식 때문에 작가는 '현'의 입장에 서 있으면서 '키티'란 여자의 입을 빌려 '현'을 비판하고 있다.

> 순수의 나라! 웃기지 말아요. 그 남자답지 못한 잔신경, 여자 하나를 편안히 숨 쉬게 못 하는 봉건성 〔……〕 풀포기 하나 현실은 움직일 힘이 없으면서 웬 도도한 정신주의는? (p.43)

이러한 비판은 최인훈의 작중인물들이 암암리에 드러내는 자의식의 내용이며, 그 자의식은 타인과의 관계를 통해서 이루어진다. 결단력 없는 지식인의 회의를 보여주는 「라울전」, 죽음을 앞둔 여자의 칼날 같은 의식을 긴장된 흐름으로 보여주는 「웃음소리」, 이러한 작품들은 그의 작중인물들이 정신적 위기를 겪을 때, 자의식을 통하여 얼마만큼의 엄격한 자제력을 보여주는가 하는 예에 속한다. 자기 자신에 대해서 엄격하고, 타인 앞에서 자기 자신의 약점을 조금도 노출시키지 않는 작중인물들의 자존심은 바로 작가의 그것이기도 하다. 사랑이나 우정의 관계에서 이처럼 굽히지 않는 자존심 때문에 인간적인 포용성을 상실하고 공허한 의식의 싸움을 하는 경우가 「귀성」이며, 그와 반대로 "우람한 인간적 부피와 매력"을 지닌 사람에 대한 선망과 그 사람의 허상을 보여준 것이 「우상의 집」이다. 이 모든 것은 결국 인간적이란 감정 아래 비논리적으로 동화되고 마는 한국인의 정서를 분석해보려는 시도인 것처럼 보인다. 그런 각도에서 볼 때,「귀성」의 경우 사랑하는 남녀 사이에서 사소한 우연의 장난이 얼마나 그들의 관계를 멀게 만드는가 하는 점도 중요하지만 사랑이란 결국 자기 자신과의 싸움이라는 문제를 제기한다.

왜 최인훈의 작품 속에서 사랑은 그처럼 인간적인 신뢰감으로 연결되지 않고 언제나 서로를 의심하며 확인하고 부딪치는 싸움이 되는가? 그것은 두 가지 각도에서 이해될 수 있다. 하나는 관념으로 현실을 이해하려 드는 태도에서 연유하고, 다른 하나는 서로 다른 에고의 충돌이라는 서구적인 발상에서 연유한다. 사랑은 관념도 아니고 에고의 충돌도 아니다. 그런 점 때문에 일종의 모순이 드러나는데, 저「가면고」에서처럼 현대 사회에서 사랑이 얼마나 절실하게 필요한 것인지를 역설하면서도 작중인물들은 사랑 속에서 정신적인 휴식을 취하지 못하고 있는 것이다.

최인훈은 현실을 기술하는 데 있어서 창의 태도에서 볼 수 있듯이 현실 '안'에서의 관점보다는 현실 '밖'에서의 관점을 선택하고 있다. 현실의 모든 내적인 모순과 불합리는 '밖'에서 보려는 노력에 의해 냉정하게 파악될 수 있기 때문이다.「열하일기」는 그러한 '밖'에서의 관점으로 서술되어 있으면서 풍자적인 분위기를 지니는데, 여기서 '루멀랜드'란 그가 자주 말하는 '풍문'의 고장이다. 다시 말해서, 그곳은 전통이 단절된 상황 속에 모든 갖가지 풍문이 지배하는 우리의 현실을 가리킨다. 기독교의 정신이라든가 혹은 건전한 부르주아의 윤리적 기반 위에서 자란 외국인 고고학자의 관점을 빌려서 작가는 현실을 풍자적으로 비판한다.

일하는 사람만이 쉬는 참맛을 알 듯이, 싸운 사람만이 평화를 즐기는 법이다. 일하지 않고도 쉬는 참맛을 뚫어 알고, 싸우지 않고도 평화를 뚫어본 종족은 여태껏 루멀랜드 사람밖에는 없었다. (p.227)

작가는 분명히 서구 지향적 근대화의 단계에서 잘못 수입된 개인주의의 표피적 윤리를 비판하고 있다. 이처럼 개인주의의 윤리가 껍질의 형태로 인식되어온 절망과 허무의 상황을 어떻게 극복하는가? "소설을 방법으로 인생을 생각하고, 인생을 방법으로 소설을 생각하려고 노력했다"는 그의 말처럼, 최인훈은 소설을 통하여 현실에 대한 다각적인 탐구와 분석을 계속한다. 창을 통해서 현실을 굽어보는 작가의 태도, 그것은 안락한 의자에 앉아서 꿈꾸듯이 현실을 아름답게 바라보자는 태도가 아니다. 「소설을 찾아서」라는 평론에서 그가 밝혔듯이, "작가는 쉬운 쪽이 아니라 어려운 쪽에 거는" 사람이기 때문이다.

무엇을 믿고 거는가. 모든 인간은 분석 이전에 하나이며, 공동체이며, 죄가 있는 곳에 분열된 사회 자체에, 분열된 의식 자체에 구원과 각성은 내재해 있다는, 구하면 얻어지리라는 저 삶의 신비한 직관을 믿고 그렇게 한다.

그의 믿음을 우리는 우리의 믿음으로 받아들여야 한다. 믿음이 있는 곳에 용기가 생기며, 용기가 있는 곳에 지혜가 생기지 않겠는가? 그의 문학이 우리에게 가르쳐주는 것은 바로 이러한 인식이다.

〔1976〕

해설

창형窓型 인간과 욕망의 삼각형

김형중
(문학평론가)

1

「광장」 이후 반세기가 지나는 동안 최인훈 문학은 이미 하나의 장르가 되었다. 백여 편의 학위논문과 3백여 편의 평문들이 쏟아져나왔고, 그것들은 일종의 '최인훈 담론 구성체'를 형성했다. 그러나 이처럼 최인훈 문학이 누린 호사에도 불구하고, 소설집 『웃음소리』(이전 제목은 『우상의 집』)에 주어진 관심은 상대적으로 박했다. 왜 그랬을까? 왜 『웃음소리』는 최인훈 담론 구성체의 변방에 있었던 것일까? 이것이 이 글의 첫번째 질문이다.

먼저 눈에 띄는 것은 정영훈의 다음과 같은 언급이다.

그런데 최인훈 소설의 경우 전체 작품을 한자리에서 논의하는 데는 종종 특수한 어려움이 뒤따른다. 그것은 최인훈의 소설들이 하나로 묶기 힘들 만큼 다양한 편차를 보이고 있기 때문이다. 최인훈 소설에 관한 기존의 연구들 역시 이러한 특수성과 강하게 결부되어 있다. 최인훈 소설은 한동안 사실적 계열의 소설과 비사실적 계열, 또는 사실적 성격을 띠는 소설과 관념적 성격을 띠는 소설 등의 계열로 대별되는 것으로 이해해왔다. 이것은 기존의 논의에서 최인훈 작품 세계가 상반되는 계열의 공존으로 이루어져 있는 것으로 이해되어왔음을 의미한다. (정영훈, 『최인훈 소설의 주체성과 글쓰기』, 태학사, 2008, p.14)

　최인훈의 소설 세계 자체가 워낙에 상반되는 계열들로 이루어져 있어 전체 작품을 한자리에서 논하기 어렵다는 얘기인데, 많은 연구자들이 지적하듯이 최인훈 소설 세계에 대한 평가가 극단적으로 나뉘는 이유, 그리고 "최인훈의 소설을 완전히 장악하고 있는 해석이 드물고 아직도 각각의 작품들의 관련성을 밝혀낸 연구물들이 부족"(김인호, 「'최인훈 연구'의 현황과 향후 과제」, 『해체와 저항의 서사 — 최인훈과 그의 문학』, 문학과지성사, 2004, p.23) 한 이유도 여기에 있을 것이다. 평자가 이 상반된 계열들 중 어느 편에 동의하는가에 따라 분석 대상을 선별하고 작품의 질을 재는 척도 또한 달라졌을 것이 당연하기 때문이다.
　문제는 『웃음소리』야말로 이와 같은 '상반되는 계열'에 속하는 15편의 작품들이 표면적으로는 별다른 일관성 없이 한군데 모여 있는 기이한 형태의 작품집이란 점이다. 이런 식의 이분법적 분류를 시도한 몇몇 논자들(유초선, 하동훈, 김미영, 김인호 등)의 견해를 종합하면 최인훈의 소설들은 다음과 같이 양분된다.

사실주의 계열 「그레이Grey 구락부 전말기」「라울전」「9월의 달리아」「우상의 집」「수囚」「7월의 아이들」「크리스마스 캐럴 1, 2」「전사에서」「웃음소리」「크리스마스 캐럴 4」「국도의 끝」「정오」「공명」「무서움」「귀성」「만가」「달과 소년병」「광장」「두만강」「하늘의 다리」『소설가 구보씨의 일일』『회색인』『화두』 등.
반사실주의 계열 「열하일기」「놀부뎐」「총독의 소리」「주석의 소리」「춘향뎐」「금오신화」「크리스마스 캐럴 3, 5」「옹고집뎐」「가면고」「구운몽」「서유기」『태풍』 등. (유초선, 「최인훈의 반사실주의 소설 연구」, 이화여대 석사학위논문, 1998, p.8)

거론된 작품들 중 『웃음소리』에 묶인 작품들을 다시 골라 배열해보면, 「그레이Grey 구락부 전말기」「라울전」「9월의 달리아」「우상의 집」「수囚」「7월의 아이들」「웃음소리」「국도의 끝」「정오」「귀성」「만가」는 사실주의 계열의 작품에 속하고, 「열하일기」「놀부뎐」「춘향뎐」「금오신화」 등 패러디 소설들은 모두 반사실주의 계열에 속한다. 앞서 말한 '상반되는 두 계열'의 작품들이 나란히 맞서 있는 형국이다. 게다가 이 작품집을 읽어본 독자라면 수긍하겠지만, 실제로 『웃음소리』에 실린 작품들은 그 분량, 문체, 형식, 주제, 완성도 등에 있어서도 단순히 상반되는 두 계열로 나누는 것조차 힘들 만큼 다양한 편차를 보인다. 연구자들의 입장에서 보면 대상 텍스트의 스타일 그리고 미학적 완성도의 일관성이야말로 연구의 전제에 해당하는바, 『웃음소리』의 이런 특징이야말로 그간 이 작품집이 최인훈 담론 구성체의 변방에 위치할 수밖에 없었던 가장 큰 이유일 것이다.

2

그러나, 과연 그럴까? 『웃음소리』(나아가 최인훈의 전체 작품 세계)는 상반되는 두 계열의 화해 불가능한 긴장으로 이루어져 있다는 말이 사실일까? 혹시 이 양자를 관통하여 두 계열을 하나의 계열 속에 통합하는 방법은 없는 것일까? 이것이 이 글의 두번째 질문이다.

향후 최인훈 소설의 총체적 연구에 관건이 될 수도 있을 이 질문에 답하기 위해서는 「그레이 구락부 전말기」의 그 유명한 '창형 인간론'을 우회하는 것이 필수적일 터이지만, 그 어떤 우회도 이 독창적인 인간론에 대해 오생근이 30여 년 전에 쓴 해설을 넘어설 것 같지는 않다. 그런 이유로, 창형 인간론이 최인훈의 오래된 '화두'인 '밀실과 광장'의 주제, 그리고 세계에 대한 관념의 우위 성향 등과 어떤 관계에 있는 것인지에 대해서는 이 글 바로 앞에 함께 수록된 그의 글을 참조하도록 하고, 여기서는 다만 다음의 한 구절만을 인용해보자.

창에서 이루어지는 바깥하고의 오가기는 오직 눈에 의해서만 이

루어진다. 눈으로 하는 사귐은 떨어져 있고 번거로움이 없다. (「그레이 구락부 전말기」, p. 22)

「그레이 구락부 전말기」의 주인공 현이 말하는 창 타입의 인간이란 "움직임의 손발을 갖지 못하고, 내다보는 창문만을 가진 인간형"이다. 말하자면 행동보다는 관찰과 사유의 우위에 기반한 인간형인데, 이 작품집을 통틀어 왜 그토록 '눈,' 즉 시각에 대한 신뢰와 찬양이 자주 등장하는지가 이 부분을 통해 분명해진다. 인용문대로, 창형 인간은 시각을 특권화한다. 왜냐하면 창이란 무언가를 내다보거나 바라볼 수 있도록 고안된 구조물이고 항상 그 안쪽에 서 있는 자가 창형 인간이기 때문이다. 아니나 다를까, 「라울전」의 라울이 신앙의 전제로서 신에게 요구하는 것, 그것은 바로 시각적 증명이다. "영광 속에 세상을 다스리시는 나의 여호와여, 내 조상의 신이시여. 어리석은 자의 믿음을 굳건히 하시고자 그대의 큰 조화를 느끼게 하시고자, 인간에게 눈을 주신, 모두 아는 여호와시여. 이 어리석은 눈에 당신의 대답을 보여주시옵소서. 두 눈이 의심할 수 없는 증거를 보여주시옵소서"(「라울전」, p. 57). 유사하게 「수囚」의 정신분열증 환자(그 또한 하루 종일 창밖만 내다보는 창형 인간의 전형인데)는 폐쇄된 병실에 갇혀서도 자신으로 하여금 창밖을 내다볼 수 있게 해주는 눈을 찬양한다. "나는 눈을 가진 걸 감사한다. 내게 눈을 만들어준 하느님 만세를 부르고 싶어진다"(p. 127).

'보다'라는 말이 '알다'라는 말과 맺고 있는 의미론적 친연성,

그리고 근대 이후 과학적 이성이 오감 중에서도 특별히 시각에 특권을 부여하게 되는 과정 등에 대한 상론은 피하더라도, 최인훈에게 눈은 곧 세상으로 난 창이자, 세계인식의 거의 유일한 수단처럼 보인다. 그의 주인공들은 끊임없이 '본다.' 그리고 보는 행위는 그들에게 곧 인식하고 사유하는 행위에 다름 아니기도 하다. 이로부터 최인훈 소설 특유의 관념성이 유래했다고 해도 무리는 아닐 것이다. 관념 소설이란 것이 현실에 대한 관념의 우위에 기반한 소설을 말하는 것이고, 그때의 관념이 대개 시각적 관찰을 통해 얻어지는 것임에 틀림이 없다면 말이다.

3

이 글의 논지와 관련하여 흥미로운 것은, 바로 창형 인간의 시각 우위 세계 인식이, 표면적으로는 '상반된 두 계열'의 이질적인 병치로 보이는 작품들을 일관된 하나의 계열로 파악하게 하는 데 중요한 실마리가 된다는 점이다. 가령 앞서 연구자들이 사실주의 계열의 작품들로 분류한 「9월의 달리아」 「7월의 아이들」 「정오」 「국도의 끝」 같은 작품들에 나타난 문체상의 특징을 보라. 이 작품들은 마치 오로지 하나의 질문, '묘사문으로만 이루어진 소설은 가능한가'라는 질문에 답하기 위해 씌어지기라도 한 듯 철저하게 '시각적'이다. 즉 눈에 의해 '보인' 시각적 이미지들을 문자화하는 데에만 관심을 둔다. 시제는 대부분 현재형이고, 서사는 오로지 묘사문들을 통해서만 사후적으로 재구성될 수 있을 뿐이다. 어떤 경우 완벽하게 구성된 미장센 속을 한 대의 카메라가 느리고 유려하게 움직이는 듯한 느낌마저 주는 그 묘사문들은, 사실주의적이라기보다는 차라리 '이미지즘적'이고 '영화적'인데, 시각을 특권화한 창형 인간에게 이보다 더 적합한 글쓰기 방식은 달리 없어 보인다.

이와 관련해, 깔끔한 소품 「정오」는 길게 거론할 만하다. 소설은 "펄쩍, 하고 물 튀기는 소리가 난다. 보초는 걸음을 멈춘다"라는 문장으로 시작한다. 그러자 마치 카메라가 이제야 그 보초를 발견하기라도 한 듯, 초병을 줌인하고, 이내 초병의 시점에서 어느 병영의 정오 풍경들이 묘사된다. 잠시 후 초병의 눈이 저 멀리 목공과 조수의 작업 광경에 머물자 이내 카메라는 초병을 내버려두고 그리로 이동한다. 두 사람의 작업이 잠시 묘사되고 나면, 이내 목공의 시야에 비친 취사장으로 카메라가 다시 이동한다. 그리고 다시 초병, 의무반의 환자, 목공의 조수, 취사장 등으로 초점 주체와 대상이 변화하고, 이에 따라 시각적 이미지의 교체가 연쇄적으로, 그러나 단절적으로 이루어진다. 서사도 없고, 주제도 없다. 서로 다른 초점 주체의 시야 이동에 따라 바뀌는 시각적 이미지들의 몽타주에 의해 어느 정오의 병영 풍경의 서정적이고 쓸쓸한 느낌만을 전달할 뿐이다. 작가가 영화에서의 카메라 이동 방식을 소설 쓰기에 도입해보려는 시도로 쓴 것은 아닐까 추측하게 만드는 작품인데, 그런 의미에서라면 이 작품은 결코 사실주의적이지 않다. 사실주의에서 디테일은 항상 전체와의 연관 속에서, 그리고 사회적 주제와의 관련 속에서만 의미를 갖는다. 반면, 이 작품에서 디테일들은 그 자체로 자율적이고 비유기적이다. 그렇다면 이 작품을 두고 그것이 대상을 객관적으로 묘사하고 있다는 이유만으로 사실주의 계열의 소설로 분류해서는 곤란하다. 이 작품은 의외로 비사실주의적이고 실험적이다.

실험적이라고 했거니와, 이 작품집에 실린 소위 '사실주의 계열'의 작품들 대부분이 실제에 있어서는 형식 실험의 의도 속에서 씌어진 것처럼 읽힌다. 다음의 예들을 보자.

> 플라타너스는 가지와 줄기다. 줄기가 좋다. 보얗다. 분을 바른 것 같다. 내 아내가 아직 화장이 서툴던 시절 화장을 하고 나면 저랬다. 플라타너스는 백인종이다. 진짜 백인종은 그닥 좋아하지 않지만 플라타너스는 좋다. 껍질이 군데군데 벗겨졌으나 흉하지는 않다. 전에 동물원에서 낙타를 봤을 땐 아주 흉했다. 벌레 먹은 것처럼 털이 뭉떵뭉떵 떨어져서 가죽이 얼룩투성이다. 플라타너스는 껍질 벗겨진 자리마저 즐겁다. 천사는 피부병을 앓아도 역시 이쁜 거나 마찬가지다. 천사는 그렇다. (「수囚」, p.114)

> 그녀는 돌아서서 들꽃 속으로 걸어들어간다. 네 잎사귀의 클로버. 경망스런. 정말 경망스런 사랑의 장난. 한 푼짜리 사랑의 장난. 한 푼 두 푼 모아서 목돈을 만들려던 것일까. 손이 퍼렇게 되게 클로버를 따고. 그는 말짱한 손을 뒷짐 지고 웃는다. 보고만 있다. 나는 그의 머리며 가슴 호주머니며 단춧구멍에 꽂아주고. 저요? 제 행운

은 당신이 맡아가지고 계시잖아요. 싫어. 생각하기 싫어. 생각하기 싫어. 생각하기. 깨끗한 손으로 물러설 궁리를 하고 있는 사람이 내 눈에는 보이지 않았지. 내 눈에는. 장님이 된 내 눈에는. 싫어. 싫어. 다. 모두. 그럴 수 없어. 그럴 리가 그럴 리가 없어. 거짓말이야. 거짓말이야. 그녀는 클로버를 밟고 걸어간다. 끝이다. 내려가는 길이 보인다. (「만가」. pp.354~55)

「수囚」에서 발췌한 첫번째 인용문의 문장 진행 방식을 보자. 병동에 갇힌 정신분열자의 (비)언어를 어떻게 언어화할 것인가? 아마도 최인훈은 이 점(데리다가 푸코의 『광기의 역사』에 대한 언급에서 던졌던 질문이기도 하다)을 고민하고 실험했던 것으로 보인다. 우선 창밖으로 보이는 플라타너스에 대한 문장이 제시된다. 이어 플라타너스 가지의 보얀 줄기로 시선이 이동하고, 그러자 '보얗다'란 말이 즉각 아내의 분 바르기를 연상시킨다. 아내의 화장한 모습은 다시 '백인'이란 어휘를 불러오고, 백인의 하얀 피부는 벗겨진 껍질을, 그것은 다시 낙타의 털 빠진 모습을 자동적으로 떠올리게 한다. 최종적으로 이 자유연상된 이미지들의 흐름은 피부병을 앓는 천사에까지 가 닿는다. 우리는 이런 식의 연상법에 적절한 명칭을 알고 있다. 그것은 프로이트식으로는 '자유연상법'이고 초현실주의식으로는 '자동기술법'이다.

「만가」에서 발췌한 두번째 인용문에서 실험되고 있는 것은 두가지로 보인다. 그 하나는 시점이다. 한 문단 안에서 일인칭과 삼인칭이 중첩되어 나타난다. 실연 후 자살을 결심한 여성 주인공은 삼인칭 관찰 대상이었다가 다시 일인칭 화자로 변하기도 하고 그 역도 가능하다. 나머지 하나는 시제다. 그녀가 "들꽃 속으로 걸어 들어"가는 시간은 서술시 곧 현재다. 그러나 옛 연인이었던 '그'가 "말짱한 손을 뒷짐 지고 웃"고 있는 시간은 과거, 곧 회상시이다. 한 문단 안에 현재와 과거가 마구 뒤얽혀 있는 형국인데, 최인훈은 이때 아마도 베르그송식으로 말해 시간이 어떻게 문장들 속에서 '지속'으로 현현할 수 있는가를 실험하고 있었던 것으로 보인다.

이외에도 「9월의 달리아」와 「7월의 아이들」(이미지즘적 소설 쓰기), 「국도의 끝」(시점의 영화적 전환) 같은 소위 '사실주의 계열'의 소설들은 어떤 방식으로건 이와 같은 실험과 연루되어 있다. 그리고 그 실험들은 모두 창형 인간이 대상 세계를 '바라보는 방식'과 관련된 실험이다. 그렇다면 이제 이런 말이 가능해진다. 선험적으로 주어진 '사실주의/비사실주의'의 이분 도식 속에서만 『웃음소리』에 실린 작품들은 상반된 두 계열로 양분된다. 그러나 창형 인간론의 관점에서(사실상 최인훈의 관점에서) 볼 때, 이 작품집의 작품들은 양분될 수 없다. 창형 인간은 시각을 특권화한 인간이고, 시각의 특권화는 필연적으로 대상 세계의 이미지즘적 묘사에 대한 끝없는 실험을 결과하는 한편, 현실에 대한 관념의 우위 또한 결과할 것이기 때문이다. 사람들은 전자를 그것이 대상 세계에 대한 묘사라는 표면적인 이유만으로 '사실주의 계열'의 소설로 분류했고, 후자를 그것이 관념 소설의 형태를 띤다는 이유만으로 '비사실주의 계열'의 소설로 분류했을 따름이다. 그러나 이상의 논의에 따른다면 『웃음소리』에 실린 두 부류의 작품들은 상반된 두 계열의 병치라기보다는 차라리 한 계열체의 두 가지 분기 방식이라고 보는 것이 타당할 것이다.

4

그간 연구자들은 「그레이 구락부 전말기」「라울전」「우상의 집」「웃음소리」 역시 사실주의 계열의 작품들로 분류하곤 했다. 그러나 이 작품들이 보여주는 사변적이거나 알레고리적인 특징을 고려하면 과연 그런 분류가 타당한지는 의문이다. 게다가 그 완고한 '사실주의/비사실주의'의 이분법을 문제 삼기로 작정하고 씌어지는 이 글에서까지 그런 식의 단순한 분류를 따를 이유는 없어 보인다.

이 네 작품을 최인훈의 전체 작품 세계와의 일관된 맥락 속에서 고찰하기 위해서는 지라르가 말한 욕망의 삼각형을 거론하는 것이 훨씬 합당해 보인다. 사실 이 작품들은 노골적으로 지라르적인 데가 있다. 우선 이 작품들 모두에서 삼각형이 등장한다. 그중 「웃음소리」의 삼각형이 가장 선명하다.

그러한 K선생이, 그를 보자마자 강한 감정의 빛과 거의 허둥대는 걸음으로 그에게로 건너가서 팔을 끼고, 흥분에 가까운 태도로 열심히 이야기를 시작한 일이었다. 파격의 대우였다. 선생을 아는 나로서는 퍽이나 호기심을 끄는 일이었다.
대체 누구일까? 먹은 나이보다 숙성한 그러한 타입이었으나, 선생보다는 적어도 20년 또는 그보다 더 차이 있는 것을 알 수 있었고, 퍽 조심성 없는 것이 기이했으나, 그런대로 그의 선생을 대하는 태도에서 대등한 사이가 아닌 것이 분명했다. 그러나 그뿐, 아무런 그럴듯한 짐작도 내리지는 못하였다. 나는 공연히 궁금해져서 패들과 대강 말을 주고받으면서도 마음은 온통 그들의 자리 쪽으로 쏠려 있었다. (「우상의 집」, p.85)

K선생은 문단에서 이미 확고한 지위를 누리고 있어서 화자인 '나'의 선망과 존경을 한몸에 받고 있는 인물이다. 그런데 그런 K선생 앞에 한 사내가 나타난다. 그 사내는 K선생을 허둥대게 하고, 그 앞에서도 전혀 조심성 없이 행동한다. 바로 그런 점이 '나'의 마음을 자꾸 두 사람의 대화에 쏠리게 한다. K선생, 혹은 그가 표상하는 문단에서의 높은 지위를 욕망의 대상으로 하고, '그'를 중개자로 하되, '나'가 욕망의 주체가 되는 전형적인 '모방 욕망'의 삼각형이 그려진다. 이때부터 '나'의 마음속에서는 '그'에 대한 우상화 작업이 진행되기 시작하는데, 실제에 있어 그 우상화 작업은 전혀 그 인물의 됨됨이와는 무관하다. 즉, 아무런 객관적 근거도 없다. 소설의 말미 '그'는 편집증 환자임이 밝혀지거니와, 우상화는 오로지 K선생과 그와의 관계에 대한 모방 욕망에서 비롯된 것에 불과하다. 모든 욕망은 중개자를 거쳐 간접화된 욕망이라는 지라르의 말 그대로이다.

이런 식의 삼각형은 나머지 작품들에서도 쉽사리 찾아진다. 「그레이 구락부 전말기」의 키티를 대상으로 한 나와 K들의 삼각형(K

들은 지라르가 말한 모조 태양과 같아서 그들의 빛 아래서만 키티는 여신이 된다), 「라울전」의 예수를 대상으로 한 라울과 바울의 삼각형(바울을 중개자로 한 모방 욕망만이 라울로 하여금 예수를 믿게 한다), 「웃음소리」에서 죽은 남자를 대상으로 한 '나'와 죽은 여자의 삼각형(죽은 남자의 팔에 안겨 누워 있던 여자는 사실은 '나'가 욕망했던 상태에 다름 아니다)이 그것이다. 사실을 말하자면 이 작품들, 특히 「라울전」과 「우상의 집」은 전적으로 모방 욕망의 삼각형을 탐구하는 데 바쳐진 소설들이라 해도 과언이 아니다.

그렇다면 모방 욕망의 삼각형과 창형 인간의 세계 인식 사이에는 어떤 연관이 있는 것일까? 「라울전」이야말로 이러한 의문에 적절한 답을 제공한다. 우선 라울은 어떤 인간인가? 그는 예수라는 나사렛 사람의 풍문이 들려오자 "경전과 사료를 뒤져 꼼꼼한 계보학적인 검토를" 행한 후에야, 그가 "다윗 왕의 찬란한 족보 속에 뚜렷한 자리를 차지"(「라울전」, p.56)하고 있는 인물임을 신뢰하는 유형의 인간이다. 또 신에게 "이 어리석은 눈에 당신의 대답을 보여주시옵소서. 두 눈이 의심할 수 없는 증거를 보여주시옵소서"(p.57)라고 기도함으로써 신앙 이전에 시각적 증명을 요청하는 인간이기도 하다. 요컨대 시각에 특권을 부여하고, 종교적 믿음보다 이성적 사유에 우위를 두는 자, 곧 전형적인 창형 인간이다. 그런 그가 친구인 바울을 질투한다.

바울이 나사렛 사람을 전혀 따져볼 값도 없는 엉터리라고 나오자, 라울은 다르게 생각하고 싶은 마음이 더 굳어졌다. 학생 시절에, 바울이 넘겨짚어서 골라낸 구절을 오기로 건너뛰어버린 것과 똑같은 움직임이다. (바울이 아니라고 하니깐……) 나는 그렇다고 해야지 그런 심사였다. (「라울전」, p.57)

바울은 학창 시절부터 라울과의 경쟁에서 별다른 노력 없이도 승리하는 행운을 항상 누려왔다. 그런데 이번에는 예수가 등장했고, 바울은 예수를 엉터리라고 매도한다. 그럴 때 라울의 태도가 인용문과 같다. 그는 예수를 자신의 신앙심의 발로에서가 아니라 중개자이자 경쟁자인 바울에 대한 질투에서 메시아로 인정하기로 맘먹는다. 그러나 작품의 결말은 라울의 기대를 배신한다. 내내 예수를 박해하고 매도하던 바울이 라울보다 먼저 예수의 사도가 된다. 라울은 고뇌에 빠진다. "신은, 왜 골라서, 사울 같은 불성실한 그리고 전혀 엉뚱한 자에게 나타났느냐? 이 물음을 뒤집어놓으면, 신은 왜 나에게, 주를 스스로의 힘으로 적어도 절반은 인식했던! 나에게, 나타나지를 아니하였는가?"(「라울전」, p.78) 사실 이 문장을 곰곰이 되새겨보면 라울 역시 신이 자신을 버린 이유를 알고 있음이 확인된다. "주를 스스로의 힘으로 적어도 절반은 인식했던!"이라고 라울은 말한다. '인식했던'! 즉, 신을 믿고 그에게 행동으로서 다가간 것이 아니라 창형 인간 특유의 실증주의를 신에게마저 요구했던 죄, 신을 무조건적으로 환대한 것이 아니라 우선 이성을 통해 인식하려고 했던 죄, 그것이 라울의 죄다. 소설 말미 라울이 꾸는 꿈은 바로 이 점을 예시한다.

예수를 비롯하여 모든 사람이 한꺼번에 이쪽을 바라본다. 예수는 짜증난 듯한 목소리로 "여태 어디서 무얼 하고 있었나!" 이렇게 말하며, 손을 들어 가까이 오라는 표를 보이곤, 휙 돌아서서 네 사람은 집 밖으로 나간다. 라울은 뒤를 쫓으려 하지만 발이 떨어지지 않는다. 아, 빨리 따라가야겠는데. (「라울전」, pp.79~80)

라울의 꿈속에서 예수가 말한다. "여태 어디서 무얼 하고 있었나!" 이 말을 다른 말로 바꾸면, '라울아, 너는 왜 행동하지 않았느냐' '라울아, 너는 왜 나를 증명하려고만 하였느냐'쯤 될 것이다. 이것이야말로 행동 없는 인간, 창형 인간의 비극이다. 앎과 행함을 일치시키지 못하는 인간의 비극. 왜 라울이 그토록 바울을 시기하고 질투하고, 또 모방 욕망의 중개자로 삼았는지도 이해가 간다. 그는 자신의 행동 없음을 바울 같은 행동주의자를 모방함으로써 보상받고자 했던 것이다. 요컨대 창형 인간의 욕망은 행동형 인간에 대한 모방 욕망이고, 바로 그 모방 욕망의 탐구에 바쳐진 작품들이 이 네 편의 작품들이다. 그리고 그 탐구는 실패하지 않았다.

지라르는 그 유명한 『낭만적 거짓과 소설적 진실』의 결말부에서 이런 말을 한다. "형이상학적 욕망에 대한 승리가 낭만적 작가를 진정한 소설가로 만든다." 그런 의미에서라면 최인훈은 이 네 편의 작품을 통해 진정한 소설가의 반열에 오른 셈이다. 왜냐하면 이 네 작품의 결말은 그대로 지라르가 말한 형이상학적 욕망에 대한 주인공들의 승리를 극화하고 있기 때문이다. 「그레이 구락부 전말기」의 '현'은 창형 인간들의 연대집단이었던 구락부가 허망하게 무너진 뒤 이렇게 말한다.

> 그의 마음은 잔잔했다. 잠에서 덜 깨어서 벙벙한 것인지, 그러나 그런 생리적인 것은 아닌 모양이다. 현은 키티의 그 잠든 얼굴에서 비로소 이성을 알아보고 있었다. 지금껏 현에게 있어서 키티는 이성이라느니보다 재주 있는 사람이었다. 그 재주가 키티의 끄는 힘이었다. 크리스마스 날 그녀와 입술을 맞추는 순간에도 마찬가지였다. 똑똑지 못한 여자와 어울리기는 어려운 일이었다. 그러나 지금, 현의 수에 골탕을 먹고 이렇게 남의 집 소파에서 잠든 키티는 그저 여자였다. 그리고 현 자신도 그저 남자인 것을, 그저 사람인 것을 느끼는 것이었다. 아름답고 신비하지만 그것만을 쓰고 있을 수 없는 탈을 인제는 벗어야 할 것이 아니냐, 현은 그렇게 생각하였다.
> (「그레이 구락부 전말기」, p.48)

탈을 벗겠다는 현의 결심은 모방 욕망이 만들어낸 우상으로부터 벗어나겠다는 의지의 표현에 틀림이 없다. 「우상의 집」의 '나'가 한때 자신의 우상이었던 '그'의 집이 정신병원이었다는 사실을 확인하고 느꼈던 자기 환멸도, 라울의 비참한 죽음으로 끝맺는 「라울전」의 결말도, 내내 귀에 들렸던 여자의 웃음소리가 바로 자신의 것에 불과했다는 사실 앞에서 황급히 되돌아서는 「웃음소리」의 여주인공이 깨달은 바도 이와 대동소이했을 것이다. 그들은 모두 모방 욕망의 허위를 깨달은 자들, 그리고 그것을 어렵게 극복해낸 자들이다. 그들의 승리가 바로 작가 최인훈이 진정한 작가라는 증거가 된다.

5

『웃음소리』에 실린 열다섯 편 중 나머지 네 편, 즉 패러디 소설에 속하는 「열하일기」 「놀부뎐」 「춘향뎐」 「금오신화」에 대해서는 창형 인간론과의 관련하에서 어떤 해명이 가능할까?

아마도 이 소설들이 모두 반사실주의 소설의 계열, 혹은 관념 소설의 계열로 분류되어왔다는 사실에서 그 첫번째 답을 찾는 것이 순서일 듯싶다. 고전소설의 형식을 빌리되, 사실주의적 기율에 충실하기보다는 관념 위주의 사변적 언술을 통해 한국적 모더니티의 이러저러한 측면을 고찰하고 있는 이 작품들은, 현실에 대한 관념의 우위라는 창형 인간의 세계 인식 방법과 적절하게 조응하는 데가 있다.

다른 한편, 패러디가 일종의 모방적 글쓰기라는 사실도 거론할 만하다. 창형 인간의 모방 욕망에 대한 내용 층위의 탐구가 지라르적인 주제를 결과했듯이, 창형 인간의 모방 욕망에 대한 형식 층위의 탐구는 최인훈의 글쓰기를 패러디 형식에 이르게 했으리라는 추론이 가능하다.

게다가 모방적 글쓰기로서의 패러디는 현실과의 일정한 거리 두기를 가능하게 한다. 「놀부뎐」 「춘향뎐」 「금오신화」 「열하일기」 모두 고전 소설의 형식을 빌려온 탓에, 작가가 속한 현실과의 직접적인 접촉은 피하면서 1960년대 한국의 파행적 모더니티를 풍자적으로 그려낼 수 있을 만큼의 충분한 미적 거리를 확보한다. 그것은 마치 패러디 형식이 일종의 창이 되고, 창형 인간으로서의 작가는 그 창을 프레임으로 삼아 "번거로움이 없"이 현실의 이러저러한 모습을 조롱하고 비판할 수 있게 되는 형국이다. 「그레이 구락부 전말기」의 현이 창형 인간론에서 말한 '눈으로 하는 사귐'과 동일한 상황이 패러디 형식을 통해 마련된다.

6

요약해보자. 먼저, 창형 인간론 특유의 시각에 대한 특권화가 묘사 위주의 이미지즘적 소설들을 낳았다. 게다가 이 유형에 속한 작품들은 표피적인 분류법에서와는 달리 지극히 형식 실험적이기조차 했다. 그간 사실주의 계열의 소설이라고 알려져 있던 대부분의 작품이 이에 속한다. 둘째로, 창형 인간의 욕망에 대한 내용 층위의 탐구가 모방 욕망의 삼각형과 관련된 네 편의 소설들을 탄생하게 했다. 「그레이 구락부 전말기」「라울전」「우상의 집」「웃음소리」가 그 작품들이다. 셋째로, 창형 인간의 욕망에 대한 형식 층위의 탐구는 나머지 네 편의 패러디 소설들을 결과했다. 모방적 글쓰기로서의 패러디는 일종의 창틀 구실을 하면서 창형 인간의 현실에 대한 관찰과 사유의 우위를 보장한다.

무슨 말인가. 알려진 바와 달리 『웃음소리』는 상반된 계열의 소설들이 병치되어 있어 다루기 힘든 최인훈 담론 구성체의 변방이 아니란 말을 하려는 것이다. 창형 인간론을 열쇠로 삼을 때, 이 작품집에 실린 열다섯 편의 작품들은 자못 유기적이다. 그것은 상반된 계열체들의 이질적인 조합이 아니라 동일한 하나의 계열체가 여러 가지로 분기하는 모습을 취하고 있다고 해야 맞다.

  그러나 이러한 결론이 굳이 이 작품집 한 권에만 제한적으로 적용되어야 할 이유가 있을까? 최인훈 소설 세계 전체가, 이분하면 관념소설 계열과 사실주의 소설 계열로, 삼분하자면 거기에 패러디 소설이 더해지는 방식으로 나뉘어 거론되어왔음은 주지의 사실이다. 그렇다면 『웃음소리』를 상반된 계열들의 이질적 병치로 읽지 않고 동일한 계열체의 몇 가지 분기 방식으로 읽는 것이야말로, "최인훈의 소설을 완전히 장악하고 있는 해석이 드물고 아직도 각각의 작품들의 관련성을 밝혀낸 연구물들이 부족"한 작금의 상황에 대한 유효한 돌파구는 아닐까? 『웃음소리』는 그런 점에서 최인훈 담론 구성체의 변방이라기보다는 최인훈 소설의 여러 갈래들이 이합집산하는 교차로이자 '사슬의 약한 고리'다.

[2009]